U0934019

在不安的世界安静地活

王欣（@反裤衩阵地）著

北京联合出版公司
Beijing United Publishing Co.,Ltd.

她说：林，你要记住，作为女人，无论你正在遭受什么，或者正在努力什么，姿态是你绝对不可以遗弃的东西，它甚至比贞操更重要。

再版序

因为安静，所以无惧

王欣（@反裤衩阵地）

或许谁都想象不到：仅仅三年半，人和世界会产生多大的改变。

至少我没想到。

三年半以前，我还是一个杂志编辑。活生生看着自己热爱的杂志，每天死掉一点点，触目惊心，无限悲凉。那时，唯一的信念就是把自己负责的内容做得好一点，能留住一个读者便是为自己的事业乃至整个行业出一份力。

自然而然地，我很想书写我所处的时代、我投身的行业，它们是如何相互作用，改变了包括我在内几代人的眼界、消费与生活，又如何在不到二十年的时间里，盛极而衰，挣扎在一日千里的时代车轮之下。

所以那时候，我在杂志上开了小说连载，借一个虚构杂志社的外部成长与内部角力，映射中国时尚杂志行业这二十年云谲波诡的起起伏伏。最终，持续一年的连载集结成书，有了这一本《在不安的世界安静地活》。

是这一本小说，开启了我在写作方向上的转型，同时也完成了我在时尚杂志业的征程。在小说出版后，没多久我就从杂志社离了职，用半年的时间体验了各式各样的创业公司，最终决定成为一个自由写作者——哪怕朝不保夕，至少身心自由。

只是，三年半过去，世界更加不安了。

原先小说里讲述的二十年行业故事，甚至不如这三年半里发生的多。被火速兴起的新媒体打得方寸大乱的传统媒体，为了自救，手脚并用，如同《红楼梦》里那一首《好了歌》：乱哄哄你方唱罢我登场，反认他乡是故乡。大批报纸杂志关停、无数传统媒体从业者被迫转行或者做起了自媒体、不可一世的大刊编辑们被火箭升空般的草根博主挤到了后排，难以想象的巨大资源和金钱加速涌向了个人，昨天还是同事今天则可能一跃飞升云端，过上了明星般的光鲜生活。为了转型、上位、捞金，种种戏剧化的场面越发寻常，却不堪记录——多是丑陋，鲜有感动。

每个人对发生了什么，还将发生什么都很茫然，无数的质疑、撕扯、轻薄鄙视之后，是无尽的妥协、屈从、心急如焚。

而我，则更加安静了。

这安静，一方面是被动的。在这三年半里，我亦无心插柳地成了一个自媒体人，并取得了一些成绩。但置身于这热火朝天的新兴行业，几乎每一天都会被人拿出来比较、议论。说实话，从博客开始，到微博，再到公众号，我写了十一年不曾间断，凭的完全是写作热情，从未想过名利——虽然它们的确随之而来。与名利伴生的诋毁、辱骂、莫名憎恨，我早已见怪不怪、不做多想，但是公众号时代最大的特色却是制造焦虑。不只是某些公众号写作者通过制造知识焦虑、阶层焦虑、成功焦虑诱导读者付费，即使是公众号写作者本人，也被巨大的焦虑包围着。

别的我不知道，但就我这么一个微信联系人不超过四百、一个月最多社交两次的写作者，每天都会被形形色色的人投放焦虑：行业里的人说，你宣传太少、也不和大机构合作、你的数据排名很靠后，这样会影响客户合作。相熟的人说，你看谁谁谁，又做了什么联名合作、又被什么媒体报道、又办了粉丝见面会，你为什么不做？该走动的客户和媒体你还是要走动的啊！不然谁知道你？做投资的人说，你格局太小、视野太窄、内容太单一，你得拿钱开公司，做内容矩阵、搞平台电商、把自己打造成品牌，不然你很快就没声音了……

诸如此类，我每被教诲，也每婉拒宣传或投资。终于，我成了行业里的怪人，被避开、被敌视的存在。

我不明白：自媒体的本质难道不是“自我”和“媒体”吗？怎么到了现在，专注写作反而成了最大的原罪？

索性我安静！任行业天翻地覆、每天都有新的神话诞生，我不动心亦不评论，我就自由地写，任人随意地读。我没有目的，我不想赶路。

三年半，我也越来越愿意主动静下来——如果说成为一个畅销书作家和一个自媒体大号有什么好处，那必须是：我可以自由地选择我喜欢的生活方式，成为我一直期望成为的人。我离群索居、四处旅行、人近中年不结婚不生孩子、热爱物质、喜欢把时间和金钱浪费在那些美好而无用的事物上……这其中任何一项，说出来都会招来诽议和管束，但，因为我经济独立、全靠自己，所以我“作”得心安理得。生活本就是如人饮水，冷暖自知，我喝出了我这一杯水的甘洌与甜，我内心欢喜，再无须多言。

三年前出版《在不安的世界安静地活》时，我说：安静不是怯懦。三年后，我想更正一下这个说法：安静，是因为内心有力。于是活得坦然，做人无惧。

真的，无论世界如何不安，我们只需做到：不害怕。

不害怕差异、不害怕敌意、不害怕孤独、不害怕失去、不害怕变化、不害怕嘈杂——当你害怕不再这些那些，你会发现自己变得前所未有地专注：专注自己擅长的事业、专注自己喜欢的生活、专注自己内心的成长、专注自顾自的喜悦与美好。因为专注，你会更加充实、仁慈，甚至分得出温柔去治愈别人的不安。

因此，借《在不安的世界安静地活》再版之际，我愿你继续安稳、沉静，无限抵达内心。

一生漫长，无须妄谈意义，只愿你活成一片宁静而丰泽的湖，清风拂面，不惧，不惊。

2017 年冬于北京

这时代为女人而歌

李静

时常有人问我：你累吗？

不累——我的回答绝对是发自内心的、由衷的、充满喜悦的。

是的，同时做电视节目、电子商务、公益慈善，甚至出版图书，很多时候我真有些分身乏术，不得不牺牲个人休闲甚至陪伴家人的时间，逛街购物、旅行度假于我来说都成为一种奢侈。但我的动力却不全是来自稳定长红的收视率，节节攀升的营业额，越来越多的肯定、荣誉和名气，我对所有参与的事业甘之如饴的原因，是我始终能感受到，这时代对于我及千千万万女人的善意。

从来没有一个时代，能让女人如此随心所欲地经营自己的美丽。小到一张面膜、一支口红、一瓶香水，大到一只手袋、一袭衣衫、一件珠宝，每一个女人都能从中组合出最忠于自己的形象、风格与态度。并且，在这个时代，女人懂得了不仅仅为悦己者容，更多的是，为愉悦自己而去装扮自己。美丽的外貌和精致的仪表不再是女人的武器或伪装，它们成为一种专属于女人的正能量，激励女人去追求、去体验、去成为更好的自我。

也从来没有一个时代，能给予女人如此广阔且丰盛的选择，来自我提升、自我实现、自我超越。在某些行业和领域，女人甚至比男人拥有更多的机会，收获更多的尊重。在我的职业生涯中，我遇到了许许多多成功的商界女性，她们起点各不相同，从事的领域也五花八门，但她们都在这个时代中找到了一条登顶的通道，并以女人特有的优雅、细腻、隐忍、坚强指挥着千军万马，开疆辟土，纵横商海。同时，她们还完美地经营着自己的家庭。

于是，我渐渐地也在这个时代中找到了属于自己的机会——帮助所有女人经营美丽，并一直努力地、百折不挠地将这个机会经营成我毕生的事业。

所以你可以想象，当我读完《在不安的世界安静地活》（以下简称《安静》）这本小说，我会有多迫不及待地想推荐给你——小说中的女主角林墨正是一个在这个时代中活明白了的女人，小说以她在时尚杂志从业二十年的职业生涯为线索，向读者展示了作为一个女人，如何号准时代的脉搏，活出自我的节奏。《安静》里没有其他职场小说惯用的离奇叙事，以巧合、算计、不择手段推动故事情节吸引读者眼球，也没有用其他都市小说常见的山崩地裂、天雷地火般的爱恨情仇博取读者眼泪，《安静》里的职场就是现实中的职场，它不会步步惊心但也需要步步为营，现实中的尔虞我诈你未必能次次做到兵来将挡，更多时候你需要学会赢得有光彩、输得有尊严；《安静》里的爱情就是世俗男女的爱情，你万万不可期待百转千回、死去活来、一见误终身般的相遇相恋、相守相离，应该了解，在世俗生活里，真正的爱情常常只是一个转瞬即逝的眼神或者一句微不足道的问候，并且，在爱情背后，更多的是你需要理解并坚守的责任与承诺；《安静》里的故事就是真实人生的故事，如果你热爱所有白手起家就一飞冲天成就人生的成功故事，那你更应该知道，所有这些成功，需要如何在漫长的酝酿中忍耐、坚持、自我鞭笞，以及如何在每一个迷惑的分岔选择、取舍、破釜沉舟，你才有可能去接近、复制、获得成功；《安静》里的女人就是我们自己：渴望爱又渴望独立，渴望成功又渴望安稳，必要时有不顾一切的勇气同时又有患得患失的软弱，相信所有善念又敏感地抵御着恶意。是的，当你读着这本小说时，你完全可以让自己设身处地，将女主角如何通向成功以及如何面对坎坷当作一种人生示范，然后学以致用。

我几乎是一口气读完了这本小说，然后感慨万千，它让我想起了自己的过去、现在，以及给了我一些关于未来的提示。希望它对你有同样的帮助。

时代还在，女人请迎头赶上！

目 录

CONTENTS

楔 子

楔子

“什么傻 × 杂志！”

周诗雪怒气冲冲地把手中的杂志摔在地上——2008 年 11 月号的《霓裳 Flora》，封面上正是她自己，穿着新款时装，笑靥如花，压着她的豪言壮语——“周诗雪：我爱自己，更爱这个世界”。而此刻，周诗雪上了浓妆的俏脸因为气血冲头而变出几分狰狞，她完全不在意几十米开外还有不少保安正朝她张望，又对身后跟着的经纪人狠狠骂了一句：“以后他们家的活动傻 × 才来！”然后朝着停在酒店大门外的保姆车疾奔而去。

从宴会厅急急赶出来的林墨只见到了周诗雪的经纪人 Amy，她赶紧拉住 Amy，说：“别着急走，一会儿诗雪还得给她代言的品牌颁发爱心证书呢！”

Amy 皮笑肉不笑，说：“诗雪不愿意下车，谁劝都不行，我特意等着给你道个别，我们这就走了。”

林墨对她道歉："这次实在不好意思，没想到弄成这样，集团的大活动，我也不好干预。"

Amy冷哼一声，说："小墨，不是我说什么，你们这次太不仗义了，来之前没人告诉我们要买东西，况且买就买吧，既然是为灾区义卖，我们也应当出些力，但你们总不能招呼都不打就安排我们家诗雪去竞拍一百万的钻表吧？那丫头的钱全是靠辛苦拍戏挣的，你们不能按企业家的标准去压榨她呀！虽是善举，各人也是量力而行，该捐的我们早捐了，诗雪现在拍戏这么忙硬向剧组请了假专程飞来参加你们的晚宴已经很够意思了，没想到还被你们搞了这么大一个摊派，要是改天我们家诗雪以个人名义举办一个赈灾筹款会，二话不说让你们风尚集团必须捐助一千万，你受得了吗？"

林墨脸红了，说："您说的都对，我刚也给诗雪道歉了，再对您说一声对不起，希望这不会影响咱们之后的合作，以后有需要我们杂志的地方，Amy姐您尽管说。"

Amy见林墨说得真诚，便服了软，说："也不至于啦，毕竟是做好事，诗雪会想明白的。你赶紧回去吧，下个月诗雪的新片上映，我到时候再找你帮忙。"

林墨目送Amy一行人离开后，从地上捡起了杂志，转身回到宴会厅，《霓裳Flora》的主编姚丽娜正坐在一堆企业家中间给他们敬酒，勾肩搭背，各种快活。林墨把姚丽娜叫了出来，把杂志递给她，说："周诗雪发火了，已经走了。"

姚丽娜大喝一声："什么！那一会儿谁来颁奖？！"

林墨说："你自己想办法吧，谁让你招呼不打一声就让她买表？"

姚丽娜翻了个白眼，说："她买也是应该的。你们《风尚Composure》，我们《霓裳Flora》，两刊加一块儿，一年至少给她三个封面，广告价值多少她算过吗？买块儿一百万的表怎么了？这钱又不是进你我兜儿里，往哪儿说也是给她自己贴金，别不识抬举！没我们风尚集团两刊的力捧，她接代言能接这么快吗！”

林墨气了，说：“你用归用，但总得客气点儿！品牌现在都认她，回头她死活不和我们合作，她代言的品牌肯定不会对我们两家投放了！”

姚丽娜一阵笑，说：“墨姐，这市面上有几本大刊？她放弃我们两家，等于放弃了大半个时尚圈儿。咱都自信点儿，行吗？”

正说着，晚会的场务过来催场，问姚丽娜：“马上就是周诗雪颁奖环节了，到处找不到她人！”

姚丽娜说：“没事儿，一会儿我上去说。”

林墨坐回原位，看姚丽娜扭着被红色紧身长裙绷得圆鼓鼓的屁股款款走上舞台，娇媚地说：“诗雪由于要赶回横店拍一场很重要的群戏，不得不提前离开去机场。但她临走前对我说，这是今年她参加的最有意义的一场活动，如果不是要赶回去拍戏，她还想留下来继续竞拍今晚的善品。她也让我替她向今晚所有获得爱心证书的品牌祝贺：你们选择了风尚，就是选择了责任、选择了道义、选择了共赢！”

林墨在台下听得愣住，她惊讶于姚丽娜居然能把什么都说得跟真的似的，若非刚才亲眼见到周诗雪一副恨得咬碎后槽牙的模样，听了姚丽娜这番话，谁都得站起身来为周诗雪的高风亮节及晚宴的功德圆满鼓掌喝彩。

至于这高朋满座、钟鸣鼎食的浮光盛景里，究竟哪些才是真的？整个舞台上方一行“风尚集团十五周年庆典暨风尚中国慈善之夜”的鎏金大字，林墨也兀地看不真切了。她在心里犯起了嘀咕：

过得真够快的！十五年前，哪儿来什么周诗雪，她亦不认识姚丽娜，所谓风尚集团，就是三间办公室里坐着的八个人。十五年前的这个时候，她才刚到风尚，犹记得差不多同样是如此深秋的一个夜晚，她和其余七个人坐在杯盘狼藉的小饭馆里喝着二锅头吃着回锅肉听社长姜海高谈阔论、发下宏愿：要将杂志做成中国时尚领域第一。这画面想起来，倒比眼下所有景象都真切些。

心念电转间，林墨看见自己又站在了京宝饭店大门外。

时尚杂志什么样？

站在京宝饭店门口，林墨闪出的第一个念头，只有五个字：什么玩意儿！

从这里往东走一段，再左转，没几步便是大羊毛副食店。四级高台阶跨进去，北边第一个柜台是卖猪肉的大案子，接着是卖鲜鱼的两个大水池子，紧里面是卖牛羊肉的，靠东墙的柜台卖烟酒副食和糕点。南边的柜台卖日用百货，除了针头线脑、牙膏肥皂、暖瓶茶缸饭盒外，还卖针织内衣和毛线。足足六间门脸大，跟老北京一打听都知道，林墨也是凭着这一地标才找到京宝饭店的。过了副食店，继续往北走，绕过海关大楼，把大羊毛胡同走穿，是繁华的东长安街，隔着宽敞马路，高大气派的国际饭店一点也沾不着路南胡同里的腌臜之气；若从这里往南走，经过一片低矮的小两层自建楼，直接通向北京站站前广场，三分钟都用不了。

京宝饭店就匿在东长安街与北京站之间，前有高楼大厦，后有人山人海，在这片胡同区里，它倒还算显眼。五层高的一字形板楼，20世纪90年代以前是纺织工会接待到京学习人员的内部招待所。时兴自主承包经营后，就对外开放了。和周围用搭建民房改造的“建国招待所”“京铁招待所”等相比，唯独京宝饭店有大堂、门房、电梯，已然洋气了不少。

但林墨还是觉得自己找错了地方，看着手里名片上印的“姜海《风尚》杂志社 社长 北京建国门内小街京宝饭店401-405”，又看着不远处的大羊毛副食店正从小货车上卸猪肉，时不时有拉客大妈把零零散散刚从北京站出来扛着大包的务工人员往京宝饭店隔壁的各种小招待所领，她犹豫了十来分钟，没敢往里进。

林墨是建国门外中国大饭店的公关专员，专门负责接待外宾、举办外事活动。她学的是英语专业，大学毕业通过选拔被分配到了中国大饭店公关部，刚开始，林墨的主要工作是举着牌子上机场迎接外宾，后来经理觉着她口语不错，为人热情，便安排她负责酒店的外事礼仪及外宾招待这一块。这工作听起来挺高端，其实不过是圣诞节张罗布置圣诞树、感恩节情人节翻译制作节日菜单、碰上外事宴会留在现场指导服务员进行服务。三个月前，北京市旅游局要在中国大饭店搞一场旅游推介酒会，请了各大使馆的文化参赞、部分涉外旅行社负责人以及一些国际媒体。林墨照例去盯场，酒会开始前，她去场地巡视，意外发现宴会大厅门口临时摆了两张桌子支起一个摊儿。

“你们是哪个单位的？在这儿干吗？”林墨一个箭步蹿到摊位前，揪住正在指挥其他人员布置展台的男人问。

“您好，我们是风尚杂志社的，我是社长姜海。这是我的名片。我们是北京市旅游局的兄弟单位，刚创刊没多久，这次是和他们一起来的。旅游局的杜局长是我朋友，特别批准了我们在这里布置一个小展台，向外宾们展示中国当今的时尚面貌。”

林墨接过名片，这才仔细打量了眼前这个男人。他个头中等，长一张国字脸，两道眉毛浓而短粗，下面一对眼睛炯炯有神，鼻梁挺拔，就是长了一张和脸形不太协调的薄唇小嘴。同样浓密的头发梳了一个二八偏分，抹了点摩丝。穿一身深灰色衬了垫肩的西装，并不太合身，腰身不收，裤脚也长，里面配的一件黄绿细格子衬衫更是刺眼。好在他一直微微前倾着身子，殷勤地笑着，倒并不是令人讨厌的男人。林墨再看了看名片，哦，原来叫姜海。

“我是中国大饭店公关部的，我叫林墨，姜社长，幸会。”

“林小姐千万别客气，谢谢您对我们工作的支持，这是我们的杂志，请您多多指教。”姜海一面笑着，一面从桌子底下掏出一本杂志，双手递给了林墨。

林墨接过杂志，随手翻了翻，喃喃道：“你们杂志都是讲什么的啊？”

姜海说：“我们杂志是帮有地位的人塑造品位。打个比方啊，你看你们饭店楼下的范思哲、多米欧专卖店，卖的可都是好东西。可要不说，别人肯定心想这衣服凭什么卖那么贵！《风尚》杂志就是要教育所有有能力去这些店里消费的人：贵，不但是一分价钱一分货，而且，你买到的不仅是货，更是一种生活。”

听他这么一说，林墨乐了，说：“挺有意思啊，回头我认真看一下！”说罢，跟姜海再次握了握手，就各自忙去了。

那天晚上，林墨回到家中，把《风尚》拿出来细细翻看。这杂志的确与市面上的不同，整本全是彩色印刷，纸张也高档，封面一个高鼻深目黄头发的外国美人，穿一件墨蓝色的真丝吊带裙，就这么款款地望着你，魂儿都要勾了去。里面的文章也挺有看头，林墨读了一遍才知道，王府饭店里的杰尼亚男装，竟是世界男装品牌的最高峰，美国前总统、英国王子查尔斯都穿杰尼亚，享受杰尼亚定制才是富豪阶层的特权。还有一篇叫《白领丽人的精彩生活》，写了五类白领丽人怎么吃、怎么穿、怎么买、怎么享受单身，这篇林墨读得尤其认真，文中提到的白领丽人有专业翻译、外企文员、电视节目主持人、记者编辑、律师，可惜没有提到在饭店打点老外的公关小姐，这让她有点泄气。合上《风尚》，林墨又想起常买的《女友》杂志，封面尽是张咪、钟楚红那样的女明星，里面的文章也像是写给失落女青年看的，什么《女人爱哭》《把握第二场人生》《张抗抗：最大的障碍是女人自己》……仿佛一个女人想过有追求、有品质的生活，只能去当女明星或者女作家。

真是挺有意思的。

之后，林墨每月都去邮局书报销售部买《风尚》看。杂志每月一期，售价十元，比所有杂志都贵，买个十几期就抵得上去西单商场买件羊毛衫了。林墨觉得值，她从《风尚》里了解的外面世界，比她在中国大饭店工作一整年见识的多得多——原来时常见到女外宾肩头上那只印着双C图案的黑白两色菱纹包，叫作香奈儿；Valentino并不是叫“华伦天奴”，而是“瓦伦蒂诺”；路易·威登一只皮包价值她大半年的工资，可那就是身份；以及，作为都市女子，单身才是常态，享受情人的呵护比早早出嫁聪明得不是一星半点儿。

这月买完新一期《风尚》，林墨在办公室纠结了一下午，终于还是翻出姜海的名片，拨通了风尚杂志社的电话。

“喂，喂，您好，请问是风尚杂志社的姜海姜社长吗？”电话接通的那刻，林墨心里反倒没了忐忑。

“是我，您是哪位？”

“哦，我是中国大饭店公关部的林墨，您还记得吗？5月北京旅游局在我们这儿做酒会，您也在，还送了我一本您的杂志。”

“哦，哦！是林小姐啊！您好，好久不见啊！您找我有什么事儿？”

“是这样的，姜社，我看了好几期《风尚》，挺喜欢咱们杂志的。我就是想问问，您那儿还招人吗？我很想试试，真的。”

“啊？呀！林小姐，您能这么想我真是太高兴了！只是……”电话那头的姜海，显然没有料到这一出。

“不方便啊，姜社？”林墨暗暗有些后悔。

“不是，我是想说，我们杂志社刚成立没多久，各方面待遇肯定比不上中国大饭店，我怕你是一时热情，到时候来了又觉得不合适。”

“怎么会？我也不是刚参加工作的小姑娘，对我，对您，对《风尚》，我有足够的认识与判断，所以，也算是我深思熟虑的决定吧。不然您看我怎么会隔了三个月才给您打电话？”

“既然这样，那就来聊聊吧！明天下午四点，你方便来杂志社吗？”

“行！”林墨悬着的心踏实了。

“我们杂志社在北京站北边的小马路上，京宝饭店，你知道吗？就在大羊毛副食店旁边，你一打听就知道。”

“好，谢谢姜社！明天见！”

挂了电话，林墨使劲琢磨：京宝饭店？在哪儿啊？怎么从来没听说过？

第二天下午，林墨打听了一圈儿最后只好打听大羊毛副食店在哪儿才按图索骥找到了京宝饭店。寻摸到饭店门口，她不想进去，心想什么不靠谱的公司才在这么一破地儿办公！还他妈风尚呢！站在楼下磨磨叽叽十来分钟，京宝饭店门房老头儿出来倒茶水渣，看见林墨抱着双手埋头站在门前，于是问了一句："找谁啊？"林墨吓一跳，抬眼看见老头儿，正了正脸色，说："来风尚杂志社面试的！是在这儿吗？"老头"哦"了一声，说："在四楼，坐电梯上去吧。"

林墨不得不进了电梯，上了四楼。对着电梯门依稀可辨的镜像，她把一头披肩长发往耳后拢了拢，又用手指蘸了点儿口水捻了捻刘海。妆是来不及补了，好在刚才也没出什么汗。一身枣红色硬纱过膝连衣裙是上个月刚找裁缝做的，参照了《上海服饰》里最时兴的灯笼袖掐腰样式，这也是第一次穿。林墨把裙摆使劲往下拽了拽，最后又检查了一遍丝袜勾没勾丝，才不慌不忙走出电梯。

四楼一共有十个房间，对着电梯左手边的五间全是风尚杂志社的办公室，右手边剩下的五间则被一个旅行社租了下来。风尚杂志社没有前台，只在 403、404、405 这三间房门上挂了"《风尚》编辑部"门牌，402 门上挂了"财务室"门牌，最里面的 401，则挂着"社长办公室"。

林墨看看表，在电梯口等到差十分钟四点，才径直走向社长办公室，敲了门。

"小林，你来了？"开门的是姜海本人，他今天穿得随意许多，墨水蓝的棉质休闲裤久坐起了皱，一件老华侨风格的杂色印花衬衫比上次那件黄绿细格子的更刺眼，头发也打了绺，"你先坐，我去帮你倒杯水。"

林墨没推让，趁着空当她正好看看姜海的办公室。这间房不大，也就二十来平方米，除了一套实木办公桌椅，还有两个文件柜、一套棕色皮沙发及一张玻璃台面的茶几。林墨留意了一下皮沙发，发现边边角角都有磨损，扶手还有些陈年水渍，绝不是新买的，应该是把家里用旧的直接搬过来的。想到这里，林墨心又冷了一层。

倒是姜海热情，把水递给林墨，自己在办公桌另一面坐下，笑呵呵地问她：“小林，欢迎你来啊！给我说说，怎么突然就想换工作了？”

林墨喝了一口水，笑道：“也不算突然。就是觉得，我没法再干一份一眼能望到头的工作了。我这人吧，说积极也行，说好奇心重也行，总之，看了这么几期《风尚》，每期都有我不知道的事儿、我没听说过的东西，所以，我特想来。而且，按您的话说，这换的不仅是工作，更是一种生活。”

姜海哈哈大笑，说：“挺好！跟我想法差不多。我之前吧，在纺织工业总会做行业刊。也挺没意思的，在单位成天熬着，每天就盼着下班了去打会儿羽毛球，洗完澡再回家。后来，有次评职称又没给我评上，就挣那点儿钱，得，我还不如出来单干呢！”

“那您就下海了？”

“对！就下海了！”

“那您给我说说，您是怎么就想到要办一本这样的杂志呢？”林墨笑归笑，小心翼翼的旁敲侧击也得跟上。

“我们单位嘛，时常和搞面料的、做服装的企业打交道，跟其中一些企业家聊过，他们都觉得目前国内太缺乏介绍服饰文化的女性期刊了。传统的服饰刊物专业性太强，几乎是办给裁缝看的。我有几次跟随局里的领导出国考察，发现国外的时装企业在市场营销上，几乎不宣传产品本身，而是强调企业文化、品牌形象，之后我又买了不少国外很有名气的时装杂志研究，发现这类期刊在国内完全是空白啊！市场太需要一本高端的女性杂志，不仅介绍时装，还得囊括都市女性生活的方方面面。再说了，现在国际上有很多高端的产品和服务正在进入中国，它们也需要一个平台做广告。总之，我觉得这是一个机会，于是向局里申请了一个刊号，说是指导办刊，承包经营，自负盈亏，也就算下海了吧。”

“那咱们杂志好卖吗？十元一本还挺贵的呢。”林墨不放心。

“《风尚》就得比其他杂志贵！既然咱们介绍的是高端生活，那杂志本身就得高端。十元钱对咱们的目标读者，真不算啥。”姜海成竹在胸，创刊前定是做了不少调查。

“哦，原来这样。咳，您看，姜社，多不好意思啊，明明是我来面试，还那么多问题。您对我有什么要求吗？”林墨刚才一直在观察姜海，发现他目光如炬，始终与她保持直视，侃侃而谈又非高谈阔论，她感受到了姜海的自信与朝气。这令她稍稍放松了些。

“你之前在中国大饭店做公关，这本身就说明了你的综合能力。如果真能来咱们《风尚》，做市场或者销售这一块，肯定是没问题的。对了，小林，你英语怎么样？”

“还行，我大学学的是英语专业。听说读写都没问题。”

姜海从办公桌上翻出一份*China Daily*，说：“要不，你朗读两段试试？”

林墨心里轻笑了一下，接过报纸，开始朗读头版头条。也就读了七八句，姜海就喊停，林墨把报纸放下，问：“姜社，您觉得还行吗？”

“挺好！挺好！《风尚》杂志会接触大量的国际资讯和客户，所以会英语很重要。”

“那姜社，您还有什么别的要求吗？”

“我觉得小林你真是挺不错的，对自己有要求，又有追求，专业也不错。对了，得给你说一下，我们这儿销售岗位的工资是每月五百，加绩效提成。”

“行，我能接受！”林墨心想，真要图工资谁上你这儿来？

“小林，你看你还有其他问题吗？”

“没了，姜社。”

“那今天就先到这儿，你回去等我信儿吧。”姜海起身，执意要送林墨出门。路过编辑部时，姜海突然问：“小林，要不要进去参观一下我们编辑部？”

林墨笑盈盈地说：“这次就不了吧？等我真来了，再参观也不迟。免得尽让我落下念想，更无心干别的了。”

姜海一阵大笑，这时电梯来了，林墨对姜海挥了挥手，便离了去。

出了京宝饭店的门，走在路上，林墨心里舒坦极了，像是确定了终身大事般地笃定、喜悦。这算一份好工作吗？方方面面比，它甚至都算不上是一个正经事儿。可林墨是向往的，就像她当年高考填报志愿时向往哲学系、大学快毕业时向往去美国、分配工作时向往外企，这些都被她的父母苦口婆心地摁了下来：学哲学有什么用？去美国钱从哪儿来？给洋鬼子打工靠谱吗？林墨曾经所有的向往最后全终止在向往。她原以为，她向往的只是外面的世界，而看了《风尚》杂志后，她发现：即使外面的世界也分三六九等。从唐人街小餐馆刷碗池里看到的外面世界一定不会比中国大饭店高挑宴会厅里看到的更美更优雅，她向往的，是站在高处看整个世界。9月底的北京，傍晚最是迷人。走在宽阔的建国门外大街上，林墨全身裹满了日落前最后的金黄。她抬眼望去，满目是迤逦的云霞，火红、橙黄、淡紫、湖蓝……种种色彩交织，仿佛莫奈手绘的印象。路过赛特商场时，林墨在橱窗前驻足了片刻，她分明从玻璃上看见，自己脸上确实有一丝如释重负又喜不自禁的微笑。

一个星期后，林墨接到风尚杂志社会计打来的电话，转告姜海让她随时过去上班。挂了电话，林墨从抽屉里拿出早已写好的辞职信去找经理。经理不解，追问她怎么突然要辞职，林墨一口咬定自己准备出国留学，谁挽留也没用。经理见她去意已决，便通知人事开始给她走交接流程。

工作交接了半个月，彻底离职那天，林墨从中国大饭店办完所有手续后，直接去了父母家。林墨的母亲是东直门中学的语文老师，父亲是北京市烟草专卖局的一个科长。两人单位都有分房，老两口住在学校分的两室一厅，在东直门内民安街附近。林墨参加工作后自己搬进父亲单位给他分在劲松的一室一厅，说上班方便，时不常地才回父母家一趟。

回到家，母亲下午没课，在家里择菜，看见林墨不到四点就回来了，问："今天怎么这么早就下班了？"林墨"哦"了一声，没接茬，坐在沙发上看电视。六点半左右，父亲回来了，一家人坐下开始吃饭，林墨这才开口，说："给你们说一事儿啊，我换工作了。"

母亲愕然，怔怔地盯着林墨问："怎么干得好好的，就换工作了啊？是不是饭店出什么事儿了啊？你别有事儿瞒着我们，你们人事部的夏经理是我学生，你要有什么事儿不方便说，我去和他说。"

"瞎起什么哄啊？我能有什么事儿？就是干得腻味了，换换工作，别瞎操心了！"林墨一看母亲着急的样儿，顿时不耐烦了。

"那你换了什么工作？谁给介绍的？"

“就一本新创刊的杂志，叫《风尚》，女性读物。我自己找的。”

“哪家出版社？属于哪家上级单位管？是什么编制？”母亲连珠炮似的步步紧逼。

“私营的，没编制！”林墨没好气，却有快感。

“嘿！你这是在和谁置气啊？我告诉你啊，不许辞职，不许去！”

“哟，真不好意思！我今天已经办完离职手续，离职证明都拿到了，不去也得去。除非您留我在家吃闲饭！”林墨感觉自己把母亲所有的话都堵死了。

“啪！”一直没说话的父亲突然狠狠把筷子拍在桌上，正斗嘴的母女俩同时吓了一跳。

“她要去就让她去！咱操不上这个心！以后她的事儿我们也不管了！”父亲对着母亲骂，却明显是冲着林墨说的。

“爸，你别生气啊！这家杂志社挺好的，我自己有主意。”林墨看父亲急了，只好服软。

“哼，你主意大着呢！”

三人闷闷不乐地吃完晚饭，母亲一边叹气一边收拾碗筷，父亲坐在沙发上来回翻报纸弄出很大声响，谁也没有再说话的意思。林墨削了个苹果，自己吃完，又坐了会儿，打个招呼就回自己的住处了。

林墨何尝不知道中国大饭店的工作是份好差事？体面又能见世面，稍微动点脑筋，嫁个大款或外宾简直易如反掌。林墨本来是很知足的，她肯下功夫练口语，又跟着礼宾部的几个大拿学习全套国际标准礼仪，一门心思想着做到公关经理甚至公关总监的位置，然后获得公费去英国或瑞士培训的机会。可越是计划周密，越是心心念念的事，常常在一念之间灰飞烟灭，那种突如其来山崩地裂的挫败感，往往无从解释却又摧枯拉朽。林墨开始怀疑中国大饭店的工作，起因于母亲。她私下里买了一整套西餐刀叉用于练习就餐礼仪，那日正在家里对着空盘子摆弄，被母亲看见，忍不住打趣了她一句：学得跟真的似的，你是伺候人老外吃饭，又不是和老外坐一张桌子吃饭。这句言者无心的趣话，一下子扎到了林墨，她把盘子“咣当”一推，回了一句：您还说得真对！便坐到沙发上开始看电视。林墨哪里看得进去？她脑子里跑马灯似的，一帧一帧不受控制地闪过那些证明母亲观点的工作画面：在客房部实习时被要求面不改色地清理住客小孩拉了屎尿的床单；在配餐房被主管一遍一遍痛骂直到学会如何用保鲜膜如镜面般平整光滑地包裹餐食；在酒店地下室和同事哄抢员工大餐，其实是豪客在酒店大宴宾朋备多了的饭菜……这些曾经被她当作是从平凡走向伟大的试炼，在这一刻莫名就变成了委屈与无望。而最后击败她的，是不久前的一次贵宾接待任务，对方是香港当红女明星，来北京拍电影，剧组按她的要求在中国大饭店给她长包了套房，女明星抵京那天，公关部上上下下包括副总经理全体出动，一起去首都机场接机。林墨毕恭毕敬地站在贵宾通道一侧，安静地候着。女明星路过通道时，左右张望了一下，最后走到林墨面前，问她：手干净吗？林墨不解，只得老实回答说刚洗过，女明星说：那就好。然后把身上的貂皮大衣扔到林墨手里，看也不看径直走了。林墨捧着她的貂皮大衣，愣在原地，她又看见平时耀武扬威的公关总监此刻捧着女明星的行李亦步亦趋跟在后面，副总经理则小跑在前，一边打哈哈一边开车门。林墨突然觉得，这份工作就算干到顶也还是要干这些活儿吧？她分神了片刻，然后捧着貂皮大衣跟着车队回了酒店，埋头走进女明星的套房帮她挂了起来，走出房间，她快步乘电梯下到员工更衣室，站在洗手池前反复洗了三遍手，最终一声不响地哭了出来。那次之后，林墨发现自己工作时再也静不下心了。

和父母摊牌后的第二天，林墨先打电话给姜海确认下周一去杂志社办入职。她想了想，拿出存折，上银行把积蓄取了出来，接着去商场给自己好好买了几身衣服。周一早上起来，林墨从新衣服里拣了一套藏青色呢料的西装上衣及半裙，里面穿了件白衬衣，搭配一双浅口黑皮鞋，出门去风尚杂志社报到。

轻车熟路地来到京宝饭店，林墨一上四楼便直奔401社长办公室。敲开门，姜海早在办公室里了。他今天穿了一条水洗蓝直筒牛仔裤和一件暗灰色提花的鸡心领羊毛衫，里面也搭了一件白衬衣，林墨心想：终于顺眼多了！

“小林，欢迎加入《风尚》！”姜海热情地握住林墨的手，林墨感觉到他手心里微微汗湿，有点黏，只好跟着他干笑了两声迅速把手抽了回来。姜海并没察觉，自顾自说着：“走！这回该带你参观一下你即将战斗的地方了！”

出了401，旁边的402是风尚杂志社的财务办公室，靠墙立了六个大文件柜，只有一张写字台、一个会计，会计同时还是人事。姜海给林墨介绍：“小林，这是咱们的人事兼财务，于小娟，一会儿办手续什么的，找她就行！”于小娟盘了个圆髻，刘海烫成流行的巍峨半耸式，显得脸扁。上身穿一件咖啡色的竖针小高领毛衣，下面是一条黑色健美裤，使她看上去应该比她的实际年龄显老。“别客气，叫我于姐就行。”于小娟客气地打完招呼，又埋头开始整理票据。

403、404、405都是《风尚》杂志的编辑部。不过405主要用来存放杂志，没人在里面办公。403沿窗放了两张办公桌，靠里是两个玻璃门的文件柜，进门右手边有一个书报架，挂着各类报纸，旁边地上搁了四个暖水壶。屋子里坐了两个男人，姜海介绍，分别是刘长波和张涛，都是跟着他从一个单位出来办刊的老同事。叫刘长波的那个，内蒙古人，负责《风尚》杂志的发行工作。他个子很高，至少一米八二，体格也健壮，头发有点自来卷，蓬蓬地堆在一张大脸上，倒像个中东人；张涛则秀气许多，一米七多点的身高，头发细软，脸也窄，一说话便听得出南方口音，正是浙江人。张涛也负责《风尚》杂志的发行，同时还负责给《风尚》拉广告，他之前在纺织工业总会做企业外联，手上资源不少。

“你可能想不到，他的英语可能是我们所有人里最好的！”姜海拍了拍张涛的肩，笑着对林墨说。

404就更杂乱了些，屋里摆了四套桌椅，坐了三个人，全是女的。才一进门，就有一个主动迎了上来和林墨打招呼。

“欢迎啊！早听说有新同事要来，没想到是个美女！”说这话的，是个披散着头发的圆脸姑娘。她那头发一看便是烫过的，只是时间太久了，新长出来的半截头发直愣愣地贴着头皮，发梢却依然毛毛糙糙，耷拉在肩膀上，像狮子狗的两只耳朵。她有些胖，穿一件在林墨看来即使自己老娘也不会再穿的玫红色粗棒针编织毛衣，中间还用白毛线织出一朵雪花图案，配了一条松垮垮的浅蓝色牛仔布休闲裤，只有十年前的女中学生才这么穿。幸而她五官不错，脸虽然圆点，眼睛和鼻头也是圆溜溜的，倒显得可爱。眉毛粗且杂乱，嘴唇也有些干，绝不是懂得收拾自己的姑娘。

“林墨，我给你介绍一下，这是我们《风尚》杂志的执行主编郭晓月，才女！在全国许多重点文学期刊上，都发表过散文及诗歌。”

“郭主编，以后请多多指教！”林墨嘴上跟她客气，眼睛早已瞄到了郭晓月脚上的波鞋，真是十足的少女装扮。

“别客气，你跟着大伙叫我晓月就行。”郭晓月说完，转身，指了指身后座位上的另一个女子，“这是我们的编辑，李艺。”

林墨顺着郭晓月手指的方向打量过去，这个叫李艺的，比其他两人都要洋气。她留一头齐耳中分，也烫过，是胡慧中在《中华警花》里的样式。显然有人夸过她五官有些像胡慧中，否则她哪来那么大的自信不但发型模仿，连穿的高腰牛仔夹克、黑色弹力针织衫、萝卜腿收口水洗牛仔裤、平底船鞋，无一不是胡慧中近两年最爱的打扮。林墨正看着，发现李艺也在打量自己，于是立即笑了笑，对李艺说：“您好，请多多指教！”心里想着：打扮得还行，就是有点儿兜齿。

李艺不咸不淡地回她“别客气”，姜海又补充了一句：“李艺是北大中文系的高才生，毕业分到我们单位跟着我做行业刊，被我好不容易说动了，才肯跟着出来。”

房间里最后一个女同事正在收拾桌子，看姜海给林墨介绍得差不多了，才拍拍手走过来，对林墨说：“你好，我也是编辑，叫沈玫。”

沈玫和晓月一样，也是粗枝大叶型的。一头发黄的长发辫了根松辫儿，她脸长额头高，还落下不少痘印，也不化妆，鼻子上架一副起码六百度的厚片玻璃眼镜，穿一套雨伞质地的运动服，活脱脱一读书读傻了的老姑娘。

林墨恶毒地想：还叫沈玫呢？真够没审美的。

姜海说：“沈玫前些年在法国做过访问学者，会说法语，我们好多海外内容都要靠她翻译。而且她也爱写，文笔非常好，《风尚》

杂志每期都有她不少文章。”

林墨扫了一眼沈玫的办公桌，堆放了不少原版海外杂志，十分精美。沈玫见她盯着杂志，便跟她说：“这些杂志都是从图书进出口总公司订阅的，回头你想看，只管拿就是了。”

介绍完一圈，姜海对林墨说：“以后你就在这屋跟大家一起办公。”然后，又对另外三个说，“今天下班都别提前走了，晚上一起吃个饭。算欢迎一下新同事。”

姜海走后，林墨先去找于小娟办档案交接等入职手续。回到办公室，她管沈玫借了抹布和水盆，细细地把自己的办公桌擦洗了一遍。其他人各忙自己的事，上班第一天很快就过去了。下班时，姜海果然叫上了所有人，一起去楼下吃饭。

京宝饭店一楼也对外承包开了个家常菜馆。一群人坐下，姜海叫来服务员，并不看菜单，也没问林墨，就把菜点完了。

饭桌上的话题主要围绕林墨展开，其余七个人你一句我一句，把林墨家祖上八辈儿的情况都摸清楚了，才又发现林墨是八个人里年纪最小的。刘长波想喝酒，问大伙儿想不想喝，姜海和张涛不置可否，那三个女同事都说不喝，没想到林墨应了刘长波，说：“我陪你喝。”三个女同事一听林墨要喝酒，唰一下齐齐望向她，只李艺开口说了一句：“你还能喝酒呢？”林墨没看她，对着帮她斟酒的刘长波，笑着说：“今天高兴，喝一口！”

姜海举起酒杯，示意大家也举杯：“欢迎小林同事加入我们集体，这是一个高雅的事业，也是一个漫长的事业，我始终相信当今的中国给了《风尚》一个机遇，不久的将来，如果《风尚》在这个领域成为中国第一，这成果一定属于今天在座的各位！”说罢，姜海一饮而尽。

吃完饭，众人各自散去。林墨想走一走消食。已经是夜里，凉风卷着落叶，拂过林墨。或许是刚才的几杯酒把心和身体都烧得暖暖的，她不觉得冷，反而有种说不出的自在。想起姜海在饭桌说的那番话，她又会心一笑：高雅吗？未必。漫长，那是肯定的了。

是啊，一切还长着呢——那是1993年10月底的一个夜晚，《风尚》杂志创刊七个月整。姜海三十一岁，林墨二十三岁。

谁在砸钱办？谁在拼命赚？

1994 年的元宵节一过，林墨再也坐不住了。

林墨在《风尚》杂志办公室朝九晚五坐了近四个月，眼看着沈玫织完了两件毛衣。12 月底的时候，她织完了第一件，铁青色鸡心领的，她把张涛叫来，在他身上比了比，满意地收起，又从抽屉里拿出一团咖啡色毛线，重起了个头织起来。沈玫每天改完稿后就一动不动地坐在办公桌前织毛衣，太阳西晒进来，照在她发枯发黄的发辫上，她顺手操起一根棒针松一松头皮，再换个姿势继续织，这时她若抬眼环顾一下，会发现坐在她对面的林墨正看着她。这叫元宝针，想学吗？她问林墨，林墨摇摇头，反问她，这么大一件，给男友织的？心却想着这大姐以前应该也是坐惯了机关的。沈玫尴尬，慌忙解释：没，给我爸织的。然后一脸被揭了皮似的不痛快。

这四个月，林墨也眼见李艺拔了七回眉毛。李艺虽是编辑，外出采访却是最多的。她常下午外出，午饭则不吃。趁人少时，取出羽西粉饼盒及眉钳，细细地把杂眉拔一遍。林墨吃完午饭回来得早，看见她还在扶着额头修整，随口问：艺姐，还不去吃饭？李艺头都不回，自顾自答：不吃了，下午采访在酒店咖啡厅，对方会招待点心。等两条眉毛都毫毛不差地对称上了，李艺才简单补补粉，步履轻盈地离开办公室。李艺最近又把发型吹成了《过把瘾》里杜梅的样式，她的“地包天”不但没那么突兀，一笑反而还神似江珊。难怪她最近总是笑，待林墨也热情了几分，仿佛真的跟什么人过足了瘾。

这四个月，只郭晓月忙得似不可开交，沈玫和李艺二人交上来的稿件，她得仔细再看一遍。她自己手头也约出去不少稿，截稿那几日，林墨常听她给某些作者打电话说：你这个稿子要不得。思路还是局限在《女友》那一路子的。我说了，《风尚》的读者是高级白领女性，她们不会因为看了一本言情小说就成天抒发自己的情绪，情感可以写，但不要写你自己的无病呻吟，而要给出实用的建议，你再改改吧。每每听到这里，林墨心里又多亲近郭晓月几分。她是真懂的，林墨越来越这么认为。

林墨在编辑部听够了、看够了，便去社长办公室找姜海。

“姜社，我过来也四个多月了，您看，是不是该给我安排些具体工作了？”

“杂志出版的流程你都熟悉了？对编辑部的工作有什么想法吗？”姜海对她还是一如既往地和善，与其说是问询，倒更像关心。一个已入而立的男人，对女人开始有了一些自觉自发的温存，只是这温存，须得年龄隔得越远，才越摸得着探得到。

“基本都熟悉了。就是挺佩服晓月玫姐她们的，她们能写能编，我恐怕就不行了……”

林墨说的是真话，她一直就不怎么会写。母亲虽然是语文老师，教给她的却是条条框框的套路。记叙文要时间地点人物、议论文要破题论据结论、应用文要抬头事由落款，一板一眼，她没错过。母亲唯独忘了教她，如何抒情。大学时，有男同学给她写情书，其中大段大段地引用普希金的诗歌《当我紧紧拥抱着》，她看得很是感动，却不知如何回应。写给对方的回信只有一句话：谢谢你，写得真好。她需要、她渴望、她享受、她赞美的一切抒情与浪漫，她却无法创造。

姜海说，那你还是做你擅长的市场这块吧。

姜海又说，先跟着长波去卖卖杂志。

刘长波带着林墨是真的出去卖杂志——不是卖给邮局，也不是推销给书店，而是像上门推销灭害灵那样一户户敲开门，赔着笑询问：要不要来一本《风尚》看看？

刘长波对林墨说，咱得去国贸写字楼里卖，全国最高级的外企都在里面办公。我从一楼往上推销，你从顶楼往下推销，咱俩在中间会合。林墨点头，毫无异议。她穿了海军蓝的西装及半裙，里面一件薄薄的白色一字领羊绒衫，一双粗跟的圆头黑皮鞋，打扮得好似她去年在旁边的中国大饭店上班时那样。她比谁都明白，不这么穿是进不去国贸写字楼的。

写字楼里的公司基本都有门禁，林墨进不去，只得守在每一层的电梯口，抱着一堆《风尚》对过往的女白领推销：《风尚》杂志，国内第一本和世界潮流接轨的高级刊物。这一层的人询问得七七八八了，林墨便转去下一层。她从来不是个面浅的姑娘，大学时期，北京城里各大著名英语角她全混得开，别说女大学生，男生看见老外都扭捏得厉害，就林墨从来不怵，黑的、白的外国人拉着就聊，后来她甚至还短期交往了一个美国男友，口语练得突飞猛进。临近毕业时，中国大饭店来学校招聘，林墨不费吹灰之力就被选上了。一众落选的同系女生又不甘又嫉恨，交头接耳议论她：有什么啊？混老外耍洋枪的婊子。

脸面虽是不顾了，结果却不尽如人意。三天后，姜海和他俩在京宝饭店一楼吃午饭，问道：怎么样？这几天卖了多少？林墨一脸懊恼，说：只卖了两本。

姜海安慰她，说没事。却不知道她的懊恼扎得更深想得更远。林墨问过刘长波，一本定价十元的《风尚》印制成本大约是五元，卖一本杂志刨了中间环节满打满算也就挣三元，每期印六千册，印刷厂一开机就是三万。还不算郭晓月从图片社买图的钱、李艺沈玫做稿子的钱、她和这些人的工资、办公室租金……但她三天才卖了两本杂志，这事儿她不敢再细想下去，再细想，母亲那张挂着嗔怒却明显有几分扬扬自得的脸就该浮现了，不断调侃她说：你不是挺有主意的吗？

林墨看姜海真跟没事儿人一样，是有些急了，便问他："姜社，你说咱们这样只出不进的，能行吗？"

"咱还有广告收入呢。"

"那每期能有多少啊？"

"这不是你该操心的事儿，吃饭吧。"姜海回她。

这不是林墨该操心的事，可却是姜海该操心的事。创刊时纺织工业总会拨的二十万启动资金也就够三期杂志开销，姜海之前想得很好：通过纺织工业总会对全国管辖的几千家大大小小服装企业的通传，每期《风尚》至少能征订三千到四千册，加上张涛手里几个关系过硬的广告客户，一期弄来十万左右的广告费，这杂志不愁办不下去。《风尚》创刊后，实际情形虽没预想的那么好，倒也并非寸草不生。只是杂志征订回款、广告费用到账，绝非打个响指就来的事儿，动辄半年以上的账期，让《风尚》在出版到第四期时，几乎就没钱开印了。

那时姜海回家翻出所有存折和国债，要提现出来补缺口，他老婆急了，抱住他的胳膊咬，把存折抢了过来，说死也不给他。

“你丫是不是疯了？日子不过了？！”

“你别闹！杂志等钱开印呢！”

“杂志没钱你管局里要去啊！有管家里面拿钱往外贴的吗？！”太太不依不饶，才不管姜海早已办了停薪留职、承诺自负盈亏。

“你记性不好吧？我管哪个局里要钱去？杂志的事儿就是自己家的事儿。我不往里投钱，公司怎么运转下去？”

“二十万你没仨月就烧完了？这杂志是无底洞吧？有多少钱也填不满啊！你差不多就行了，杂志办不下去就别办了，你回你们局里上班去，别好好的日子不过，整些幺蛾子让全家都跟着你受累！”

“跟你说不清楚！你把存折给我，等前几期杂志的销售回完款，我把钱还你。”

姜海好说歹说，总算从太太手里拿到了存折。跟太太说不清楚的事儿，他自己心里一直清楚——他清楚地记得前年陪总会的领导去法国考察，他拿起一本*L’FFICIEL*由衷地赞叹好看时，地陪却说：“有什么好看的？全是广告，挣钱着呢！”他亦清楚去年参加招商局组织的美国商会交流研讨会时，所有美国时装及化妆品企业老总都感慨在中国没有合适的媒体投放。于是，他清楚《风尚》是一个机会，只是暂时并不被人理解，却是实实在在的一个机会，和海南岛、股疯一样，是20世纪90年代的中国给予一部分人的机会。

从家里借钱出来贴补《风尚》的还有刘长波。姜海决定要自主创办《风尚》时，刘长波是第一个响应的。他俩之前在单位就搭档共事，姜海的想法他清楚，亦同样坚持。张涛是后来才加入的，姜海看中他搞外联攒下的服装企业资源，前后动员了他几次。后来张涛想明白了，也决定加入《风尚》，条件是不拿工资，但要拿10%的广告提成。而郭晓月、沈玫、李艺，都是拿工资的员工，甚至工资比她们之前拿的还要高一些。这几个女编辑，对杂志的情怀是有一些，但一个月不发工资，情怀照样滚蛋。她们仨和管财务的于小娟在姜海眼里，都是隔岸观火的商女，欢天喜地地写文章、做杂志、四处采访引人注目，若《风尚》下个月解散，她们也有别的枝头飞舞过去，是真正气定神闲的。所以之前林墨来面试时，姜海没敢许诺她编辑记者的岗位，再多一个女编辑，便多一只手从他勒紧的裤兜里掏钱。好在，林墨也意不在此。

姜海和刘长波好不容易从各自家里七拼八凑堵住了《风尚》的现金缺口后，不久编辑部发生的一件事，差点直接让姜海崩溃。

郭晓月可能是受了王朔《动物凶猛》的启发，想出来一个选题，叫《名人名宠》。于是动员李艺找来名模、名作家、主持人，又让沈玫去中华爱犬乐园、北京鸟友俱乐部什么的借来各种名贵的猫儿狗儿鸟儿鱼儿，一人配一宠拍照，再谈关爱动物。拍摄时，几个女编辑全围着名人们说说笑笑好不开心，没人惦记摄影棚里还有一堆活物。等想起来时，再一看，一只大狗拨开了鸟笼，正扯着鹦鹉的脖子咬。郭晓月尖叫一声，和李艺、沈玫赶紧把狗赶走。鸟笼里那只名贵的巴西紫蓝金刚鹦鹉已经奄奄一息，在地上不住地抽搐。

姜海接到电话赶到摄影棚时，几个女编辑如丧考妣，还在围着鹦鹉嘤嘤地哭。姜海气结，问清楚了怎么回事后，又问了沈玫一句：这鹦鹉值多少钱？沈玫抽咽个不停，不敢说，只是哭。姜海逼问：你倒是说啊！沈玫这才支支吾吾地说：听说……那个……得……得，二十万吧？

姜海顿时眼前发黑，一屁股颓然坐在地上。几个女编辑哭得更大声了，一个劲说对不起。姜海半晌回过神来，才说：得了，咱明天就关张吧。清点下资产，看能赔人多少。我去你妈的，《风尚》就这么被一鸟儿给毁了！

女编辑还是嘤嘤地哭，姜海收拾好情绪，去拨弄地上的鹦鹉。那鹦鹉身上湿漉漉的一大片，倒不是血，是狗的口水。脖子秃了一小块，毛掉了。姜海把鹦鹉托起，有点想哭，又觉得滑稽。鹦鹉在他手里咕咕地叫，像是要脱气了。姜海用手来回抚摸鹦鹉，想让它舒服点，又让李艺弄了点水，把它身上被狗咬住的部位清洗了一遍。没承想，就这么处理了半个多小时，那鹦鹉突然扑腾了几下，又站起来了。几个人大喜过望，一边还是哭，一边赶紧把它装回笼子里，打车送去兽医站检查。兽医确认鹦鹉身上没有明显咬伤也无大碍后，郭晓月像伺候亲妈一样，用冷风机给鹦鹉吹干羽毛，小心翼翼地遮住秃毛的地方，然后让沈玫双手捧住鸟笼，赶紧去鸟友协会还鸟。

沈玫顺利归还了鸟，回到办公室，几个人又抱头小哭了一场。郭晓月勒令每个人写了一份检查，连同自己的，交到姜海手里，说大家都愿意自罚一个月工资。姜海没有克扣她们的工资，反倒觉得，这桩意外更给了他办好《风尚》的信心。不然今日受这真真正正的鸟气，能令他折辱一辈子。

可是，钱依然是问题。拆东墙补西墙令姜海头疼不已，他前思后想，决定去找市旅游局的杜局长。姜海和他是同校不同级的校友，多年前经人介绍认识后，两人一见如故，关系一直处得不错。姜海决定下海办刊时，杜局长相当支持，也从中帮了不少忙。钱的问题，姜海觉得，可能只有他还有点法子。

见了杜局长，姜海直接说明来意，问他愿不愿意以出资的方式入股《风尚》，杜局长沉吟了半晌，说，入股就算了，自己没有能力。但如果姜海有抵押物的话，他可以帮忙给姜海弄点贷款出来。姜海心里明白，这是杜局长的婉拒。他并未如自己一般，铁了心地看好这门生意。可能是他不懂，也可能是他不想犯险，不过好歹他还是留了条道儿给自己，走出康庄大道也好，最终头撞南墙也罢，全是各人的事。姜海回去找来刘长波，两人一合计，各自瞒住家人，拿出自家房子的房产证，姜海又向母亲借出父母房子的房产证，手上拽着三套房子，去找杜局长办了抵押借款，借出来八十万元现金，约定五年内还清。

这些钱怎么也够周转一年的了。拿到钱，姜海终于松了口气。

而林墨随刘长波四处卖了一阵子杂志后，又去敲了姜海的门。

“姜社，我能不能不去卖杂志了？”

“怎么？觉得太辛苦了？”

“那倒不是，我想去试试卖广告，毕竟之前在中国大饭店时，和我们饭店里的商户们还有些关系。”

姜海大笑，说：“你以为卖广告比卖杂志容易啊？有可能半年都开不了一单。”

林墨也笑，说：“但如果开一单的话，抵得上卖半年杂志了吧？”

姜海看着林墨，也说不出自己对她哪来这么多耐心。或许她比那几个女编辑果断、好强、理智、想得长远，令他觉得她也许确实是一个经营型人才；又或许是她这几次来和他聊工作，立场全是惦念着为杂志本身贡献，没有风花雪月，却有一种与他风雨兼程的同路感。这一切，令姜海决定对她赋予信任、予以培养。

“那这样吧，你先负责接听咱们杂志的广告热线电话，记录一下来电客户的需求，时不常进行回访，顺便掌握广告销售的技巧和流程。”姜海最后这样决定。

第二天，林墨就拿着厚厚一沓白纸坐在了热线电话旁边。她本以为，杂志卖得那么惨淡，一定没多少人能看见，更别提主动打电话来投广告了。可没想到的是，热线电话一天陆陆续续还真没断过，有广告公司来询价，有剪报公司求合作，也有直接客户问细节，林墨无一不温柔以对，她事无巨细地记录下来电人的电话、姓名、工作单位，甚至小心翼翼地询问对方，如果回访过去，方不方便，还能找谁。两个月后，林墨面前那一沓白纸变成了一本手抄黄页。赫然列着这一时期所有的热线来电信息，详细到包括初次来电时间、再次来电时间、主动回访时间。有些公司，比如电通，林墨拿捏不清具体都做什么，又在后面加上备注：帮资生堂化妆品来电询问广告价。

林墨每隔一段时间就把来电询问超过两次的客户信息汇总给姜海，示意他这些客户值得跟进。然后自己对只来过一次电话的客户进行主动回访。一来二去，林墨和京城主要广告公司的策划也好、购买也好，以及直接客户公司的市场经理，全在电话里混熟了。

那天，林墨又接到了赛特商场打来的电话。对方刚一开口，她就听出来，还是赛特市场部负责广告投放的包姐。第一次她打来时，林墨客气地叫她包小姐，后来林墨打电话过去回访，聊了几句题外话，才知道包小姐几乎和姜海同龄，然后林墨就顺理成章地管她叫包姐了。

“包姐，我是小林。”林墨提醒对方。

“我就是找你啊。是这样的，我们市场部开会研究了一下，很有兴趣对你们杂志投放广告，下午你有空吗？来我办公室一趟，咱俩见面细说。”

“太好了！包姐，只是我去可能不合适。我让我们姜社长过去拜访您？”

“还是你自己过来吧，没多少钱的事儿，就不劳驾姜社长了，况且我也不认识他，就认识你，你来吧。”包姐的口吻不容置疑。

挂完电话，林墨讪讪地来到姜海办公室，对他说，赛特有兴趣投广告，但之前一直是通过电话联系的，所以对方希望自己过去。姜海二话不说，站起来拍拍她的肩膀，说：好事啊，去呗！有什么不好意思的！

林墨那天穿了一件小荷叶领的乳白色衬衣，黄蓝粗格纹的大撒裙，依然是披肩发，很有些《大众电影》某一辑沈丹萍写真的神韵。她却嫌自己看起来太像女大学生，又来不及回家换衣服，只好去办公室里管李艺借了唇膏和粉饼。李艺近期一直在尽心尽力地扮演江珊第二，所以江珊专属的猩红色唇膏恰好能弱化一些林墨今日的少女之气。

从京宝饭店走到赛特商场，至多二十分钟。林墨正好可以边走边想想要对包姐说些什么。她每日路过赛特，却不是很了解赛特。长这么大，她也没进去过。因为人人都知道赛特里的东西贵，全是国际大品牌，没事进去瞎转会招来眼尖的导购耻笑。在家做姑娘时，父母没带她去逛过赛特，一家人的吃穿用度上西单商场就置办全了。大学毕业出来参加工作，恰好又分在中国大饭店，开眼界的东西那里更全。然而，虽然不曾去过，林墨和所有北京姑娘一样，牢牢记得一句话：找男友一定要找在赛特商场买东西从不看价签的。

包姐果然是个气质出众的女人。柠檬黄的无领掐腰花苞袖夹克搭配同色及膝一步裙，是时下最时髦的样式。一头大波浪更显得大气高端，就像新加坡电视剧《金色珊顿道》里的女演员。林墨见到她，便笑着说：包姐，见到您，我更相信那句话了——找男友一定要找在赛特商场买东西从不看价签的。惹得包姐心花怒放，哈哈大笑。

在包姐的办公室里坐定，本来林墨觉得自己是来谈判的，准备了一兜子场面话，包姐却抢先告诉她，集团已经确定了，要在《风尚》上刊登一期赛特的广告。叫她过来，就是想见见。林墨一个劲儿道谢，到手这么容易，反令她失了方寸。包姐倒会劝慰说：咳，也没什么。实在没有合适的媒体投，总不能让王姬上电视给说一个"赛特商场，让人想逛"吧？

从赛特出来，林墨情不自禁地哼起了歌，正是《北京人在纽约》的主题曲。唱着唱着，她的心再度飞到了纽约。美国，她不是没有向往过。但当时的向往，是那般面目模糊，她只知道纽约有自由女神、华盛顿有白宫，可这一切想象都片面得像一本风景挂历，景，是人家的，自己始终身在画外。来了《风尚》，林墨发现自己离法国、美国、意大利……全都更近了些，尤其是纽约，有第五大道，有时装周，有蒂凡尼，还有许多和她一样，在高端杂志工作的女人。她暗自设想这浮华世界或许要三年甚至五年后才会通过《风尚》对自己打开，没想到，这才半年，她已经独立为《风尚》签下了第一单，原先得仰仗别人带领的路，说不定自己也能走出来一条。

林墨签下赛特商场单期广告的事，很快被姜海在办公室传开了。只有郭晓月诚心诚意地恭贺了林墨，其他人大抵觉得跟自己没什么关系，听过也就算了。

李艺见郭晓月对林墨一个劲儿赞美，闲极无聊，又去挑事儿，问：“你那么客气做什么？还不是我们内容做得好，广告才卖得动。”

郭晓月不傻，没把李艺这话当恭维，生生给她撅了回去：“内容做得再好，没有广告谁给你发工资？我们又不是《读者》，一个月随随便便靠内容就能卖几十万本。这种高级杂志全靠广告收入开张，林墨能签来订单，当然是值得高兴的。”

李艺冷哼一声，说：“你呀，向来就这样小心翼翼，又太顾周全，会累的。”

郭晓月白了她一眼，说：“那也比没心没肺好。”

过了两周，张涛突然来找林墨一起吃午饭。自入职后，林墨几乎没和张涛单独说过话，他这时候来约，一定是跟赛特那单广告有关。

果不其然，菜刚点完，张涛就冷不丁地对林墨说：“你知道自己是没有提成的吧？”

林墨望着他，想从他的眼睛里顺利解读出话里暗含的意思，可惜，张涛的眼睛着实转得太快，一会儿一个扑闪，瞬息万变，难以捉摸他是在提点你，还是算计你。

“不知道，张总，您是怎么个意思？”

“我就是告诉你，咱社里的规定，凡是通过广告热线主动打过来的客户，甭管最后签没签单，都是不给接线员提成的，因为那不属于主动开发出来的客户。”

“哦？所以呢？”

“所以你不觉得自己很傻吗，小林？”

“傻？”

“是啊，你忙活那么半天，又接电话，又回访，还要出去见客户，最后签了单，跟你一点关系都没有啊！”

林墨听到这里，已经有七八成明白张涛的意思了。杂志社的人都知道，他是唯一拿广告提成的人，签单越多，提成越多。如今，他发现林墨也在签单，又不可能让林墨把手上的单直接转给他，对林墨晓之以理、动之以利，不正是张涛此刻的打算吗？

“张总，您接着说。”

“小林，以后再有这样打电话过来表示要下单的客户，你私下转给我，我去处理就好。你也知道，我是拿提成的，从你这里接的单，最后提成我们俩一人一半。比如你这次签的这一单，我听说是两万，对吗？你要转给我去签，之后我提两千，再分你一千，多好！”

林墨只是笑，不说话。

张涛扒了口饭，抬头看林墨还是笑，继续说：“小林，那我就当你是同意了。但有一点，这事儿只能我们两人知道，否则咱俩谁也别想继续在《风尚》待下去。”

“行，张总，回头有机会再说吧。”林墨既不想拂逆他，亦不觉得他说的有什么不对。

“小林，脑子转快点，机会才多。不然你放着好好的中国大饭店公关不干，跑来这里图什么啊？”

张涛最后这句话，真是让林墨心里狠狠不痛快了一下——他凭什么觉得了解我？

登喜路，致富路

这个城市正在生长。

仿佛只是一夜间，北京人家住的陋院、东北女人开的发廊、四川男人开的饭馆，还有老娘们儿拉在电线杆之间的晾晒铁丝、古树下用石墩子砌起的小方桌、大羊毛副食店夏天搭在门口卖西瓜的简易大棚、剃头师傅放在巷口的烧水小煤炉……全部被1995年初夏的风带走了。一切曾经有人、有狗、有叫卖、有嬉闹、有铁环滚过、有鞭炮炸过、有肉香飘过的地方，全被夷为平地，只剩一部分岌岌可危的断壁残垣可供凭吊。在这废墟之下，城市正被巨大的掘土机撕开，大量的红土从地底被翻了出来，仿佛正在往外冒血的伤口。建筑工人日夜不停地往这伤口中打入地桩、架上钢筋，将它撑得更大，新的高楼大厦就像结痂似的一层一层向上生长起来。

最近姜海经过北京站北面这片新推倒的废墟，捂住口鼻踩着瓦砾走到京宝饭店门口时，总会琢磨：什么时候就拆到这里了？

对于风尚杂志社在京宝饭店的办公室，姜海是有些舍不得。这地儿是纺织工会给找的，其实就是局里的资源，所以每月租金几乎可以忽略不计。而且从这儿去王府饭店、国贸商圈都很近，谈广告见客户骑自行车便到了。不过，若京宝饭店真拆了，姜海其实也做好了搬迁的准备。说白了，有钱去哪儿不行？最近这大半年，《风尚》的经营状况起色不少，绝大部分收入来自广告。从 1994 年下半年开始，主动打热线来询价的代理和直客越来越多，宝姿、资生堂、莱尔斯丹，包括雀巢咖啡、德芙巧克力，只要是洋气的、新潮的、高端的，都开始在《风尚》投放，甚至还有杰尼亚、雷达表这样一投就投全年广告的大客户。这让林墨时常在姜海面前雀跃不已：呀！可真想不到！

有什么想不到的？不在《风尚》做广告还能上哪儿做——姜海早已明明白白想到了。

不过他想不到的是，林墨之所以雀跃，不全是为《风尚》，也为她自己。

她和张涛之前达成的私下协议，让她也从《风尚》欣欣向荣的广告收入里尝到了甜头。按说，通过热线电话主动打电话来的广告客户，投放多少都跟她没关系，但她暗自转给张涛，从张涛手里按新开发客户签了单，回头提成就有她的一半。当然，这并不代表她和张涛已然沆瀣一气，会算计的男人总是得防备着，心眼儿多的女人或许还有一分脆弱两分真心，心眼儿多的男人发起狠来，连自己老婆也是不认得的，更何况她和他只有一清二白的利益关系？可有什么办法？眼见林墨已经在《风尚》工作了一年多，父母却还在置气，对她的衣食住行一概不过问，虽然今年年初姜海把她的工资从每月五百涨到了八百，但光靠这点儿生活，她就得低三下四地搬回去与父母同住。年初涨工资时，林墨无意间从于小娟那里瞥见了工资单，愕然发现郭晓月和沈玫的工资有两千多，李艺也有一千六，难怪她们时不常地相约去国际饭店喝咖啡吃点心。若再不伙着张涛挣点，她连京宝饭店一楼的午餐小炒都要吃不起了。

可惜，即使是这样各取所需的同盟，没多久也还是被张涛的一句话掀翻了。

美利源是打广告热线主动找来的直客，林墨接的电话，对方急匆匆地说要投广告，都考虑好了，让林墨带上合同，直接去店里签。

于是林墨悄悄给张涛打了声招呼，两人一前一后地去了建国门外国际俱乐部旁的美利源进口家私精品店。美利源里里外外主事的正是老板娘本人，她恰好看到了之前有赛特商场投放的那期《风尚》，对这本杂志的档次立即有了信心，决定在《风尚》也投几期广告试试。张涛对她说，《风尚》杂志的单页广告是三万元，老板娘几乎没犹豫，说，行，先投三期！

张涛大喜过望，激动得东拉西扯不知所云。而林墨坐在美利源店里一只标价十八万元的意大利进口实木雕花布艺沙发上，想起了姜海的话——是啊，不在《风尚》做广告还能上哪儿做？

过了三四个月，张涛又神神秘秘地叫林墨一起吃饭。这次他俩没有去京宝饭店一楼的小炒，而是舍近取远去了马路对面的国际饭店西餐厅。一坐下来，张涛就笑。

“美利源的广告执行款到账了。”张涛边说边从西装内兜里掏出一个牛皮纸信封，“啪”一下摔在桌上。

林墨不语，继续看他要做什么。张涛还是笑，从信封里拿出厚厚一沓钞票，说，提成一共是九千，咱分了吧。说完，他用手指蘸了蘸口水，开始当着林墨的面一张一张地数钞票，数完四十五张，他把钱往林墨面前一放，说了一句：小林啊，你知道吗？给你分钱我真是特难受，你也知道我对钱是多么热爱的一个人，哈哈。

就这一句话，让林墨记了一辈子。

林墨当时听完，心里升腾的火把五脏六腑全焚了起来，怎么就成了你施舍给我的了？我以后要再给你单我就是孙子！林墨强忍着心里的厌恶和嘴边的脏话，硬挤了个笑，把自己面前那沓钱往坤包里一放，对张涛说：谢谢您，那中午这顿我来请吧。

下午回到公司，林墨去找了姜海。在林墨心里，如果张涛是盘踞在另一山头上的孤狼，姜海则是守护在自己这山上的雄狮。他并非只关注她，也会保护她。这保护对她，对郭晓月，对沈玫，对李艺，甚至对于小娟，是一视同仁，却不是蜻蜓点水。郭晓月她们捅的娄子，姜海扛了；于小娟说这两个月账面上现金跟不上，第二天姜海送来周转的存折，分明是他自己的户名。而对她的保护，林墨更是心知肚明，她当着他的面言语间明里暗里地试探质疑，都被他温柔消解，他心里那份踏踏实实的责任感，何必掏出来给人看？自是清清楚楚的。更何况，他还懂得感恩。林墨每次对他上报热线客户资料，他总会回她“辛苦了小林”。林墨曾是极看不上他的穿衣打扮，如今林墨早已把对他的“土鳖”二字换成了“敦厚”。

“姜社，我能不能转成正式销售？”像每一次她对他请求时那样，林墨总是开门见山，对姜海没什么可拐弯抹角的。他对她有信任，她亦知道。这便是默契。有信任就意味着彼此之间不必总拣着对方想听的说，也不必事事都装扮成是替对方着想一般才提出来说，信任，就是能容得下对方的一点私心。

“广告流程你都熟悉了？”

“熟了，最近打电话来的不是4A就是老客户，我每天处理完他们的事，还有大把时间，所以，我想转成正式销售，出去开发新客户。”

“也好。这样吧，你先看看有没有合适的人，招一个进来接替你销售助理的工作，热线旁边还是得有个人。”

“做销售可不容易啊，你别光是眼馋提成高。”姜海又补了一句。

“姜社，我是那样的人吗？”林墨从来不觉得他话里会有恶意。

从姜海办公室出来，林墨故意去了一趟张涛的办公室。刘长波不在，只有张涛埋头在贴票据。

“张总，我就是来跟您说一声，我也转正式销售了。”

张涛愕然，抬头直勾勾地盯着林墨看，似要从她脸上找出点什么。林墨眯眯笑着，等他接话。两人一个坐着，一个站着，站着的知道坐着的此刻脑里正过着无数的话语，有两个字儿的，有三个字儿的，有语重心长的，有威逼利诱的，她只是等着，看他最后抛哪一句出来。

“祝你一切顺利。”半晌，张涛终于轻描淡写地恭贺了她。

看把丫难受的！

关于接替她的销售助理，林墨还真有一个人选，就是她刚认识不久的赛特商场香水柜台导购Nina Ma。

Nina Ma其实叫马建红，也是个心比天高的北京姑娘。大专毕业后，她爸让她去石景山首钢顶自己的班，她不乐意。她妈过的什么日子她看都看够了，再不可能跟母亲一样，进厂子当工人，嫁工友生厂矿子弟，一家人吃喝拉撒、生老病死，永远离不开苹果园这方圆十里地。她不肯和父母住古城，硬要搬到东四和她奶奶住，一老一少挤在大杂院一间十来平方米的平房里。天儿冷了为了少出门上公厕马建红都不敢喝水，皮肤因为缺水而老化，三十岁人才该有的细纹过早出现在马建红二十一岁的脸庞上。但她还是欢喜的，能脱离石景山，已是胜利。马建红最早在东四隆福寺步行街帮人练摊儿卖香水。老板是一对姐妹，靠成立商贸公司从香港拿代理批香水进内地卖发了老财，全北京最高档的楼盘一打听，顶楼全是这姐儿俩买的。两姐妹贼精，一面在全国放代理进大型商场做品牌专柜，一面在隆福寺买了几个门脸儿自己往外跑水货，上下游的钱全挣着了。后来因为逃税被人点炮，商贸公司一夜之间蒸发，两姐妹也被发落秦城。隆福寺铺面关张前，大姐觉得马建红也挺不容易的，出了最后一点力把她介绍给自己的一个正规代理商，就这样，马建红来了该代理商设在赛特的香水专柜做起了正经导购。

马建红不会英语，可进了赛特，楼层经理要求每一个导购必须有对应的英文名，这把马建红愁坏了，结果她看见柜台上摆放的Nina Ricci香水，灵机一动，便给自己落实了英文名：Nina。“本来还想叫Chanel呢，可惜被人先给占了！”马建红后来对林墨说。

Nina Ma卖的虽然是进口香水，用的却是老北京柜台大姐那套热乎路子。她每天捧一瓶香水站在柜台口，一有客人经过，甭管别人乐不乐意，她就往人身上喷：“试试咱家的新款香水吧，玛丽莲·梦露过去也使它。”

林墨和赛特市场部的包姐熟络后，有次想买香水，被包姐领到了Nina Ma的柜台，并嘱咐她按内部价给林墨，林墨这才认识了她，Nina，即马建红。

“姐，你是做啥的啊？”马建红有次忍不住问林墨，她克制不住好奇，到底是什么样的女人才能和赛特的高层直接攀上关系？

“我在《风尚》杂志，你听说过吗？”

“呀！当然了！我可喜欢你们杂志了，特别好看，特别精致，我们总代每期都会买来分给我们看。”马建红为自己确实知道《风尚》杂志而沾沾自喜。

“姐，进你们这样的杂志社上班，要求应该很高吧？”马建红追问。

“怎么？”

“没事，就是挺羡慕你们的。”马建红说这话时，不但在脸上写满了真心，她也希望林墨看见这真心。

林墨看见了，并在需要招聘销售助理的时候想起来了。尽管马建红长得不怎么讨喜，未老先衰的脸，明明已经是20世纪90年代了，还一头山口百惠似的大厚头帘儿短发。非但不清纯，近郊区县的小家子气倒被衬得一目了然。但林墨还是有几分怜惜她，一个小姑娘，不娇气，敢处事儿，同时还能有几分心气，这就值得被肯定。

就让她来吧，她在赛特做导购，声音又挺甜的，接客户电话正合适。林墨对姜海说。

马建红入职后，林墨买了辆自行车，天天骑着去王府饭店。东单二条、三条也在拆迁，据说李嘉诚要在那里建一大片高档商场和酒店。但谣传因为前段时间陈希同案子给闹得，东单那片大工地停工挺久了，光秃秃一个巨坑，四面围挡起来，一起风就飞沙走石，坐公交过去很不方便。

林墨骑车到了王府饭店，没有把车停在饭店旁边，而是绕到后面，把车停在了煤渣胡同，再拍拍灰、补补妆，走到前面，从正门进了酒店。

姜海和张涛都不知道，王府饭店正是林墨开发新客户的计划。她知道杰尼亚对《风尚》有投放，知道杰尼亚在王府饭店有专卖店，那么，和杰尼亚同在王府饭店地下一层，又还没有在《风尚》投放广告的几十家高档服饰商户，岂不正是可以开发的新客户？

林墨走进范思哲专卖店，立即引来导购的注意。她穿一件得体的烟波绿高腰夹克式上衣，搭配同色的毛呢高腰萝卜裤，里面一件丝巾领真丝白衬衫，脚下一双黑色浅口高跟鞋。头发用发胶全梳到背后绾成一个圆髻，露出光洁的额头。眉毛是王祖贤的样式，因为林墨额头也有一个美人尖。一对金色纽扣式耳环是唯一的装饰，七分端庄三分高贵——这一身是她最好的衣服。

曾经有一个美国商会高层的太太为林墨上过生动的一课。这对夫妇是中国大饭店的贵宾，每次来北京都是林墨负责接待以及协助他们安排行程。突然有一次林墨接到高层太太泣不成声的电话要求立即给她单独再订一间房，她要搬出去。林墨急急忙忙跑到夫妇的房间，这位太太穿着浴袍披头散发地躺在地毯上，小冰柜里的迷你酒精饮料被她喝了个精光。她抽泣着对林墨说：那个杂种终于承认有外遇了，刚才对我提出离婚。林墨不好劝什么，只得先按她的要求帮她重新开了房，搬了过去。一进房间，高层太太就倒在床上似醉似睡，再不说话，林墨轻身退了出去，转身去宴会厅帮着打点美国商会晚上的酒会。没想到也就过了两小时，高层太太自己下楼来检查酒会的进展，她把头发绾得一丝不苟，化了精致的淡妆，穿了合体的羊毛衫和裙子，微笑着和各个工作人员沟通细节，云淡风轻的，像屁事儿没有。不一会儿她若无其事地走到林墨跟前，在她耳边说：林，谢谢你。林墨仔细观察了她，除了稍稍有些倦容，根本看不出她两小时前歇斯底里过的痕迹。于是林墨真心地说：您没事了就好。这时，高层太太说了一句话让林墨至今想起来依然受用——她说：林，你要记住，作为女人，无论你正在遭受什么，或者正在努力什么，姿态是你绝对不可以遗弃的东西，它甚至比贞操更重要。

您好，我是风尚杂志社的，请问你们品牌的公关是谁在负责？林墨站在店里，保持微笑直视导购。虽然林墨不是来购物的，但她这一身打扮也令导购不敢怠慢，只好据实回她：对不起，小姐，我们不清楚，我们这里只有店面经理。林墨不慌不忙，继续问：那你们有 catalog 吗？就是目录。导购忙说：有的，有的。立即从柜台后取出一份秋冬新品目录递给她，林墨翻到封底，果然印有“代理致电香港 852-××××”，这就可以了。她收起目录，对导购致谢，走出店门。

走进第二家店、第三家店、第四家店……林墨全是同样的话，然后从店员那里拿到目录或名片。她不卑不亢，应对有礼，没有人觉得这是一个走进来推销广告的销售员，都牢牢记住了她《风尚》杂志的身份。于是每个人像对待前来采访的记者一样，一点不敢大意。

林墨最后走进了登喜路专卖店，照例管导购要目录。结果导购说，我们暂时没有目录，也没有和香港总公司联系。我们老板就是北京的，姓高。林墨一听，立即问，那方不方便把高总的电话给我，我想约他谈谈。导购拿捏不准，最后只好说先去给高总通个电话，听听他的意思。

这时候林墨是有些累了，趁着导购去打电话的工夫，她重重地坐进店里的沙发，有些集中不起精神。橘黄色的射灯柔和地投射在一排排熨烫得笔挺的西服上，光看那实木抠出来的衣架，就知道挂在上面的毛料西服，至少也得卖两万元一套。商场里的西装牌子，杉杉、红豆、依文……也不是就没有这样的款式、这样的面料，但它们哪一家会在店里摆一张意大利进口的真皮沙发？甚至连呈放皮具、领带的多宝格，也蒙着一层真皮？又有哪一家的店员虽然脸上不动声色却会默默俯下身子给客人系鞋带？本来林墨是觉得这和自己没什么关系，以前她爸倒是说过一次，有想拿批文的人给他们局里领导送整套登喜路，“不在那位置上，那么贵的衣服，这辈子是穿不上了”——她清楚地记得父亲说这句话时又怨又羡的表情。如今，她就坐在登喜路店里，在父亲眼里代表着地位的衣服，换算一下，也就是卖出六页广告的事儿，哪里用得了一辈子？一年都用不了。

林小姐，高总让您留下名片，回头他方便时会主动联系您。导购的轻言细语，让林墨回了神。她留下了名片，可又觉得，这或许无济于事。

等林墨骑着自行车把王府饭店及中国大饭店楼里的店铺全拜访完，她便留在办公室一个一个地往各种目录上的总部打电话。许多名牌服饰印在产品图册上的香港公司电话，林墨打过去才知道，几乎全是代理加盟热线。接电话的香港人都很客气，大部分也会普通话，他们耐心对林墨解释：这家公司只是该品牌在远东地区的唯一总代，如果想在内地开店，可以接洽他们。至于该品牌的广告投放，他们负责不了，暂时也觉得没有必要。

电话打得七七八八了，结果依然只有一个，这让林墨稍稍有些灰心。还好最近姜海也没过问她的销售情况，张涛更是对她视而不见。一屋子女编辑每天雀儿似的叽叽喳喳，她和她们越来越像生活在镜子的两面，彼此肉眼可见，却不相互感知。这期间，只有马建红来过，硬把林墨拉到楼道里，神神秘秘地说，张涛找过她，让她把热线打进来的直客私下转给他让他去签单，之后他可以给她分钱。林墨冷笑一声，对马建红说，这事儿是不合社里规定的，姜海知道了定饶不了你。你刚来《风尚》，自己看着办吧。马建红琢磨了一下，问林墨：墨姐，那这事儿你之前干过吗？林墨心想，你倒不傻。但她才不想对马建红掏心掏肺，于是说，这事儿要靠谱还招你来干吗啊？我自己不就干了？

这一天，林墨刚要往外打电话，电话先响了。

“喂，是风尚杂志社吗？”听声音是一个中年男子，“我找林墨，林小姐。”

“我就是，您哪位？”

“我是登喜路北京总代，姓高，高国强。你之前是不是去我们王府饭店的专卖店找过我？”

“是的，是的。高总，您好，总算联系上您了！”林墨一迭声地应。

“你找我有什么事？”

“我想向您介绍下《风尚》杂志，看看咱们有没有广告合作的可能。”

“你们杂志我看过，不过广告的事儿我暂时不考虑，登喜路都是老顾客，也不怎么看你们这种杂志。”

“高总，我当然知道登喜路已经有很稳定的顾客群了，但您难道不想让更多的新顾客成为登喜路的老顾客吗？”这些应对的话，林墨之前负责广告热线时，已说得熟练，张口就来。“您看，杰尼亚也是一个成熟品牌，但它每期都和我们杂志合作。包括我们也一样，《风尚》也有不少固定客户，但我还不是自己主动找上您的门，等来了您的电话。做生意嘛，认识新朋友总是好的。”

“你这小姑娘有点儿意思。”电话那头总算有些放松的意思，“你说杰尼亚在你们那儿投广告了？”

“是的，每期都投。”

“那这样吧，后天早上我在翠亨邨请客户喝早茶，结束了我留点儿时间给你，认识下你这个新朋友。”

“太感谢您了！高总，那我几点去合适？”

“你大概十一点过来就行，知道在哪儿吧？就在赛特边上，用我名字订的位。”

这一通电话，彻底清扫了林墨这两周来的所有阴霾。她突然觉得自己对快乐的要求变得很低，一通全无定数的电话就能让她欢欣雀跃，但这种微小的快乐，却丝毫不廉价。之前的快乐，是父母给的、老师教的、领导赐的、客人赏的、朋友送的，她被动接受，不加选择。如今的快乐，每一分皆是她自己创造的，如同撒下一把种子，细心耕耘、日日守候，最后只开出来一朵微不足道的花，但那亦是值得感动的收获。

林墨当然知道翠亨邨在哪里，这年头，任何餐厅，只要挂上“港式”或“粤菜”二字，就代表身价不菲，别说真吃生猛海鲜，随意点几道小菜，恐怕也要普通人家半个月的工资。而且，以高国强的身份，想必是住在翠亨邨背后的华侨村。选在那里喝早茶，对住在华侨村的非富即贵来说，就跟她在自家楼下包子铺喝碗棒渣粥吃俩包子一个意思，图个方便，小意思啦。

只是，高国强比林墨想象中的要迷人许多。她原以为，他会穿自家登喜路的西装，戴着明晃晃的劳力士大金表，头发梳得一丝不苟，想在女人面前扮年轻，于是总有些刻意的轻薄。又因为成功而跋扈，不断质疑她“你们杂志有人看吗”，她须得楚楚可怜、落落大方、偶尔让他用手掌抚过自己的腰身，才能抵挡他的攻势、满足他的虚荣。约定那天，当前台小姐把林墨领至高国强的包房时，眼前的男人，竟让她有些后悔没有穿得素雅一些。她的妆是有些浓了，头发也绾着，她心想如果把头发披散下来，眼影和口红减淡两分，再来面对高国强时，会更有自信。因为他是那么放松，就穿一件浅灰色的开司米套头衫、牛仔裤、麂皮鞋，他不是帅的男人，而是能让女人感到自在的男人，在他面前，女人知道自己装什么也没用，他什么没见过？不如踏踏实实地放出自己的本性，至多添三分矜持，便是很好的姿态。他也是标准的国字脸，剃得利落的板儿寸头，一对眼睛笑意盈盈，看见林墨走进来，立即问她：是林小姐吧？先坐，想喝点生滚粥还是喝茶？咖啡也有。

林墨阵脚又乱了，准备好的大段介绍杂志的话，显得太刻意；若直接询问广告的事，时机似又未到。她只好一个劲儿喝茶，翠亨邨大厅里弹琵琶姑娘奋力演奏的《步步高》，更叫她心里烦躁，也不知是为自己突然语塞或是怪他太过周到。

倒是高国强先开口了，说："林小姐，你们杂志我看过了，确实很大气，但投广告这件事我并没想好，或者说，对于我个人意义不大。登喜路不是我的牌子，我也只是他们华北地区的代理，按理说，投放品牌广告这种事，应该要问他们总部。但我和他们总部也没什么联系，负责管理我们的香港公司其实也是代理，他们更是不怎么管事儿，你看，我想做一本新品目录，他们到现在都还没给我发图片过来。"

林墨抬头，甜甜地笑了笑，说："高总，没关系的，你也说了嘛，今天只是来认识个朋友。"

"但是——"林墨此时才知道这个"但是"就是高国强为她准备的见面礼。他不把难处说在前面，她怎么去感激、去适可而止？成熟男人就是这点迷人，即使明知道他耍了心机，但他那心机也是熨帖着女人心意来的。“但是，我之前看过你们一期杂志，里面有一篇文章，大概是说杰尼亚是男装里的珠峰，写得挺好，把这牌子说得很透。我个人非常有兴趣想看你们杂志写写登喜路有多好，它的典故不比杰尼亚少。”高国强说到这里，定了一定，才问林墨，“林小姐，你们杂志能操作吗？”

林墨明白他的意思，心里已是谢过他了，却也没忘记先揣测了一下报价，才回他：“没想到高总真是我们的老读者，这篇文章也想得起来。关于登喜路的品牌故事我们也是可以做的，这种内容合作，我们通常是按每页两万元计费，如果您做两页的话，我可以把价钱给您做到三万五，确实比硬广告划算。不知您是否考虑？”

高国强呵呵一笑，说：“这也不便宜呢。不过既然提了，就做两页试试吧。”

林墨本想说“高总真是个爽快人”，话到嘴边，又改成了“高总真是有眼光”。

高国强又笑了笑，再没说登喜路的事。他自己清楚，真不是心血来潮就给《风尚》杂志白白送了三万多元，这杂志近来哪儿哪儿都能见着，尤其在高档酒店，甚至首都机场。他也需要一篇刊登在高级刊物上的登喜路品牌故事帮他说服新老顾客。虽然他代理登喜路有一年多了，别人问他登喜路为什么卖那么贵时，他来来回回只会答：顶级世界名牌，纯进口的。

高国强最早接触登喜路，是在1993年，那时他正捧着一个金饭碗。1983年，他大学毕业后分到五矿总公司做财务，一路摸爬滚打被提拔上来，事业顺风顺水，人生几乎也以最好的可能写好，只待一年一年节节高升上去。1992年，五矿总公司组建成五矿集团，继而又成立投资公司在香港运作资本市场，高国强作为财务骨干，时常被派到香港出差。

他一下子就喜欢上了香港，那样快、那样拼、那样生机勃勃。和他共事的香港合作方代表无论男女，个个衣着光鲜，彬彬有礼。即使不说话，站在一起还是很容易分辨：香港本地那些，从头到脚给人的感觉就两个字：合宜。皮鞋不过分亮，头发不过分油，尤其男士，身上一套西装一分不短一分不长，举手投足，风度翩翩；他们从内地来的，几乎穿的都是商场卖的均码西装，总有裤脚长的、腰身肥的、袖子短的，内地人的局促与不讲究一目了然。他和香港合作方的人熟了以后，终于有一次私下问，你们的西服都在哪里买的啊？

香港人带他去了登喜路，均价九千港币一身的西服一穿上他便知道为什么值这个价了。那一瞬间，不说话，从镜子里看自己，他也有了几分香港人的神采。高国强带着两套登喜路西装回了北京，每日上班穿去，周围人赞美的神色与他当初如出一辙。没过多久，便有同事来询问，什么时候再去香港？能不能帮忙也带一身登喜路？刚开始，高国强只是帮忙，没想到托他买登喜路的人越来越多，有些人一要就是好几身，说是送客户。还有熟人托熟人、亲戚托亲戚，全要买登喜路。1993 年去一趟香港依然只是少数人能做到的事，后来，高国强对所有托他买登喜路的人说，我一个人的行李带不了这许多，要走托运了，所以一概一万八一套。

有一次，他着实把香港登喜路的店员惊到了。十款西装，每款五个尺码，他一样来了一件。整整五十套登喜路，令店员止不住地问：先生，你确定都要吗？他打了十个行李箱，走飞机托运把五十套登喜路带回了北京，一个多月全部转手出去，净赚小四十万。

高国强带着手里所有的资金，又去了香港。登喜路的店员早就认识了他，一见他就眉开眼笑：高先生又来惠顾了。高国强说：能不能把你们公司负责人介绍给我认识一下？店员叫来经理，经理连忙打电话安排，以高国强一年多以来在登喜路的消费记录，早已是超级 VIP 的身份，对登喜路有什么要求是一概满足。

高国强直截了当地对登喜路香港公司的人说，我想在北京代理登喜路，能不能给我？1993 年，内地人去香港很困难，香港人来内地做生意又谈何容易？政策是一方面，关键在大多数香港人眼里，内地就是一片未知的龙潭虎穴，心眼颇多的内地人最善用各种阴损的伎俩轻易把外来人生吞活剥敲骨吸髓了。可高国强令人咋舌的消费记录又摆在那儿，于是，香港公司回复他说，代理给你可以，只是有两点：一是每年有一个最低入货量；二是你在北京开店的所有室内装潢、商品陈列必须由我们总部的设计师来设计，材料也必须用我们直供的。

关于第一条，高国强压根没当回事儿，他反而怕香港公司最后来不及供货。但第二条，却着实坑了他一把。等他四处活动在王府饭店找好了铺面，从香港飞过来的设计师告诉他装修预算要超过一百五十万。高国强大吃一惊，问怎么会那么贵，设计师告诉他，所有陈列家具、装修材料必须从意大利空运过来。高国强说：国内也有真皮的沙发、实木的柜子，用差不多的不行吗？设计师高深地一笑，说：要都差不多了，这还能是登喜路吗？高国强只好认命，也是把家里能抵押的都抵押了，才将王府饭店的登喜路专卖店装下来。

快开业前，高国强去集团辞了职，给所有曾经找他代购登喜路的人打了一圈招呼：北京首家登喜路专卖店要开业了，以后直接去王府饭店买就行，还能提供定制服务。所幸拿到了代理，他不用再以香港零售价拿货，货品进店有代理商折扣，定价却依然在两万上下，熟客相当多，经营一年不到，他已回本不少。可他仔细观察过王府饭店这一层名品店的客流量，发现登喜路还是卖不过杰尼亚，有些外地人是直接拿着《风尚》杂志找来王府饭店的杰尼亚专卖店，却对登喜路一无所知。林墨找来登喜路后，他也问过香港公司，能不能帮品牌在国内高级杂志上投投广告，香港公司说没有这个预算，连他提议双方各出一半也被拒绝了。不得已，他才决定自己投一期试试，毕竟这钱花出去，挣回来全是自己的。

林墨哪里知道这爽快的三万五投放背后有这么多故事，也不知道这时代先给了一批如高国强一样的人机会，才有了《风尚》的机会。她只知道，自己选择的路虽然野了点、难了点，但好歹开始有迹可循了。

1995 年的冬天就要来了，林墨觉得这个年关应该会好过一点，她，甚至所有在《风尚》工作的人，应该能第一次拿到年终奖了。

要揽洋广告，先办洋杂志

姜社，给《风尚》找个外版杂志合作吧。

姜海第一次听到这话，是张涛说的。张涛近两个月几乎没签成一笔单，他急坏了。有些客户明明是有预算的，他也小心翼翼地伺候了，不依不饶地跟进了，最后客户对他两手一摊：抱歉，这季度预算做完了，实在没你家的。张涛心里在骂娘，脸上却只能挂着笑，说，理解理解。随后，张涛看到这些拒绝了《风尚》的广告无一例外地出现在了《ELLE 世界时装之苑》里。他理解不了了，挨个打电话问客户：请问您觉得我们杂志和《ELLE 世界时装之苑》的差距在哪里？客户又无一例外地回复他：它们是和法国版权合作的杂志，我们总部就认它的母版，指定了必须投。

姜社，给《风尚》找个外版杂志合作吧。

姜海第二次听到这话，是林墨说的。林墨最近常常被客户反问：《风尚》和《追寻》有什么不同？给我一个非你莫属的理由。林墨语塞，每期《追寻》她里里外外全仔细看过，这本刚创刊三个月的杂志几乎与《风尚》是一个模子印出来的，从封面图片、栏目设置到文章风格，《风尚》有的，《追寻》全有。更可气的是，《追寻》比《风尚》更敢做到极致——《风尚》刚谈都市单身女正在悄悄流行，《追寻》已经总结出了单身女子的一百零八条军规；《风尚》问你敢不敢跨国恋，《追寻》说你就得和老外生个娃；《风尚》教你读懂法国品牌，《追寻》总结欧洲时尚百年……所以，林墨不知道怎么回答客户才恰当，难道要说"《追寻》的内容全是照搬《风尚》的"？她可没那么缺心眼。

林墨知道《追寻》的来头，也是一本挂靠在主管单位下的承包经营杂志。不同的是，承包《追寻》的并不是姜海、刘长波这样的个人，而是一家相当有实力的民营企业。那年头，每家出版社都有年年亏损的杂志，占着刊号不出刊，会被新闻出版总署通报批评，硬着头皮月月出刊，出版社就得拿钱往里面贴。后来，各家出版社纷纷打报告给上级单位要求拨专款办刊，上级单位钱是拿不出来，办法倒有。尤其是管辖范围内多为加工出口型企业的行业主管部门，每家企业不都想多争取出口配额吗？行！配额可以倾斜，但谁家多拿配额谁家就得认领一本行业出版社的亏损杂志，按时按量出刊之余，每年还得保证付给出版社一笔刊号使用费，其他是亏是盈，出版社一律不管。但总之，杂志在，配额在。认领《追寻》的，便是轻工出口企业的一家龙头老大，它是不在乎付给出版社这仨瓜俩枣，甚至为了一展行业领袖之风，它每年批了一笔不小的预算用于《追寻》办刊，又从温州总部挑了一个精明的办公室文秘，打发他孤身来到北京支起《追寻》这摊儿事。林墨前不久在客户那里见过这文秘，也就是追寻杂志社的社长，姓黄，长得并不起眼，唯独黑皮鞋里套的一双肉色丝光袜被林墨牢牢记住了。就这样的也能办时尚杂志？林墨心想。

林墨不知道，黄社长不见得懂时尚，但作为温州人，他懂生意。《追寻》才创刊三个月，立即能对《风尚》造成威胁，全得益于黄社长给《追寻》定的三个政策。第一，《追寻》承诺“千金买赋”，意即只要确实有水平，《追寻》可以给投稿作者开出千字千元的稿费，其他稍微一般的，也能达到千字三百元左右。这是什么概念？给《追寻》写一篇文章能挣大部分人好几个月的工资！第二，《追寻》给所有员工免费提供紧挨杂志社的宿舍，无论你是本地的外地的、有户口的没户口的、未婚的已婚的，只要你成为《追寻》的编辑、销售、摄影师，杂志社一概根据具体情况解决你在北京的住宿。第三，《追寻》提前预付当月工资，月初即把本月工资支付给员工。上个月30日入职，这个月5日就能领取全额工资，全中国也没几家这样的公司！就靠这三条，《追寻》一创刊，出版界、新闻界、美术界的人才全趋之若鹜，《追寻》轻而易举地集结了一批又能干又感恩的员工，拿到了海内外名作家的专栏稿件，图片也尽挑独家的买。出刊前，黄社长对《追寻》的编辑说，你们就照着《风尚》办，比它办得更好看就行。

因着*ELLE*的招牌与《追寻》的冲击，张涛和林墨头一次想到了一块儿去。这让姜海相当重视，他把两人叫到一起，对他们说：版权的事我去想想办法，你们不必着急。

1996年阳春，整个风尚杂志社里，除了心中有事儿的张涛与林墨，所有人脸上都是喜气洋洋的，仿佛被唤醒的柳梢、染红的桃花，齐齐借着越吹越暖的春风，越发生机勃勃起来。春节前，果如林墨所料，姜海给每个员工头一次派发了年终奖，是各人每月工资的两三倍，众人皆大欢喜，然后这欢喜劲儿就一直延续到了现在。

这天，林墨刚进办公室，便见到所有女同事围着李艺叽叽喳喳。她本不想去凑热闹，结果被郭晓月看见，连忙招呼她说：林墨，快过来看呀！李艺买了一个路易·威登的包！

林墨应声过去，瞧见李艺手里的，正是一只路易·威登招牌字母组合图案的棕色双肩皮背包。林墨之前在路易·威登专卖店里见过，至少要七千块。

郭晓月从李艺手里把包拿起来左看右看，问李艺："拿年终奖买的？"

李艺轻蔑一笑，回她："年终奖哪够？我还贴了不少钱呢。"

行政的于小娟听李艺这么说，不由得吃了一惊，问："这包这么贵？什么皮做的？"

李艺说："就是一般的牛皮吧！但这包是法国原装进口的，没办法，就得这么贵。"

沈玫见郭晓月看个没够，忍不住问她："主编，你要这么喜欢，就也去买一个呗！"

郭晓月不好意思地放下包，顺势调侃起自己："喜欢是喜欢，不过我觉得啊，名牌穿肠过，时尚心中留。"

最艳羡的恐怕还是马建红，她趁郭晓月放下包的空当，立即把包拿过来左看右看，每个针脚都被她细细抚了一遍，当她把包还给李艺时，说了一句话更是让李艺心花怒放。马建红说："总算摸到真东西了！"

林墨心里正对马建红嗤之以鼻，不承想李艺突然招惹上她："林墨，你还不赶紧也去买一个？你这天天见品牌大客户的，没个名牌包哪行！别心疼钱啊，都知道你又拿奖金又挣提成的！"

李艺这一嚷嚷，众人齐刷刷地望向林墨，李艺刚才的话提醒了她们：对啊，倒要对林墨旁敲侧击一番，看她究竟挣了多少。

林墨咯咯地笑，仿佛一点也不介意："我见客户哪用得着拎这么贵的包？都是有事说事的。倒是你确实该买，你成天出入高档场所，采访明星会见大款，拎上路易·威登，别人更不敢怠慢你。"

李艺自然是听出来了林墨话里的奚落，不再接她的茬，只当是自讨没趣了。她并不讨厌林墨，还暗自认定她与林墨是《风尚》杂志社里仅有的两个知晓体面的女人而颇有几分惺惺相惜。或因如此，她又事事总想与林墨分出些眉眼高低来，奈何林墨明镜似的，总不遂她的愿。

林墨最是懂得李艺这样的女人，兜里有几个钱便要全部贴在别人能看得见的地方，必定是小门小户出身，心里却住着大户人家，巴巴地盼着别人给她长脸。倒是郭晓月和沈玫，让林墨弄不明白。一个是《风尚》的主编，一个在法国游学多年，两人世面见了不少、工资都不低，却总舍不得穿点好的。外人若不知道，定会以为这对儿老姑娘拖家带口，把钱省给了孩子。她们了解时尚，未必欣赏时尚，文艺女青年的精神面貌依然根深蒂固，信奉的或许仍是"如果你爱我，请爱我的灵魂"之类的。

年前发奖金及提成时，林墨也盘算着给自己买点什么，她总共拿了一万来块，别说买只路易·威登皮包，就是雷达表，也是买得起的。但她下意识地想起了父母，尤其是父亲，想起他当初对她形容那些大权在握者被人赠送名贵登喜路西装的神情，她改了主意。

林墨打电话给高国强，说父亲一辈子没穿过好衣服，自己想给他买一套登喜路西装，方不方便给点折扣。高国强说，干吗还费那个劲？我送伯父一套得了！林墨连连拒绝，说这太不合适了。于公她不能拿客户东西，于私亦不可让高国强误会她是千方百计有便宜就占的鸡贼女人，所以林墨异常坚决，说，打个折就千恩万谢了，如果要送，她断是不要的。高国强顺着她，给她打了七折。这折扣很讲究：既没有低得像明摆着的半卖半送，又没有高得令之前说要送西服的话显得虚伪，而且，林墨去店里买完西服，导购又执意送了领带皮带各一条。高国强的心意，如此得体又宽厚，不禁令林墨越来越好奇：他怎么就这么懂得拿捏？

春节时，林墨带着礼物回父母家。母亲得到一套资生堂化妆品，父亲收到登喜路西装时，不禁又惊又喜：给我买这么贵的衣服做什么？我又没场合穿！林墨轻描淡写地说：也没多贵，特意给你买的，你愿意穿就穿。晚上一家三口吃完饭，林墨百无聊赖地看央视春晚，父亲就在卧室戴着老花镜用毛刷一遍一遍地收拾登喜路西装。第二天是大年初一，要走亲戚，父亲就穿上了。他把皮鞋刷得锃亮，又特意找出来羊绒围巾搭在西装外。林墨嘴上不说，心里已经哭出了声。

1996年的北京其实没有春天。人们只记得从皇城根到东三环，所有景色、人烟，统统被工地里扬起的灰尘蒙住。蓝的、白的、粉的、绿的……全被挂了一层脏，只有墙上那一个个用鲜红油漆圈起的“拆”字是醒目的，它们催促着原来的人尽快离场，预示着未知的事即将发生。等北京站周边快要被拆绝拆尽，只剩京宝饭店这一座孤岛时，姜海带回了版权合作的最新消息。

早在《风尚》创刊前，姜海就咨询过直接引入国际版权的可能，被上级单位直接否决了。《ELLE世界时装之苑》得以在中国出刊的前提，是作为中法建交二十五周年献礼的一部分。否则新闻出版总署绝不允许在国内印发任何境外媒体的中文版。前两年,《风尚》忙于生存，版权合作的事姜海无暇兼顾，近来新闻出版总署逐渐允许国内期刊在政策指导下与部分境外媒体进行版权合作。恰巧之前张涛和林墨又不约而同提起了这个事，之后姜海一刻也没耽误地写申请、打报告、做调研，真就顺利通过主管单位联系上了一家法国杂志：*MODE*。

MODE 和 *ELLE* 一样，是法国响当当的女性杂志。作为女性读物，*MODE* 恰似法国女人：优雅、浪漫、独立、时髦以及保有恰到好处的做作劲儿。作为老牌大刊，*MODE* 有全球扩张的野心。它自 1990 年起陆续在中国香港、中国台湾、日本等亚洲地区出版，早已将中国内地在版图上合围，只待顺利会师。这次从法国驻华大使馆传出的《风尚》杂志寻求版权合作的信息刚到巴黎，*MODE* 法国总部立即做出回应，一封传真发回北京，言简意赅——我方将派人员即日赴京考察《风尚》。

法国人要来，这让《风尚》上上下下惴惴不安。姜海和刘长波担心庙小菩萨大，法国人若见了《风尚》这尚处于社会主义初级阶段的办公环境、编辑水准，拂袖而去都是小事，回去再一通宣传，只怕将彻底断了《风尚》在发达国家的一切机会。为此，姜海一咬牙在办公室给所有人员添置了计算机，于小娟、马建红等人竟是第一次接触电脑；张涛唯恐法国人质疑各类国际品牌在中国市场的投入力度，从各大广告公司要来数据报表，做了一份报告，力图证明中国是下一个福地；林墨害怕交谈时读错外国品牌名，特意买了一本北京服装学院出版的《国际时装品牌概览》，按着音标一个一个纠正；只几个女编辑操心怎么打扮自己，李艺已有路易·威登在手，这给了她指点旁人的特权。“主编，见法国人时，你那的确良的红衬衫可不能再穿了啊，还有你那条牛仔裤，松垮垮的也不好，法国女人是精致中带点性感，你和沈玫一个像初中语文老师，一个像基层女干部，差太远了。”这话说得郭晓月和沈玫两人脸上红一阵白一阵，又无从发作。

法国人来的那一天，《风尚》杂志社个个都像要结婚。男的一概黑西装白衬衣配深红或深蓝的领带；林墨一袭月牙白的无袖及膝连衣裙，长发烫成了大卷，成熟洋气；郭晓月难得穿了裙子，赭红色一步裙配同色短袖衬衫，不村不俗；沈玫把常年油光锃亮的发辫解开了，洗干净盘成髻，她偏胖，不敢穿裙子，挑了黑色的男款西装外套与靛蓝色牛仔裤，系了一条芥末绿的欧根纱围巾，庄重知性。沈玫今天特别紧张，因为她是会法语的，从今开始要充当法国人的翻译，她接连好几夜狠狠恶补了商务法语，生怕词汇量不够。李艺穿了一条黑色弹力超短裙，上身是一件深灰色的长袖针织衫，领口挖开了视野开阔的一片，三分之一的乳沟连同锁骨骄傲地暴露在外，她的齐耳短发补烫了卷，悬一对金色圆环耳坠，像是从港台卡拉 OK 风景伴奏带里走出来的女主角，风情大胆。马建红和于小娟衣着无甚亮点，还算干净整洁。众人在办公室里无一敢坐，确保在见到法国人前衣装不会起褶。

姜海连同刘长波又带着沈玫开车去首都机场接来了 *MODE* 的国际版权总监皮埃尔，他大约年过四旬，极高极瘦，一头亚麻色的鬈发柔软地覆盖在额头，两侧微微有些秃顶。他的五官是典型西方的深邃，他的笑意也是典型西方的温和。这一切谦谦表象让人相信：他的内心也一定很温暖。皮埃尔和姜海等人在接机大厅碰面时，已接近傍晚，一行人马直接去了前门全聚德，推开包厢的门，张涛、林墨等人早已列队两旁等候多时，皮埃尔一进来，所有人的喜悦之情溢于言表，却不知说什么好。

“是不是中国最美的女人都在为《风尚》工作？”老到的皮埃尔打破了僵局，他是用英文说的。

众人立即哈哈大笑，听不懂英文的马建红也跟着笑，随后才小声问李艺，法国人说的是啥啊？姜海安排各人落座，再一一对皮埃尔介绍。张涛、林墨、李艺均用英语问候，介绍郭晓月时，姜海说，这是《风尚》杂志的主编。皮埃尔立即用英文称赞了一句“的确是位优雅的女士”，说完，他见郭晓月一脸茫然不知所措，于是问：您不说英文吗？这句郭晓月听懂了，结结巴巴地回答：我英文不是很好，正在学。坐在郭晓月身旁的李艺立即把话接了过去，对皮埃尔说：对，我们主编不太会外语，您要对她说什么，我来翻译吧。

这句话一出，林墨立即皱了皱眉头，她微微瞥了一眼李艺，心想：这才刚坐下，出风头还早了点吧？

李艺早顾不上旁人的眼色，眼睛和乳沟直直地冲向皮埃尔。酒未动，身已酥，除了“How old are you”她没问，其余诸如“是第一次来北京吗”“旅途顺利吗”“爱吃中餐吗”等标准英文交际用语全使出来招呼了一遍。这为她赢来皮埃尔的赞美：你很迷人，很MODE。

姜海一边给皮埃尔布酒，一边对他说：“对于您的大驾光临，我们深感荣幸，不过今晚咱先不谈正事，必须先喝好吃好！”

皮埃尔尝了一口杯中的茅台，辣得直吐舌：“这是什么酒？”

李艺又接过话，说：“这是中国的白酒，用稻米酿造的，有点像俄国的伏特加，真正的男士都喝。我作为女士，本来是不喝的，但为了迎接远道而来的贵宾，来，我代表《风尚》先干了！”

李艺说完这句话，连一直低着头尽力避开与皮埃尔眼神相交的郭晓月也忍不住转头——她凭什么代表《风尚》？！

皮埃尔哈哈大笑，举起酒杯也一饮而尽，刘长波见他开心，用眼神示意李艺继续劝酒。郭晓月的委屈立即变成无奈，她顿感自己如残羹冷炙般被弃在一旁，连看一眼都懒得。

林墨也举起杯，对皮埃尔说："刚才她只说对了一半，其实我们女人也是喝的，不过必须是勇敢的女人。我也干了，您随意。"

皮埃尔笑得更开心了，说："我就喜欢敢于挑战男人的女人！"

马建红见李艺、林墨都敬了酒，也蠢蠢欲动，可她完全不懂英语，正犹豫怎么开口，被姜海摁住了："你当这是托关系办事呢？别轮番敬了！外宾可不欣赏这一套。"

酒过三巡，皮埃尔主动举起了杯，说："这一杯我想敬所有人。我们向往东方、向往中国，感谢你们的杂志给了 *MODE* 一个来中国的理由，*MODE* 也将努力为你们打开一个崭新的世界。我衷心希望，我们双方能成为永久的朋友。"众人听得热血沸腾，张涛更是语无伦次地连说 OK、OK！

这一顿饭吃得宾主尽欢，在送皮埃尔回酒店的路上，姜海心里已经默默闪现出一张张印着《风尚 MODE》刊名的封面，版权来了，世界还会远吗？

谁料到，从第二天开始，皮埃尔便不断降温。

沈玫早起先去接皮埃尔来杂志社。出租车开到北京站前广场停下来，沈玫领着他朝着京宝饭店所在的一大片工地穿越。皮埃尔一路踩着瓦砾，一路自言自语：真是太糟了。进了《风尚》办公室，皮埃尔说要去洗手间。刚进去，他就在男厕所里大叫了一声，急急退了出来。姜海闻声而至，以为他摔倒在厕所，忙问他怎么了，结果皮埃尔一脸惊恐地问：洗手间里为什么没有马桶？姜海大惑，说，有啊！两人一起进去，姜海指着蹲坑说，这不就是吗？还亲自示意他要蹲下去。皮埃尔像活见鬼一样，斩钉截铁地说：No Way！然后执意要回下榻的崇文门饭店。姜海没辙，只好开车载皮埃尔回饭店，等他上完洗手间，又载他回来。之后沈玫对他解释，说中国大部分人家全是采用蹲式马桶，因为中国人相信这样反而更卫生，皮埃尔才勉强接受了对着蹲坑小便，但来大的，他还是要回自己的饭店上。

在《风尚》第一个月，皮埃尔每天只和郭晓月、沈玫、李艺开会。他让她们一页一页地对他解释，《风尚》写了些什么、拍了些什么、有什么栏目、用哪些观点。他边听边质疑：为什么整本杂志有那么多讲两性关系的内容？中国的女人都不会谈恋爱吗？为什么你们要不厌其烦地反复对读者普及同一个品牌的知识？为什么文字那么多图片那么少？为什么你们介绍时尚趋势的方式是散文式的而非专业式的？为什么你们不开辟美容栏目？为什么你们不拍摄时装大片，等等，令李艺也几乎招架不住。郭晓月更是一听又要开会就长吁短叹。

在《风尚》第二个月，皮埃尔叫来张涛和林墨，让他俩详细介绍《风尚》的广告情况。皮埃尔指着封一问：在这个位置投广告，需要多少钱？张涛想了想，说：五万吧！皮埃尔追问：是人民币吗？张涛点头，皮埃尔叹气：价格实在太低了。接着他拿起一本最新的《风尚》从头数到尾，自己心算了一下，问林墨：我算了下，你们一期杂志才四五个广告，所以每期广告额只有二十万元不到吗？林墨摇头，说：不对，您数得不对，这些、这些，都是广告，我们每期收入能达到四十万到六十万元不等。皮埃尔说，那也不多。他又指着一家国产服装品牌的广告页问：这是什么品牌？林墨说：一家国内知名服装企业。皮埃尔继续叹气：你把这种地区性品牌的广告登在整本杂志前三分之一中各个重要的位置，其他国际奢侈品牌是无法接受的。

在《风尚》第三个月，终于轮到姜海和刘长波接受盘查。皮埃尔问刘长波：如果*MODE*决定与《风尚》版权合作了，新的《风尚MODE》在市场上会有哪些投入？刘长波想了想，不确定怎么回答或者回答什么，于是答非所问：我们会继续走正规邮局发行渠道，努力增加订阅用户。皮埃尔问姜海：以《风尚》现在的收入，你觉得足够支付*MODE*版权使用费吗？以及*MODE*还要对合作后《风尚MODE》的广告收入进行一定比例的提成。姜海问，版权使用费大概是多少，皮埃尔笑了一下，报出一个数，立即让姜海和刘长波傻了。姜海说：我得写个报告请示上级机关。皮埃尔不解，问：你不是这家杂志的所有者吗？姜海讪笑：经营的确是我，但所有权不在我们这里。

第四个月还未来临时，皮埃尔突然匆匆对姜海告别，起程回了法国，再无音信。数月后，姜海才通过局里向法国大使馆打听得知，皮埃尔回到*MODE*总部后，详细报告了《风尚》的情况，结论是：中国还没有准备好。

在与皮埃尔失联的日子里，《风尚》每一个人都是焦虑的。沈玫还安慰大家：法国人就是慢性子，不会急。遇到这种国际合作的大事，研究个一年半载也是有的，合作应该十拿九稳。沈玫的安慰姜海并不受用，他想起法国人火急火燎地来，却不声不响地走，已有七八分猜测。皮埃尔回国后又是这种态度，这事儿可以不必盼了。

只是姜海不知，在皮埃尔踏上归途的同时，另外两个人刚从美国飞来。一个是英杰资本中国基金的高级总裁Simon Bay，地道美国人，异常热爱中国文化，给自己取了个中文名叫贝西文。另一个是贝西文的下属，英杰资本中国基金副总裁齐一鸣，湖北人，他属于中国恢复高考最早考上大学之后又最早拿到奖学金走出国门留学的那批人。在美国求学期间，齐一鸣在华尔街一家市场调研机构实习，被贝西文发掘并很快得到赏识。贝西文很早就在华尔街放言：去中国吧，付出三分，收获十分。齐一鸣这样一个土生土长又在美国接受顶尖教育更经受了华尔街一线战火洗礼的中国人，正是他决定在中国大展宏图的最佳代言人。1992 年，齐一鸣协助贝西文在中国创立了英杰资本中国基金，从此，贝西文每年固定到访中国考察市场，从北京、上海，到深圳、广州，甚至海南岛。齐一鸣则驻扎上海兢兢业业地为他整理市场信息、起草商业计划，从 1992 年到 1996 年短短四年间，英杰资本中国基金已在中国境内投资六千多万美元，惠及国内从高新企业到传统媒体三十余家。

恰如贝西文所料，1996 年的中国，遍地是机会。竖立在中关村南大门的一幅硕大广告牌“中国人离信息高速公路有多远——向北 1500 米”正是告诉每一个人：你离机会有多近。1996 年初冬，贝西文在首都机场等待转机去上海，他走进机场报刊亭，眼睛扫过成排中文杂志，那些时政的、财经的、科技的、体育的，都无法引起他的注意。最后，贝西文的目光落在了《风尚》上，边上只有一本《ELLE 世界时装之苑》与它类似，再无可选。贝西文掏出十元钱，买了一本《风尚》。四小时后，飞机降落在虹桥机场，贝西文把《风尚》递给前来接机的齐一鸣，对他说：这本杂志很有意思，你去接触一下。

直到多年后，姜海依然清晰地记得齐一鸣在 1996 年 11 月底打来的那一通电话。

“您好，是风尚杂志社姜海姜社长吗？”

“我是，您哪位？”

“我是英杰资本中国基金的齐一鸣。”

“您好，您有什么事？”

“我们是帮助中国优质企业快速成长的资本投资公司，对《风尚》杂志很有兴趣。我给您打电话前，也去你们的上级主管单位了解过情况了，这才冒昧打电话给您。”

“非常感谢！我能为您做点什么吗？”

“不必客气，我就在北京，方便的话，不如约在王府饭店面谈一下。”

那一通电话，彻底改变了《风尚》发展的进程，它帮助《风尚》走对了最关键的一步，从此成为历史的缔造者，而非牺牲者；那一通电话，也改变了一批人的命运。它让怀揣大志的得以实现，让渴望财富的富可敌国，让放眼世界的走遍全球，让默默无闻的声名大噪，让忠的成为领袖，让奸的成为枭雄，让平庸的成为偶像，让多思的成为智者，让脆弱的提前离去，让坚韧的笑到最后；那一通电话，把一串涟漪变成一阵惊涛，一滴水珠变成一片大海，一个音符变成一个舞台，一个作坊变成一个帝国。

只是这一切，于当时的姜海，是全然无法想象的。

在 1996 年的那个冬天，去王府饭店见齐一鸣的路上，姜海想的是：管他呢！见就见呗！反正也没什么可损失的了。

你好，我是国际大刊！

1997 年，风尚杂志社发生了两件大事。

第一件，是姜海给自己及刘长波、张涛、林墨四人配了移动电话。全球通号码，摩托罗拉手机，小巧有档次，在移动通信公司连号码带手机办一部下来，将近八千块。林墨拿到手机时，内心欢喜，却未表露于色。她将包装盒悄悄锁入办公桌的抽屉里，只把手机装进提包。午饭时，她刻意避开众人独自去了国际饭店的咖啡厅，点一杯咖啡坐下，这才拿出手机，对着说明书仔细研究。

林墨先试着给家里拨了个电话，果然是母亲接的。

“妈，在家呢？你去找根儿笔，记下我的手机号码！”

“什么号码？”

“手机，就是移动电话。我正用手机给你打电话呢，你以后打这个号码，随时都能找到我。”

“你从哪里弄的手机？你的呼机还用吗？”

“公司给配的，谁还用呼机啊？打手机直接找我。”

挂了母亲的电话后，林墨想了想，又拨了高国强的号，他早已用上了全球通手机，所以也能随时被找到。

“高总，是我，小林。这是我的手机号，以后您有事找我就方便了。”

“挺好。你最近忙吗？不忙一起吃个饭。”

“行，随时联系吧。”

自从认识后，高国强时常约见林墨。有时候一周能见两次，有时候又隔了一两个月，但从未失联。他的节奏把握得很好，并不是想见随时可以见，也不是漫长到各自面目模糊，只是见得勤了，要给对方留点念想，想得久了，又出来见面。他和她渐渐有了聊天的默契，隔着一张饭桌，他安静地听她说，末了，给她一些意见，然后换到下一个话题。她和他心知肚明这关系正在发展的朝向，可没有一个人着急点破、求证，就像一锅慢火熬的汤，不到时候，是万不能揭盖窥探的，敞了一口气，这汤或许就不会有细水长流般的鲜甜了。

林墨午后回到办公室，瞅见张涛正在编辑部的一帮姑娘面前卖弄新手机。他见林墨进来，便问她：“林墨，手机你会用了吗？”这话使得李艺转身追问了林墨一句：“社里给你也配手机了？”林墨不置可否。李艺轻笑一声，又对郭晓月说：“主编，社里怎么不给你配手机啊？你可是主编啊，业务不比别人少。”这些年郭晓月摸透了李艺的路子——未必存心给旁人找不痛快，但事事绝不肯落了下风。于是，郭晓月回她：“我业务再多也没给社里创收，什么时候等你一年能给社里挣回一两千万的，别说手机，就是专车，姜社估计也准了。”李艺碰了灰，嘴上还不肯饶过，又说：“一部手机而已，用操那么大心吗？下个月发了工资我也弄一个，到底是方便了。”

一旁的沈玫和马建红嘴上没言语，心里与李艺想到一块儿去了——就这么十来人的杂志社，偏偏他们几个怎么就先不一样了？

第二件，是风尚杂志社搬迁了。

搬家的念头，姜海想了很久。从1996年北京站这一带大规模动迁开始，他就确定京宝饭店不能长待。去年他全身心地张罗给《风尚》找版权，把搬迁这事儿搁置了。没想到恰恰因为留在京宝饭店办公，竟一定程度上影响了《风尚》与法国大刊*MODE*的版权合作，这更令姜海又悔又气。不过最后替他下定搬迁决心的，是去年年底主动找上门来的齐一鸣，以及他背后的英杰资本中国基金。

去年12月，姜海在王府饭店见了齐一鸣，他们之前并不认识，是齐一鸣主动打电话到《风尚》说英杰资本有兴趣投资，希望与负责人面谈。姜海完全不相信会无端被天上掉的馅儿饼砸中，他之所以愿意来，也是好奇这年头上赶着说要给你送钱的人长什么样。

可两小时后，姜海被齐一鸣折服了。折服于他的学识、他的经历、他的教养、他的来头、他的举重若轻、他的头头是道，以及他为《风尚》描绘的宏伟蓝图。齐一鸣给姜海讲了一个故事：1994年，美国有个二十三岁的计算机爱好者，开发出一种叫“浏览器”的计算机软件，许多业内人士对此关注，又迟疑于开发者的资历与软件本身的前景，何况，开发者要求投资者最低注资五百万美元方可控股，这更让业内哗然。大部分人认定这是一个圈钱的噱头，只有英杰资本力排众议，以五百万美元参与投资了“浏览器”。仅过半年，“浏览器”以“网景”为名在纳斯达克上市，创造了永载史册的风投神话——所有入股五百万美元的股东，上市当天便从网景各自赚到了四亿美元。

说完这个故事，齐一鸣对姜海笑了笑，说："《风尚》或许是另一个网景，但没有那五百万，《风尚》将仅仅止步在一本杂志。"

齐一鸣又说："投资其实也不复杂，顺势而为、在大面儿上做对事，就会赢。所以，姜社长，你很幸运，《风尚》是一本跟对了大方向的杂志。可是若没有助力与向导，即使跟对了方向，也会变成无足轻重的支流。我来之前，仔细看了过去十二个月的《风尚》，广告态势不错，这是跟对了方向的征兆，可惜《风尚》在整个市场上，声音太小，所幸目前你们的竞争对手不超过三家，这使得你们能以很小的成本存活。但我断言，五年内，这个领域的竞争者会越来越多、越来越强，《风尚》若不趁现在高举高打迅速称霸，将来尘埃落定，你必会后悔此刻的多虑与迟疑。"

姜海不知道是因为空调开得太大，咖啡喝得太急，抑或仅仅是紧张，他感觉自己手心在冒汗，心突突跳得厉害。姜海设想中的会晤，是对方一个箭步上来，紧握他的双手，热烈表达对《风尚》的欣赏与盛赞。之后在饭桌上推杯换盏后，对方才会对他解释投资的真意与细节。再之后，无论是不了了之或节外生枝，他也想到了、先笑了。哪料，齐一鸣是如此颠覆。在见面的两小时里，齐一鸣对姜海取得的一切成绩，仿佛置若罔闻。他反复提起，《风尚》只是一件在对的时间做了对的事情。英杰资本看中的是整个行业面，不是《风尚》这一个点。可对于《风尚》的优势劣势、现状远景，他的每一句，又结结实实地砸中了姜海的心，姜海觉得自己像一个踌躇满志本是准备前来受奖领功的学生，却碰见了最严厉的导师。他对着自己手中九十分的成绩单，反问：为什么丢了十分？你不能做得更好吗？

微微憋屈是有，那情绪也仅仅是一晃而过。姜海听完齐一鸣的分析，暗暗点头——我抵押了家里的房，又借了外债，才走了一小步。现在，我需要这五百万走出一大步。

与齐一鸣暂别后，姜海担心的已不再是这事儿靠不靠谱，而是齐一鸣能不能选中《风尚》。因此，当齐一鸣提出要参观杂志社时，姜海立即紧张地询问，需要准备什么材料？他想起之前从法国*MODE*来的皮埃尔对《风尚》里里外外地盘查，最后拂袖而去，这一次，他决不允许自己措手不及。不过齐一鸣回复他：不用，只是简单看看。

齐一鸣到访风尚杂志社之日，由姜海一个人陪同。齐一鸣特别叮嘱：不要欢迎，不要美化，一切如常，才可判断《风尚》急需哪些帮助。那的确是再正常不过的一天：于小娟在402里像往常一样头也不抬地做账，张涛在403里像往常一样抽着烟和客户打电话，一群女编辑在404里像往常一样叽叽喳喳，没有人留意姜海和齐一鸣的出入，整个风尚杂志社显现出自然的漫不经心，同时又自发地井然有序。

参观完毕，站在京宝饭店正门口，齐一鸣对姜海说："姜社长，抓紧时间把公司搬去一个高档些的写字楼，再多招些员工进来，先得有大杂志的样子，才能办成大杂志。"

姜海私下先找来刘长波商量搬迁的事，却被刘长波反对。

刘长波说："在这里干得好好的，干吗搬公司？老姜，你不能因为来路不明的人的一句话，就搞这么大个幺蛾子出来。"

姜海不急不恼，对刘长波解释："老刘，先抛却投资的因素不说，你看，咱们这一片儿是不是快要拆到了？迟早得挪。"

"等真拆了再说。况且，真把京宝饭店拆没了，咱也可以给主管单位打报告，让它们给安排，犯不着咱俩担这个惊。"

“老刘，你怎么还是这种老脑筋？《风尚》现在运转得不错，我们有能力主动出击了！”

“就是因为《风尚》终于开始良性运转了，我不愿意你随便拿杂志去冒险。老姜，咱俩把杂志办到今天这样有多不容易，你是知道的！我一家老小住的房子现在还抵押着呢！”刘长波越说越激动，好像自己打下来的江山，要白白被姜海拿来糟践。

“没问题的，这事儿肯定错不了。”

“你考虑过搬公司的成本吗？咱现在几乎没有房租这项支出，搬进写字楼，还是你要求的高级的那种，咱成本一下至少得多出三分之一，要是资金链出了问题，我就只能把我媳妇儿抵押了来填这个洞！”

“老刘，你这话说得……你放心，要杂志最后砸我手里，我砸锅卖铁也先保证你有家可归！”

姜海的坚持使得刘长波妥协。只是他心里有怨念，姜海征询他关于新办公室选址、装修等意见，他一概回复：你做主就成，我都行。

风尚杂志社新址选在了建国门内国际饭店旁的光华长安大厦，去年 8 月才建成的甲级写字楼。姜海决定租下十二层整整一层，负责搬迁事务的于小娟实地考察后回来说，新办公室一水儿的落地大玻璃，窗外正对长安街，敞亮！气派！

新办公室装修预计需要三个月，这段时间里，《风尚》编辑部招了四个编辑，广告部招了两个广告专员、两个市场专员，行政部招了一个人事专员、一个会计，姜海给自己招了一个社长秘书，旧办公室一下子拥挤不堪，全得两个人合用一张办公桌。新办公室装修临近完工前，姜海接到齐一鸣的电话，通知他英杰资本的全球总裁贝西文近日将亲自飞来北京考察《风尚》，希望他提前做好准备。因此，姜海催促着立即搬家。本来请人定了个良辰吉日，也顾不得了。是不是良辰吉日，风水先生说了不算，贝西文满意了才算。

《风尚》一行人浩浩荡荡搬入光华长安十二层时，现场仍在施工。电钻轰鸣，香蕉水刺鼻，随地裸露在外的线头时不时就把人绊上一跤，但无人抱怨，甚至，所有人脸上都是喜气洋洋的。尤其郭晓月、沈玫这几个创刊时就在的元老，更是扬眉吐气。站在厚重的落地窗前，眺望彼处，她们深知，从京宝饭店到光华长安不过短短八百米的直线距离，《风尚》走了四年，而且真的走到了。她们本是候鸟一样的自由人儿，随时准备飞向下一个安稳的枝头，哪承想，脚下这株弱苗竟渐渐长成参天大树，令她们跟着站得更高、看得更远。于是，心高气傲如李艺，也会默然生出感叹——我居然选对了。

在新办公室安顿好，林墨才对高国强聊起此事。

“高总，我们杂志搬到光华长安大厦了。”林墨穿了一件嫩藕色的抽褶薄纱上衣，搭一条嫩绿色的半裙，在这骄阳似火的7月里，她像一片恣意卧在水面的荷叶，还携着晨间的凉意，说不尽的清爽。

“嗬，鸟枪换炮了。”高国强笑道。

“听说有美国公司想投资，于是换了办公室，还新招了一批人，估计能成。不过，你说，这事儿如果成了算好事吗？”这话林墨是不会在办公室里问任何人的，她是风尚杂志社里最泰然自若的那一个，无论张涛叫嚷“美国人一进来，规矩多了，以后大家日子都不好过”，还是李艺设想“花上美国人的钱，咱们肯定先涨工资”，都打动不了她。她关心杂志与自己将来的命运，又不想显得未雨绸缪失了本分，所以只字不提。面对高国强，她才敢放放心心地问，高国强有见识，关键是，他向着自己。

“傻丫头，当然是好事！现在多少公司哭着喊着想中外合资啊！你们又是讲时尚的杂志，与美国合作等于直接和国际接轨，还怕以后没生意做？林墨啊，你的好日子要来了。”

这话说得林墨心花怒放，她埋下头用小汤匙搅动咖啡，藏不住一脸笑意。

“到时候啊，只怕你再也看不上你高哥我的这点小生意了。”高国强笑眯眯地盯着她，心里亦替她欢喜。

“胡说吧你，哪次和你谈生意了？你要这样说，下次咱就别约了。”林墨娇嗔，明白他是打趣。

两人从国际饭店咖啡厅走出来，立即被四面八方的打桩机轰鸣声淹没。头顶着毒辣日头，哪怕只听一耳朵，也会使人躁郁。高国强要开车送林墨回公司，林墨说不用，新公司就在隔壁。她三步并作两步，急急往光华长安大厦走，从转门一进到开着中央空调的大堂，林墨再不想出来。等电梯时，她突然忆起：以前在京宝饭店办公时，夏天是没有空调的。开着三台电扇，汗也汩汩地冒。那时她除了不敢穿肉色衬衫，倒没觉得难以忍受。坐在热线电话旁，背心湿透了，跟客户通电话，她的声音照样如山泉般清冽动听。这才刚搬来长安大厦，她已经嫌弃一街之隔的京宝饭店了，她很心安理得——日子就得往好了过，谁还有闲工夫回味苦的那些？

贝西文看到了他觉得已经准备好了的《风尚》。

十二层电梯一打开，直对《风尚》杂志社开阔明亮的前台，明晃晃的聚光灯照着背景墙上的两个苍劲汉字：风尚。推开高大的玻璃门，前台小姐站在意大利风格的实木接待桌后温柔以候，吐气如兰：欢迎光临《风尚》。办公室内同样生机勃勃，来往人员无不衣着精致，神采飞扬。似乎人人皆会用流利的英文交流沟通，热线电话此起彼伏，国际品牌响亮的名字不时从接线人员嘴里吐出，一派繁华景象——这是贝西文眼中的《风尚》。

贝西文结束了为期两天的考察，姜海和齐一鸣一起送他去机场。告别时，贝西文用力握了握姜海的手，对他说：姜先生，接下来我们可以考虑公司架构的事了。

贝西文走后，齐一鸣频频来找姜海私下单独了解情况。

“你是说，风尚杂志社百分之百属于纺织工会，也就是国家所有，对吗？”齐一鸣问。

“是的。《风尚》杂志的刊号本来就是国家特批给工会的，创刊时二十万元的启动资金也是工会给的，我虽然实际管理运营《风尚》，但档案和编制依然在工会，等于只是一个办事干部。”

“那有没有可能由你们出面向主管部门申请私人收购掉《风尚》杂志？”齐一鸣虽然在中国长大，无奈在西方受教育及工作多年，一些国情他并不了解。

姜海大笑，连忙摆手说：“那怎么可能？！你想得太简单了。《风尚》不仅是一个企业，它首先是一本杂志，一本在全国公开发行的正规出版物。它作为媒体的社会效益远远大于它作为公司的经济效益，在这方面，国家是不会懈怠管理的。所以，风尚杂志社必须作为国家机关的一部分才会长期存在。”

齐一鸣想了想，说：“那也没关系，办法有的是，我们换一种思路就好。另外，你觉得当前还有什么亟待解决的问题吗？”

姜海不假思索，回他：“版权。《风尚》急需与一个国际杂志版权合作，会大大有助于品牌形象及广告增收。”

齐一鸣笑了，说：“这个我们也早想到了。贝先生回国后就在加紧联系美国各大杂志出版集团，不怕先对你透露，有一家名气最响的，表现出高度的热情。这些集团，如果你自己去接洽，恐怕很难。中国在大部分传统美国商人眼里，是一片神秘的禁地。不过基于英杰资本在美国的知名度和贝先生在投资界的口碑，我敢说，版权基本十拿九稳。你就静候佳音吧！”

姜海兴奋得直搓手，说：“那就太好了！”

齐一鸣办事效率之高，令姜海不得不相信《风尚》大概真是一个能挣大钱的生意。仅过了半个月，齐一鸣就给姜海带来了版权合作的准信以及股权分配的方案。

美国著名女性杂志*Composure*所在的Meade传媒集团，最终确定以入股的方式与《风尚》版权合作。在美国，*Composure*是发行量数一数二的女性刊物，正如它的名字——淡定从容，*Composure*教育它的女性读者，穿衣打扮、言谈举止，乃至于床笫之间，应一概以淡定从容为标准。实际上，*Composure*成功的秘密，在于它宣扬的实用至上原则十分迎合甚至启迪了当代职业女性的价值观：单身女性爱读，因为*Composure*里有享受单身的五十种方法以及去哪里可以获得艳遇；热恋女子爱读，因为*Composure*会和她们分享驾驭男人的窍门；情殇女人爱读，因为*Composure*说换套新内衣或者相信自己就能重新开始。干脆说，所有女人都爱读*Composure*，因为它的封面标题常常是：你该这么穿，男人最喜欢！

美国人做事的方法和法国人截然不同，Meade传媒集团只关心两点：所占份额以及《风尚》在无法盈利的情况下也必须每年支付的最低保证金。在这两项上达成共识，其余什么都好谈。正因为如此，*Composure*二十年间迅速在全球衍生出四十多个地方版本，诸如*MODE*等老牌大刊，唯知眼红，却不知是自身的遮遮掩掩拖泥带水阻碍了自己。

齐一鸣提议，以风尚杂志社之名与英杰资本中国基金先共同成立一家广告公司，再利用这家广告公司和风尚杂志社签订一份广告独家代理协议，宣布风尚杂志社将所有广告及市场业务完全交由广告公司经营。风尚杂志社本身只保留编辑业务，广告公司保证将每年收入的 20% 支付给风尚杂志社用于编辑业务开展，剩下为广告公司所得。这么做，一方面能将风尚杂志社的所有实质性收入合法转移到新成立的合资广告公司名下；另一方面，风尚杂志社的所属上级单位也会觉得代理广告很合情合理甚至更加省心。至于广告公司的股份比例，齐一鸣也做了完美划分：风尚杂志社占股 40%，在所有层面上保证了国有资产的主导地位；英杰资本中国基金占股 25%；Meade 传媒集团占股 20%；剩下 15%，由齐一鸣、姜海、刘长波三个自然人各占 5%。公私兼顾，皆大欢喜。

姜海得意扬扬地去给刘长波传捷报，万万想不到，刘长波急了。

“姜海，我告诉你，我不同意这么搞！”刘长波斩钉截铁地表明态度，这话他早早儿备好了，就等着姜海的嘴脸凑上来，一句顶上去。

“老刘，你这是怎么了？你跟谁置气呢？天大的好事，你怎么看不明白？”姜海晕了，压根想不到刘长波不领情。

“好事？我怎么不觉得？我信任你，跟你出来做杂志，这些年受了多少累我抱怨过吗？因为我把《风尚》当咱俩自己的杂志，赔了赚了都是咱俩的。现在你整出来一堆乱七八糟的，5%？哼！他们这是当打发要饭的呢！我顶着白眼求爷爷告奶奶一本一本卖杂志的时候，这帮孙子怎么没找来！”刘长波越说越气，“啪”的一声拍了桌子站起来，逼视姜海，寸步不让。

“你糊涂了吧？一两百万咱五五分，和几个亿分 5%，能一样嘛！”姜海也急了，干脆直接挑明。

“几个亿？哈哈哈哈！姜海，你好大的口气。我看你越活骨头越轻，路还没走好，就惦记着飞了。”

“老刘，不用说这些风凉话，我当你自己人，为你留了 5% 的股份。但别忘了，风尚杂志社的经营权一直是我的，杂志怎么发展，征求你的意见是尊重你，但你同不同意，不会影响我做决定。”

“是吗？那我不挡您的财路了，姜社长。”刘长波抛下这句话，摔门而去，完全不顾姜海办公室外众人错愕的神色。

刘长波有一个星期没有去办公室，姜海也不找他。刘长波气极，他觉得姜海变糊涂了，被眼下之利蒙蔽了心。七八年前他们是纺织工会行业刊下跑同一个口的搭档，他一直认为姜海脑子活络，难得的是人又实诚，是个值得交的朋友。有一次两人去酒店采访，在大堂坐着等采访对象，两人百无聊赖研究酒店门外停放的名车，他随口感叹不知道这辈子有没有希望开上这样的好车，姜海拍了拍他的肩膀，说：靠咱这点儿工资，别想了，除非自己出来干点事儿。后来，姜海真的来询问他敢不敢下海一起承包办杂志，他完全没犹豫，二话不说办了停薪留职。风尚杂志社成立后，姜海想让他主管最重要的广告经营，他推说自己外语不好，又是个粗人，只能跟下面做杂志发行的人打交道，让姜海把跑腿卖杂志的粗活全交给他，反正杂志是他俩的，自己干什么活儿无所谓。第一年，《风尚》刚出版三期，账上便没钱了。他问姜海还有什么办法，姜海苦笑，说，真没了，只能先拿家里房子去抵押了。他清楚记得自己那时马上对姜海说：那也行！姜海拿着自己和他的房子托门路抵押贷款八十万元，钱到账那天，两人去京宝饭店楼下的家常菜馆喝了一顿。他给姜海倒上满满一杯二锅头，又给自己倒了一杯，举起来对姜海说：兄弟，我得敬你一杯，你也得敬我一杯。咱哥俩以后可能都会对不住自己的一家老小，但咱肯定对得住咱俩这本杂志！说罢，他一饮而尽，不敢细想脸上的一阵滚烫是酒精烧的还是已经热泪盈眶。

撑过了最艰难的第一年，《风尚》的广告明显好转，刘长波主管的《风尚》发行也做得有声有色，北京城区哪一栋高档写字楼他没亲自跑过？更关键的是，在他坚持不懈的游说与活动下，首都机场候机楼里的几个书报亭全部同意销售《风尚》杂志，一举提升了《风尚》的知名度，之后许多打进广告热线的直客及 4A 代表全是因为在机场发现了《风尚》才主动询价投放的。当然，齐一鸣、英杰资本中国基金和他们引起的诸多事端，也缘于此。刘长波认可《风尚》与国际杂志版权合作的必要性，却不愿意让更多的第三方搅和进来。老外扔钱进来就想直接分账，感觉比银行存款取息还容易，而他的辛苦却被摊薄了。尤其是，按照计划的格局，名义上风尚杂志社占股 40%，可英杰资本与 Meade 传媒加起来联合占股 45%，实际上变成了老外说了算！他怎能相信老谋深算唯利是图的老外下一步不是过河拆桥、吃干抹尽？

还有一些情绪，是刘长波自己不愿直面却无法回避的——他在风尚杂志社越来越找不到存在感。只有张涛和于小娟知晓，《风尚》杂志是由姜海和他共同创办的。后面陆陆续续来的员工，全认为他是主管杂志发行的同事，丝毫没有敬意。他经常听到有些员工背地里称他为“卖杂志的”：卖杂志的今天又没来公司啊？卖杂志的刚才和姜社拍桌子了！卖杂志的到底什么来头啊……这一句句有意无意传到刘长波耳里的话，像一口唾沫飞溅在他脸上，而他不能因此就反手狠狠抽对方一个耳光。

版权合作一落实，编辑部里最欢天喜地的是李艺，她敲锣打鼓地四处宣布：我们是*Composure*中国版了！之前叫了四年的“风尚”二字她是顾不上了。相比之下，郭晓月有点过于冷静，李艺和沈玫有声有色地讨论世界各地*Composure*内容，她基本不参与，一进公司便进办公室看稿子。偶尔有*Composure*负责国际版权的海外电话打过来，她喊一声“李艺，过来帮我接个电话”，才顺势问问李艺对方又说了什么，现在进行到了哪一步。

林墨得知版权落实，专门来给编辑部道贺，一群女编辑个个儿喜上眉梢，你一句我一句畅想未来风光。郭晓月却淡淡地说：也别太得意，老外的内容又不是拿过来就能用的，有好多需要学的。林墨安慰她，说：慢慢学呗，有总比没有好。你一定是太高兴了反而紧张起来。郭晓月勉强笑了笑，没再说话。李艺看在眼里，心想，还装？不就担心自己不懂英语吗？

1997年10月，英杰风尚广告有限公司正式在北京挂牌成立，注册资本八百万元。账面显示，英杰资本中国基金注资两百万美元、Meade传媒集团注资一百万美元。同年11月，风尚杂志社正式宣布与美国Meade传媒集团旗下*Composure*杂志签署了版权合作协议，《风尚Composure》将正式成为中国大陆第一本由本土团队操作运营的国际合作女性大刊。

庆功宴上，姜海动情地说：在座有几位同事，不知道还记不记得1993年咱们刚创刊没多久，有一次在京宝饭店楼下那个小饭馆吃饭，我对你们说，这是一个高雅的事业，也是一个漫长的事业，我相信当今的中国给了《风尚》一个机遇，不久的将来，如果《风尚》在这个领域成为中国第一，这成果一定属于在座的各位。那时我说的将来，就是此刻。感谢你我一路同行，姜某幸不辱命。未来我们必定还能百尺竿头，更进一步！

众人纷纷端起酒杯，轮流对姜海表达知遇之恩，各种豪言壮语响彻宴会大厅。那一刻的烈火烹油、鲜花着锦，令姜海没有留意，一旁的刘长波不知在什么时候已经默默离场，他杯中的酒一口未动。

1997 年，风尚杂志社其实发生了三件大事：第一件是部分人用上了手机；第二件是杂志社搬去了新址；第三件是 1997 年年末，跟着姜海一起创刊的刘长波，从《风尚》决然离了职。

如何搞定一张百万年单？

刘长波已经从《风尚》离职了近四个月，他的私人办公室，却依然被保留着。

在《风尚》，只有姜海和他拥有独立的办公室，两人各自把住朝南的临街一角，东西相望，透过环绕的玻璃墙共同守望逾千平方米的杂志社及激增至七十多号的员工——这本是他俩共同打下的江山。去年装修新办公室时，姜海特意从美利源订购了两组意大利真皮沙发，虽是广告客户，打完折也得六七万一组，姜海还是要了杏仁色的，给刘长波挑了一组可可色的，同款核桃木的办公桌及文件橱柜亦出现在两个办公室里，昭示着两人的平起平坐。

如今，《风尚》的员工每每经过这间本属于刘长波的办公室时，无不在心底对姜海竖起大拇指——真是一个有情有义的男人啊，人都走了，他心还热着。

可惜，姜海本意并非如此，他是没有想好到底该把谁提拔进这间独立办公室。他对刘长波的情谊，早在刘长波执意离职时，便尽作表示了。

1997 年年底，刘长波打了辞职报告，姜海大吃一惊，明面上、私底下不停找刘长波谈。最后一次，他特意叫上刘长波去了京宝饭店一楼的家常菜馆，那是《风尚》开始的地方。过去四年多，他俩在这里吃过无数次饭，喝过无数次酒，说过无数次掏心掏肺的话，彼此获得了很多继续闯下去的信心。

老醋花生米、干烧带鱼、糟熘鸡片、炒小油菜……菜还是那些菜，味道全变了。京宝饭店也要拆了，饭馆从厨师到跑堂，谁不是糊弄着得过且过？好在吃菜的人心思不在菜上，要搁两三年前，依刘长波的暴脾气，早把老板提溜出来一通儿乱骂。姜海给刘长波满上一杯西凤酒，对他说：长波，我们弟兄这么多年，再难都过去了，还有什么想不开的，你只管说，再别提走的事儿了。刘长波只是闷笑，把酒喝干，对姜海说：别劝了，我心思已经不在这儿了。

饭还没吃完，刘长波推说要送孩子去姥姥家，匆匆走了。姜海结账时，看着一桌几乎未动的饭菜，那油汪汪的鸡片、黑乎乎的带鱼、蔫搭搭的油菜，突然让他生出无限恶心，他想：我是再也不要吃这里的饭菜了。

英杰资本和 Meade 传媒的投资很快到了账，实际比英杰风尚广告有限公司的八百万元注册资本还要多一些。按照之前的协定，姜海从中支取了一百万元偿还 1994 年时通过市旅游局杜局长借贷的八十万元，多出来的二十万元，说是利息，其实是他对杜局长的心意。

杜局长拿到支票，大力拍了拍姜海的肩，说：小姜，干得不错啊，还不到五年，你就使不上这钱了。

姜海从杜局长那里赎回当初抵押用的三套房本，接着打电话给齐一鸣，说刘长波想退出，他手上那5%的股份，该怎么退？

齐一鸣想了想，说：按二十万元一份退给他吧。从英杰风尚广告有限公司账上走，购回的5%股份，留在公司，分配后用来奖励核心中高层员工。

1998年春节前，姜海带着刘长波的房本及一百万元支票，又找了刘长波。这一次，没有劝说，没有客套，没有力不从心的挽留，姜海用双手把房本和支票恭恭敬敬地送到刘长波手上，说：长波，你辛苦了。刘长波打开支票，看到数额有些意外，他想说点儿什么，却再也张不开口。他明白，这是他坚持想要的再见，而姜海，终于用最郑重的姿态，与他别离。

事实证明，《风尚》跃进时期断腕式的剧痛不过是刘长波一个人的意气用事。当国际大刊*Composure*的名字于1998年3月正式出现在《风尚》封面上，合二为一成为《风尚Composure》后，来自客户与发行的强烈肯定一夕之间打消了姜海的所有顾虑。

广告部前所未有地忙，人员从五个扩充到了十五个。五个助理负责接听热线电话、十个销售每天早上拎着装订成册的广告刊例分头出去，下班时总有几个带着签好的合同回来。马建红转成了正式销售，她胡同大丫头式的销售风格，很对某些本土客户的路子。每当听到她又热情洋溢地对电话那头的客户说“哥啊，我这儿来了几套资生堂的新产品，回头我给您送过去，您帮我捎给我嫂子呗”，同事们便明了：她跟的这张单八九不离十了。

编辑部也忙，编辑分工更细了，《风尚》按照*Composure*杂志的栏目规划，依葫芦画瓢设立了专题组、时装组、美容组、国际版权组。李艺被提拔成专题组负责人，沈玫负责国际版权组。时装组和美容组全是新招的编辑。整个编辑部拢共二十多个人天天开大会，有粗有细地讨论如何把本土内容做得跟原版一样。上个月，郭晓月应投资方要求飞去美国纽约 Meade 传媒总部参加培训，编辑部的日常工作交由沈玫管理。谁知一到管人训事沈玫就显现出老姑娘的别扭本色，三棍子打不出一个屁，她把所有蹬鼻子上脸的话全推给李艺。李艺倒风风火火，最后整个《风尚》办公室都能听见她对新编辑嚷嚷：你这稿子怎么这么多错儿？别以为主编在美国旅游你就跟着放假！

只有林墨依旧从容，她的客户几乎全被她耐心地培养成了固定年单客户，10 月时把来年整年的单子一签，全年的任务就完成了一大半。林墨也开发新客户，签一些零散的单子，却不再是通过主动打进来的热线电话或者走去专卖店里询问，多是老客户介绍新客户，在她周围渐渐形成了一个亦商亦友的圈子，彼此间牢牢保持着一种缄默的忠诚。有时马建红会好奇林墨是如何做到不费力气的，她观察她、刺探她、模仿她，甚至直接问她：我也经常约客户喝咖啡呀、吃饭呀，她们生日我也记着呀，逢年过节也打电话问候呀，为什么一跟她们提广告的事儿就总爱推三阻四呢？林墨不语，有句话不能对马建红明说——是的，表面功夫你都学精了，但你没学会最关键的一样，得体。面对越高级的客户，你不能刻意巴结、不能乞讨苦求、不能在被拒绝以后追问为什么，得体，是要对之言行表明：我很想成为你的伙伴，因为我和你一样优秀。

林墨并不是天然就懂这个道理，想起来到底还是在中国大饭店工作的那段日子让她见识了不少，并活学活用。在公关部她曾有一个师姐，长得跟周璇似的，绝对属于人见人爱的姑娘。某次一知名香港富豪的公子哥来北京看项目，住在中国大饭店，对负责接待的师姐几乎一见倾心，几次托总经理传话，委婉地请求师姐“陪第一次来北京的他到处逛一逛”，师姐不接茬。后来总经理又一次在公关部的晨会上对师姐提起这事，弄得公关部所有姑娘又羡又恨，连连撺掇师姐赶紧应承下来，少奶奶的生活指日可待。师姐冷笑一声，当着全体同事的面，打电话去了公子哥的房间，义正词严地说：“先生，您下榻中国大饭店是我们全体成员的荣幸，您入住这段时间竭诚为您服务是我的本职工作，但出了酒店的门，我和您只是平等的两个人，陪您逛北京这事儿于公不是我的职责，于私不是我的兴趣，如果您实在有此需要，我会通知礼宾部为您安排专职导游。也请您不要再通过我的领导对我提要求了，如果您认为可以通过行政指令达成您的愿望，那显然您对我的工作范围存在不小的误解；如果您是将我作为朋友才提出的友好请求，您可以大大方方地当面对我说。”挂了电话，总经理气得暴跳如雷，口不择言地骂她：“你以为你是谁啊！你现在就去给我道歉，不然就别干了！”师姐也不顶嘴，只笑嘻嘻地说：“他如果来投诉，我立马辞职。”公子哥当然没有投诉，走的时候还写了一封感谢信给总经理。之后，他来北京的次数越来越多，每次必定入住中国大饭店，渐渐地同事们也能见到师姐偶尔和他一起喝咖啡或闲谈。林墨看在眼里，反思身边那些个贵宾一使眼色就恨不能二十四小时贴身伴着的公关姑娘，绝大多数送上门了又都落得灰头土脸哭哭啼啼地回来抱怨“人家有老婆”“他就没当真”之类的。最后，师姐自然是嫁去香港做了少奶奶，辞职的时候，林墨偷偷问她，你嫁给他到底是真心喜欢还是被感动了？师姐笑了笑，说：真是一开始就喜欢，但小墨你也知道，上赶着不是买卖。

林墨最近在跟一个女装品牌客户，叫克劳馥。专卖店开在王府饭店地下一层登喜路斜对面。林墨之前没听说过克劳馥，于是去问高国强这牌子什么来头，高国强说，咳，就一个浙江老板自己弄的假洋牌儿，品牌是去英国注册的，生产全在他平湖的厂子里，衣服做好了先发到丫在英国注册的公司，再通过英国公司从海关又发回国内才进店销售，弄得跟纯进口的一样，特鸡贼。不过这老板我认识，挺有钱的，而且对你们杂志有兴趣，问了我好几次投广告的事儿，我给你介绍一下吧。

克劳馥的老板叫李杰辉，林墨电话打过去，直接说明了意图，李杰辉非常爽快，回她说：广告可以谈，但我没时间去北京，你得来浙江跟我见个面。

“领导，我申请出趟差。”林墨对姜海说。

“出差？去哪里？”

“去浙江，见个客户。”

“你准备带多少钱回来？”姜海打趣地问。

林墨想了想，说：“二三十万吧。”

“那你去吧。”姜海答应了，突然想起什么，又嘱咐林墨，“你别坐火车，坐飞机去。省得客户知道了笑话咱们。”

林墨走出上海虹桥机场，发现有人早早地举着牌子在出口等她。来之前她打电话问过李杰辉，如果飞到上海该如何转车去浙江平湖，李杰辉说他自有安排。

来接林墨的车是一辆桑塔纳，司机有四十多岁，穿一件白衬衫，戴一副白手套，一声不吭地拎着行李走在林墨前头。上了车，司机问：林小姐，一会儿您是想先回酒店还是直接去厂里。林墨扯着领口闻了闻，说：我先回酒店换身儿衣服，半小时就好。

从上海去平湖，走国道有一小时车程，一路上司机不言不语，林墨很快在后排迷迷瞪瞪睡了过去，等再睁眼时，俨然已经到了平湖县城。平湖不大，像中国所有县城一样，稀稀拉拉几栋高楼夹杂在大片低矮的六层民房中，街道虽旧，却不脏。整个县城似乎没有人在上班，老人坐在街边绿化带乘凉，中年妇女站在手推车前慢条斯理地挑拣西瓜，孩童追逐打闹，用林墨听不懂的方言高声叫嚷。但平湖又和中国大部分县城不一样，穿过老城区，沿着新修的马路往县城边缘走，道路却越来越开阔，走出城区，道路一下子扩展成为双向六车道的新派公路，成片的厂房工工整整地码放在公路两旁，司机说，这是平湖的开发区，厂子很快到了。

桑塔纳最后停在了一栋十层高的酒店正门，外观看上去和希尔顿毫无二致，无疑是平湖县内最洋气的建筑。穿着英国管家制服的门童立即过来开车门取行李，林墨抬眼一看：桂之华大酒店。司机说，这是我们集团自己的酒店，您去换洗吧，我就在楼下等您。

林墨的房间是一个硕大的行政套房，装修极尽奢华，大理石地面，雪花石做的罗马式立柱，绣入金线的沙发及窗帘，连浴缸的四个立脚与所有水龙头都镀了金。会客厅墙上挂着谢楚余的仿版名画《陶》，半裸的抱陶女令林墨不愿直视。整个房间有一种凡尔赛宫在里面发生爆炸后支离破碎的错乱感。林墨洗完澡，走到窗前，愕然发现酒店正对面有一座与美国华盛顿白宫一模一样的建筑，那白色砂石的高挑门廊、门前的圆形喷泉、屋顶上飘扬的国旗，不禁令林墨错觉置身于北京世界公园。再定睛一看：哦，与白宫唯一不同的是，喷泉前还横卧了一块巨型大理石碑，写着“桂之华实业”。

林墨打开行李箱，想了片刻，最后决定穿一件纯棉的白色衬衫，搭配一条水洗白的收腿牛仔裤，脚上一双黑色的船鞋，头发拢起来紧紧地绑成一个马尾，手上戴一枚小巧的腕表，素净得像刚毕业的文化女记者。

司机把林墨送到“白宫”主楼，告诉她李总的办公室就在三楼。三楼电梯正对着两扇高大的胡桃木雕花拱门，不用看门牌也知道是总裁办公室。林墨敲了敲门，听见李杰辉说请进，林墨稍微忐忑了一下，才走了进去。李杰辉的办公室也如同一间豪华的酒店套房，一进门的门厅放置了一张厚重黑色皮沙发，右手边是卫生间，左手边进去，是李杰辉的会客室，大约有四十平方米，成套的红木书柜环绕在房间四墙，书柜里毫无意外地有成套的大英百科全书。地上铺着手工织造的波斯地毯，李杰辉坐在宽敞的红木办公桌前，身后墙上挂着一幅不知道是谁给他题的字：飞龙在天。

“林小姐，幸会。”李杰辉边说，边从暗处走来，林墨这才看清，呀，他竟是出人意料地英俊。坐了李杰辉的车子，住了李杰辉的酒店，进了李杰辉的白宫，林墨预料会见到的是一个大腹便便的中年农民企业家，屈指可数的额发依然用发油仔细捋过，皮带必然只能系在肚脐以上，把裤子提得短了一截，露出黑皮鞋里深蓝色的丝光袜。可眼前的李杰辉，是中年没错，却身高体健，额发浓密，长得颇有几分像赵文瑄。他也穿一件白色短袖衬衫，一条灰色丝光棉西裤，微微一笑，着实迷人。

“林小姐，你还真不像一个卖广告的呀，倒像女大学生。”

“李总，您也不像一个做企业的呀，倒像电影明星。”

两人对视而笑，生疏感瞬间全无，李杰辉用力握了握林墨的手，说：走！我领你去参观我们厂。

出了办公楼，角落里停放着一辆电瓶车，李杰辉开着车，走了七八分钟，才走到桂之华生产厂区，大门口树立着三竿高大的旗杆，从左到右依次悬挂着中国国旗、日本国旗及桂之华厂旗。林墨抬头特意看了一眼，又转头看李杰辉，李杰辉立即心领神会，说："我们企业70%的订单都是日本的，给鬼子们做毛巾、做制服，挂面日本国旗也是县政府的意思，表示我们是对日出口大厂。"

进了厂区，电瓶车也不能开了，两人在门房处换了一次性拖鞋，李杰辉带路，进了生产车间。高挑的车间里是成排的全自动高速平缝机、裁床、电脑自动绱袖机等日本进口设备，偶尔几个穿着纯白连体工服的工人出没，见到李杰辉，立即站定毕恭毕敬鞠四十五度躬，标准的日式礼仪。李杰辉一一对林墨介绍，这是毛巾生产车间，日本人用的各类毛巾至少有二成是我们厂产的；这是制服加工车间，国内可口可乐、麦当劳的员工制服也是我们在做；这是代工产品车间，许多国际品牌的汗衫牛仔裤在我们这儿贴牌做，具体是什么品牌我就不方便告诉你了……断断续续参观了近一小时，李杰辉终于把林墨领到一个新建厂房门口，对她说：这就是克劳馥的生产车间。

这间厂房比其他所有流水线的工人要多，确实有手工制版的工人、出设计图纸的裁缝、精细串珠的女工，令林墨觉得，克劳馥也还算对得起直逼范思哲的零售价。但林墨还是问李杰辉："李总，参观完您这庞大的厂区，我觉得您光做出口和代工就够了，何必还要另做一个高端服装品牌呢？"

"利润大呀！生产一条贴牌牛仔裤我顶多挣成本的三成，卖出一件自主知名品牌的衣服，利润至少是成本的四倍！"李杰辉一点儿不藏着掖着，"当然，如何把品牌做成知名的，没有你们这样的高端杂志不行。"

参观完工厂，李杰辉说："林小姐，我晚上要陪几个领导吃饭，就先不招待你了。你是明天晚上的飞机回北京吧？明天我亲自开车送你去虹桥机场，下午可以在上海好好吃一顿，今天的晚餐我可以让酒店帮你安排。”

林墨把手一挥，说：“不用了，刚才来的路上我看见平湖市区马路边上有一家黄鱼面馆，我挺想吃的，也难得来一趟，您就放我自己溜达一会儿吧。”

说完也不等李杰辉拒绝，林墨蹦蹦跳跳走出厂区，在路边等公共汽车，老远看见李杰辉还在找司机要送她，她赶紧说：“您忙您的吧，咱明天见！”

纵使李杰辉再大富大贵，林墨亦不愿心安理得地享用他的一切。她了解这种白手起家的民营企业家，早年定是不富裕遭过罪的，做死做活打下一片江山，任那功名利禄如潮水一般汹涌奔腾进来，他们骨子里依然带着警惕的眼光打量所有近前者。他们不在乎一掷千金或者刻意做出来的排场，只是你若甘之如饴，他们则视你为沾光的一群，再不会高看一眼。相比之下，为国际大品牌打工的那些市场总监、公关经理，完全是毫无节制并沾沾自喜地挥霍公司的财富，行必住五星酒店，餐必食金莼玉粒，言必称海岛度假，他们害怕被所供职品牌明晃晃的金光照穿自己本来无一物的出身，于是抓紧一切条件包装自己、恭维自己、提升自己，以证明自己的品质与品牌的品质时刻交相辉映。

第二天一早，林墨在酒店前台与李杰辉会合，他今天穿了一件粉红色的马球衫，鸽子灰的抓绒卡其裤，像是要去打高尔夫。林墨自觉坐进副驾驶，与他一路说说笑笑往上海赶去。

进了上海市区，李杰辉说，先去换个上海牌照的车，他把车开进延安中路东方海外大厦地库，径直停在专属车位。旁边是一辆明黄色的兰博基尼运动型跑车，李杰辉对林墨指了指，说：这是中国进口的第一辆兰博基尼，我买的。桂之华的上海办事处在楼上，也是买的。我们浙江人都愿意在上海置办房产，落地生根。

李杰辉执意让林墨摸一摸兰博基尼的轮胎：“你看，比你手臂还宽！”李杰辉很是得意。

“你们男人啊，总在追求更大更快的。”林墨轻描淡写地说。

“林小姐，你想吃点什么，随便选，让我好好尽一尽地主之谊。”李杰辉虽是询问，内里其实应有打算。

可林墨没有让他料中，林墨说：“去吴江路吧，我听说那里有家生煎包非常好吃，我就爱吃那个。”

“你确定吗？就吃小吃？”

“我确定。”

林墨心想，真不是跟你惺惺作态，什么好东西我没吃过？在中国大饭店的时候，她和餐饮部的一个男孩曾经好过一阵儿。男孩虽然一无所有，却阳光般自在。他时常趁林墨空闲或值夜班时，把林墨悄悄带进冷藏库，大气地说：随便吃！那里面真是什么都有：当天从法国空运过来的生蚝及甜点、比利时真空包装的高档巧克力、新鲜而芬芳的当季热带水果、据说售价五美元一粒的馥郁奶油草莓、上千种芝士、成桶的哈根达斯冰激凌、法国香槟意大利红酒德国啤酒苏格兰威士忌瑞士矿泉水……一层一层、一架一架地陈列其中，还有自动设备定时喷洒水雾为蔬果保湿，让人简直不知道从何吃起。

“想吃什么就吃，反正好些东西你不吃明天也会被清理，饭店只用当天最新鲜的。”男孩得意地说。

一开始林墨的确吃得起劲儿，不是狼吞虎咽，而是一一品尝，去多了几次，她渐渐吃出了滋味。在男孩的调教下，她学会了用香槟搭配草莓，用法棍蘸取鹅肝酱，吃一勺鱼子酱饮一杯伏特加，意大利的风干火腿最好配着蜜瓜。离开中国大饭店进入风尚杂志社后，许多次姜海、李艺等人在宴请客户时惊讶于林墨对高端餐饮的了解以及摆弄得头头是道的桌上礼仪，连客户偶尔也忍不住猜测林墨究竟是何出身，更对她充满好奇。殊不知她的这一切，竟来源于不足与外人道的偷吃偷喝。

只是有一次，林墨正随性吃着，冷藏库外头突然传来一阵阵杯盘碎裂的响动，吓得她赶紧出来看。男孩正在储藏室拿着一摞摞上等骨瓷餐具，像扔飞盘一样，一片一片地扔出去，任它们肆意在地上碎成一片狼藉。

“你疯了？！”林墨大声呵斥他。

男孩轻描淡写地说：“没事儿，这些算作是正常损耗，没人追究的。”

“那你也不能这么糟践啊！”

男孩嘿嘿傻乐，说：“我就想听一响儿。”

男孩砸完手中的盘子，转过头来对林墨说：“墨儿，你不觉得咱们干的是世界上最好的工作吗？再有钱的人，一次也吃不上这么多好东西，砸这么好的盘子跟玩儿似的吧？”

听他这么一说，林墨再没了食欲，有些话不用细想也知道不对劲，她关上冷藏库的门，对男孩说：“你慢慢玩儿吧。”

从此以后，林墨再不来冷藏库吃东西了，无论男孩怎么邀请她，诱惑她说又来了怎么怎么金贵的东西，见都见不着的。她也不为所动，男孩逼急了非得问她为什么，她答：如果不能堂堂正正、在正儿八经的地儿吃，再好吃的东西我也不吃！

男孩主动和她散了，说她做作。林墨一点没生气，暗自庆幸自己还好没吃傻了。

林墨和李杰辉果真去了吴江路，吃了生煎包。李杰辉默默观察着林墨，发现她的确吃得津津有味、自得其乐，不像是故作姿态的表演，倒像是真心没把他当外人。李杰辉长舒一口气，暗自做了决定。

飞机到达北京时，已是晚上十点多，天空下起了中雨，出租车不愿意冒雨夜奔来机场拉活儿，大批刚落地的乘客滞留在候车区。林墨等了半晌，再无计可施，她挣扎了一会儿，还是掏出手机拨通了高国强的电话。

约莫过了四十分钟，高国强开着车出现在首都机场，林墨上了车，红着脸说：实在没辙了，要不麻烦您我只能睡机场了。

车子驶上高速，两人聊起了上海见闻。

“那哥们儿特好色，在全国各地都养了小老婆，全是头等舱的空姐。一人一套房一辆迷你宝马，个个儿净等着伺候他。丫没占你什么便宜吧？”高国强半开玩笑半作真。

“哪儿能啊？都是见过世面的人，不至于。”林墨笑道。

高国强转头盯着林墨看，笑意盈盈，直看得林墨把眼睛移开，才对她说：“见过世面，才知道什么是真好。”

车很快开到了林墨家楼下，高国强坚决帮她拎着行李上楼，送到门口。林墨掏出钥匙，摸索着开门，却不知是看不见还是心太慌，她怎么也插不进锁眼儿。高国强默默站在她身后，不急不慌，依旧笑意盈盈。

过了一分钟，或是一个世纪，门终于打开了。林墨抚平了起伏，转过身来，对高国强说：太晚了，夜里开车不安全，今晚别回去了，住我这里吧。

高国强似乎毫不意外，一点也没推辞，跟着进了屋。林墨给高国强倒了杯水，说：我先去洗个澡。等她再出来时，早已站在卫生间门外的高国强一把搂住她，嘴唇像夜里的中雨一样，细细密密地落满她的发梢、耳侧、颈窝。她任由他摆布，慢慢去习惯他唇间的湿热，才笃定地回应他的深吻、他的轻抚、他的撩拨。

高国强的进攻不是暴风骤雨，林墨的给予亦不是烈火熔金，此时的一切早已写在了各自的计划上——他要她，是以慢工细活的节奏，一点一滴地，渗入她的生活，参透她的喜乐，让她不知不觉地自我瓦解、自我鼓励，最后将身体与心，毫无保留地为他主动奉上。一个男人越是成功，性对他来说，就越廉价。还称得上宝贵的，是爱，而且必须是一个真正骄傲的女人的爱；她接纳他，是水到渠成的选择。他修了一条漫长而夯实的路，弯弯绕绕，最终抵到了她的深处，她没有理由不沿着这条静谧安逸的路走出去看看，毕竟已经车到山前，又何必辜负沿途美景。一开始，她的心绝没有往他的方向走去，只是被他带着一起走了两三年，一路景色虽不波澜壮阔却也温情动人，她的心花亦从三两朵开出一整树，如果再不领这男人的情，便是蠢。

下过雨的夜晚，紧接着一定是阳光刺眼的早晨。林墨从高国强身边醒来，看着侧身睡在床另一侧的男人，不确定是否应该喜悦，她只能确定：这么做是对的，遇到高国强这样的男人，是幸运的。

高国强醒来时，林墨正坐在客厅看报纸，两人互相笑笑，心照不宣没有特意说什么话。高国强洗漱完，对林墨说，一起去喝早茶吧。

照旧是翠亨邨，他照旧替她点了白粥、菜心、流沙包，她仿佛是他已经一起生活了多年的童养媳，只是昨晚才圆了房。没有惊喜，生活照旧。

“其实你昨天上了飞机，李杰辉就给我打了电话，说你是个特靠谱、特自律的姑娘，你就耐心等着好消息吧。”高国强说。

果不其然，也就三天后，林墨接到李杰辉的电话，让她拟合同，怎么签都行。林墨试探性地问他，愿不愿意签今年下半年和明年全年的第三跨页及软文。李杰辉说：都听你的！

克劳馥的广告合同走完流程后，林墨去给姜海汇报。

“最后拿了多少钱回来？”姜海问。

“一百四十四万。”

“啊？！”姜海惊讶得不顾失态，连连问，“你怎么做到的？”

“人家看好《风尚》呗。”

林墨压抑住暗爽，欲转身离开，结果姜海把她叫住，他把办公室门关上，思量片刻，对她说：“有件事儿虽然现在说有点儿早，但是早说早打算吧。是这样的，投资人觉得我们目前只有一本杂志，太单薄了，不利于形成规模效应。Meade 旗下还有好多刊物，我准备再拿几本进来做做。现在就是想问你，如果新刊进来了，你是愿意继续给《风尚》做广告，或是想试试新刊？”

林墨没料到姜海的问题如此棘手，但她也是下意识地回答：“领导，还是让我继续做《风尚》吧，我手里的客户全是年单客户，如果我换去新刊，资源未必能对接上。”

姜海说：“其实我也问过张涛了，他也想继续做《风尚》，不过你们俩继续干同一件事儿有点不合理，我考虑下再分配吧。”

林墨出来，正好碰到郭晓月，看她没精打采的，便问她：“晓月，你怎么气色不太好？是不是刚从美国回来时差还没倒过来？”

郭晓月摇了摇头，但又像想起来什么，又说：“可能是吧，有点累。”

林墨问："美国好玩吗？第五大道去了没？"

郭晓月说："哪里都没去，天天都是开会和学习，真是折腾不起，再也不想去了。"

林墨笑笑，说："别瞎说，你以后去的机会还多着呢，说不定年年都得去，这次可能是刚开始事情多，把你累着了，以后再去，你就能好好玩儿了。美国还是很不错的！"

郭晓月苦笑一声，幽幽说了一句："墨，你不懂的。"

林墨看着郭晓月脚步沉沉的背影，心里突然像落了一层灰，对她生出些担心，说不出口却并非无妄。

姜海正式宣布分配结果时，已经又过了三个月，林墨猜测应该是新闻出版总署批准了新申请的刊号。姜海把林墨和张涛一起叫到办公室，当着林墨的面，语重心长地对张涛说："老张啊，新刊已经批下来了，很快就能上马。咱哥俩这么多年，你说我还能信任谁啊？你是老将，新刊只有交给你做，才有希望。小林太年轻，好不容易把《风尚》做熟了，要把她换去新刊，恐怕会得不偿失，不如以后就小林负责《风尚》的广告，你全权负责新刊的一切吧，新刊全部由你决定，你只消提要求，我替你落实，如何？"

张涛一脸诚恳，说："姜社您别这么客气，我当然听从您的安排。《风尚》也好，新刊也罢，全是一个大家庭的，我和小林哪会分彼此，肯定齐头并进！"

姜海很是感动，一手握住张涛，一手握住林墨，说："以后无论好坏就咱仨了！"

刚走出姜海的办公室，张涛转身便皮笑肉不笑地讽刺林墨："林墨，你有什么啊？就因为我不是女人，才会被你赶跑吗？"

林墨蒙了，她怎么也没想到张涛会直接撕破脸皮，用如此贱格的话语损她，她一时反应不过来，只能问：“你什么意思？”

“我什么意思你会不清楚？姜海只知道你牛大发了，一口气给《风尚》谈来一百多万的年单，才把《风尚》交给你。至于你怎么谈来的，他不清楚，我还不清楚吗？谁不知道克劳馥的李杰辉是什么路子？他在北京的固定情妇就住在三元桥公寓里，怎么？换你了？你千里迢迢把自己送到平湖去，学王昭君出塞啊！不过你说你也真是，遇上这么个土财主，不要房子不要车的，居然要了张年单，你还真是一心扑在工作上！我真比不了！还有登喜路那个老高，我是头一次听闻，哦不，是看见，客户反过来接送销售上下班的，把你往哪儿接？还不是床上。《风尚》现在一年一千多万的销售额，全靠你睡服客户呀，是睡觉的睡。”

听完张涛厚颜无耻的言论，林墨本憋了一肚子的脏话回敬他祖宗十八代，可她意志坚定地全憋了回去，还笑嘻嘻地对张涛说：“您全说对了！真是门儿清！不过您嫉妒吧？那也没辙，谁让您不是女人不能陪男老板睡呢？不然你自个儿切了，也睡去，到时候《风尚》还让您做，我自己滚，成吗？”

张涛没占着便宜，咒骂了一句：“骚货，别得意太早。”

林墨反唇相讥：“孙子，你死之前我哪敢得意啊？”

这场丑陋又不为人知的掐架，正式划清了张涛和林墨的楚河汉界。姜海根本不知情，一门心思张罗着在办公区域再给张涛收拾出一间单独的办公室来。

1998 年秋天，张涛的私人办公室装修完成，里面陈设与姜海办公室是同一规格，只是不与姜海的遥遥相对，而是在十二层电梯的另外一边，那一片区域同时也被规划成风尚杂志社未来新刊的办公区域。张涛独自守在那侧，开始招兵买马，接受既成定局。

1998年秋天，在张涛搬进新办公区域后，林墨低调地搬进了位于姜海办公室正对面那间原本属于刘长波的办公室，玻璃门上换了新的门牌——《风尚Composure》总经理办公室。

《风尚》的员工再次经过这间办公室，难免交头接耳、窃窃私语：

“她现在是咱们杂志社的二把手了吧？”

“听说她谈了一张百万级的年单，谁谈都不行，客户指定就认她。”

“你没听说吗？她和好几个客户睡了。”

“应该是真的，我见过有个看起来挺有钱的男的总来接她下班，广告部的人说，那是登喜路的北京总代。”

“这年头，只有签不定的单，没有想不开的人啊。”

“呵呵。”

…………

一个大刊女主编之死

郭晓月一口气吞下药瓶里最后十几片三唑仑，躺在床上开始回想，她是什么时候开始彻底睡不着的。

郭晓月人生第一次长时间睡不着，发生在1984年夏天。那年6月算不上炎热，虚掩窗户，垫一层凉席，电风扇不用开，好睡极了。郭晓月躺在床上，极力闭着眼睛，一大串数学公式和历史名词却在她脑子里相互纠缠搏斗、妄图消灭对方，最后历史名词似乎占了上风，一系列三角函数正在飞速地淡去。郭晓月再也不敢睡了，赶紧睁开眼摸索着走到写字台前，打开台灯，翻出数学资料复习公式——她真的害怕会忘了。睡在床里侧的母亲或许是感应到了突如其来的强光，恶狠狠地把身子翻向内墙，又发出一声闷哼。郭晓月赶紧从床头抄起自己的枕巾，轻轻盖住台灯，屋里顿时暗了下来，她不得不把眼睛凑近课本更多。

整个保定县城，要参加1984年高考的，少说也有万把人。但夜里四点还在偷偷摸摸备考的，怕是只有郭晓月一个。她很决绝：要么去死，要么考上。

并不是爹妈给的压力，相反，母亲极力反对郭晓月参加高考，她对郭晓月说，万一考不上，家里就又多一个吃闲饭的，你咋就这么不懂事儿哩？

母亲说的是哥哥，家人满心以为哥哥会是老郭家的第一个大学生，结果他连续考了三年，最后一次连预考都没过，只好彻底放弃了。在家等着招工的日子，哥哥成日里无所事事，要么跑去别人家里看电视，要么在书摊上租武侠小说看，晚上他和父亲搭床板睡在客厅，白天吃过早饭后又出门闲逛，周而复始。最后他把心耍颓了，有乡里镇里的工厂招工也不去，横竖赖在家里，什么话都听不进去，仿佛已经与这世界失去了联系。

就是从那个时候起，母亲不愿意郭晓月继续参加高考。她学习成绩不是数一数二的，偏科很严重，数学和地理是她的死穴，让她的总分和母亲的希望一起变得摇摇欲坠。母亲劝说她：石化厂男女职工比例不均衡，厂子里一直想招点文笔好的女生进去做文秘，可以把她介绍进去。退一万步说，读了大学也未必找得到这么稳定的工作，何必还脱了裤子放屁？

郭晓月不听，亦不服，她只恪守着语文老师送她的一句话：晓月，自私一点并没有关系。

郭晓月的语文老师是一个中年男人，常年穿一件衣领和袖口已经浆洗得发白的蓝色衬衫，他讲课时语调温和，对课堂里一部分学生窸窸窣窣的小动作视而不见。只一次，一群过分调皮的学生在语文课上公开玩牌惹怒了他，他径直走到后排把扑克抓起撕碎，然后拍着课桌说：我为了生活，不但要给你们上课，我老婆还要给你们住校生做洗衣妇，洗一盆床单才挣三毛钱！而你们花着家里的钱，却如此糟蹋高等教育，这不是对我的践踏，这是对你们父母、对勤勉生活的人的践踏！可耻！说完，他自己竟哽咽了，所有学生意识到：原来他并不幸福。

整个班级，唯独郭晓月令他欣喜，郭晓月细腻的文笔、过人的天赋是他的骄傲。一次外国文学赏析课，他对学生讲解《安娜·卡列尼娜》，然后要求讨论。几乎所有人一致得出中心思想：安娜因自私与贪图享受酿成悲剧。郭晓月却发言说，我不觉得那是悲剧，悲剧是没有真正爱过，没有为自己活过，你们觉得自杀就是悲剧，但自杀也是安娜自己的选择，她以死保全了自己对爱的信仰，这是悲剧吗？不，这是悲壮！

郭晓月的发言深深打动了他，他在这个稚气未脱、其貌不扬的县城少女身上看到了曾经也属于自己那转瞬即逝的青春。现实的重压令他在每一个层面上做出妥协，他渐渐忘了什么是意气风发、生如夏花。所以，当郭晓月前一阵子满腹心事地找他，询问他自己是应该参加高考，还是直接去石化厂上班，他对她说：晓月，人这一辈子是没有回头路走的，过了 18 岁，就只有 28 岁、38 岁、48 岁，父母要求你这么做，是因为他们决定让你提前从 58 岁开始活。你听我这么说，心里肯定已经在嘀咕“凭什么”！所以，晓月，自私一点并没有关系。

郭晓月人生第二次长时间地睡不着，发生在 1988 年夏天。同样是个不算炎热的夏夜，她躺在宿舍床上翻来覆去，心里只有一个念头：请保佑我一定分配去北京。

郭晓月确实考上了大学，数学考得惨不忍睹，她凭着名列全市前茅的语文及历史成绩拉高了总分，被河北师范大学录取。没去成北京、上海，河北省会也是好的。去学校报到时，母亲不忘对她嘱咐说：上了大学也算是参加工作了，大学生每个月能领补助，你千万别管家里多要钱了，你哥没工作，眼看也该结婚了，天知道要给他添置多少家当才有女的愿意嫁给他。

大学四年是郭晓月人生最快乐的一个阶段。她所有敏感、易悲、消极的特质全被远离父母的挣脱感取代了。她是中文系最活跃的女生，演讲比赛、辩论会、诗歌朗诵、文学社、话剧节……她全不落下，郭晓月平庸的长相在一盏盏聚光灯下、一串串激昂的话语中，迸发出了自信的光彩——那是她的青春在燃烧。河北师范大学上至八二级、下至八七级的学生，无一不知晓郭晓月，每年话剧节时，她扮演的简·爱堪称一绝，尤其当她以精准的情绪说出那句著名台词——你以为我贫穷、低微、不美、矮小，我就没有灵魂，也没有心吗？台下总是一片掌声。

只是天下没有不散的筵席，过完大四最后一个寒假，郭晓月渐渐感觉到：宿命又将替代快意。20 世纪 80 年代的师范学校毕业生分配，始终遵照“面向基层、面向第一线”原则，说白了，就是从哪儿来回哪儿去，再小的县城，也有教书育人的岗位。不出意外，半年后，郭晓月将回到保定，说不定还会回到高中母校，接过语文老师的粉笔，隐忍着、纠结着，面对讲台下无知或无力的新一代。

临近 6 月，郭晓月越发寝食难安，有好几次，她想到了安娜·卡列尼娜最后迎向火车那一跳，在她想象中，那趟火车，是去保定的。

得知学校有一个能去北京密云县某中学教语文的名额，郭晓月如遇大赦，她决定搏一把，找系领导说说情，幸好在其他同学眼里，密云县也并不是个什么香饽饽，只要主动一点，胜算很大。站在穿衣镜前，郭晓月生平第一次介意自己不够美貌——如果有一头乌黑如漆的长发，在领导面前便能撩拨几下；如果有一对含情脉脉的美眸，凝视领导时会显得楚楚动人；如果有一具娇小婀娜的身体，对领导抽泣时更我见犹怜。可惜，镜子里的姑娘，只有一头干枯发黄的乱发，圆眼、圆脸、圆鼻头，喜庆却不甜美，最致命的不是矮，而是矮且胖，即使穿着最艳丽的红色人造丝灯笼袖衬衫，也仅仅是个没有女人味的女人。没有撩拨、没有凝视、没有抽泣，郭晓月开门见山地对系领导说：我想去北京。然后，她说起自己的家庭，说起重男轻女的母亲，说起如果回到保定她将被迫与父母一起供养哥哥，用自己的工资与克俭供奉哥哥的生活与婚姻。“我知道说这些显得我挺自私的，但求求您给我一个为自己活的机会。”郭晓月说这话时，眼里饱含热泪，可始终没有滚落出来。

郭晓月最终如愿以偿被分配到了密云。这个小县城，不比保定县城更繁华，学校的学生甚至比保定的那些更加见识浅薄，从任教的学校去一趟天安门几乎和从保定去天安门花的时间一样，但郭晓月对一切很满意，户口上就算落着密云县，前缀也是北京市。

郭晓月对教书育人没什么热情，一切教学皆以应试为前提。她照本宣科地讲解古文诗词、分析段落大意、总结中心思想，其余一概不教，也不和学生交流。课余时间，她躲在职工宿舍里看杂志写文章，郭晓月把自己心里花团锦簇的世界全然铺洒在了稿纸上，有情诗、有小说、有散文，一开始她只是聊以自慰，后来她往各家杂志投稿，她字里行间悲怆的笔调及对自由无限渴望的内涵，号准了20世纪80年代末中国文学的脉搏。渐渐地，郭晓月的名字越来越多地出现在《萌芽》《钟山》《花城》等文学刊物上。1989年,《女友》杂志在全国发行，郭晓月更如鱼儿找到了海洋，她在《女友》上开辟情感专栏，在文字里，她是如三毛般自由奔放的女子，爱得深，活得真，足以为所有女友做出表率。

郭晓月人生第三次长时间地睡不着，发生在1996年初秋。她坐在卧室地板上嘤嘤地哭，直到天空亮起，街道再次喧嚣起来——她被甩了。

不得不说，从1990年到1996年，郭晓月的日子过得很舒心。她成为小有名气的专栏女作家。1993年，姜海通过《女友》辗转找到她，邀请她出任《风尚》杂志主编。郭晓月顺势辞掉了早就可有可无的教师工作，从密云县搬进了北京东城区，在崇文门租了套公寓，将人生顺利翻篇儿。

可也就是从那时起，她的男友小郑与她有了龃龉。小郑比郭晓月大五岁，在密云县水库上班，他俩是被郭晓月学校教务处的德姐介绍认识的。在密云乃至全国绝大多数小县城，一个姑娘，哪怕生得再丑，过了二十五岁没有对象，必定会让周遭许多亲友心不落忍。然后他们会自发自愿地站出来保媒，动用一切社会资源拉郎配，仿佛这是一件比放生更能积德的善事。小郑是德姐表姑某个老姐妹的孩子，土生土长的密云人，高瘦白净，文质彬彬，有一种常年生活在父母身边的寡言木讷，小时候因为发高烧导致左耳耳膜穿孔失聪，虽不太影响基本生活，但也是拿了残疾证的。他从二十四岁起便被安排频繁相亲，本地姑娘一听他左耳失聪，立即毫不掩饰地说：“啊？你是聋子？！”然后慌不择路地逃离。

1991年，与郭晓月共事近三年后，德姐打定了主意。她胸有成竹地去找小郑父母，跟他们介绍说，郭晓月是学校的语文老师，二十五岁了也没男朋友，这姑娘长得是差点儿意思，但有才华，特能写，总在全国期刊上发表文章。我见她人也老实，下了课就回宿舍大门不出二门不迈，和这样的姑娘过日子，放心！你们也别嫌弃她是外地来的，小郑的情况咱本地人谁不清楚呀？哪还由得挑挑拣拣？他也三十岁了吧？找个伴儿比什么都强。

在德姐的大包大揽下，郭晓月与小郑见了面。俩人见到第三次时，德姐就四处敲锣打鼓宣布郭晓月与小郑成了，好上了，在一起了，对此，郭晓月并不抵触。她不像别的女作家，写着写着便入了化境，一心追求轰轰烈烈名垂千古的爱情，哪怕是碰上遗臭万年的胡兰成呢？总之，四平八稳地嫁给隔壁老张可写不出《色·戒》。郭晓月被自己的肉身牢牢缚住，她深知，自己并非神笔马良，能写出一个爱情童话然后钻进去活。这么多年，每当她遇见让自己强烈心动的男子时，最初一阵潮红过后，她会提醒自己：得了吧，别自作多情了。然后望都不再多望一眼。

小郑这样的男子，让郭晓月没有压力，反而让她有了自若的端庄。她从不主动约小郑，通常是小郑来学校看她。小郑拎着一兜子苹果或者两瓶麦乳精在教务处坐着等她下课，德姐每每见到他，都要在学校走廊里夸张地喊话：又来找晓月啊？小两口这甜的！赶紧把事儿办了！等郭晓月下课，两人一起去学校食堂把饭吃了，再一起回郭晓月的宿舍坐会儿，小郑耳朵不灵光，两人很少聊天，倒像是一种默契。郭晓月铺开稿纸写东西，偶尔回头，看见小郑坐在她的床上翻看小说，她内心的片刻柔软也是有的。

1993 年，郭晓月自作主张把学校工作辞了，搬进北京市区，做了《风尚》杂志的主编。小郑气急败坏地坐了两小时长途汽车进城来和她理论。

“郭晓月，你如果要躲着我，犯不着把工作辞了，明说就行了！”

“小郑，你说什么呢。我只是单纯觉得这个机会很好，也是我喜欢做的事情，咱俩该怎么处还怎么处，你想太多了。”

“你都搬崇文门来了，我和你还处得着吗！难道你要我把工作也辞了，跟着你进城打零工？”

“小郑，你现在一个月工资有多少？六百多？八百多？我在《风尚》做主编，一个月工资三千。”

这话驳得小郑哑口无言，他气恼，想证明点什么，于是在他第一次进城那晚，他强要了郭晓月的贞操。

那晚过后，两人的关系缓和了许多。小郑默默接受了分居两地的生活，他每次进城，郭晓月都会对他说，过两年她存够了钱就买套房子，让他也多留意下调动机会，争取调来北京。

郭晓月是真能存钱。她一个月到手两千四百多元工资，自己顶多花零头，用外面挣的稿费交房租，咬紧牙她至少也会存两千元。为此，她没少遭李艺冷嘲热讽。李艺买第一只路易·威登皮包时，她出于礼貌以及表示对奢侈品的关注，特意表现出爱不释手的样子，结果被李艺激将：这么喜欢不如也去买一个。她心中暴怒，却不能发作。她不是买不起，但问题是：没人在乎你是买不起还是不愿买，他们只关注你有没有。

李艺还经常讽刺她的衣着打扮，尤其1996年那次*MODE*的法国人来，李艺说她穿得像中学语文老师，完全一针见血——她以前的确是中学语文老师啊。杂志社另一个时髦的姑娘林墨有时候看见她也有些异样的表情，当然，她不必明说，郭晓月自是明白：自己太没个主编样子了，等买完房，一定下血本买几身好衣服，看谁还会翻白眼？

房子没买，小郑却来提分手了。

1996年过完国庆节，小郑进城来找她，两人白天一起逛了西单，又吃了饭。晚上回到郭晓月住处，要洗澡睡觉了，小郑才像鼓了多大勇气似的，对她说："晓月，咱俩不合适，就算了吧。"

郭晓月正擦头发，听小郑来这么一句，傻了。她问："你什么意思？"

小郑说："两地分居始终不是个事儿，我都三十五岁了，爹妈半截身子入土，再不结婚，说不过去。"

"谁说不跟你结婚了？这是理由吗？不是都跟你说马上就要买房了吗！"郭晓月不解。

"咱这样子结得了吗？你买房是你的事儿，我根本没法儿调动。况且我爸妈也不同意我离他们那么远。"

"小郑，你可得有点儿良心！"

"这跟良心有什么关系？这是合不合适的事儿。咱俩不合适，就分了吧。"说完，小郑坐在沙发上哭了，郭晓月瘫坐在地上也哭。小郑哭累了，把眼泪鼻涕擦一擦，说："晓月，我走了。"开门自此离去。

郭晓月在地上躺到天亮，眼睛哭得像两个烂桃儿，她请了病假，好几天没上班，把小郑留在家里的洗漱用品换洗内衣裤全收拾出来扔了。她天天失眠，一闭上眼睛，泪就滑了出来，像开关坏了的水龙头，无声无息地跑水，泡坏了一地回忆。

1997年开春，郭晓月从密云旧同事那里听说，小郑和一个校工的女儿结婚了，又是德姐介绍的。两人其实处了有一年多，只是郭晓月不知道罢了。就是从那天起，郭晓月开始吃安眠药，她没有办法再自然入睡，一闭眼，不是母亲的形象蹦出来，就是另一个自己跳出来，指着躺在床上的自己，骂她"傻×"。

郭晓月人生第四次、第五次、第六次……第无数次长时间睡不着，发生在1997年之后的绝大多数夜晚。安眠药也帮不了她，无数英文单词撞击着她的内颅，让她头疼欲裂。

《风尚》没有与外版合作前，无论李艺等人如何冷嘲热讽，郭晓月对内容的把控力绝对无可厚非。她将《风尚》的两性版块做到了炉火纯青，诸如试婚、婚姻合伙制、爱情无道德、美丽者生存等一系列令人拍案叫绝的选题点子，令老实巴交的沈玫都很好奇：一个老姑娘，哪来这么多离奇的念头？郭晓月动用了自己在文学界的关系，找来最当红的女作家、女诗人在《风尚》写专栏、做连载。这帮生活在都市里的体验派女写手，在《风尚》毫不隐讳地分享她们令人脸红心跳、活色生香的情欲生活。这为《风尚》拉拢了一大票忠实的女性读者，她们如饥似渴地阅读《风尚》，对其中探讨的每一种新型恋爱模式都跃跃欲试。

《风尚》和*Composure*正式版权合作后，郭晓月顿时变成一个不合时宜的人。这种不合时宜，全是语言障碍造成的。她几乎不懂英语，对美国文化知之甚少，*Composure*每期的封面女星，她一个不认识。让她立即列举外国名人，她脑子里蹦出来的全是海明威、莎士比亚、海伦·凯勒之类，至少与时代脱节了半个世纪。

《风尚Composure》联名出刊的前几期，*Composure*的国际版权总监经常打来越洋电话直接找郭晓月，对她指正杂志里存在的各种问题。郭晓月一句也听不懂，只得硬着头皮叫李艺来接电话，李艺得意扬扬地往郭晓月办公桌前一坐，按下免提，用流利的英文说：您好，请讲。

“我们觉得杂志里讲情爱的部分太多了，我们希望郭主编在接下来的杂志里增加吸引职业女性的内容，比如女性高级主管访问、办公室政治研究等。”

“嗯哼，我也意识到了这个问题。”李艺一边擅自回答，一边给郭晓月心不在焉地翻译。

“我们不希望*Composure*的中国版变成一本言情小说，这是时尚杂志，你们的首要任务是塑造当代职业女性的形象，除了分享那些男女关系的小把戏，你们应该提出标准，告诉中国职业女性，穿什么衣服、拎什么包、化什么妆、做什么工作、去哪里旅行……懂吗？”

“我们主编曾经是情感专栏作家，在时尚方面确实有些欠缺，我会转告她。”李艺仗着郭晓月听不懂，肆无忌惮。

“好的，希望能在下期杂志看到你们的改进。再见。”

“主编，老外对你说再见哦。”李艺挂了电话，戏谑地把最简单的“bye-bye”也翻译给郭晓月听。

“这句我懂。”郭晓月红着脸说。

郭晓月回到家中，撕心裂肺地哭，这种羞辱，是她此前从未经历过的。一个人不爱她，她可以不去爱对方；一个人比她富有，她可以正视自己的贫穷；一个人比她幸福，她可以将悲伤转化为文字；而一个人证明了自己处处比她强、比她更值得拥有她拥有的一切，她只会陷入彻底的无助与不知所措。

安眠药似乎对郭晓月失去了作用，就算一次吃五片、八片，甚至十片，郭晓月还是会做半虚半实的噩梦。梦里，《风尚》如一列开往美国的高速列车，从郭晓月面前呼啸驶过，她迎头跳下去，却发现列车实在太快，早已开走，她摔倒在冰冷的铁轨上，毫发无损，她在众人的耻笑围观中，苟且地爬上月台，无处可躲。

1998年春，Meade总部认为电话根本解决不了问题，便决定把郭晓月请到纽约来，面对面、手把手地交给她：如何做一本时髦的中国版*Composure*。

得知这一消息，郭晓月差点崩溃了，她跑去问姜海，能不能由姜海出马，回来给她传达精神就行。

姜海不解地看着她，又似乎明白了什么，说："你是主编，只能你亲自去，如果你担心交流的问题，我会让他们给你安排一个翻译。"

郭晓月怀抱着探春和亲般的愁绪，飞去了纽约。任何一个人，在第一次踏出国门时，总是喜大于惊，况且还是美国。但郭晓月心里只有惊恐与失落，出租车驶过时代广场与第五大道，她连抬头多看一眼的心思也没有，垂首默念着求满天神佛列祖列宗保佑她别在美国人面前丢脸。

*Composure*的国际版权总监接待了郭晓月，在为期一周的培训讲解里，版权总监一点一滴地摧毁了郭晓月为数不多的自信。在翻译认真严谨的传达下，郭晓月终于得知：自己最引以为傲的情爱栏目，在美国人眼里，只是过犹不及的一碟小菜。*Composure*最关注的职业智慧与女性形象，郭晓月没有任何想法，她甚至还问了一个非常外行的问题：在杂志里介绍那么多普通女性读者买不到甚至根本买不起的奢侈品，真的有这个必要吗？

版权总监正色道：一个时尚杂志主编问出这个问题，真是非常荒唐。

郭晓月光看版权总监说这话时的表情，就知道自己终于丢脸了。

还有更丢脸的事，郭晓月死也不敢告诉任何人：第一件事，是录电话自动应答。在纽约的日子，由于郭晓月没有手机，总部的人要求她把酒店的座机设置留言功能，以便通知她第二天的行程和重要事项。翻译帮郭晓月设置好电话后，让她自己用英语录一句："您好，我是郭小姐，现在不方便接听电话，请留言。"郭晓月觍着脸让翻译帮忙翻译好，又教她反复读了几遍，然后关起门来，开始试着录音。这一录，就是一个通宵，郭晓月始终不能流利通畅地一口气读完，有几个多音节的单词，像一根铁钉，硌得她牙崩唇破、满嘴是血。到后半夜，郭晓月伏在床上哭一阵、录一阵，她心想：要是天亮还录不好，别说美国人怎么看我，翻译就得把我当蠢货。我明明是个正规的大学生，怎么现在好似初中肄业一般，不见世面、丢人现眼。郭晓月后来想了一个办法，她把每一个读音全用汉语拼音标注上，像朗读语义晦涩的古文一般，录完了整句。早上翻译过来找她，听完录音，没心没肺地调侃道：像日本人说英语。郭晓月脸上红一阵白一阵，难受极了。

第二件事，是吃饭。在纽约赶上一个周末，Meade 总部的人不上班，翻译也要休息，就留了郭晓月一个人在酒店，让她清净两天。到饭点时，郭晓月傻了——她不会点餐，所以没有办法去酒店餐厅吃饭、更别提对着菜单打电话叫外卖了。其实哪怕走出酒店，街边总有比萨小屋、汉堡快餐可以看着图片直接指，可郭晓月已然害臊得怕见任何一个外国人，别人对她问早安，她亦紧张得不知如何应答，于是，她活活儿待在房间里饿足了四十小时。又饿又困依然失眠，郭晓月像被关进了渣滓洞的进步女青年，被敌人以疲劳轰炸的酷刑折磨得人不人鬼不鬼，根本不会有坚定的革命浪漫理想还在心里唱出一支《红梅赞》。周末结束后的第一天，翻译来接她去总部，郭晓月气若游丝，说：我太饿了，带我先去吃点东西吧。翻译颇感意外，根本不知道郭晓月已经断食近两天了。

从纽约回京后，郭晓月去医院做了检查，她被确诊为神经官能障碍性失眠，属于精神病范畴。医生不再让她服用普通安定片，给她开了一瓶管制药三唑仑，一片就能舒缓神经，致人昏睡。

办公室里每一个人看到郭晓月，无不艳羡地问她：怎么样？美国好吗？玩得开心吗？李艺还问她：应该能用英语对话了吧？以后可以自己接电话了？这一切，于郭晓月而言，无疑是雪上加霜，纽约，她连自由女神都没有看到；语言，恐怕连汉语她都不敢随意张口表达了。

郭晓月依赖上了三唑仑，在每个身心疲惫的夜晚，一想起美国人的苛责、同事的调侃，她就立即服用一片药，半小时后，所有乱七八糟的人和事，就与她没关系了。有时候她会尝试性地吞服两三片，尽管一开始有些恶心反胃，熬过这阵药效反应后，愉悦的迷幻世界打开了——她的房间蒙上了彩虹般华丽的纱幕，小郑坐在他曾经最爱坐的沙发一角，对她微笑招手，示意她来身边坐下。她看着小郑，那脸亦是如梦如幻，她从未觉得他英俊，耐看也说不上，可此刻，他仿佛身骑白马的翩翩少年，笑靥如花，爱着她不肯走。小郑还说，晓月，《风尚》杂志特别成功，连我们密云县城的姑娘也爱看，每个人都羡慕你，用不着这么拼命了，你已经是第一了。郭晓月感动得涕泪横流，她捧着小郑的脸深吻，含含糊糊地说，抱着我，我困了，想好好睡。

郭晓月醒来时，通常是第二天的中午过后，她有一种宿醉后的强烈头疼，需要再额外躺一小时才能起来。等赶到公司时，已经又是一天即将结束，她在大部分人全下班后，独自留在办公室看稿子到深夜。有几次林墨碰到她，关切地问：晓月姐，你没事吧？最近看你气色不太好，杂志是大家的，身体是你自己的，偶尔自私一点没有关系。

听到这句话，郭晓月像被通了电一样，浑身颤抖不已，她尽力忍着泪，拉着林墨的手说：小林，谢谢你。多亏你，《风尚》才有今天，为了你和姜社，我也要做一个称职的主编。

郭晓月人生最后一次长时间地睡不着，发生在1999年寒冬。在这之前，她靠着三唑仑，天天都可沉沉睡去。

姜海通知她，2000年元旦过后要去美国开*Composure*全球主编大会，由于*Composure*在中国的迅猛发展，总部希望中国版主编单独做一个演讲汇报，分享成功经验。姜海说：晓月，全球各版主编都会英语，你这次回来后，一定要把英语恶补起来，争取下次再别带翻译了，不是世界走向我们，而是我们主动走向世界。

姜海关怀的话语，在郭晓月听来，是一道道鞭子抽在身上。那晚郭晓月再度失眠了，她本想抓紧时间准备演讲稿，写到一半，看着满屏的中文，她突然不可抑制地自责：我不配！我不配！然后，她拿出纸笔，开始写另一封长信，这次她没有被任何杂念打乱，一封信洋洋洒洒，一气呵成，字迹娟秀，行文动人。写完这封信，她长长地舒了一口气，又找出信封和邮票，封好，然后穿上大衣走下楼，去最近的邮筒投递。站在邮筒前，听见信件掉进筒里“咔嗒”一声，郭晓月心里的巨石亦跟着落了下来。她又想起语文老师说的，人自私一点并没有关系。她如释重负地笑了笑，裹紧大衣开始往家里走去。

1999年12月28日深夜，郭晓月于家中一口气吞下十四片三唑仑，再也没有醒来。

一封请职信，一封遗情书

在郭晓月的追悼会上，沈玫哭得最凶。其余同事多静默而泣，伤心带有节制，她们大多数从未了解过郭晓月，那哭泣，亦多半是对死亡的恐惧。沈玫不同，她放声号啕，悲恸至极时几乎要以头抢地，连郭晓月的父母都看不下去，反要劝慰她。但沈玫的哭丧令他们动容，心想自己女儿竟有如此至交，也算不负此生。

沈玫一直觉得，郭晓月是她的盟友、参照及支柱，她们同样貌不惊人、懒做打扮，对男人有一种宁为玉碎的挑剔，对爱情却是另一种心如止水的消极。在《风尚》这愈来愈光怪陆离的花花世界，她和郭晓月被划成了一群，仿佛两个留在了1993年的遗老遗少，目送别人争先恐后地走进新时代。郭晓月的患得患失和沈玫的性格怯懦，到底都是一种文艺女青年反省式的自卑，沈玫时常想：我已经长成这样了再化妆便是丑人多作怪，我已经长成这样了就不要出风头了，我已经长成这样了那个男人不想也罢……这些不为人知的内心波动，唯独郭晓月会察觉，每当沈玫又因为什么事在办公室暗自神伤时，只有郭晓月会走过来，拍拍她的肩，对她笑一笑，仿佛是说：别想了，咱不是都好好的吗？这两年，沈玫目睹了郭晓月多番被李艺言语尖酸地嘲讽，听闻了合作方对郭晓月能力的不满，但郭晓月从未像她一样，在办公室里赤裸裸地流露绝望委屈与恨。郭晓月只是越来越不爱说话，躲在自己的办公室里，对着电脑用力敲敲打打，下一个月，她依然能做出令人拍手叫好的专题。于是，沈玫想：如果晓月都能坚持下去，我有什么不能的？结果，郭晓月以最出人意料的方式退出了，跪在郭晓月的灵堂前，望着那张被过度盛妆的遗容，沈玫的悲痛全是为自己——世界上最懂我的那个人去了。

林墨戴着墨镜，不想被人看见哭肿的眼睛。她明明是有预感的，在那些撞见郭晓月浑浑噩噩耗在办公室里的深夜，她看见郭晓月坐在一艘破船里，从脚底漫延的水很快就会倾船，郭晓月如没有知觉一般，一心想渡到大雾缭绕的对岸。林墨站在岸上，还在犹豫要不要喊她回来，船已经沉了。

姜海没哭，却是最自责的。他深知自己于不久前嘱咐郭晓月学好英文走向世界的话语成为压倒她的最后一根稻草，明明是欣赏，明明是信任，明明是托付，怎就害了她？可笑的是，郭晓月常常在《风尚》里教育女人要有野心，要有踩在男人肩膀上征服世界的混劲儿，结果，她身体力行地自证了一个女人在野心与世界面前，可能遭遇的最惨烈下场。

2000 年元旦，当整个世界都在为新千年的到来通宵达旦、彻夜狂欢时，这一小群最应该及时行乐、拥抱未来的人，只能守在北京八宝山一处小小的灵堂里，悼念一个决心留在过去的生命。

元旦过后，风尚杂志社恢复了以往的步调，毕竟春节要来了，年终奖刺激活着的人们心无旁骛地做本年度最后冲刺。林墨路过郭晓月的办公室时，想起来一个更加急迫的问题：接下来该换谁？

问题的答案已经摆放在她的办公桌上了，那是一封信，电脑打印的，标题叫《让我试一试——致姜社长及编委会的一封求职信》：

姜社及编委会：

1999年12月28日，对风尚杂志社及风尚的每一位员工来说是一个黑色的日子。《风尚Composure》主编郭晓月的去世震惊了每一个人。在12月31日惊闻噩耗的几天时间里，我的心情是非常悲痛而沉重的。

作为风尚的一名老员工，我来到风尚见到的第一个编辑就是晓月，我的第一篇文章也是在晓月的指导下完成的。在风尚工作的六年多时间里，我和晓月的私交在杂志社员工中算是很好的，有很多灵性上的沟通。去年9月，我们俩还非常巧合地在一个口语班中偶遇，一起上了两个多月的课，私下里有过好几次长谈。然而，让我遗憾的是，在她心灵最脆弱的时候，我却没有能够和她沟通，因此在悲痛的同时，我也有一份隐隐的自责。

不过痛定思痛，斯人已逝，我们应该放眼未来。当我从沈玫那里得知晓月在日记中表达了她对《风尚》很深的热爱的时候，我了解那份热爱，因为那份热爱也蕴藏于我的心底，于是我决定走出来争取《风尚Composure》主编这个职位。晓月不幸去世了，但《风尚Composure》这本风尚的旗舰杂志不能倒，我希望以我的努力继续这个事业，把《风尚Composure》引向另一个高峰。

姜社曾经说过做《风尚Composure》主编需要具备的四个条件：语言能力、国际化、领导能力、业务能力。对于这四条我认为自己是基本符合要求的，虽然我比较欠缺的一点可能是没有做领导的经验，但谁也不是天生的领导，姜社当初做《风尚》杂志的时候也许没想到今天能够领导这么大的一个出版集团吧？提拔新人对企业来说可能要冒一定的风险，但新的活力和创造力也正蕴藏其中。

在风尚六年来，我始终记得当初来风尚杂志社时你们说过的话：和风尚杂志社一起成长。六年过去了，很多当初和我一起来杂志社甚至比我晚的同事都纷纷离开了。很多员工认为风尚永远不会考虑从自身企业中提拔新人，所以编辑们人心浮动，纷纷把风尚当作自己炒作的跳板。如果编委会此次《风尚 Composure》主编的任命能从杂志社内部提拔优秀员工进行培养，相信对企业的员工来说能有更好的激励作用。

此致。

林墨看到信尾，手写签了“李艺”两个字，再也忍不住，饶有兴味地笑出了声。她拿着信，去了姜海办公室，把信举起来对姜海晃了晃，说：“你也收到了吧？”

姜海抬起头，说：“早收到了，这里还有另外几个人写的，要不你也看看？”

林墨接过另外两封请职信，也是《风尚 Composure》的两个编辑，入职三年左右。一个做时装，一个做专题，两人的信几乎如出一辙，先是沉痛悼念了郭晓月，然后洋洋洒洒写了近万字如果自己做了主编，对杂志的建设与规划。相比起来，李艺的信可算言简意赅，中心思想就一句话：我想做主编。

“你怎么看？”姜海问林墨。

“沈玫没有写信吗？你问了她的想法吗？”林墨突然想起。

“她没写，我看她也没这个意思，她最近倒是平静了不少，像是信佛了，办公桌上放了串儿念珠和一本佛经，没事儿就闭着眼睛嘚啵嘚地念。”

“我看最近我们还是不要去打扰她了，晓月的事儿对她是个不小的刺激，她愿意怎么着就怎么着吧。”林墨想起沈玫在郭晓月追悼会上的表现，心又揪了一下。

“那这三个人呢？你觉得谁合适。”姜海把包括李艺在内的三封请职信一字排开，再问林墨。

“李艺的人品我就不评价了，但说实话，这三封信里就她的打动了我。有野心、够直接，这是一个强势女主编应该具备的基本素质，业务能力什么的，咱们也和她共事这么多年了，还有什么不放心的。”

姜海笑了笑，说：“小林，你心里真是跟明镜似的。”

几天后，姜海来找林墨，说：“就定李艺吧，你现在是《风尚》的总经理，你去通知她。”说完，他又拿出一个信封，厚厚一沓看样子是现金，放在林墨桌子上，“最近编辑部感觉是有些人心惶惶，这是一万块钱，你带着李艺去赛特帮她挑几身衣服，让她知道我们对她很有信心，也很关心。”

林墨把钱接了过来，调侃姜海：“光给李艺买啊？您不给我买？”

姜海大笑，说：“你就别跟编辑较劲了，《风尚》现在一年五千多万广告全挂在你部门下，一万块钱能买的东西你哪还看得上？”

林墨也笑，回他：“瞧您说的，心意不一样。”

姜海笑着转身要出门，临了又不忘嘱咐林墨：“对了，你让李艺好好做内容就行了，不要让她插手广告经营上的事，不然以后你

不好管。”

“这还用您说？”林墨说。

林墨从未和李艺一起逛过街，亦未有过这想法。李艺喜欢的东西，永远是明晃晃、金闪闪、恨不得吓人一跟头的那种，不可否认李艺身材凹凸有致，精通化妆，颇有风情，任何低胸的、紧身的、超短的、高腰的、发光的衣物，穿在她身上，即使挡不住的风尘气息扑面而来，倒也算不廉价的那种。但是李艺不太注重细节，她的眼睛只看得到从头到脚身体正面的部分，稍微一转身，一个线头便粗鄙地露了出来，超短裙的针脚也不齐，漆皮高跟鞋常有掉漆——她的打扮和她本人一样，不能细看。林墨买衣服，首先选的是面料，款式再好，不是真丝全毛纯棉的，她也不看第二眼；其次是做工，林墨会细致地检查每粒扣子是否结实、缝合处有无明线外露、袖口收得好不好，她像一个经验老到的裁缝一样，用业内的标准衡量一件时装是不是值得它的标价。面料和做工满足了，款式简单些、老式些反倒没有关系，品位是一种最直观的价值判断，穿羊绒的就是要比穿涤纶的看上去有品位。

“你试试这件。”在宝姿店里，林墨挑了一件酸杏色的和服式围裹连衣裙给李艺，颜色淡雅，重点全落在了腰间一条朱红色皮带上。

李艺看了一眼，说：“不适合我。”

这态度让林墨有点不爽，在她告知李艺被选为《风尚Composure》新任主编时，那一刻李艺是满心感激、语无伦次的，一个劲儿对林墨说：一定不让你失望。这才一天，李艺就恢复本性，又成为那个自以为是、目空一切、不知好歹、令人怎么也亲近不起来的女人。

李艺径直朝那几件最耀眼、最艳丽的时装走去，林墨在后面轻笑了一下，心想：算了，暂时也不带你见客户，你在办公室愿意怎么穿就怎么穿吧。

没多久，李艺穿着花了一万元钱买的衣服坐进了郭晓月的办公室，并把《风尚Composure》的女编辑们挨个儿骂得狗血喷头。

她动作夸张地把一沓稿子摔在某个女编辑的桌子上，厉声厉气：你这稿子怎么做的？狗屁不通之余，还尽是错别字！以前主编人好，不爱说你们，自己给你们改了，我可没那耐心帮你做你的本职工作！你把这稿子拿回去，明天下班前交一篇新的上来！

李艺在办公室里闹出的动静，连独坐在对面办公室的林墨也听得一清二楚，通常在她咆哮之后，女编辑嘤嘤的哭泣声便会接着响起。这一次，被骂哭的女编辑的啼哭之声，由远及近地从办公室另一头快速移动过来，直到在她门口响起。

“林总，我要辞职。”女编辑一面哭，一面负气地说。

林墨抬眼一看，这女编辑正是上次也写过请职信的专题组编辑小宋，想必她竞聘主编的事，被李艺从行政部于小娟那里打听了出来：“辞职？你对李主编提了吗？”

“我不用对她提，我没法儿跟她共事了，那哪是工作啊，简直是人格侮辱！我长这么大，连我妈都没敢在我面前摔过东西！”小宋哭得更凶了。

“每个人的工作方式不一样，你要理解。”

“我理解不了！我干不下去了！”小宋在气头上，什么话也听不进去。

“那你辞吧，现在情况就是这样，要么你适应她，要么你看看有没有别的机会。”林墨漠然地说。

小宋愣然了一下，有几分钟说不出来话，她想了一会儿，对林墨说：“林总，谢谢您，那就给我办离职吧。”

林墨觉得有些惋惜，但也只能这样。自古一朝天子一朝臣，何况是李艺这样多疑与专断的人，她势必要斩悍将、除老臣，巩固自己得来不易的位置，而自己既然选择了她，当然要给她杀伐决断的权力。一个企业就是一架高速运转的机器，眼泪，是起不了润滑作用的。更何况，她没有精力安抚这些莺莺燕燕，即将与兰蔻化妆品高层的初次会晤，令她焦虑得无暇他顾。

会晤是兰蔻方面主动提出的，这令林墨喜出望外，《风尚 Composure》已经做到一年近六千万的广告额，却只有小部分是来自国际顶级品牌的投放。《ELLE 世界时装之苑》一年的广告额几乎破亿，翻翻他们的杂志，目录页前全是国际奢侈品牌的广告，顶级品牌投放越多，后面跟风的广告就越多，杂志的门脸装饰漂亮了，雪球才能越滚越大。为了赶上《ELLE 世界时装之苑》，林墨必须让《风尚 Composure》目录页前的手机、巧克力、国产化妆品广告，被那些基本没有汉字的原装进口广告逐一取代。

5 月的北京又是草长莺飞，跨入新千年后，崭新的城市初见端倪，长安街两侧的工地终于变成了各式新颖气派的楼宇。绵延近两公里的恢宏建筑群是李嘉诚的东方广场，历时五年多，据说今年年底终于要开业了。林墨想起 1995 年骑自行车路过这里去王府饭店推销风尚广告，也是 5 月的光景，东方广场彼时是一个触目惊心的巨坑，如今，它俨然成了长安街上最壮观的都市风景，结果如此美妙，谁会追思过程？1995 年，林墨需要穿着自己最好的衣服，一家一家走进品牌店铺索取品牌公司的联系方式。五年后，世界最知名的品牌主动约她在王府饭店会面。城市成长了，城市里的人也成长了——这就是欣欣向荣，你只有努力活着，才能乐在其中。

林墨提前背熟了兰蔻的品牌历史和产品线，又特意穿了一身玫瑰白的衣服，款款走进王府饭店的大堂。她有的是自信和技巧，去摘下这朵法国玫瑰，令其在《风尚Composure》上耀眼绽放。

兰蔻的品牌总经理李安东是一个霸气十足的台湾人，体形精瘦、动作干练、目光如炬，一看定是对自己、对他人都控制欲极强的男人。他不像之前任何一个品牌男高层，见到林墨会先说两句赞美容姿的话，开个玩笑，再似是而非地进入主题。李安东和林墨简短有力地握过手，便径直坐下，举手示意林墨：开始吧，林小姐。

林墨理了理思绪，不急不慢地说："李总，请让我为您介绍一下《风尚Composure》——中国上升最快、阅读人群最广泛、内容品质最好、最具国际视野的一线时尚杂志。让我用一组数据来证明我并非夸大其词，首先……"

"不必了。"李安东挥手打断了林墨，"你要说的这些，我们的广告公司briefing会给我的。坦白说，我之前并不知道《风尚》，但我知道*Composure*，作为兰蔻全球媒体伙伴中的一员，我们对它的中文版有了解的必要。"

林墨脸上红一阵白一阵，突然不知道如何把话接下去。她的理智提醒她：至少要直视李安东的眼睛，不可露怯。

"我也不想对你介绍兰蔻是怎样的一个品牌，想必你来之前也做了充分了解。那么，我想让你知道的是，兰蔻很重视中国市场，我们来的时间不长，但我们有诚意在中国延续兰蔻的辉煌。所以，我们需要很多有诚意的媒体来和兰蔻合作。"说到这里，李安东盯住林墨，问，"林小姐，你们有这个诚意吗？"

"您说的诚意，是指？"

"我们只要《风尚Composure》第一跨页的广告位。"

"这没问题。"

"但我不会按照你们的刊例价格付第一跨页的费用。至于付多少，就是你们的诚意了。"

林墨觉得自己快要招架不住李安东了，他太懂得谈判技巧，在气势上已经完全控制了场面，此刻她是在负隅顽抗："诚意我们一定有，但我也想知道，兰蔻对《风尚Composure》有多大的诚意？"

李安东大笑，说："林小姐，这个你不必担心。你回去认真考虑一下，你们对兰蔻的诚意有多大，兰蔻自然会拿出相应的诚意对你们。"

走出王府饭店，林墨十分气馁，她知道这一单一定拿得下，只是一切再不由自己决定。她预感这仅仅是开始，会有更多的国际品牌进来，把所有游戏规则改写。这些规则，是她用过去六年一点一点摸索出来的，适用于任何一家财大气粗的国内品牌及花钱如流水的家化日用、电子通信，可从此刻开始，一切又变成未知——姿态究竟要放到多低、主动权究竟要让渡多少、服务的意识究竟要怎样全面……从今天与兰蔻的会谈，林墨甚至不知道自己是该乐观还是悲观。

回到办公室，林墨对姜海汇报了情况，姜海一咬牙，说：必须给他们，哪怕刊例价打四折也得给。

虽是早已预料到的结果，林墨还是打趣说了一句：这不是量举国之财力，结友邦之欢心吗，老佛爷？

林墨正给兰蔻写邮件、做计划，电话突然响了，接起来，竟是已有两年未见的刘长波。

"晓月的事，我才知道，你们竟没有一个人通知我。"刘长波说。

"对不起，刘总……我也不知道会这样。"林墨内疚，也很好奇为什么刘长波的电话是打给了她。

“你能陪我去八宝山看看晓月吗？整个《风尚》，我也只能麻烦你了。”

林墨听了这话，心更酸。十年生死两茫茫，不思量，自难忘！曾经一起创业的三男三女，决裂了、死去了、避世了，最重要的是，都变了，反而要靠她这个外人，去维系、去周转、去帮他们回忆曾经一起有过的好时光。

“没问题，刘总，这周六上午九点，我在八宝山地铁口等你。”林墨挂了电话，一滴泪莫名溢了出来，她赶紧用手抹掉，一刻不耽误写完给兰蔻的广告计划，信尾最后一句，她写道：《风尚Composure》愿以最大诚意与兰蔻共赴美好未来！

林墨最不愿意去的地方，就是八宝山。唯有生死的问题是她还未准备应对的。每次路过那一排排或大或小，或宽或窄的墓碑，她从来不敢扭头去看墓碑上的照片。无论照片上的人如何慈眉善目、如何笑靥如花、如何风华正茂、如何英姿勃发，他们都不是以照片里的状态离世的，尤其那些还很年轻的生命，明明此生还未完成，可只剩一张黑白照片永远定格在一块冰冷的石碑上。正如郭晓月的那一块，黑白照片里的她是1993年林墨初见时的模样：圆圆的脸蛋儿、圆溜溜的眼睛和鼻头、咧着嘴笑，简单美好。但站在她的墓碑前，林墨却知道：她死于阴郁，死于忧伤。

这不是扫墓的时令，整片公墓里，只有林墨和刘长波在呼吸、在说话，刘长波一点没变，想必这两年没怎么操过心。他穿了一身黑，捧了一把白色的雏菊放在晓月的拜台前，深深鞠了一躬，再抬起头时，他带着浓重的鼻音，哽咽着说：“晓月，如果当初你跟我一起离开就好了。”

下山的路上，刘长波对林墨说："小林，我在做一本新的女性杂志，你有没有兴趣过来帮我？"

林墨不可思议地看了刘长波一眼，问："还以为您对这行已经厌倦了呢！"

刘长波说："我没有对杂志出版厌倦，只是对风尚和姜海那一套厌倦了。说实话，离开以后，我也问过自己还能做什么，发现除了做杂志，我真的什么都不通。而且也确实因为和姜海创业，我掌握了做一本成功杂志的方方面面。现在捡起来做，也算轻车熟路。"

"既然这样，为什么不回《风尚》？"

"哪还回得去？况且，我打算做的，不是像现在《风尚》这样的大刊。"

"那您准备做什么杂志？"

"老样子，出版社的刊号承包下来，找服装企业拉了点投资，还是女性杂志。但我不想谈版权，一来不想受外人制约，二来肯定是我们自己的编辑更了解我们的读者。我对广告预期不高，一年有两三千万就够了，也不做大推广，但发行一直是我的强项，所以不用担心发行量。"

"这能行吗？"林墨全是怀疑，兰蔻的李安东对她说的第一句话可是"因为你们是 *Composure* 的中文版我们才考虑的"。

"你在一线，应该知道，现在女性刊物的广告环境很好，不用过多投入，客户也会主动找来，使五分力，日子依然好过。"

林墨不语，埋着头继续走路，刘长波拉住她，看着她，对她说："小林，我不是懒，没远见。晓月的死还没让你看明白吗，不能把自己全砸给工作啊！少花点力气、少操点心，把空出来的时间拿去陪家人、去恋爱、去享受自己的生活，不好吗？"

这句话触动了林墨，她抓住刘长波的手，说："刘总，谢谢你，我会认真想想的。"

与刘长波一别后的近两个月，林墨完全是疲于奔命，顾不上想刘长波的话，给刘长波答复。她每周往返于北京上海之间，兰蔻的人见了一轮又一轮，不停地开会，不停地写信，反复确认每一个细节，林墨有时候自嘲：这哪是投广告？简直是要盖一座省亲别墅接驾。

林墨又在办公室加班到深夜，编辑部早已空无一人，没想到，姜海也在。他看见林墨的办公室灯还亮着，过来敲门，说："小林，你还在啊？"

林墨见是姜海，也意外，问他："姜社，你怎么也在？"

姜海说："给美国总部写年中呈报，你呢？"

"我在等兰蔻的菲林。"

姜海笑了笑，说："咱俩难得这么晚碰上，要不喝一杯？法国旅游局送了一瓶不错的红酒给我，就在我办公室。"

"喝呗，谁怕谁呀。"林墨在姜海面前一直很放松，这份信任七年未曾改变。

姜海从办公室里拿来酒，给林墨倒上一杯，他问林墨："累吗？"

林墨喝了一大口，说："有一点。"

姜海自己干了杯中的红酒，说："谢谢你，小林。"

林墨见姜海干杯，有点不知所措，她也举起酒杯一饮而尽，给自己又倒了一杯，才像下了什么决心似的，对姜海说："前不久刘长波来找我了。"

姜海很意外，问："长波？他找你做什么？"

林墨说：“倒也没什么，让我陪他去给晓月扫墓，晓月走的时候，咱们没有任何人通知他。”

姜海长叹一口气，默默又把杯中的酒干了，两人彼此沉默着，不知该说什么好。姜海喝完第三杯，才又问：“那他还对你说什么了？”

林墨想了想，泪意又上来了：“他说，如果当初晓月跟他一起走就好了。”

“你觉得是这样吗？”姜海眼神迷离地看着林墨。

“我不知道，也许是吧。咱们走得太快，没有等等她。”

“小林，你等等，我有个东西给你看。”姜海说完，放下酒杯，返回自己办公室，再过来时，他手里多了一封信，“你看看这个。”

林墨接过信，信封上娟秀的字体明显是郭晓月的，她特意看了邮戳，1999 年 12 月 30 日，晓月去世后的第二天！

展开信纸，郭晓月的音容笑貌越来越清晰，她仿佛此刻就坐在这里，穿着她最爱的牛仔裤，微笑着，对屋子里的人说：

敬爱的姜社长：

见字如面。

抱歉我可能要和您告别了，我失眠太严重，好累，我撑不下去了。写这封信之前，我正在准备去美国参加全球主编大会的演讲稿，写到一半我再也写不下去了，因为我知道无论中文写得多好，最终我还是要用英文把它读出来，一想到这里，我又多了一层告别的决心。

我是自卑的，这您和我认识第一天就知道。那时您对我说，没想到纵横各大杂志情感专栏的女作家竟是一个羞涩的中学女教师。

我以为您会放弃我，毕竟你要找的是一个做高级女性杂志的主编，没想到最终您还是选择了我，您说的那一句“你有广阔而美丽的内心世界，这就够了”，真是让我记了一辈子。

是的，我感激您把我从密云小县城解放出来，给了我一片前所未见的新新世界。在《风尚》六年，我见过了最当红的明星，吃过了最高级的餐厅，住过了最顶级的酒店，去过了最发达的国家，这些浮华从不曾迷惑过我，我紧紧追随您，是追随一个知己，无论《风尚》成败，我也亦步亦趋。庆幸的是，《风尚》在您英明的领导下，越来越成功，可惜，是我心有余而力不足了。我就受过那点儿教育，在相对封闭的环境中成长起来，如今，《风尚》面对的是一个大局面大盛世，我这样一个懦弱胆小、视野狭隘、害怕改变、连私生活都一团糟的主编，只会拖了大家的后腿。

说实话，在咱们杂志社，我最羡慕的人是林墨。我羡慕她良好的家世，羡慕她优雅的姿态，羡慕她流利的英文，我最羡慕的是：她有欲望，也有实现欲望的能力，更有在实现欲望的过程中反省自我兼顾他人的良心。她是这个时代需要的女性——无愧于心，为自己活。她是《风尚》的福将，值得您好好栽培珍惜。

看到这里，您千万别自责、别内疚，觉得是您给了我太大的压力，从来不是这样。我太爱《风尚》，太爱我们从前一起在京宝饭店奋斗的日子，当然，我也爱现在这百尺竿头苦尽甘来的胜利成果，因为太爱，太舍不得，我才明明知道自己能力不够还硬挺着不肯辞职，明明在美国受尽屈辱回来还去报了口语班，明明已经要靠吃精神病人的药才睡得着还是尽量准时去上班。因为热爱啊，我不顾女人会自动逃避痛苦的本能，而像飞蛾一样，勇敢地朝着最光亮的地方扑去。春蚕到死丝方尽，蜡炬成灰泪始干。我是女人，从未有为

悦己者容的念头，但我绝对有为知己死的无悔。

原谅我要告别了，对您，对林墨，对沈玫，对每一个了解我或不了解我的同事。可笑的是，人都要走了，依然还有执念，会设想如果我真的不在了，究竟是谁会怀念我，但其实怀不怀念有什么关系呢？直到此刻，我竟然还学不会“为自己活”。不过，说到这里，我要拜托您好好照顾沈玫，整个风尚杂志社，只有她和我一样，是深爱这本杂志，却从不敢表达的人。她比我好的是，她在国外游学多年，体会过那些独来独往的生活，所以她没有我这么多纠结。她痛恨自己的长相，又不敢做出任何改变，于是生活简化到只剩杂志社这么一个地方。所以我求求您，无论《风尚》如何壮大，请务必收留她，如果让她走，她将无处可去，可能会和我一样，选择这条终路。

请您理解我的决定，并祝福我，或许此刻，我已经全然放下，活在无忧无虑之境了。

再见，姜社长。再见，《风尚》。

愿你们一直无悔地热爱下去，并被生活所热爱！

郭晓月字

1999年12月28日夜

读完信，林墨再也忍不住，伏到姜海肩上大哭，她一直觉得郭晓月糊涂，此刻才真相大白：郭晓月比所有人都看得透彻。

姜海不知道该如何安慰林墨，任她哭了一阵，泪水打湿了他的胸膛，这让他产生一种奇怪的冲动，他不由自主地抬起了林墨的脸，轻轻吻上了她的脸颊。

他还想吻她的鼻翼、她的唇，林墨却一个颤抖，把他推开了。“姜社，不好意思，我失态了。”林墨说完，匆匆收拾了东西，急急走出公司，打车回家。

出租车开到楼下，林墨改变了主意，让司机又开到华侨村。她在楼下擦干泪痕，掏出粉饼补了补妆，上楼去敲门。

高国强正在家里看球赛，开门见到林墨，说：“哟？怎么这么晚来了？”

林墨进门，搂住高国强便胡乱亲，像一个任性的小姑娘，急着证明男友只爱自己。亲得嘴巴都通红了，林墨对高国强说：“国强，我想结婚了，你会跟我结婚吗？”

高国强愣了愣，问：“怎么了？突然说起结婚？”

林墨说：“没什么，就是觉得自己一个人太累了，想有个家，有你在身边，哪怕天天回家你都在看球赛，我也乐意，我心安。”

“傻丫头，我当然愿意娶你。”高国强软软地说。

2000 年国庆，林墨结婚了。全风尚杂志社只有姜海一个人知道，并且，是通过林墨扔在他桌上的一张婚假单才知道的。

第一跨页之战

“林小姐，房款您打算怎么付？”售楼小姐恭恭敬敬微鞠着躬，期待迅速签下这张单。

“全款。”林墨喝了一口咖啡，轻描淡写地说。

“好的，好的，我马上去帮您准备合同。”售楼小姐喜上眉梢，一溜儿小跑去取合同，生怕慢一分钟林墨就改变了主意。

林墨起身，走到沙盘前，再度打量自己未来的家：一百八十九平方米的次顶层大宅，四室两厅两卫，南北通透，偎依长安街与东三环的东南交界。朝南直对通惠河，朝北的落地窗两百米开外便是国贸商圈，摩托罗拉、惠普、电通……林墨众多广告客户的写字楼亦坐落其中，近得触手可及。

必须是这里——自这楼盘立项，林墨就打定主意要买。七千一平方米的开盘价被观望者称为抢钱，偌大的北京一个月能挣五千以上的有几个，七千？能买京郊的独栋别墅了。只林墨一眼相中了，国贸是新北京城的心脏，她要感受这城市最强烈的心跳。

签完合同，售楼小姐送林墨去停车场，车也是她年初新买的，捷达王，全部办完十八万。坐进车里，林墨才想起，刚才付完房款，银行卡里只剩下三千多一点了，这是她所有的现金。林墨看了看手边的购房合同，心里说不尽地畅快，于是她把车径直开去马路对面的国贸商城，在宝姿给自己挑了件新到店的连衣裙。她想，最后还剩六百来块，够用到下个月发工资了。

林墨的确有大把未来可以预支。去年谈定兰蔻的年度订单后，果不其然，各个国际及国内的美容、家化品牌迅速追单，跟着加大了对《风尚》的投放。就好比麦当劳在此地开店后，肯德基会来，永和大王会来，仙踪林会来，甚至连星巴克也会跟着来。它们知道：麦当劳敢开店的地方，一定有生意做。2000 年林墨领导的销售团队实现了全年 40% 的增长，年初林墨拿到了三十多万的绩效奖金。眼看今年顶级品牌 CHANEL 将在王府饭店开第一家店，另一国际化妆品巨头雅诗兰黛集团也在上海建立了办公室，林墨越来越有安全感，三十多万仅仅是开始，她甚至不需要丈夫高国强的事业为她锦上添花。

回到办公室，林墨立即着手给雅诗兰黛上海办事处的负责人 Maggie Gu 写邮件，她通过客户、朋友辗转摸清了雅诗兰黛上海办事处的基本情况及相关人员的来龙去脉，也是时候接洽了。林墨轻快地敲击着键盘，热情洋溢在字里行间，对素昧平生的 Maggie Gu 和高深莫测的雅诗兰黛，她有一种全新而强大的自信。在邮件里，她传达出一条主动又不失温暖的信息：我们一直在等您，快来吧！

两个星期过去了，林墨依旧没有得到雅诗兰黛方面的回信。她一遍遍检查邮箱，把之前发出的信重新发送了两遍，一切仍是石沉大海。这是挫折，却不足以把林墨挫败。她理了理思绪，拨通了Maggie Gu的电话，她本打算等对方正式回复了再打电话过去，现在竟顾不上了。

“您好，请问是雅诗兰黛的Maggie Gu，顾总吗？”林墨异常小心翼翼，之前兰蔻的李安东是一阵狂风，虽激烈，但直接，只要站稳了，一定能挺过去。雅诗兰黛的Maggie Gu，则是一袭雾霾，她无声无息地造出氛围，让林墨猜不透看不见不敢走。

“哪位？”Maggie Gu的声音有三分上海女人的软糯，其余七分全是女高管不容挑战的威严。

“我是《风尚Composure》杂志的林墨，前一两周给您写过邮件，不知道您收到没有？”

“收到了。”

这回答让林墨顿感焦虑——收到了不回，这不是明摆着连个正脸儿也不给吗？她只好赶紧找台阶：“知道您忙，邮件上也没法说太多。不知道您能不能安排一个时间，让我代表《风尚Composure》去拜访一下您，有一小时就够了。”

Maggie Gu似早有准备，立即回林墨说：“面谈倒也不是不可以，不过，据我所知，贵刊姜海姜社长是你们最高负责人，对吗？”

“对的，姜社长可以做一切决定。”

“那让你们姜社长来跟我谈，我确实很忙，没时间一轮一轮见你们的人，你约好了写邮件告诉我。”Maggie Gu说完，直截了当地把电话挂了。

好一个下马威！林墨脸上一阵臊，比直接吃闭门羹还难受，但她转念一想：好歹也算有戏，就不计较了。

和高国强结婚后，林墨几乎再不私下单独去见姜海，不是特别必要的事，她写邮件，或者打电话，不去姜海办公室。姜海也由着她，两人心知肚明是因为去年深夜那个吻，那个不合时宜的吻打破了两人间的平衡。林墨视姜海为同伴、大哥，姜海又何尝不待林墨如知己、小妹？只是在女人的字典里，大哥便是大哥，是彻底割舍了杂念只留信任与依赖的一种安全的男女关系；可在男人的潜意识里，小妹是一种待定的状态，只须适当催化，就会褪去所谓亲情的糖衣，变成赤条条的男女二字。去年深夜那个带有安慰色彩又想探究更多的吻，没有令二人心生龃龉，她和他，只是害怕，她怕弄假成真，他怕玩火自焚，所以各自躲着。偏偏躲得越刻意越坚决，那个吻偏偏越发地像白墙上的一抹蚊子血、衣服上的一粒饭粒子，突兀得令人手足无措。

“姜社，”林墨走进姜海办公室，努力不像往常那般嬉笑，正色道，“有件比较紧急的事，必须当面给您汇报。”

“你说吧。”姜海亦努力不做往常那般关切。

“雅诗兰黛那边经过我初步接触，感觉是有投放意愿的，不过它们负责中国区的顾总说只跟您谈，和我们任何人都不谈，所以，我觉得您有必要亲自去一趟上海。”

“这张单子是我们非得争取的吗？”

“是的，就跟兰蔻一样，是标志性的客户。”

“那好，你安排吧，我去。”

安排好姜海与Maggie Gu的会晤，林墨内心坦然不少，本以为会成为障碍的私情原来大部分只是各自胡思乱想。她和姜海之间最珍贵的默契还在，为了《风尚》忘我的投入——这简直称得上是一份稳定深沉的大爱。它涵盖了一切可以被定义的男女关系，友情、爱情、亲情……根本不必区分，它们被拧在了一起，成为宿命，往共同的方向奔流而去。

姜海出差上海的一周，林墨每天要在办公室里坐足八小时，大大小小的章全在她手里，一刻也离不得。这同时给了她大量的时间来观察之前无暇旁顾的杂志社。《风尚 Composure》的编辑不知道什么时候就扩容到了三四十人，新来的编辑她有好多叫不出来名字，只是看上去个个都神色紧张、疲于奔命，应该都很怕李艺。更多的人从张涛那半壁江山里进进出出，想必张涛筹备中的新刊已有八九分眉目。她知道 1999 年一整年张涛都在落实刊号、接洽版权，去年从六七月起，张涛开始招兵买马，那时他试图挖林墨团队里的几个销售，全被当事人果断拒绝并汇报给了林墨。林墨压根不担心会被拆台，团队忠诚度是一码事，谁会放着业绩数一数二的《风尚 Composure》不做，跑去当乱臣贼子，并得重新开始？林墨绝不去刺探新刊的情况，如果没有姜海在场，她和张涛见了面都不会打招呼，以张涛那点气度，她明里暗里都不会怕他。

李艺会时不时来跟她分享打听到的消息，李艺很紧张，生怕新刊的面世削弱了《风尚 Composure》的势头。某种意义上，李艺与林墨之间也共存着一份对《风尚》的大爱，其余各种偏见、执念、斗胜，亦被拧成一股宿命，纠结同奔。

“听说张涛的新刊准备 9 月正式创刊。”李艺说。

“管他呢。”

“知道他们最后选了哪本版权刊吗？ Meade 旗下的 *Flora*。”

“这不很正常吗？”林墨了解 *Flora*，1997 年为《风尚》选版权时，林墨曾全面研究过 Meade 旗下的所有女性杂志，抛却主妇类的、纯美容纤体类的，最后就剩下 *Flora* 与 *Composure*，*Flora* 在国际上是与 *VOGUE* 并立的纯高端女性时装杂志，视觉极其华丽，趋势报道快速专业，只是完全没有情感、职场一类的文章。那时候，林墨觉得中国的女性读者更需要普世价值观的启发与教育，在彼时金利来以及各种贴牌制造的国产皮尔卡丹还被视为高档时装，全社会仍在讨论婚前同居是否道德，女性甚至不敢直视“性高潮”三个字的国内大环境下，直接引入一本已经进入细分市场的女性时装杂志，将是一桩赔本赚吆喝的买卖。可如今，欧莱雅来了，雅诗兰黛来了，爱马仕来了，香奈儿来了……*Flora* 确实也该来了。

“会影响到咱们吗？”李艺问。

“不会，他们是时装，我们是生活方式，涵盖面更广。”

“对了，说起来，你看到刘长波的新刊了吗？他前两天给我邮寄了两本，让我提提意见，我这就找来给你看看。”说完，李艺回自己办公室取来了刘长波的杂志。

眼前这本杂志，名叫《优姿 Grace》，毫无设计感的罗马字符让稍微阅读过些杂志的读者都能判断出这并不是一本原装进口的高档刊物。林墨看了一眼封面，郭晓月时代的气息扑面而来：不见美容趋势，不见时装发布，不见一线明星独家专访，只有各种生硬拼凑在一起的文章及专题牵强地告诉女性：请一定要自己爱自己。林墨翻开内页，发现几家毫无预算的奢侈品牌广告出现在了前几跨页，显而易见是赠送的，后面倒是跟了几个确实有钱的手机品牌及国内时装品牌广告，对比整本杂志的制作预算，可知日子并不算难过。

“不会有什么大出息。”林墨对李艺说。

姜海从上海回来，刚进办公室，林墨就跟了进去。

“怎么样？谈得如何？”林墨十分急迫。

“雅诗兰黛那个 Maggie Gu，真是难缠，只有她说的份儿，根本没有我讨价还价的余地。和她开了两天会，她倒是表示可以按年单客户投放。”姜海一脸疲惫。

“真的吗？那准备按多少钱签？”

“最好的位置，十万元一跨页。”

“十万？！那是刊例价的两折了！”林墨简直不敢相信自己的耳朵，她早知不会从雅诗兰黛那里一铲子下去就挖到金砖，但没想到价格被对方压得这么低。

“这些国际奢侈品客户，谁会看你的刊例价？刊例都是做给财大气粗的土霸王们看的。Maggie 就一个意思：我们预算就这么多，你们愿意做就做，不愿做门外还有排队的。”姜海两手一摊，也很无奈。

“对了，她还有一个条件，”姜海接着说，“必须保证雅诗兰黛全年出现在风尚所有美容广告的第一跨页，也就是它出现的页码前面不允许出现别的化妆品广告，她才会保证全年打包投放。”

“这怎么可能！”林墨惊了，“去年和兰蔻签年单时，已经把第一跨页作为承诺签在备忘录里了，肯定给不了。真要全给了雅诗兰黛，肯定就没兰蔻了。”

“我知道呀，我也不是傻的。我反问她，既然雅诗兰黛在投放前会参考目标杂志有无兰蔻投放，那她肯定也知道兰蔻对投放杂志的第一跨页也是有要求的。如果我们做不到给她全年所有第一跨页的位置，别的任何一家有兰蔻投放的杂志肯定也做不到。”

“那她怎么说？”

“她听我这么说，当场改口了，说，实在做不到全年十二期也行，但至少保证六期，少一期都不行。”

“那她之前要十二期不是诈你吗？她的底牌明明就是六期！”林墨愤愤地说。

“没办法，最后就谈成这样了。要签的话，兰蔻那边，你去沟通？”

“也只好这样了。”

第一跨页，这个概念是从什么时候变得如此重要的？在过去七年的广告经营中，第一跨页于林墨而言，就是一个售价。谁出钱，这个位置就是谁的。其他买了第二跨页、第三跨页的客户，也心甘情愿地跟在第一跨页之后，从未出现过哪个品牌因为在自己广告之前出现了别的什么品牌，就怒火冲天地撤单。这看似一分价钱一分货、天经地义的游戏规则，随着去年这些国际奢侈品牌的陆续入场变成了一场角力和博弈。第一跨页，成为杂志拉拢品牌的筹码，品牌评估杂志的底线。每一个杂志出版人，如今面对着同一道智力题：如何利用手中的十二期第一跨页，称出最重的大象。

林墨找了机会忐忑地把兰蔻的李安东约出来。面对李安东犀利的眼神，林墨几番吞吞吐吐，踌躇了半天，才开口问：“李总，您能不能让出全年六期第一跨页的位置给雅诗兰黛？”

李安东会心一笑：“就知道你约我出来是谈这个。林小姐，生意不能这样做啊，谈恋爱还讲究个先来后到呢，我们兰蔻义无反顾地支持你们《风尚 Composure》这么久，怎么雅诗兰黛一来，就要赶我们？”

林墨先道了歉，接着说：“李总，《风尚》十分荣幸能成为兰蔻在中国的合作伙伴之一。这几年，您的品牌在发展，我们的杂志也在进步，一个品牌的成功不可能只依靠一本杂志，同样，一本杂志的生存也不可能只接纳一个品牌。我会保证兰蔻作为重点客户在《风尚》的一切优先权，也请您帮我们一把。”

“我问你，如果我放弃六个月的第一跨页位置，你能给我什么相应的补偿？”

“我回头会给您做一个整体方案，包括编辑配合、活动报道、拍摄露出等都会给到您。”

“很好，希望你依然有诚意。”

“我一直有，李总。”林墨觉得自己说这话时，不但有诚意，还有一些委屈。

2001年的夏天酷热难耐，正当林墨为分别妥善安抚了兰蔻和雅诗兰黛颇有几分沾沾自喜时，马建红惊慌失措地跑过来，带来一个立即让她焦头烂额的消息。

“墨姐，资生堂的客户威胁说要撤年单！”

“什么？！”

“资生堂的客户今天突然来问我，每年可以保证他们几个美容类的第一跨页位，您上次开例会不是说今后第一跨页位都不承诺了吗？我就回他们说，第一跨页位保证不了。然后客户就在电话里对我嚷嚷，说明年的年单不投了！”马建红说得都急哭了。

“怎么会这样？！他们怎么突然有这种想法！”林墨怒火攻心，理智还在，资生堂在《风尚》投放了四年，此前从未提过任何关于第一跨页位的要求，现在没头没脑地突然借此发难，一定是被什么人怂恿了。

“我问了呀，客户怎么也不肯说。我就去问他们4A负责购买的王哥，王哥偷偷给我说，是咱们集团张总代表新刊去和资生堂谈年单，对客户说不如把在咱《风尚Composure》的预算挪到他们新刊去。同样的钱，在新刊能保证资生堂每年至少两次出现在美容类第一跨页位，张总说我们现在非但一个第一跨页都不给资生堂，还把全年的第一跨页平分给了投放单价相对更低的兰蔻和雅诗兰黛。”

林墨立刻奓毛了，她想找张涛对质，看见没头苍蝇一样在她办公室里喃喃自语“怎么办”的马建红，突然意识到不能去：去了，骂了，张涛定是死不承认。硬要对质，只能出卖马建红在资生堂4A的熟人，即便那样，到底还是空穴来风口说无凭，证人承不承认对挽回客户于事无补，反弄得自己里外不是人。张涛比她想象中的更处心积虑，除了他，谁能从姜海或内部什么别的途径获知《风尚Composure》的各种客户信息？尤其雅诗兰黛的年单是姜海亲自谈的，而无论是《风尚Composure》或即将创刊的*Flora*中国版，对姜海来说，手心手背皆是肉。眼看张涛主管的新刊即将面世，姜海难免私底下对张涛嘱咐几句，分享些近期广告客户的动态，否则，张涛怎么可能打出这么准确的一拳？让马建红被资生堂逼问得要咬舌自尽？

想到这里，林墨安慰了马建红几句，让她先去准备材料，之后和资生堂开会。林墨关上办公室的门，拨通资生堂公司大众化妆品市场部部长山口淳一的电话。这通电话进行了一个多小时，无论林墨如何解释，山口淳一固执坚持：不给第一跨页，一切免谈。林墨无计可施，只得和山口相约下周见面开会提出解决方案，至于如何解决，林墨此刻心里一点谱都没有。

北京的夏天热起来是不分早晚的，太阳虽然落山了，湿漉漉的热风吹到人身上便结成一粒一粒的肉汗，黏得人心里直起腻。林墨开车回到家时，才发现自己一路上全在想怎么协调资生堂，连空调都忘了开，她的后背全湿透了，头发也了无生气地贴在额头上，像被严刑拷打了一天。高国强在客厅看电视，餐厅桌上是从翠亨邨打包回来的清粥小菜，林墨也不换衣服，颓然地坐在餐桌前胡乱扒拉了几口饭菜，眼泪突然像汗一样，从眼眶里往下滑。

她难受，不是因为遭张涛暗算、背后捅刀，或者险些失去资生堂这样一个重要客户，她气自己天真幼稚，以为把张涛赶去做新刊，从此便可高枕无忧，她走她的阳关道，他过他的独木桥。但无论是她做的生活刊，还是张涛做的时装刊，赖以生存的基础全是相同客户群总额有限的广告投放，她多吃一口，张涛就少分一杯，想要多吃，只能血淋淋地从对方身上咬下一块肉来。她是那么不屑与张涛打交道，谁知，未来的日子已经可以提前预料：她将和他一刻不停地互咬下去。

想到这里，林墨哽咽地出了声，吓得高国强赶紧从客厅过来问她怎么了。林墨把头埋在高国强怀里，一个劲说：没事，太热了，又累。

高国强心疼，说：把工作辞了不就结了吗？咱家也不缺你挣的那点钱。

林墨擦干眼泪，抬起头来，对高国强说：不，还没到时候。

转眼到了与资生堂开会的一周，林墨心情好了许多，周末在家她想出来一个绝佳的解决办法，信心恢复，志得意满。

在会议上，林墨问山口，资生堂期望《风尚》一年给到多少期第一跨页？山口说，我们非常重视《风尚Composure》在中国期刊市场的影响力，正是因为重视，才必须争取对于品牌形象至关重要的杂志第一跨页广告位。但资生堂的投放总额确实也很难超越像兰蔻、雅诗兰黛这样刚进入中国，野心勃勃火力全开的大集团，所以，我们期望每年在《风尚Composure》有两个第一跨页就好。林墨又问，那如果我保证你们全年两个第一跨页，你每年能给我们投放多少？山口想了想，说：每年不低于三百万元人民币投放总额。听到这里，林墨笑了笑，她拿出两份文件，对山口说：山口先生，我很高兴我们这么快达成共识，我保证资生堂每年两个第一跨页的位置，您刚才也向我保证了每年投放不低于三百万。为了我们之间不再产生类似误会及不信任，我这里有一份承诺书，不如一起签了吧？如果我做不到，您可以随时撤单；如果您没完成投放额，对不起，我也不再保证为您预留第一跨页的位置。白纸黑字，以后谁也赖不了。

山口错愕了一下，拿过承诺书仔细看了一遍，二话不说，大笔一挥，签了。山口说：其实不必如此，我们完全是真心实意。林墨说：我也是，您完全想象不到我对您做出这个承诺后，背后需要付出多少努力。

与资生堂的会议一结束，林墨立即预订了飞机去上海。她先去找兰蔻的李安东，李安东一见她，笑了，说："说吧，这次又要我让多少出来？"

林墨不好意思，也笑笑，说："一个就好。"

李安东问："给哪家？"

林墨答："给资生堂，行吗？"

李安东说："有什么不行的？你都追到上海来了，拿你没辙，你按之前的补偿计划多做一期补偿进去就行。"

见完李安东，林墨接下来要去见雅诗兰黛的Maggie Gu，她知道Maggie Gu拿着架子，不肯见她。在来上海之前，她怎么和Maggie Gu的秘书敲时间，秘书都说定不下来，Maggie姐很忙，未必有空。林墨最后说：没事儿，那我去你们办公室等她吧，情况比较紧急，有半小时也就够了。

林墨第二天上午十点准时出现在雅诗兰黛的上海办事处，在前台坐着等Maggie Gu。秘书过来对她说：Maggie姐今天在外面见客户，不知道几点回公司。林墨说：没关系，你们忙，我等着。她拿出笔记本电脑做方案，渴了就用自带的水壶喝水，自在得像在自己办公室一样。午休时间，她去附近的咖啡馆上洗手间、吃便餐，估算着雅诗兰黛的人都回办公室了，林墨又接着回去等。就这样等到下午快六点了，一阵急促的高跟鞋砸地声在门外响起，林墨立即起身，把裙子顺了顺，毕恭毕敬地站定在一旁。

果然是Maggie Gu，她约莫三十五岁，剪一头利落的短发，穿一件藕荷色的中式立领衬衫，一条黑色及膝半裙，脚下一双尖头高跟鞋是初入职场小白领无法驾驭的高度。她瞥了一眼林墨，秘书立即上来介绍：这是《风尚Composure》的助理出版人林墨小姐，从上午十点就在这儿等您了。

Maggie Gu微微吃了一惊，又转过头来对林墨说："等了那么久？"

林墨笑了笑，说："不碍事的，Maggie姐。"

"那你跟我进来吧。"

进到办公室，Maggie Gu立即问："林小姐，我以为我和你们姜社长都谈妥了，怎么你还要专程再来一趟？"

"Maggie姐，最近我们一直在和客户进行一对一沟通，每家对《风尚Composure》的各个重点广告位需求各有不同。雅诗兰黛作为我们最重要的客户，我们肯定是优先配合你们的需要，但现在我有个小请求不知道您能否答应，您能把一年六期第一跨页让一期出来吗？一期就好。"

"让一期？兰蔻也让吗？"

"是的，我已经和他们那边的人沟通过了，他们也让一期，也就是现在雅诗兰黛和兰蔻每年各五期，匀出两期来给另一个客户。"

"另一个客户是什么品牌？"这是Maggie Gu最关心的。

“资生堂。”

“绝对不行！”Maggie Gu 强硬地把话头抢了过去，“如果资生堂出现在当期杂志第一美容跨页，我们雅诗兰黛就全线撤单，这没有任何商量余地。”

林墨早有所料，不急不乱地说：“Maggie 姐，我当然知道雅诗兰黛对投放媒体有许多明确的要求，您看，这样行不行？您还是按年单下单，我保证您每年五期的第一跨页位置，其他五期是兰蔻，另外资生堂在第一跨页的两期，雅诗兰黛可以不出现在这两期，把这两期的执行费用从总预算里直接扣除，但我还是按全年投放 package 给您在另外十期执行。也就是说您只需付十个月的费用，得到的是十二个月的广告软文及编辑回馈。您看这样您能接受吗？”

Maggie Gu听完，觉得似乎没什么不妥，便说：“容我考虑看看。”

林墨从包里拿出两份承诺书，放在 Maggie Gu 的桌子上，说：“那您先忙，这儿有两份承诺书，您回头要是签了快递给我就行。”

半个月后，林墨收到了 Maggie Gu 快递回来签好了的承诺书。她长舒一口气，牺牲了雅诗兰黛两个月大约八十万的广告执行额，挽回了资生堂全年至少三百万的投放，更重要的是，又让张涛空欢喜一场，这笔账，怎么算，都赚到了。

2001 年 9 月起，雅诗兰黛、兰蔻、资生堂这三驾马车开始轮流在《风尚 Composure》的美妆第一跨广告页领航，坚挺地统率着其后多达三四十页的同行业其他品牌广告。

2001 年 9 月，张涛主管、隶属风尚传媒集团旗下的高端时装杂志《霓裳 Flora》不声不响地正式创刊了。风尚传媒集团只举办了一场针对大客户的小型庆功晚宴，宣告《霓裳 Flora》的问世。那一晚，张涛怎么看都有些郁郁寡欢，他坐在姜海对面，看着坐在姜海右侧、衣着华丽的林墨整晚贴在姜海耳后窃窃私语。

林墨说，姜社，虽然《风尚 Composure》和《霓裳 Flora》关起门来是一家人，但毕竟是八岁大姐姐和刚出生小妹妹的区别。以后这两本刊的经营状况您就别在中间互通了，市场定位、广告策略完全不相同，要是彼此影响，自乱阵脚就不好了。

林墨又说，姜社，现在咱们也是出版人负责制了，我和张总首先都要对自己手里这本杂志负责，有时候难免各自站在自己的立场上看问题，忘了大局。您要谅解啊，即使干预，也要帮理不帮亲啊。

一晚上，张涛就看着姜海频频颔首，对林墨示好。他再也忍不住，趁着林墨上完洗手间，把她堵在门口，问："你一晚上又给姜社吹什么耳旁风呢？"

"管得着吗？"林墨正眼也不瞧他。

"有什么话你敢摆在明面上说吗！"

"哈哈哈哈哈哈，"林墨夸张大笑，说，"摆在明面上？你不觉得这几个字从你嘴里出来尤其可笑吗！你多少损人利己的话不是背地里说的啊！"

张涛彻底被激怒了，指着林墨的鼻子说："你等着！"

林墨嫌恶地看了张涛一眼，说："喝多了吧？你有劲没劲啊？日子长着呢，我慢慢陪你玩儿，你难道今天都不能放松，假装享受一下嘛！丢人现眼！"

说完，林墨打开张涛指着自己的手，头也不回地朝那夜色繁华中走去。

2001 年 9 月，在林墨与张涛长达二十年的交恶中，她赢了第二场关键战役。

本是同根生

即使现在想起来，林墨还会觉得2002年是那么漫长。

她记得那一年发过的每一封邮件，打过的每一通电话，开过的每一次会；她记得在台风将至未至的7月，她拖着行李箱，穿梭在上海的写字楼，等待着客户约见，然后在见下一个客户之前，躲进女厕所里换一身干净衣裳，她一回北京就把那个行李箱扔了，她最讨厌汗味儿，即使是自己的也不行；她记得2002年时常在办公室里吃的一种盒饭，二两米饭盖着一半炒油菜一半木须肉，每过晚上七点，还留在《风尚Composure》加班的广告部人员就会自觉自发地打电话给长安大厦背后胡同里一家四川人开的小饭馆订这盒饭。林墨记得那时她从来顾不上立即吃，她手头总有二三十个邮件在写，一直要到夜里十点光景，她才觉得有些饿有些乏，再打开手边的盒饭，早已凉透，她只得就着盒饭里的半只咸鸭蛋胡乱吃几口米饭。到现在她也记得那盒饭里有什么菜式，却一直不知道是什么味儿。

林墨最记得2002年《霓裳Flora》的3月广告开季刊，在那一期的卷首，张涛指使《霓裳Flora》的女主编，以毫不客气的口吻写了一篇卷首语：《我们不谈两性，我们只谈时尚》——“在《霓裳Flora》创刊前，中国几乎所有女性杂志都不可避免地以大肆宣讲两性关系招揽读者，其中的佼佼者更是以指导性爱技巧为王牌栏目……作为女人，我承认，性与爱是女人一生中重要的两个课题，连许多时尚品牌也需要在精美的广告上喷点性诱惑的香水。但是，作为这时代成功又精致的女人，还需要买一本封面上全是两性话题的杂志来自我教育吗？那是尚处人生初级阶段的青涩女孩的功课！《霓裳Flora》的女读者，追求卓越、追求成功、追求骄傲，并优雅地站在爱人、朋友甚至敌人面前，这不是一套性感内衣的小聪明，同样叉着腰，《霓裳Flora》式的女人，更有底气、更有智慧、更有品位、更有高度……我相信，就在不久的将来，中国将迎来越来越多的奢侈品牌，城市将出现越来越多的高贵女人，市场也在呼唤一本可以与这一切匹配的杂志。它将摒弃所有陈旧的女性杂志思维，从而大到一个时代，小到一个针脚地告诉女人：如何拥有更美好的人生。没错，《霓裳Flora》已经到来了，属于你的美好时代还会远吗？”林墨读完这篇卷首语后，直接撕下此页，穿过大半个办公区，推开张涛办公室的门，丢在他桌上，说：“现在你要这么玩儿，是吗？”

林墨关于2002年所有漫长的记忆，大部分与张涛及他的《霓裳Flora》有关，她想：这真是一件匪夷所思又倒尽胃口的事。可人就是这么奇怪，那些美好的、温暖的回忆，如一掬温水，不声不响地就从指缝溜走了，倒是难堪的、丑陋的往事，像在命里抓出条疤，即便好了也有瘢痕，触目惊心，让人不敢忘了当初的痛。

北京的2002年始于一场大雪。一月刚过没几天，雪就密密匝匝地下了下来。一整片一整片的雪花，很快把京城覆盖，掩住了所有脏乱与晦暗，让二环内的老城看上去如明信片般美。姜海开车，载着张涛和林墨，一起去参加CHANEL召开的媒体评估会。张涛坐在副驾，林墨坐在后排，一路无话。中途姜海试图打圆场："看！瑞雪兆丰年。"结果无人搭腔。

媒体评估会是CHANEL摆明品牌身价的特有方式：每年年初，它会甄选出表现最好的几本杂志，邀请它们一对一地陈述本年计划，以此决定广告投放的比例。能进入CHANEL的媒体邀请名单，几乎可以保证迟早分得一杯羹。2002年年初的评估会是CHANEL对国内时尚期刊举办的第一场，《风尚Composure》作为CHANEL于去年甫进中国即圈定的第一家广告投放媒体自然受邀，创刊不过四个月的《霓裳Flora》基于强大的国际版权背景亦在名单之内，CHANEL无论投放哪一本，或者两本都投，对姜海而言，都无疑是一场注定的瑞雪。

林墨很放松，她对CHANEL客户陈述新一年计划时，还能分出一份闲心观察局促不安的张涛，从他一脸陪太子读书似的不耐烦，想必他知道了CHANEL不投新刊的惯例。

轮到张涛陈述时，客户突然饶有兴味地抛出一个问题："你觉得《霓裳Flora》在中国最大的竞争对手是谁？"

张涛连想都没想，脱口而出："是《风尚Composure》！"

这答案令CHANEL所有在场人员哄堂大笑，也令林墨不敢相信自己的耳朵：她可以百分之百肯定这是张涛最真实的想法，但她没料到张涛会气急败坏得把大水冲了龙王庙的闹剧搞得尽人皆知。

"不会吧？张总，"林墨挤出微笑，轻轻拍了拍张涛的手背，"您忘了还有*ELLE*吗？您是霓裳，人家是世界时装之苑，刊名就对得妥妥的，您肯定先得和它竞争吧？”

张涛也意识到自己闹了个大笑话，又不知道怎么把话圆回来，干脆硬生生地说：“你们现在是还要聊《风尚Composure》的事儿吧？如果是的话，我先出去休息十五分钟，十五分钟后我再进来。”然后他站起身，三步并作两步地走出了会议室，留一屋子的人面面相觑。

之后回公司的路上，姜海开着车，终于问：“老张，你今天怎么回事？”

张涛脸冲窗外，情绪依然没平静，说：“姜社，你别说了，让我自己静静。”

姜海轻叹一口气，他从后视镜里看到坐在后面的林墨脸上也没表情，于是讪讪地说：“得，大家先好好把年过了吧。”

张涛很懊恼，他不知道自己是恨新刊起步太慢，还是恨林墨那副气定神闲的嘴脸。但无论是恨什么，他知道这恨意是源于自己心里缺乏安全感。他想着自从林墨为集团签订了第一张百万年单到现在，这几年间他把什么脏话、狠话、蠢话全说遍了，他一个曾经在国家机关做了十几年的人，还是跑外联的，怎么会不懂得迂回与隐忍？只是在这个圈子、在集团内部，统统是短兵相接的较量，哪有让他迂回与转圜的空间？一个品牌全年有一百万的广告预算，林墨谈走了一半，他就要和其他杂志哄抢剩下的一半，然后这一项一项的数据相加累积，到了年底便是他在集团的业绩和地位——这可不是从前的机关，多点少点，但凭在领导那里混个脸熟、垫句软话，照样是你好我好大家好。他和姜海那么多年的关系，甭管真的假的，现在在集团里还能有谁比他俩更亲更近？可在决定《风尚Composure》总经理的那一刻，姜海毫不犹豫地用林墨手里那张一百万的广告支票狠狠抽了他的脸。以及，比起林墨，他自己是没有退路的，他知道林墨嫁得好，就算不工作照样能活得体面；他知道姜海对林墨有些说不清道不明的情愫，因为这种情愫产生的信任、眷顾与关心，是再好的兄弟也无法获取的。而他呢？虽然亦是有投机的成分，但当他决定跟着姜海、刘长波出来创业的时候，他和他俩一样，必须是破釜沉舟背水一战，谁不是上有双老下有子女？谁不是背负着全家过上更好生活的愿景来厮杀？虽然这群人已经成功地开天辟地，正在有方向有节奏地实现共同梦想，但当他看到自己现在所处的位置，以及林墨所处的位置，再一对比他和她各自为此付出的代价，他心里便无名火起，这股火燎得他不管不顾，要时时跳将出来针对林墨，未必能让她输，但他想看她急。

2002年的农历除夕，林墨把父母接到自己宽敞的新房子里过年，一家四口对着东芝六十五英寸的背投大电视边看春晚边包饺子，虽是百无聊赖，也算其乐融融。

春晚的开场节目照例是一群打扮成年、画娃娃的浓妆儿童故作天真烂漫、欢天喜地撒丫子满舞台跑，嘴里不停地喊着“爷爷奶奶过年好”。林墨她妈突然被触动了一般，扭过脸来问林墨：“你们准备什么时候要孩子？”

林墨随嘴回她：“要什么孩子？工作还不够我烦的。”

正和林墨他爸吃着花生喝着小酒的高国强听见了，把话接过来，说：“天天就听见你抱怨工作烦，我就不明白，你不干了不就一了百了了嘛，咱家我一人儿上班也够吃喝的。”

林墨放下手里的饺子，冲着高国强说：“老高，你别当着我爸妈的面来劲啊！”

林墨他爸也听不下去，说：“是你来劲还是国强来劲？想当初你犯多大的忤逆非要把中国大饭店的工作辞了来这家杂志，你现在不也嫌烦了？国强体贴你，你还不承情！再说你也不想想你多大岁数了？三十二，不是二十三！”

“跟你们说不清楚！”林墨说完，把电视声音开大，让无休无止的歌舞喧嚣结束了三对一的拷问。

林墨是说不清楚，她现在对《风尚Composure》的情愫。这份工作给了她名牌包、小汽车、大房子，甚至一个丈夫，她亦享受这一切，却从未把这些当作目标。就像一条找对了方向的河流，它一路流过肥沃的土地、壮美的峡谷、稻香两岸的平原，这种种丰美的收获，都是沿途的必然。但一条找对了方向的河流，是不会停下来固化成一湾富足的湖，它奔涌着、前进着，消解一切阻挡，逐渐变成一条宽阔的大江，最终注入汪洋，成为大海。九年前林墨选择《风尚》时，她的起点是月薪五百元，如今她一年挣五十万元，更加证明这条河找对了通往海的方向，所以，她怎会甘心让张涛这块巨石把《风尚Composure》拦截成一座供养型的水库？激烈拍打过去，前方自是海阔天空。

“这是胜利的预言家在叫喊：让暴风雨来得更猛烈些吧！”——于是林墨想起了这句话。

结果张涛还真是遂了林墨的愿，过完年一上班，张涛就用一篇含沙射影的卷首语给《风尚Composure》来了一棒。

李艺看到这篇卷首语后，比林墨更怒不可遏，她不敢去拍张涛的桌子，只能关上门对着林墨骂：“《霓裳》那女的以为自己是谁啊！就北服学裁缝的，丫那点底细谁不知道！还只谈时尚？丫不跟张涛那孙子谈性，她能做主编？！”

林墨说：“你骂她干吗啊？她还不是张涛指谁就咬谁，跟她没必要。”

“那你准备怎么办？”李艺问。

“还能怎么办？总不能自己敲锣打鼓承认《霓裳Flora》的卷首语说的是咱吧？”

“不行，我可不能让他们痛快了！”李艺咬牙切齿，“你就等着瞧好儿吧！”

两个月后，林墨一看最新一期《风尚Composure》的封面大标题就乐了——《美靠时装 赢靠不装》。李艺做了一个专题，找来各行各业最敢表现的名女人现身说法，几乎是逐字逐句地批驳《霓裳Flora》那篇名为《我们不谈两性，我们只谈时尚》的卷首语是彻头彻尾的假正经。专题里有一个问题是：“你觉得性对女人来说是一个禁忌话题吗？”这一伙儿名女人七嘴八舌的回答不啻轮流抽《霓裳Flora》的耳光——

“对女人来说，性比时装更为重要，一个能充分享受性之欢愉的女人，穿什么都好看。”

“那些对性遮遮掩掩，只对时尚高谈阔论的女人，一定饱受性生活不和谐的困扰。说不定老公已经在外面拈花惹草，自己还要裹紧身上那件已经长了虱子的华丽长袍。”

“这都什么年代了，女人有什么不能谈的？不敢直面自己的女人，都是怕失败，不敢赢！”

“从原动力上讲，女人穿漂亮的时装不就是为了获得更好的性吗？”

…………

林墨看得哈哈大笑，她从未把李艺当朋友，但此刻，她只想叫上李艺痛痛快快喝两杯。

在松子料理，林墨端起一杯清酒，自己先一饮而尽：“这次必须感谢你，狠狠替咱《风尚 Composure》所有人出了口恶气！”

“墨，客气什么呢！咱们一条船上的人，说什么两家话？就霓裳那对儿活宝的文字水平，跟我打笔战，我真怕他俩丢不起这人！”李艺说完，自己也干了一杯。

微微醉意里，林墨发现坐在对面的李艺变了，她不再用鲜艳的眼影，粉底也不似从前艺伎般地惨白，衣服依然贴身，料子一看却是好的，柔软的针织薄羊绒衫，合体的山东绸半裙，一对浅口的海军蓝漆皮细跟鞋——她在努力做一个得体的大刊女主编。这让林墨突然有些感动：“说真的，晓月走了以后，我有段时间很犹豫能不能和你共事，生怕咱俩天天拧巴，误了彼此。”

“但最后你发现其实咱俩是一样的人，只是我在很多方面比你做得更极端，对吗？”李艺敬了林墨一杯，替她完成了下半句。

从 1993 年打过第一次照面起，两人便明白却不肯承认：彼此是一路子的。1993 年，敢把自己往时髦女明星模样打扮的女人，心气儿都是极高的。那种心气儿，不同于郭晓月与沈玫“腹有诗书气自华”的孤芳自赏，而是一种了解自己从何而来、为谁而去的清醒。因为知道自己必须赢、能够赢，于是不会将精力浪费在不相干的人事上，虽然各自对竞争者有天然的戒备，但一路走到底，才发现最了解自己的往往是对手。

只是不同于林墨，李艺敢把许多事情做绝，根源于她少女时期所获得的略微有些扭曲的成长教育。李艺出生在吉林省吉林市一个机械厂大院儿里，父亲是工程师，母亲是厂里的会计。李艺从小衣食无忧，但也谈不上快乐。父亲受过高等教育，对她抱有很高的期望，他每晚都会额外辅导李艺功课，李艺上到小学四年级，基本学完了初中数学，并掌握了近一千个英文单词。李艺的母亲极会精打细算过日子，她是那种会把厂里发放的劳保线手套攒起来拆开给父女俩织线衣的妇女。每月同样多的粮票肉票油票，别家吃到月末开始喝粥，李艺家桌上却顿顿见肉，哪怕只是一点肉星子，也肯定比粥可口。这看似严父慈母的完美组合最后以离婚收场，那年李艺十二岁，刚升初中，眼看着父亲默默打包好行李，搬去了厂里技术科一个漂亮女人的宿舍。母亲则躺在床上，不吃不喝，三天后才下地走动，像大病了一场，痊愈后，好像压根不记得发生了什么事。李艺并不厌恶拐跑父亲的漂亮女人，她每个月会去两次父亲的家，趁父亲晚上加班时，漂亮女人会拿出自己托人从上海搞来的化妆品，教李艺化妆。漂亮女人说，学习成绩好固然重要，但女孩儿最厉害的手段还得靠漂亮。李艺抹上了眼影，感觉自己眼睛没那么肿了；李艺涂上胭脂，感觉自己皮肤变透亮了；李艺搽上口红，感觉自己五官整个儿活了；李艺化完妆，抹上头油，对着镜子一照，心想，漂亮女人说得真对，母亲梳妆台上就一瓶百雀羚，又搽脸又搽手，最后脸没脸样儿，手没手样儿。李艺越长大，越相信漂亮女人的理论：以前在家，从来是母亲做饭，父亲宁肯闲坐着看报纸，也不去厨房搭手；漂亮女人不会做饭，如今是父亲做饭，他满头大汗地炒菜时，漂亮女人偶尔走近身边喂他一口削好的苹果，也令他甘之如饴。后来李艺不负父母所望考上了北京大学，在火车上，李艺把母亲给她打包在行李中的两件由线手套改织的崭新白线衣取出来扔了。她想到父亲和自己走后，母亲闲来无事仍然会在家里织线衣，顿时觉得可笑：到底织给谁穿呢？日子过得越节制越克己，美的东西越容易杀将出来获得压倒性胜利。谁不想往好了过？要饭的会觉得一件白线衣足够好，天天穿白线衣的早已惦记上了红裙子。说白了，往好了过，就是不断占有更美的东西。李艺穿着漂亮女人送她的红色掐腰改良布拉吉去学校报到，被迎新的师兄立即封为新一届系花。从那时起，李艺的人生观成型了：之后她总挑最惹眼、最暴露、最闪亮的衣服穿，无非是想让人注意她不仅聪明，而且漂亮。如果聪明和漂亮只能选一个作为第一印象的话，李艺要漂亮。

“你为什么对这本杂志这么投入？”李艺问。

“它让我觉得，自己很有可能干成一件大事儿。”

“那你呢？”林墨问。

“它不仅是本杂志，有时候我觉得，它是我人生的参考书。”

林墨给李艺斟满一杯酒，问：“这么深刻？”

“墨，或许你没注意，我都三十四岁了。我要还在原来机关待着，这把年纪还没结婚要么被当作说不出哪儿有问题的女病人，要么被当作婊子。”李艺把杯里的酒一饮而尽，示意林墨满上，继续说，“但来了《风尚》，我无论过着怎样离经叛道的生活，我也心安理得。就这一辈子，爹妈要你这样，朋友要你那样，唯独咱们杂志说，爱自己，才能活下去。”

“三十四岁不结婚就算离经叛道了？”

“三十四岁不结婚，又交了一个有妻有子的男友，就是离经叛道。”李艺喝到位了，抖搂出了心里最大的秘密，“他不会跟我结婚的，要结早结了，跟他拖了六年，我都不劝他离了。”

“那你快乐吗？”林墨不敢多问。

“当然快乐啊，不快乐谁要忍辱负重这么多年？丫他妈又没钱，就贪图那点儿快乐呗。说句难听的话，这事儿要搁晓月或沈玫身上，够她们自杀一百次了。我无所谓啊，我是真心信仰我们杂志，道不道德，值不值当，是自己说了算！”李艺举起酒杯敬林墨，说，“所以我觉得咱们杂志肯定能做好！中国有多少拧巴的妇女盼着自我解放呢！”

“没错！”林墨一面举起酒杯，发觉自己都快哭了。

林墨和李艺从餐馆出来，凉风一吹，酒醒了不少。两人歪歪扭扭地各自打车，想要迅速忘了此前一刻的泪目相对。这不是薄情，是礼貌。临上车前，李艺对林墨说：“对了，你最近多留意一下马建红，我发现她经常私下单独约《霓裳》那边广告的人吃饭。”

第二天林墨一进办公室，立即把马建红叫了过来。

“建红，你最近总跟《霓裳》广告部的人约吃饭是怎么回事？”

“墨姐，没什么啊，就是私下交流一下各自的任务量或者有什么值得开发的新客户之类的。”马建红不敢直视林墨，小声地说，“你们领导之间闹矛盾其实影响不了我们下面的人，反正广告是各谈各的，全凭自己本事，没那么多可忌讳的。”

“没忌讳是吗？”林墨冷笑一声，说，“那你知道《霓裳》广告部最近四处跟客户说，咱们杂志就是一本全彩印刷的《人之初》吗？”

“墨姐，我真不知道啊！”马建红赶紧撇清，“我们就是吃饭，基本全是他们那边的人主动约我，有时候他们来问我咱们一些客户联系人的电话，我又不好意思不给。想着即使给了也没什么，还是要靠他们自己去谈的。他们要在背后这么诋毁我们，以后我不约就是了。”

“以后他们那边的人再来问你要我们客户的电话，你就说，这是林墨的客户，要问直接去问她。”林墨知道马建红不是蠢，她有时候太没安全感，不敢得罪人，总想着得给自己留条后路，毕竟她一个东单隆福寺练摊儿出身的姑娘，英文一句不会，如今做到《风尚Composure》的资深客户经理，靠的是八两狗皮膏药似的热情和二两芝麻香油似的圆滑。

接下来一个多月，林墨几乎全在上海见客户，不是谈广告，更不是解释《霓裳》对《风尚》的诋毁。这跟做人被诋毁了一样：你躲起来，别人以为你怕了；你着急洗白，又显得仿佛确有其事。你所需要做的，就是大大方方地出现，该聊天聊天，该吃饭吃饭，若被问起，就意味深长地笑笑，别人便懂了。

何况只是被竞争对手不痛不痒地抹黑了几笔，算不得什么。这圈子里每天都有层出不穷的笑话和闹剧爆出，昨天的笑料还来不及回味，今天的八卦早已传遍京沪两地。在上海时，林墨和爱爵手表的市场总监Carrie吃饭，饭桌上Carrie一脸坏笑地对林墨说：“哎，告诉你个好消息啊，我们今年的投放计划临时改了，有一部分预算被抽了出来，你让你们策划编辑来给我提案吧。”

林墨大喜过望，转念一想，也是坏笑着问：“是哪家倒霉杂志被你们撤单了呀？”

Carrie说：“《名表》杂志。”

林墨好奇，问：“怎么会是他们家？他们家不是你们投得最多的吗？出了什么问题？”

Carrie又笑，说：“说来你都不信，这事儿可逗了！《名表》杂志出版人方总那个老色鬼你知道吧？丫成天勾搭小公关和小前台，最近又跟一个小姑娘好上了，可能那小姑娘伺候得好又会来事儿，方总觉得不送点什么也不合适。但问题是，丫不但好色还鸡贼，你知道他做了什么吗？他用我们家正品的表盒和购物袋，去外高桥买了一块假的爱爵表装在里面送给了那姑娘！”

林墨听得哈哈大笑，问：“这么隐秘的事儿，你们怎么知道？”

“小姑娘当然是欢天喜地的啦，戴着到处炫耀。哪想到方总心太黑，连假表都不给人买块顶级A货，戴了不到三个月，那表就坏了。小姑娘单纯，想着这表可是《名表》杂志的老总送的，怎么会有假？便大摇大摆地拿进我们专卖店去修。我们的师傅一看就知道是假的，给她说：小姐，您这块表并非爱爵正品，我们修不了。小姑娘一听急了，在我们专卖店就闹了起来，骂我们师傅胡说，不依不饶的，说长这么大没受过这种侮辱。店员没办法，电话打来总部，我们公关就去了。小姑娘一看公关出面，更来劲了，立即抬出方总，责问：你知道这块表是谁送我的吗？是《名表》杂志的出版人！你说，这能有假吗！我们公关当场就去了电话，开着免提说：方总，我们这里有一位您的朋友说收到您送她的一块爱爵表，现在想在我们店里保修，但经过我们技术人员的权威鉴定，这块表并非正品。所以我想问问您，这块表您是从什么渠道获得的？我看看是不是有什么环节出了差错。方总立马就慌了，支支吾吾的，一会儿说是别人送的，一会儿又说是在巴塞尔表展时在瑞士一家表店买的。总之，在场的人一听就知道问题所在，小姑娘没等方总编完，直接大哭大闹骂：姓方的！你就算是强奸我也比现在这么耍我好些！我这就去跳黄浦江死给你看！说完就哭哭啼啼跑走了，假表也不要了。我们公关回来就写了个报告，把我们老总气得呀，拍着桌子跟我骂：那孙子也忒缺德了！从我们家也没少挣，打声招呼用我们的员工折扣内购一块入门款能有多少钱？这么毁我们品牌，以后再不跟丫合作了！”

“那姑娘忒傻了，她妈没教育她吗，天不怕地不怕，就怕流氓有文化。时尚杂志这帮男出版人，哪个不是一肚子坏水的文化流氓，场面混出来的，甭管多有钱，照样算计着让姑娘倒贴，他们真敢把自己当才子呢！所以，跟谁睡也不能跟男出版人睡！”

说完，两人哈哈大笑。林墨知道，《风尚》被诋毁那点事儿，很快就会湮没在圈子对《名表》的冷嘲热讽中。

林墨本以为2002年的闹剧也就如此了，张涛背后小打小闹地拆台，她举重若轻地接招，再玩不出什么花样。但她万万没想到，2002年的闹剧在10月出现了一个高潮，令她终生难忘。

林墨清楚地记得是在2002年10月14日星期一的下午一点三十分左右，她接到了广告部策划编辑打来的电话，告诉她，原本议定好的赛丽美体别册拍摄，所有工作人员到了现场，才被对方市场总监Susan告知不用拍了。

林墨一头雾水，赶紧打电话过去问。赛丽美体是林墨的老客户，钱不多，但每年都在《风尚》做广告。今年林墨说服他们，以九十万的价格制作一个十六页的广告别册随《风尚Composure》夹带赠送，之前无论是拍摄方案还是广告形式，全得到赛丽美体市场总监Susan的高度肯定。临时变卦，她也猜不到Susan葫芦里卖的是什么药。

“怎么？你们集团的张涛哥哥没告诉你吗？这次我们不在《风尚》做别册了，预算挪给《霓裳》了，他对我说会和你沟通好的。”Susan也不明就里。

“什么？！”林墨血一下子就顶上了脑门，追问，“怎么回事！我完全不知道！”

“张涛前两周来和我谈广告，我说今年最后剩的一点预算全投你们别册了，他一听就叹气，说在《风尚Composure》做别册特没劲，现在的读者贼精着呢，买了杂志先把附赠的各种广告小册子扔了，没人看。他说《霓裳》12月刊要独立操作拍一个大腕女明星，他可以把拍摄场地安排到我们新开的会所，紧接着十页人物专访后面再给我们来六页软文，媒体价值至少五百万，他说想和赛丽合作一下，九十万也愿意做。他看我有些犹豫，就让我别担心，他来和你沟通，我以为你都知道了呢。”Susan也装得倍儿无辜。

林墨再也按捺不住怒火，对Susan说：“你等等，我一会儿回电话给你。”林墨忍不下去了，再忍下去，是默许，是纵容，是自轻自贱！她径直走向张涛的办公室，“咣当”一脚踹开玻璃门，把坐在办公桌前的张涛直接吓趴在地。《霓裳》办公室的一群人也围过来看，林墨把门使劲一摔，大吼一句：给我走开！众人吓得作鸟兽散，以为林墨要和张涛同归于尽。

“张涛，你差不多就行了！你给赛丽的Susan说了什么？！”林墨一双眼睛瞪出了火，寸步不让。

“小墨，你说什么啊？我又怎么你了？”张涛以为能蒙混过关，毕竟没有证据，装一装无辜会让怒气冲冲的小姑娘没处下嘴。

“还跟我装孙子是吧？你等着！”

林墨回到自己办公室里，又拨通了Susan的电话，她好声好气说：“Susan，张涛确实忘了给我沟通，但咱们的别册计划我已经报给印务了，料都备齐了，现在临时取消，印务那边需要一份书面说明。你看，要不你写封信过来，说明一下情况，我也好走流程。”

一小时后，林墨的传真机收到Susan手写的邮件——

“尊敬的张总：鉴于之前您说服我放弃在《风尚Composure》做别册转投《霓裳Flora》一事，您并未及时与林墨女士沟通，导致《风尚Composure》印务未及时获悉别册已取消，望您替我方正式做出说明为感！”

林墨把这份传真复印了一份，又一脚踹开张涛办公室的门，丢在他面前，说："你还有什么可说的。"

张涛像一个考试作弊被班主任当场捉住的中学生一样，还想死不承认："小墨，你别误会了呀，这种事情我是不会做的呀，Susan当时听错了，我这就给她回信。"说罢，张涛真的也拿出一张纸，写了一个便条当着林墨的面立即传真给Susan——

"美丽的Susan：我想其中一定有误会，我当时对你说的是，九十万既可以在《风尚Composure》做别册，也可以在我刊做明星深度合作，没想到最后你改变主意选择了《霓裳》，而让林墨误会。情况就是这样，你说呢？"

林墨看着这张便条，简直哭笑不得，她指着张涛的鼻子，说："你这个蠢货！现在居然想把责任推到客户头上，我看你以后再别想从赛丽兜里掏出一分钱来！"

果不其然，第二天，林墨、张涛，包括姜海，都收到了Susan发来的邮件——

尊敬的姜社、林总及张总：很抱歉由于我方工作的不细致以及你方内部的沟通问题，我们决定彻底取消这次和《风尚Composure》或者《霓裳Flora》的合作，风尚集团是我们很重要的合作伙伴，我们不希望和贵集团旗下任何一本杂志产生误会与隔阂。这次我们将暂时选择《ELLE世界时装之苑》，希望不久的将来我们能继续合作。

林墨看完信，再一次去找张涛，张涛已如惊弓之鸟，见她进来，慌忙问："你又要干什么？"

“Susan 的信你看了吗？这回傻 × 了吧？宁愿互相拆台狗咬狗，白白便宜了 *ELLE*。”林墨的笑冒着寒气，“我就想问问你，我到底做了什么让你这么恨之入骨？你还有理智吗？”

张涛见她如此直白，也懒得装糊涂了，回她：“你坐了不该坐的位置。如果今天我俩互换身份，说不定还能做个朋友。”

“你丫真不是个男人，业绩不如我就耿耿于怀。”

“你也不是个什么正经女人，别跟这儿矫情了。”

林墨转身去了姜海办公室，把之前 Susan 和张涛手写的往来邮件给了姜海：“今后再别说什么一家人要团结之类的话了，这根本不是一家人能干出来的事。你就由着我跟他竞争吧，创造的价值肯定比藏着掖着更大。”

李艺最近也是一头包，从美国专程过来指导《风尚 Composure》办刊的创意总监轻而易举摧毁了李艺好不容易建立起来的自信。她一直觉得，自己精通英语，比谁都会赶时髦，外国杂志也一直在看，接手做《风尚 Composure》的主编根本是手到擒来的事。结果在她的主导下杂志运作了一年多，美国总部的人看完每期成刊后坐不住了，直接飞来对她进行深刻教育。

创意总监翻开近几期杂志，一页一页地对李艺挑毛病，基本全是视觉上的。总监问：你们这一期拍了海滩泳装，但为什么每个模特头发都梳得好似要去参加奥斯卡？李艺解释说，泳装都很高级，穿这些泳装的女人也应该体面些。总监不认同，说再高级的女人游泳也会弄湿头发，你这么拍时装照不但做作而且完全不合逻辑。总监又指着另一组图片，问：你们拍这么多晚礼服做什么？每期都有。为什么不拍一些游艇度假、公路旅行、社交日装？李艺说：我们这儿没有公路旅行的，有车的本来就少，路又不好走，正常人旅行都是飞机火车，游艇许多人更是听都没听说过。而且一般女性读者心目中的高级和奢侈就是晚礼服与珠宝，要看社交日装她们会选日系杂志。

创意总监听完李艺的答话，长叹一口气，说：Elaine，我相信你很了解你的读者，了解当下，了解中国，但你不了解的是，视野与未来。就比如游艇度假，当下的中国人确实没有太多人拥有私家游艇，但未来呢？我们杂志进入中国，就是因为深信中国即将迎来巨大繁荣，也许用不了五年，人人都会拥有自己的私人轿车，负担得起游艇旅行，那时候你再来宣扬这些，又是在告诉读者她们早已熟知的东西，谁会花钱阅读自己已经知道的内容呢？一本好杂志，是懂得迎合当下；而一本卓越的杂志，是能够启发需要。你千万不要去满足读者的想象，而是要创造想象让他们渴望。往大了想，好吗？如果你实在想象不出来，*Composure* 还有这么多先进版本可以供你直接使用。

李艺被说臊了，又不敢发作，忍气吞声了好几天不说，之前调侃奚落《霓裳 Flora》时的自信与骄傲也被自家杂志的自己人给踩碎了——海外总监不止一次对她表扬《霓裳 Flora》，视觉很精美，创意很超前。

2002 年的最后两个月，林墨一想起来就是四川饭馆盒饭的味道。那两个月，她发了狂地在办公室加班，像一座高速运转的雷达，实时监控着《风尚 Composure》销售团队与《霓裳 Flora》销售团队的动态。她谨慎到与客户每确认一条事项，便发一封邮件确认的程度，她在办公室放了一只行李箱，哪里出了问题，她立即下一班飞机飞过去救火。她回家回得越来越晚，有时候和高国强一个星期都碰不上面，她回去的时候他睡了，她睡醒的时候他走了。有一次高国强实在受不了，特意等林墨醒来后问她：你是觉得我赚的钱不够花吗？林墨摇摇头，愧疚地紧紧抱住高国强，说：你不懂，这已经不是钱的事儿了。

其实在2002年之后，林墨从张涛那里吃到的苦头一点没少，只是2002年，大概是她第一次意识到自己会被一个人全心全意地恨着，这恨意令她的每一天都感觉无比漫长。她本以为除非自己走，或者他走，才会结束严防死守的日子，才敢放松心里的戒备，才能早些下班回家尽一个妻子的义务。否则，在共事的时时刻刻里，她也得对他拿出全心全意的恨，才不至于处处被动。爱可以相互不求回报，恨却逼迫人睚眦必报。

但2002年还没翻篇儿，林墨突然就不执迷了。张涛愿意恨就恨吧，生命中果然还有更重要的事，当它一旦发生，别的一切瞬间失去分量——是的，在2003年元旦来临之前，林墨惊觉自己怀孕了。

我的孕期，你的运气

一粒被南风带来的种子，不偏不倚地落进了松软的土壤。在这个雨季来临时，它被浸润、被滋养、被翻起的泥土温柔覆盖。然后，它开始呼吸，微弱地、均匀地、坚定地，它有了生命。只有土壤知道种子的秘密，它感受着种子的根须从保护壳里破壁而出，向四处蔓延，那些触手是有感知的，它们小心翼翼地探寻边界，寻获养料，输送能量，让种子加速分裂。然后，几乎在一夕之间，种子有了向上生长的气力，它顶开土壤的表面，发出两片嫩绿的芽——这粒种子从此将以一朵花或一棵树的姿态存在，但它的根会永远与土壤相连。

“啊，他又踢我了。”小腹里突如其来的动静让林墨从熟睡中醒过来。这是她怀孕的第六个月，挨过了初期心理与身体的不适应，林墨接受了将为人母的使命，她越发欣喜、期待，志得意满地筹谋着如何教育这即将降生的小生命认识世界。

孩子本不是计划中的。这一两年林墨投入所有精力与客户及张涛周旋，和高国强却过成了两个世界：她和他交谈越来越少，饭也凑不到一块儿吃，她下班回家时，他通常已经熟睡，他出门上班前，一句“走了？”则是她有心无力的问候。她实在太累，若不抓紧多睡片刻，怕是再也撑不过全天的销售会议与客户拜访。她不想对他解释：一切的焦虑与操劳皆因咽不下一口气，竞争是一回事，暗算是另一回事；挫败是一回事，被打脸是另一回事。一味忍让等于屈服，投降以后，赚多赚少，都是受辱。她选择做给他看：换更大的房子、买更贵的车、让父母去更好的地方旅行、为家里添置更豪华的家具……这一切会让他理所当然地判断，她虽是他的妻子，亦是追求成功的能者。

去年11月的一天，林墨难得无事，便早早下班回家。开车路过菜市场时，她想起大概有一年没有在家做过饭，终于有些自责。那晚她做了煎带鱼、蒸水蛋、炒白菜，还烙了一张饼，高国强下班回家，看到一桌子菜，既意外又高兴。他从橱柜里找出一瓶红酒，对林墨说：“咱俩喝一杯吧，以前我是你客户的时候，你还经常陪我喝点儿，现在做了你老公，反倒喝不上了。”

“德行！”林墨恼得笑了。

吃过饭收拾完，林墨去洗澡，从卫生间出来时，高国强一把抱住她，开始急促地吻。他们第一次也是这般开始的，只是这一次，高国强不再让林墨占据主动，他把她压在身下，蛮横索取，激烈进攻，他是怨她的冷落，惩罚她的失职，所以才不由分说，占尽上风。其实他不知道，女人也是享受的，男人表现得越凶狠，越证明他心里有这个女人，因为不会跪地乞讨，于是只能让女人也痛——痛，才记得住。

高国强瘫软在林墨身旁，林墨想去清洗，被高国强一把按住，不让她动弹。她挣扎了几次，高国强装作没听到，就是不让她起身。林墨突然明白过来，他是什么意思。她静静想了几分钟，放弃了挣扎，并从床边拿过两个枕头，把自己的臀部垫高，她转头望向高国强，他果然笑了。

被胎动叫醒的林墨，睡意全无。看了看表，才早上六点半。她起床喝了杯温水，拉开窗帘，刚想开窗换换新鲜空气，高国强不知什么时候就出现在她身后，一把关上窗户，低声怒吼：你疯了吗！

这是异常死寂的5月。

向窗外望去，通惠河两岸的柳树正在抽绿，街心公园里的广玉兰开得正好，阳光明显带着温度，这是5月该有的气象。但是，稍微再多看几眼，2003年的这个5月，便会露出恐怖的端倪。早该拥堵的东三环不见车辆，路上几乎没有行人，偌大的北京城像处在即将被空袭前的高度戒备，家家窗户紧闭，城市没有声响，所有的居民仿佛躲在看不见的防空洞里祈祷着能逃过生劫。

“开开窗怎么了？别一惊一乍的！”林墨不悦。

“林墨，你别不知好歹啊，这可不是闹着玩儿的！”

“那你觉得天天闻一屋子84消毒液和板蓝根的味儿，对孩子能好吗！”

“能活着就好。”高国强说完，转身去洗漱。

林墨跟进洗手间，继续说：“跟你说啊，我今天得去趟公司，两周没去了，一堆事儿没处理，又不是说杂志也不出了。”

高国强吐了一嘴牙膏沫子，回她：“不行。”

“怎么就不行了！你不也天天出门吗！”

“那能一样吗？你是孕妇，抵抗力本来就差，再说，我听说你们长安大厦里已经查出一个被送小汤山了。”

"瞎说，我们那楼里好着呢，要真有发病的，物业早出通知了。"林墨不依不饶，"其实现在去反而安全，我们办公室里基本没人，我就戴着手套和口罩自己开车去，拿了文件就走，不和人接触，不得了吗？"

"你别跟我说这个了！"高国强生气了，再不理会林墨。

林墨还是去了杂志社，如她所料，办公室里没什么人，编辑都在家里办公，行政和财务每天只安排一个人轮流值班，唯一见得着人的地方是广告部——金钱总会让人心怀侥幸。

"墨姐，你怎么来了？"马建红看见林墨走进办公室，立马迎了过来。她也戴着口罩，仔细一看，还是两个，"您怀着孕就少出门呗，有什么事儿吩咐我一声就行了。"

"不碍事儿。"

"要不先给您冲杯板蓝根吧？"马建红惯会伺候人，知冷知热的。

"在家喝过了，"林墨扫视了一圈，问马建红，"这几期广告怎么样？"

"都是执行年单，没什么新客户。现在非典闹得这么厉害，又出不了差。"

"《霓裳》那边怎么样？"林墨低声问。

"跟我们差不多，但听说张涛带着他们主编去上海见客户了。"

"啊？他们怎么去的？！"林墨一脸愕然。

"他们怎么去的"，这问题别说林墨，就连张涛一开始也想不出来答案。林墨怀孕他比谁都高兴，当然，是为自己高兴。他想趁一开春，立即带着《霓裳》主编去全国拜访客户，旁敲侧击地对客户们通风报信：现在《风尚 Composure》规模也就这样啦，林墨决定回家生孩子不亲自管啦，以后风尚传媒集团的发展重点转移到《霓裳Flora》啦……没想到，他的全盘计划被席卷全国的非典掀翻，到了4月，北京成了彻底的重灾区，想从北京往外走一天比一天难。张涛开始咒骂：妈的！她怎么就这么会挑时间怀孕呢！什么也没耽误！转眼5月，疫情仍未好转，各家杂志纷纷吃起老本，《风尚Composure》自然是吃得起的，林墨签的全是年单，丰衣足食吃到今年9月。他的《霓裳Flora》日子却有些捉襟见肘了，两年不到的刊物，压根没什么敢投放年单的客户，平日里，他也得按月挨家挨户拜访，从被几家大刊拿剩下的预算里，零打碎敲地为《霓裳Flora》抠点是点儿。眼看被困北京快一个季度，各家品牌在非常时期又压着预算不敢投放，他再不主动找上门去，《霓裳Flora》下一期的印刷费都不知道从哪里出。

5月之后的北京，城内一片风声鹤唳、草木皆兵。学校放了假，公司停了工，超市里的矿泉水、方便面、板蓝根、白醋、消毒水被哄抢一空，有家的全家一起关禁闭，外地的纷纷往老家逃，人们甚至不敢对视，害怕一张望便被潜伏者传染。张涛听别人说，现在像上海那样没有大规模暴发“非典”的地区，从北京过去的人一下火车或飞机会先被实施强制隔离，一两周后才能自由行动，而且大部分酒店和出租车还拒收北京游客。张涛觉得自己真是一只老鼠，为了觅食，必须想办法过街了。

张涛开着自己的车，载着《霓裳Flora》的主编姚丽娜，连夜从北京走省道开到了济南，他把车停在济南火车站，买了两张火车票坐去苏州。到了苏州，两人又转去客车站，换了省际客车，终于大摇大摆进了上海。从上海客运站出来，张涛发现压根儿没有传说中的疫区游客稽查队和开往隔离区的大巴，但他依然有一种小兵张嘎般的自豪感。

这次来上海，张涛最大的目标是搞定雅泉的投放。这个刚进中国的法国化妆品牌，去年把所有广告预算全投给了《风尚Composure》，张涛曾经拿着每期《风尚Composure》仔细计算了雅泉的投放量，惊觉这是一块肥肉。去年年底他来拜访过雅泉的中国区总经理史逸文，法国老头儿倒客气，也接见了，也听张涛提案了，可最后就一句话：没钱了。张涛当时留意到，法国老头儿挺好色，喝杯咖啡也要调戏一把女服务员，于是，这次他再三嘱咐姚丽娜要穿得性感一些。

姚丽娜是张涛的一张好牌，她从北京服装学院毕业后，去了巴黎ESMOD继续学了两年设计，回国后被分配去了《中国服饰报》。大概是混过巴黎时装圈，又交过几个欧罗巴男友，姚丽娜一度是《中国服饰报》令男人最喜闻乐见、令女人最闻风丧胆的奇葩。她每天化着浓妆去上班，见到熟人要吻脸，又爱跟人仔细分享中外男人的各种差异，坐了多年办公室的老大姐编辑们没有一个敢把她往家里领。张涛创办《霓裳Flora》时，四处托人介绍主编，他一个在《中国服饰报》的老同学不怀好意地把姚丽娜推荐了来，当一头波浪长发侧披在肩、穿一身黑色蕾丝连衣包裙、说一口法式英语的姚丽娜端端坐在面前时，张涛在心里一拍大腿：就是她了！

姚丽娜穿了一件深V领的奶白色弹力针织衫，又特意在乳沟处扑了些蜜粉，色香味俱全。站在雅泉中国总部办公室楼下，张涛把姚丽娜从头到脚打量了一番，对她说：你去把奶罩摘了。

再从卫生间出来时，姚丽娜果然是真空上阵，她把胸罩往手提包里一塞，问张涛：“这回行了吧？”张涛一看姚丽娜饱满的胸部被紧身上衣绷得没处藏没处躲，点点头对她说：“行！最近没什么媒体拜访，法国老头儿今天时间多，你来和他聊，我在旁边帮你垫话。”

两人一进到史逸文的办公室，姚丽娜立即主动上前用身体死死抵住史逸文送上两记贴面香吻。各种法语寒暄自报家门后，姚丽娜往史逸文面前一坐，把两只乳房往办公桌上一搁，身体前倾，以一种祷告的姿态对史逸文说：“史先生，您得帮帮我啊。”

史逸文津津有味地看着姚丽娜，说：“怎么帮？”

“如果不介意的话，我可以先给您讲讲我的故事吗？”姚丽娜微微调整了坐姿，让史逸文可以一览无余她白花花的大腿。“我出生在河南省一个县城里，您知道河南省吗？很穷的一个地方，那里很多人至今没有见过飞机。我的同学在高中毕业后全留在当地过和祖辈一样的生活，他们在二十四岁以前结婚，三十岁的时候通常已经是三个孩子的父母。我本应该也这样，读完高中就参加工作，嫁给父母同事的孩子，举办一场热闹非凡的婚礼，在新婚之夜把贞操献给并不怎么爱甚至谈不上了解的他。然后，您想象一下吧，我现在是三个孩子的母亲，因为暴饮暴食变得臃肿，但我不在乎，因为我已经不再把自己当女人了。”

史逸文听得哈哈大笑，示意她继续。

姚丽娜接着说：“但是，我的人生被一本杂志彻底改变了。我读中学的时候，教我绘画的老师是个洋气的女人，为什么说她洋气呢？因为她家里有海外关系，她姨妈早年随军去了台湾，然后移民美国，隔上几年就回国探亲，她的衣服化妆品首饰全是姨妈送的，都是小县城里见不到的式样。有一次我们要学习画人体，那种学校，怎么可能有真正的人体模特给你画？我们那老师，就带来一本杂志，翻到其中一张人体照片，让我们临摹。我想您也猜得到，那本杂志正是*Flora*。我被它震撼了，我从没见过那么精美的杂志，每一张照片都美轮美奂，每一个人、每一件衣裳、每一张面孔，都美得让我过目不忘。我问老师这是什么杂志，老师告诉我，这是女性生活杂志，国外的女人真是这么打扮、这么生活的。从此以后，我便深深向往那种生活，哪怕自己过不上，能出去眼见为实地看看也好，反正我不想再留在小县城里。对我们这样的小镇女孩子来说，想走出去，唯一的出路是考大学。我的目标也很明确，自从看了*Flora*，就想学服装设计。后来我很努力地考上了北京服装学院，在大学四年，我一直没敢松懈，很努力地学习。大学快毕业时，我取得了学校公派留学的名额，去了法国ESMOD。然后，我终于亲眼见到了*Flora*式的生活：女人穿着剪裁得体的风衣，描着精致的红唇，坐在路边咖啡馆里抽烟。这一切都是真的！而且，在法国的时候，我用奖学金为自己买了人生第一瓶高级香水，就是雅泉。因为在我看过的所有*Flora*杂志里，都有雅泉的身影。”

姚丽娜停顿了一下，向史逸文投去热切的目光：“所以史先生，您能想象我在得知自己竟然有机会成为*Flora*中国版主编时的心情吗？简直是喜极而泣！这么一本国际顶级时装杂志来到中国选择的第一个人竟然是我，被它改变的我！我自豪并感激，因为将有更多像我一样的中国县城女孩会被《霓裳Flora》改变人生际遇，但我知道如果没有您的帮助，我们是做不到的。请帮帮年轻的中国版*Flora*，请帮帮我。”

姚丽娜一席掏心掏肺的话说完，史逸文几乎要为她鼓掌：“丽娜，你的故事让我太感动了。相信在你的执掌下，中国版*Flora*会有很生动很美好的面貌。但现在谈合作的确不是一个好时候，或许今年9月之后我们再来讨论细节不迟。”

“恕我冒昧地问一句：史先生，您现在手头还有多少预算没有投放？”在一旁的张涛终于插话进来。

史逸文露出一脸尴尬的神情，说：“本来是完全没有的，不过由于今年中国非典的爆发，我们确实有一些投放没有执行。”他又转头看了一眼姚丽娜的大白腿和满脸期待的神情，说，“或许有五万元，但以你之前给我的刊例，这恐怕在《霓裳 Flora》上什么也做不了吧？”

“我可以给雅泉一期化妆品第二跨页的位置，如何？”张涛说。

史逸文不敢相信，五万元，第二跨页！他问：“真的吗？”

“真的，我们非常重视雅泉，愿意拿出最大的诚意来欢迎雅泉的加入。相信之后雅泉也会全力支持我们的。”

“好，那你等我消息吧。”史逸文说。

从雅泉办公室出来，张涛对姚丽娜说：“挺能说啊，刚才说得真好，把我都感动坏了。”

姚丽娜翻了个白眼，说：“你真信？河南农村女孩自强不息最终留学巴黎搞时装设计？你当我在演《女人不是月亮》啊？我就算把北服的头头脑脑全睡了也不可能公派出去留学。哪轮得到我？教授们还一个个排着队呢！去巴黎的钱是我爹妈给凑的。*Flora* 确实是我看过的第一本时尚杂志，不过是上了大学后在北服的图书馆里看的。读中学时能有本《读者文摘》看就不错了。”

“嘿！服了！”张涛讪讪地说。

“等雅泉消息吧，我估计他能投。我的故事感人，胸也挺感人的。”姚丽娜说完，转身去洗手间穿胸罩。

雅泉在《霓裳 Flora》上露出广告的第一期一出刊，马建红立即给林墨打去电话：“墨姐，怎么办，雅泉开始在张涛那里投放了，咱们不是独家了！”

林墨怀孕八个月了，高国强不允许她再随便出门，她躁得自己动手把一头长发剪了："没事儿，投就投吧。"

"我们确实太久没去拜访客户了，要不我这星期去上海一趟吧？"马建红很担心，雅泉是林墨分她的客户，每年至少能帮她完成全年任务量的四分之一。

"别去，没必要。一是上海客户最近挺忌讳北京的过去拜访。二是咱都是年单，现在去也没什么可谈的。"

"但张涛趁您不在，最近玩命撬咱客户呢！"

"有本事让他撬，今年上半年赶上非常时期，各家客户应该是余出了一部分预算，他弄不了多少钱。我还有一个多月就生了，不耽误我们去谈明年年单。"

挂了电话，林墨感觉肚子里的小生命又翻了个身，他越来越活泼，对外界的感知亦越来越强烈。尽管刚才林墨对马建红表现得格外淡定，但这小生命应该是察觉到了林墨内心里掠过的一丝焦虑和不安，于是他动了一下，似乎在提醒林墨目前什么才最重要。

总算是要来了。林墨摸了摸肚子，安抚了里面的小生命。她突然想对这孩子说几句心里话：还有不到两个月，你就要出来了，到时候，不知道你会给我的生活带来怎样的变化。别人都说，女人一旦做了母亲，便会性情大变，无论她曾经是一个多么刚烈、要强、野心勃勃、不安于室的女人，当孩子降临后，她便如一匹被驯服的野马，自愿套进马鞍，从此放弃万水千山，甘愿为你俯身驮行。我承认我的母性与日俱增，我开始为你准备小衣服、小鞋子，我找来《康熙字典》想和你爸爸为你商量出一个响亮的名字，我有时甚至会突如其来地落泪，感激我们能平安度过今年的浩劫天灾。但是，我不敢想象，你来了以后，我会为你放弃事业，不争输赢，恬淡退出一切社会角色，只成为你的母亲。我固然爱你，但我应该被允许还能去爱别的于我而言重要的东西，你说是吗？或者，你会恨我自私，像你爸爸一样，不理解我根本不被生计所逼，却宁愿在外面和男人打得头破血流。孩子，我很忐忑：如果你懂我，妈妈能在许多方面教你如何成为一个正直勇敢的男人；如果你不懂我，也许对你而言，我什么都是，唯独不是母亲。但不管如何，我希望你先平安降世，许多事情，我和你有漫长的一生去相互体谅。

时尚杂志的行规，是从每年的10月开始与品牌客户谈判来年订单。但2003年，张涛开始得特别早，他从8月起就四处游说客户投放《霓裳Flora》。今年他手上多了两个筹码：第一个是代表高端国际大集团的法国雅泉正式在《霓裳Flora》投放了；第二个是他公然对《风尚Composure》的年单客户宣传：林墨卖你们多少钱，我在她的基础上给你们整单打七折！

张涛知道不能等，从小到大，他耐心去等的东西从来没有等到，他所拥有的一切全是争来的。他时常想起物资供应紧张的20世纪60年代末，姐姐带着只有几岁大的他去小菜场排队等着买肉、买油、买糖。那时候最紧俏的东西是猪肉、花生，就算凭票供应，也是卖完就没了，想吃只能早早去粮店排队等。要是碰到国庆春节等大节，小菜场有鸡鸭鹅供应，更得凌晨三点就出门排队。张涛记得格外清楚，他在姐姐怀里冻得瑟瑟发抖，在菜场站了三个甚至五个小时后，等来的常常是空空如也的案板，或者只剩别人不要的肥膘和大骨。后来，姐姐一横心嫁给了粮店管油管米的鳏夫，比她大八岁，从此以后，家里吃什么都不用排队了，姐夫甚至可以搞到在菜市上他们永远看不到的大闸蟹、野生鲥鱼。这让张涛渐渐懂得，如果你想要一样东西，要么耐心等，要么找门路。1985年，张涛从华东纺织工学院毕业时，成为全校被分配去纺织工业部的三个学生之一——这绝不是耐心等就等得来的。他入学时比大部分同学年纪大，早看穿了最终决定自己命运的，是毕业分配。于是他从大一开始，便从未间断为将来的毕业分配找门路。他使着从姐夫那里搞来的高档烟酒糖，混学生会、混辅导员、混毕业办。混到毕业时，班里成绩最好的学生被分配去了毛巾厂，而他在众人的艳羡里坐上了去北京的火车。1993 年，张涛决定跟着姜海及刘长波出来办刊，让部里所有人费解：他明明是在部里最有油水的外联办公室，成天跟着领导四处考察吃香喝辣，况且再等两年就可以提干分房，无端端停薪留职跑去给自办小杂志拉广告，他想什么呢！张涛想的是：愿意等下去的人，等来的是一事无成却又自命不凡的一辈子。在部里做外联确实滋润，他每每陪领导到各地的纺织企业视察，企业主们无不以省亲接驾的规模进行招待。他吃过最贵的海鲜，喝过最贵的洋酒，住过最贵的酒店，乘过最贵的轿车。有些时候，他误以为自己过上了显贵的生活。可那浮华只能持续几天，当他替领导拎着行李走在领导身后坐着火车返京时，这反差令他深感失落，也令他回想起那些貌似谦卑的企业主在酒终人散后坐上私家豪车离去时扬扬自得的神情，他们或许在想：一顿饭就打发了，真好。张涛不想继续等着把自己混成领导，那有什么意义？一把年纪之后吃喝玩乐说白了全是靠人施舍，他想到了下海，像所有那些企业主一样，白手起家，胜者为王。姜海筹备《风尚》时，部里上上下下都在议论，张涛听闻后，主动找到姜海，对他说：我去帮你拉广告吧，我手里那些服装企业每年要花几千万投广告，要是能成，我每单提成 10%。

现在想起来，张涛觉得最失算的，是任由林墨成长强大，然后眼睁睁等到了自己被踢出《风尚 Composure》的下场。杂志社的发展不断超出张涛的预料，他手里最宝贵的资源——那些一年投放好几千万的服装企业，绝大部分只投大众电视广告。对于《风尚》真正的广告客户——奢侈品、化妆品、进口快消品、高端地产，他其实和林墨一样，要从零开始累积。然后张涛不得不承认，一个漂亮且情商颇高的女人，在这些不吃官场套路的洋客户面前，确实比他更有优势。1998 年，姜海宣布让林墨接管《风尚 Composure》广告而让他去筹备新刊时，张涛仔仔细细回想了一遍原因：除了 1998 年林墨史无前例地签下了一张百万年单，可能还有另一件事让姜海对他失望了。

1997 年，旅游局的杜局长看《风尚》经营得不错，想把旅游局名下一本常年亏损的杂志《中国旅游》交给风尚杂志社托管。姜海给张涛及林墨开会，说杜局长当年有恩于《风尚》，希望两人用心给《中国旅游》拉些广告，杜局长亦很大方，承诺每单广告给销售15%的提成，而且现金结算。

张涛兴致不高，他给《风尚》谈广告，提成 10%，但客户下单快且多，几笔下来能提不少佣金。《中国旅游》这杂志，说出去根本没人听过，上来就想让客户掏钱，凭什么？不过毕竟是姜海安排的任务，总得应付几下。他去找了几个老客户，以在《风尚》赠送版面的形式，弄来了十万块钱。张涛刻意拖了一个多月，才去给姜海汇报，他滔滔不绝地描述自己为了给《中国旅游》谈广告吃了多少苦求了多少人，但好歹把下一期杂志第一跨页的位置以十万元卖给了客户。“按理说这杂志的第一跨页顶多也就值三万！”张涛得意地说。姜海听完他的汇报，轻描淡写地丢下一句话：“林墨把第二跨页的位置卖了三十万，下一期《中国旅游》的广告，她已经签了八十万了。”

张涛惊呆了，他根本无暇羞愧和反驳，连连追问林墨是怎么做到的。姜海告诉他，林墨先是让风尚杂志社的发行把《中国旅游》放进机场的报刊亭和休息室，并拍了照片。然后林墨带着照片，去了一趟浙江，把所有做工艺品和小商品生产出口的企业拜访了一遍，轻轻松松拿回来八十万。

“做事总得讲究一些方法。”姜海说完，意味深长地看了张涛一眼。

2002年年初，创刊半年的《霓裳Flora》依然一单广告也没有，杂志前十页花团锦簇的广告全是送的。与此同时，张涛听说林墨拿了近六十万的年终提成，他终于失控，冲到姜海的办公室对他大吵大闹：“老姜，就他妈因为我之前有两笔单子签得不如林墨，你就把我发配去做这要死不活的新刊，这对我公平吗？！我可是《风尚》成立第一天就在的，你做事得有良心啊！”

姜海笑眯眯地盯着张涛看，然后说：“你别急，我给你看样东西。”姜海从身后的文件柜里翻出五份报告，放到张涛面前，说，“还记得吗？”

张涛拿过报告一看，全是自己亲笔写的提高广告提成的申请，内容大致一样，满篇全是“广告部人心浮动，干劲不足，为激励销售人员，提升《风尚》业绩，特此申请将10%的提成提高到11%、12%……”云云，五份报告的落款日期从1995年到1999年，每年一份。

“老张，抛开咱十几年的哥们儿情谊不谈，如果你是老板，你是选时时刻刻叫唤着钱不多活儿难干的，还是选不多嘴不抱怨又能一直超额完成任务的？”

张涛脸色发青，姜海的话不啻戳他的骨头，言外之意等于说：

你有什么资格在这里质问我？就你这样的，不赶你走都是大恩大德了。

一念之间，张涛意识到，自己又在苦等着什么。他等着姜海说没错凡事总有先来后到，林墨你业绩再好也请让开把《风尚》交还给张涛；等着林墨说没有您的付出，《风尚》不会有今天这么高的广告额，所以六十万提成我分您一半；等着所有客户主动打电话，说他们早就等着 *Flora* 进中国啦，快把报价发过来，所有广告预算全给你。他不自觉地等了半天才发现根本等不到，于是才愤怒得无以复加。

不能再等了，哪怕狗咬狗人吃人，也不能再被憋死。

林墨进入预产期后，每天都会接到《风尚 Composure》广告部的汇报电话：张涛又以最低价抄走了某某客户的年单。她也没想到张涛下手得如此之早，大概料定她马上就要生了，再坐两个月月子，2003 年基本废了。

林墨被推进产房时，高国强关切地问："要是受不了疼咱就剖宫吧！"林墨嘴上说："不，我要自己生，对孩子好。"心里想着，自然产恢复得快。

2003 年 9 月，林墨顺利诞下她和高国强的儿子。她摸了摸自己突然瘪了下去的肚子，感叹时间过得太快：转眼十个月，转眼 2004 年，转眼三年婚姻，转眼十年奋斗，转眼三十三岁，转眼青春不再，此刻被高国强抱在怀里爱不释手的粉红色小生命本应该是她人生的分水岭。许多女人在听到自己孩子第一声啼哭时就会自动收起所有欲望，但林墨一闭眼，她胸中那条湍急的大江依然在寻找着海的方向。

"国强，你还会支持我继续上班吗？"林墨幽幽地问。

高国强抱着儿子，看也不看她，说："你忙吧，家里有儿子陪我就够了。”

2003年国庆节后，林墨回到了《风尚》办公室——她仅仅坐了十天月子。每一个人见到她的第一句话全是：“你不是刚生完孩子吗！”

张涛在办公室见到林墨时，下巴都要掉了。“你这是要玩儿命！”他说。

“哪那么严重，国外妇女生完孩子第二天就下地干活，我已经休息好了。”林墨对张涛笑了笑，接着说，“况且，我都比您慢那么多了。”

回到办公室的第一天下午，林墨立即给《风尚Composure》的销售群发了一封邮件，只有六个字——

走，马上去上海！

不道德成功学

“林墨，你今年可不能再给我们涨价了。”

说这话的是宝洁市场总监陈丽君，她对着坐在办公桌另一头的林墨，露出些许甲方不应该会有的无奈：“我们一年给《风尚Composure》投好几千万，你又连续三年都在给我们涨价，这样我们很难做。”

林墨只是笑，不说话，像一个确知自己万千宠爱加身的女子，由着任性索取，对方也会兜着。

“不怕让你看看我们的投放数据，不管是横着比，还是竖着比，《风尚Composure》全占着先。同样是杂志后三分之一的位置，*ELLE*一个跨页是九千美元，你卖我们多少？两万美元！”

“好了，领导别生气，我们今年不涨了，行不行？”林墨一口承诺下来，像给足了陈丽君面子。其实她本也没打算今年继续调高《风尚Composure》的刊例价，戏是依然要做——不嚷嚷每年提价，怎么体现自家杂志在市场上一直遥遥领先？

这又是一年斗智斗勇、捉对厮杀的时节，出版人像辛勤的候鸟，从上海、从广州、从常人难以发现机会的三线轻工城镇，不厌其烦地穿梭往复，一点点衔来筑巢的泥，建起自己的堡垒，抵御对手的掠夺。林墨无疑是赢家，她把《风尚Composure》筑到了被同行仰视的高处，虽然时时刻刻透着内忧外患的寒意，到底是风景独好。

在广州拿完年单，林墨心满意足地飞回北京。前脚刚进办公室，马建红就跟着蹿进来，神神秘秘地说："墨姐，在宝洁谈得怎么样？见到张涛了吗？你刚走他也去了。"

"随他去，我们拿了宝洁的大头，剩不了几个子儿给他了。"

每一次与张涛较量时的胜券在握，皆让林墨有无比快感。并且，这种既理性又非理性、既因公又对私、既兵来将挡又以牙还牙的敌对关系，悄无声息地取代了对峙者本身的信仰，变成各自心里一个根深蒂固的执念。看似只是合同数额、年报盈余、账面分红的博弈，实则已经是两人无法割舍的生活方式。即使互相提起对方恨得咬碎后槽牙，但她和他比大部分人幸运：谁不愿意每天一睁眼便斗志昂扬信心满满，明确知道目标所在，并因此变得强大与富有——这一切不是因为爱人，而是因为宿敌。

林墨下了班，站在家门口敲了半天门，这个时间高国强一般是在家的。她打开门，开了灯，才看到玄关的鞋柜上高国强留了一张字条：公司有事，急去香港，周日回。

他现在是说都懒得跟我说了，林墨心想。但林墨也不怪他，她和高国强的不睦始于儿子半岁时，林墨执意要把孩子送到自己父母家让他们带，高国强不同意，说孩子刚断奶，那么小怎么离得了父母，没见过当妈的这么狠得下心。林墨反问他，你不是同意我继续上班吗？你知道我平时几点下班吧？你觉得把孩子丢给外地保姆带放心还是我父母带放心？还是你打算自己亲自带？高国强气结，又无话可说，日子要过下去，孩子得林墨父母带，或者因此离了婚，孩子还是得林墨父母带，她是一早想明白了方式手段和目的，就像曾经她找他谈广告一样，所有他能说出“不”字儿的理由全被她神勇地一早预料到并当场堵了回去，只能乖乖掏钱。

其实林墨不敢给他说，孩子半岁断奶，也是她私自决定的。别人的孩子一般会哺乳到十个月甚至一岁，她亲自喂了半年，再也不想顶着随时随地涨奶涨得湿漉漉的胸部去见客户，就悄悄去医院打了退奶针。她告诉高国强自己没奶喂孩子了，吃奶粉的话，父母带和自己带区别不大，反正孩子两岁前也不记事儿，等稍大点再接回来由自己亲自教育，一点儿不耽误。

随你吧，高国强无奈了。

孩子被接走后，高国强开始经常出差，即使在北京也很晚回家，他常去林墨父母家看儿子，哪怕小家伙熟睡不醒，他亦能在旁边静静看上许久。这让林墨父母异常感动，林墨每次来之前还会先打电话问孩子是否醒着，要睡了她就不来了。相比高国强的舐犊情深，林墨父母甚至越来越反感自家女儿的颠倒主次。

高国强想要孩子，婚姻一直是其次。在林墨之前，他有过一次婚姻，妻子是大学同学，毕业后，他去了五矿总公司，她继续读研究生。已然手捧金饭碗的两人在众人的艳羡中完婚，每个人都认为他们的婚姻会像他们手中的饭碗一样牢固，连高国强自己也觉得，与妻子那恬淡温润的感情，足以支撑到老。没想到，20 世纪 80 年代末 90 年代初的出国潮掀翻了他的婚姻，留校任教的妻子不顾一切要去美国读博士，她走后一年，高国强毫无意外地收到了离婚协议，他二话不说签了，这结局是他放她走时便料到的。大时代的参与者们都明白：既然选择出国，就绝不再回来；而女人如果要在国外扎根，她只能依靠千方百计的婚姻。偶尔高国强追悼起自己的婚姻，除了几分不舍，他觉得，要是那时候和她赶紧要一个孩子，或许她就不舍得走。1993 年，了无牵挂的高国强积极主动地被五矿集团派遣去了香港，见识了花花世界。之后他开始做登喜路代理，不缺钱不缺地位不缺女人。与林墨的结合完全是计划之外，他喜欢这个狡兔一般的女人，会聊天且有趣，自始至终拿捏着恰到好处的小骄傲，即使与他上床后也未暴露一丝市侩本色。因此，2000 年林墨提出想结婚时，他答应了。只是近三年，高国强眼见着林墨在商海里越来越像一条嗜血的鲨鱼，比男人还有杀戮的欲望，他渐渐担心这段婚姻又将颠覆在妻子的野心里。于是，他决定无论如何也要让林墨给自己生一个孩子，只要留了后，第二段婚姻便为他做出了贡献，之后如何发展，全顺其自然。

“老高，你怎么去香港也不打个电话给我说一声？”林墨拨通高国强的手机，还是微微不悦。

“下午临时决定的，不敢给你打电话，万一你在跟客户开会，不给你添乱吗？”高国强也不甘示弱。

“行吧，那你自己注意安全。”

挂了电话，林墨打开冰箱，本想把剩饭剩菜热来吃了，忽地她又没了胃口，把饭菜全倒掉，只拣出一罐酸奶，坐在客厅的落地窗户边吃起来。林墨望向窗外，深深觉得，北京的繁华像是一种传染病，十年前这病源在王府井，十年后，这病染到东三环来了。夜色里，周边几栋刚刚建成的高级写字楼是这传染病的发病征兆，也不知道什么时候就从地面凸将出来，静待着一通电，宣告此区域正式步入繁华。通惠河对岸，也搭起了大片脚手架，架在挖掘机、起重机上的白炽灯将四周尚不繁华的小矮楼棚户区照得无所遁形，仿佛窝藏在铁路沿线的散兵游勇即将被现代化的精锐部队围剿歼灭。

这一片儿不能长住了，没多久肯定会变得乌烟瘴气的，得赶紧换房子。想到这里，林墨放下酸奶，打开电脑，心无旁骛地整理起合同。

李艺也从巴黎看秀回来，第一件事便是去给林墨抱怨："这客户跟你关系到底好不好？还以为给我多高的待遇呢，看个秀差点连个座儿都没有。"

林墨问："怎么了？关系挺好的呀，这次大陆媒体，就请了咱，品牌第一次呢！"

李艺还是不忿，说："那有什么意思啊？看个秀全世界媒体五百多号人，我坐在第三排，再往后两排就是站席了，我看香港有个什么杂志的主编都坐在第一排，那么小一个地儿的杂志，怎么算也拼不过咱的发行量吧？我倒远远坐在她后头，像个助理似的。"

林墨有些意外，说："可能安排位置也不是她们品牌国内的人能做主的，最后还是要总部协调。毕竟人家品牌才刚进中国大陆开店不到一年，能邀请就不错了。香港虽然小，品牌在那里扎根了二十多年，影响力也不是看杂志卖多卖少的事儿。"

李艺"唉"了一声，说："算了，你说的道理我也明白，总是有些不痛快。去之前我挺高兴的，说起来也是第一次代表中国内地时尚杂志去看秀，多大的荣誉，这么多年我们努力办刊不就是为了这一天吗？那些国外杂志上看到的，总算能亲眼见着，我真是下血本买了全套她们品牌的衣服，想着不能失礼。其实去了也挺高兴的，品牌国内公关全程跟着，招待吃吃喝喝，很周到。就是到了看秀那天，我穿得那么隆重兴冲冲地进到秀场，座位三排往后！人还乌泱乌泱的，谁也顾不上我了。我找到座位坐下，心想要全是老外就我一个中国人我也认了，抬眼就看见第一排坐了香港人和台湾人，我就真是不服气！”

林墨只好安慰她：“唉，慢慢来吧，品牌在大陆的市场做起来是迟早的事儿，你坐第一排也是迟早的事儿。”

李艺说：“但愿吧！不过在那之前，再让我出国看个秀什么的，真的要提前打听好坐在哪儿。你听我说可能觉得我小题大做，等你真正进了秀场，你就知道人只分两种：坐第一排的和不坐第一排的！”

林墨笑了，心里竟也不是滋味儿，在这一点上，她和李艺目标向来一致：做中国第一大刊。她通过广告下单量、品牌配合度来衡量自己离目标有多远，而李艺则通过这些锱铢必较的细节见微知著。有时候李艺挑事儿、不配合、要求多多、给人难堪，其实真不全是为她自己——她始终要替这本杂志端着大刊的态度。

“给你说个特逗的事儿。”从广州回来过了一阵，林墨在办公室里接到宝洁陈丽君的电话，“你们那儿的张涛哥哥，昨天来拜访我，你猜他第一句话给我说什么？他给我说：陈总，告诉你一个天大的好消息，我们《霓裳 Flora》顺利运行了三年终于要涨价了，从明年开始，我们所有的广告位置加价 60%。”

“哈哈，丫傻缺吧？你怎么回他的？！”林墨一听就乐了。

“我都听傻眼了，他一说完，我就回了他三个字：你疯了。”

“然后呢？”

“然后他继续给我说，宝洁是他们的重要客户，所以只对我们涨价30%，看他那兴高采烈的样儿，好像真等着我千恩万谢似的。”

“别管他，你怎么想的？”

“然后我又回了他五个字：你还疯着呢。”陈丽君在电话那头一通狂笑，接着说，“他好像没听见我讽刺他，一个劲儿地跟我叨叨，我最后就给他一句话，想涨价没门，今年《风尚Composure》都没涨，《霓裳Flora》凭什么涨？”

“领导，您把我抬出去，又有我受的了。”听到这里，林墨立即意识到陈丽君给她捅出来一个大娄子。

果不其然，张涛从广州回来的那个下午，林墨就被姜海叫去办公室问话：“张涛回来给我投诉，说你故意在大客户那里做低广告价格，导致《霓裳Flora》一提涨价，客户就拿《风尚Composure》说事儿。”

林墨心里冷笑，早就想好了怎么回应：“姜社，您想想真是这么回事儿吗？哪个客户会因为你涨价，它们就傻呵呵地跟着多掏钱啊？不可能我今年涨50%，客户去年投放四十页，今年二话不说按涨价50%后的价格继续投四十页。尤其是国际大客户，它们有自己的媒体投放策略部门，人家部门的职责就是争取每年用同样多的预算维持甚至超过去年同期的投放回报水准。我是可以涨价啊，以《风尚Composure》如今的市场地位，我涨个10%客户也能接受，但以宝洁那样的大公司，要么就是给我和去年一样多的钱，只是相应减少投放版面，要么就是增加《风尚Composure》的投放比例，但蛋糕就那么大，我切走一块最大的，它们就相应地对其他媒体少投些。这两种结果无论怎么看，也不会让《霓裳Flora》多从宝洁那里挣到钱啊！张涛也真够逗的，我不涨价明明就是在帮他，怎么倒来怪我挡他的财路？”

姜海沉吟了片刻，说：“我觉得也是这个理儿，但张涛非得较劲。这样吧，我组织你们两刊所有的广告人员就宝洁投放一事开个会，你到时候就按现在说的对所有人再说一遍。”

林墨轻哼一声，说：“那是自然。”

结果当姜海在两刊广告和谈会上，大致说明了他的判断和立场后，张涛阴阳怪气接了一句：“首先吧，小林，我觉得我们应该团结。”

林墨一听，火噌地一下就燃了，把桌子一拍，说：“张涛，你说谁不团结？！”

张涛此时故意拿出浙江男人畏畏缩缩、小心怕事的劲儿，轻声地问：“小林，你怎么了？我说什么了？你干吗这么凶？”

林墨心里先骂了一句“你丫跟谁装孙子呢”，再接着说：“你自己做了什么你心里清楚，说我压低价格，你敢把你签的合同一份份拿出来对吗？你背地里给客户按《风尚》的价格又打了多少折，不用我明说了吧！”

张涛笑了，说：“小林，话不能这样说的呀，你非要较真，我也不怕明说，就上个月签的宝洁合同，都在姜社那里报备着的，你后三分之一的跨页卖的是十六万，我们同样位置卖的是二十八万，这个是赖不掉的。”

听到这里，姜海想了想，说：“对啊，林墨，老张上个月确实卖了宝洁一个跨页是按二十八万卖的，你是怎么回事！”

林墨脑子乱了一下，心想怎么可能？转念间，她想到了一点线索，便对张涛说：“张总，不介意的话，能把二十八万那张单子的合同细则及备忘录给我看一下吗？我就是死也要死个明白，如果我真签得比你低那么多，我马上辞职，绝无二话！”

张涛没想到林墨反应那么快，控制不住地慌了下神，说："有什么可看的，都是咱们法务部提供的样式合同，一模一样！"

林墨不说话，转头笑嘻嘻地盯着姜海看，姜海明白了，对张涛说："你去把那合同找来，我看看。"

张涛无计可施，只得找相关销售去拿合同，片刻后，林墨拿着合同一条一条细看，合同价没错，二十八万元购买《霓裳Flora》一个跨页，最后，果然有个补充备忘录。看到这里，林墨哈哈大笑，把补充协议指给姜海看——"本合同执行金额含《霓裳Flora》主刊跨页广告费用及十万份宝洁随主刊夹带别册印制费用"。

姜海看得勃然大怒，指着张涛的鼻子就骂："你丫这是给我打工呢，还是给印刷厂打工呢！十万份别册的印刷费你不会算账呀！"

林墨把桌上的文件一收，对姜海说："姜社长，这个会我看我没必要开了，耽误不起闲工夫，我还得去上海呢。"

也不知道张涛是真臊了，还是走歪门邪道，两个星期之后，当林墨在上海拜访客户时，她发现《霓裳Flora》派来上海和客户谈年单的，只有《霓裳Flora》的主编姚丽娜一人。

某个中午，林墨约了雅泉的中国区公关总监Grace一起吃饭，站在雅泉上海总部楼下等Grace时，一个嗲嗲的声音从背后喊了一声"林墨"，林墨回头一看，不是别人，坐在露天咖啡座的正是姚丽娜，而她旁边坐着雅泉的中国区总经理史逸文。姚丽娜穿着热带印花细吊带长裙，头上别了一副太阳镜，双手抱握在胸前，挤出一条雄伟的乳沟。她哪像是带着任务而来的杂志主编，倒像是身旁法国老头在上海找的本地情妇，睡到自然醒，起床化个浓妆趁金主午休时找来逗逗闷子寻寻开心。

"来谈广告呢？"姚丽娜不由分说起身给林墨一个大大的拥抱，

又在脸颊亲了两口，一副女主人派头，让一旁的史逸文看得兴致勃勃。

林墨大方地回了礼，笑着对姚丽娜说：“你不也一样？”

姚丽娜夸张地咯咯傻笑，娇嗔道：“我哪会谈广告啊？那都是我们家张总的活儿，我就是来上海见见这些老朋友，谈谈心。”

正说着话，Grace 下来了，她客客气气地对姚丽娜及史逸文打了招呼，拉上林墨匆匆离去。等走得差不多远时，Grace 才对林墨说：“那女的没完了！”

林墨问：“怎么了？”

“她已经连续三天中午过来找我老板吃午餐喝咖啡了，你说你贴就贴吧，我们做员工的又无所谓，但这位姚小姐专挑显眼的位置坐。你也知道黄陂南路这一带，三五步路便是一家品牌公司，中午大家都是要出来吃午餐的呀，只要有认识的公关路过，姚小姐就主动打招呼，人家小姑娘搞搞破鞋躲还躲不及，这下倒好，全上海公关圈都知道她是我们法国老板的女朋友了。”

林墨笑道：“她未必就真的想傍你家老大，制造些美丽的误会就很好，起码你们集团做其他品牌的同事这下晓得是要给《霓裳Flora》一些面子的。”

Grace 说：“你这么一说我倒想起来了，前两天思奇中国的Sarah 也给我说，她老板特意嘱咐她关照一下《霓裳 Flora》，不然，姚丽娜小姐会彻底影响他的私生活。人家太太在上海，姚小姐没有办法找他谈心，但姚小姐有路子的呀，跑去找人家太太做姐妹，又去幼儿园帮人家接孩子，买菜上人家家里做饭，你说 Sarah 老板上一天班回家发现家里除了太太和孩子，还有一个摸不清路数的杂志女主编，多闹心呀。所以人家也是赶紧投点广告能打发就打发走了。”

林墨嗤鼻一笑，说：“完了，以前和张涛比嘛，我在你们各家大佬面前还算吃得开，现在出来一个姚小姐，我这已婚已育的中年妇女完全没得比呀，只能上你们家里帮忙换换煤气罐，刷刷马桶了。”

Grace 哈哈大笑，说：“现在都是用管道煤气和抽水马桶的呀，你太没诚意了！你要豁不出去，不如放你家李主编出来吧。”

“她？算了吧，她比我还矫情。”

林墨心里知道，李艺并非矫情，如果真为了《风尚 Composure》的发展，需要李艺提溜着两只乳房在客户面前转悠，她的领口只会开得比姚丽娜更低。但是，姚丽娜是张涛招来的人，再活络也是为人作嫁；李艺是风尚杂志社比林墨资格还长的元老，她肯听林墨的话，是知道整本《风尚 Composure》包括她自己的工资，全靠林墨赚钱养活。如果有一天，李艺掌握了广告的秘密，她还会甘心屈居人下吗？届时林墨面临的恐怕除了外患，还有李艺这个内忧。毕竟，她们尝试互相了解过，李艺何尝不似自己：若有机会更进一步，必会拼尽全力一搏。在职场里，不藏私心的人最后都会一败涂地，妄谈高风亮节的人往往是底气不足，不在任何人面前假扮无辜，已算是职场里高贵的姿态了。

林墨还没从上海回北京，李艺打来电话告诉她一个坏消息：《风尚 Composure》今年周年刊拍周诗雪封面的事儿黄了。

起用本土女明星拍摄周年刊封面，还是林墨在三年前的创新。那时候没有一本国际版权杂志敢擅自拍摄封面，老外们不相信中国编辑团队的审美，爱惜金字招牌爱到恨不能让每个中国编辑都取个英文名字印在版权页上。但 2001 年前后，随着华语电影在国际影坛上大放异彩，某几个中国女星顿时扬眉吐气，打入了看似遥不可及的好莱坞。当林墨看见这几个女星的专访出现在了美国本土 *Composure* 上时，她立即开始筹备自主拍摄封面一事。往外说，国际大刊批准中国版权操作封面将标志着本土时尚媒体的崛起，中国时尚圈从此走向独立审美、独立创造；论实际，自己拍封面能挣钱啊！林墨从国际大刊出版经验中学到：封面女明星一身是宝，穿的衣服能卖、抹的化妆品能卖、戴的珠宝能卖，甚至压根无法在照片上直观体现的洗发水也能卖！2001 年 9 月，《风尚 Composure》刊登出第一个由本土摄影师拍摄的本土女星封面，引起业界侧目，而林墨自己最清楚，这封面令那些谨慎的国际大客户心甘情愿地从兜里掏出了多大一笔广告费。从那以后，无论是国际的还是本土的时尚期刊纷纷自主拍起了封面，各个出版人也效仿林墨以“周年刊”“纪念刊”为噱头四处对品牌兜售封面，原先只能出现在《知音》《当代歌坛》封面上的本土女明星成了香饽饽，一到广告季就被各家杂志蜂拥而上哄抢拍封面。

周诗雪无疑是 2004 年风头最劲的话题女星。她本来只是通过模特大赛出道的小模特，在国内时尚圈一点儿声音都没有。哪料到因为长得特别有中国特色，被国外一本时尚大刊来中国拍中国特辑时选中上了封面，之后一发不可收拾，被好莱坞大导演看中，将她领到美国封闭集训半年后出演了国际大制作电影的女二号。再出来时，周诗雪已是顶着国际光环的电影明星，英文说得倍儿溜，各种电影节颁奖礼也去了不少，又加上本身就是模特出身，每次出现在版面上时，公众形象甩了国内一干混电视剧和小成本电影的女明星十条街不止。国内娱乐圈和媒体像迎接仙女下凡一般把她迎了回来，周诗雪从国外红回国内的惊人势头让一众突然被习惯性忽视的国内老牌女星恨不得自爆丑闻来夺回声势。周诗雪泼辣的香港经纪人十分爱惜羽毛，绝不轻易让周诗雪接受采访，她摁住了周诗雪之前在国内当小模特混野路子时尚圈时期的所有图文证据，将她打造成横空出世、身世成谜的超级新星，做足了神秘感。而对于她第一次在国内时尚媒体上的亮相，经纪人百般挑剔，最后选中了在全国发行量数一数二的《风尚Composure》周年特刊。

林墨此前刚把周诗雪要给《风尚Composure》拍封面的消息放出去，一众时装及美妆品牌马上抢着下单，此刻李艺突然说这事儿黄了，不禁让林墨大为光火。

“对方具体说什么原因了吗？”林墨问。

“她那边的人说觉得我们杂志和周诗雪的定位还是不太吻合，所以希望以后再合作。”李艺最近为这事儿没少失眠，托了无数关系奈何就是摆不平。

一听对方提到“定位”两字儿，林墨当即恍然大悟，对李艺说：“这肯定又是张涛在背后搅的，周诗雪电影公司的总裁是他哥们儿，再说除了他，谁会扯着我们的定位说事儿？”

林墨猜得没错，张涛没有去上海见客户，一方面是姚丽娜的乳房外交于上海大部分客户中高层而言更为灵光，另一方面正是他留在北京暗地活动，试图说服周诗雪放弃《风尚Composure》的封面，转拍《霓裳Flora》。

张涛做得很损，他让美编从网上找来一张周诗雪的照片做了一个《风尚Composure》的假封面，封面标题全是拟照《风尚Composure》选题风格编造的，全是两性关系，或者鞭挞男权之类的。压在周诗雪身上最大的一个标题是：《周诗雪：我不需要过去》。张涛把这假封面印了一张海报，带去找周诗雪电影公司的总裁黄仲钧，这些年两人一直利用各自手上的杂志和明星互利互惠，早已称兄道弟。

“大哥，这次诗雪选择首拍《风尚Composure》的封面，怕是有些不妥吧？”张涛把假海报铺在黄仲钧面前，说，“您也知道那是一本什么样的杂志。你看，这是《风尚Composure》周年刊的封面效果图，到时候满大街可全是这海报了。”

黄仲钧看了一眼，立刻明白了张涛的意图，说：“我知道你什么意思，但是吧，周诗雪的经纪人约归她自己的工作室管，我不方便直接插手。你先给我交个底儿，要她肯拍你们封面，你能给她什么？我再去找她的经纪人说。”

“诗雪若拍了《霓裳Flora》的周年刊，封面上除了‘中国新缪斯’五个大字，我不再放别的任何标题。内页给她登二十个，全是时装大片。基本上等于她的个人写真集。”

黄仲钧笑了，说：“那你就等我的好儿吧。”

相比张涛，林墨尤其不爱搞明星关系，她最受不了与明星和经纪人之间那套虚与委蛇的奉承语系，但林墨了解明星和经纪人之间的行事逻辑——所有意识形态上的分歧全可以用钱来解决；只要没白纸黑字签合同，分分钟都有商量的余地。说白了，这既是由人性，又是由明星的商品属性决定的。与其不厌其烦地夸商品有多精美，不如想办法帮忙把商品卖出去。

林墨想明白了与周诗雪合作的问题出在哪里，转身就去找了雅泉的Grace。

“你之前不是让我帮你物色个中国区代言人吗？现在有个特现成的，你赶紧去把周诗雪签了，趁她身上还没什么广告，价格还能压低点。”

“她现在那么火，我们签得下来吗？”Grace 问。

“你预算多少？”

“签一年一百五十万元。”

“你把这事儿交给我，我一百万给你搞定，顺便送你我们今年周年刊的封面。”确认了 Grace 对周诗雪有兴趣，林墨觉得整件事迎来了峰回路转柳暗花明。

接下来，林墨拨通了周诗雪经纪人的电话。对方一听是林墨打来的，早已准备好的说辞张嘴就来：“哎呀，墨姐，不好意思啦！我们都很喜欢《风尚 Composure》，但诗雪下一部戏是演初恋少女，电影公司那边觉得我们近期必须维持诗雪天真少女的形象，你们杂志的话题一向很成熟啦，我们也没办法，只好暂时割爱，等之后有机会再合作啦。”

林墨耐着性子听她喷完，才轻描淡写地说：“Amy，没有关系，我特别理解你，以后机会多的是。这次只是很遗憾，不能看到你家诗雪代言雅泉了。”

“雅泉？你是说法国雅泉？什么代言？”林墨几乎看到对方的耳朵在电话那头一下子就支棱起来了。

“是啊，国际顶级美妆品牌雅泉，他们一直想在中国寻找一个代言人，你也知道，老外很挑剔的，但他们很信任我，所以决定今年谁上了《风尚 Composure》周年刊的封面，他们就签谁。”

“你怎么之前不告诉我这个消息？”

“我最近在上海出差啊，今天和雅泉的人见面，才把这件事落实了。我说我们今年周年刊的封面是诗雪，他们当场就同意了。”

“这……那我再去争取下好了！”

没多久，黄仲钧给张涛带来了一个好消息，一个坏消息。好消息是周诗雪同意出席《霓裳Flora》一年一度的“原创中国”时尚晚宴；坏消息是，周诗雪还是要拍《风尚Composure》的封面。

拍封面那天，林墨怕再出问题，决定亲自去摄影棚盯场。周诗雪指定的摄影师见林墨来了，便打招呼说：“果然还是被你们拿下了。”

林墨逗他，问：“那您更愿意给哪家拍啊？”

摄影师大笑，说：“肯定愿意给您拍！《霓裳Flora》那女主编整个儿一神经病！她不是跟我住同一个小区嘛，阳台还对着。有一天大早上起来，也就九点来钟吧，我刚起床，拉开窗帘想透口气，我的个妈啊，我算见到活鬼了！就我家对面阳台上，一女的化了全妆，头发吹得跟索菲亚罗兰似的，穿了一件红色拖地晚礼服露背长裙，跷着一双金色高跟鞋，坐在椅子上看书。我仔细一看，不是姚大姐还能是谁！我心说姐姐是不是刚从什么劳什子晚宴high了一宿没睡刚回家，妆都不卸就继续看书学习这精神真让人感动，结果姚大姐也看见了我，只能硬聊两句。我问姐姐是不是刚从外面回来，她说：什么呀！我起床早，饭都吃过了，今天就想在家晒晒太阳看看书。我实在忍不住，就问她：您说您就在家看个书打扮成这样至于吗？她轻蔑地看了我一眼，说：这就是生活！”

林墨笑得直不起腰，还硬说：“丽娜姐说得没错啊！人这是表里如一，做那么高端的杂志，当然处处得端着！”

摄影师说：“还有一事儿呢！上次她找我给一汽车品牌拍合作软文，我一看钱给得挺多的，就接了。拍完当天品牌高层请吃饭，就我和她。她往餐厅的包间一坐，抬手就要了一瓶威士忌，咕咚咕咚自个儿先喝了半瓶，把我和领导看傻了。不过我心想，你愿意喝就喝吧，横竖跟我没关系，我吃完就走。哪料饭吃了一半，她通电了似的，一抬屁股起来，然后一屁股直接坐领导大腿上了，伏在人家肩上就嗷嗷地哭。领导吓得一动不敢动，她一边儿哭一边儿念：哥，我苦啊，也好累，你知不知道一个女人要想做点事情有多难！我一看都这阵仗了，心说那我赶紧走吧，领导看我要走，快急哭了，连指带比画求我领走她。我没办法，就上去提溜姚大姐。姚大姐可好，一把推开我，说：小田，你喝多了，先回去吧，我再和领导谈谈心。领导可不干，看她一松手，赶紧推开她，说：小田，我把姚主编交给你了，我家里还有点事儿，先走了。然后飞也似的跑了。我正发愁呢，结果领导前脚走，姚姐突然奇迹般地酒醒了，她把裙子拉了拉，说：咱也回家吧。一路上，她居然给我说：小田，你呀，要多长点眼力见儿，以后合作的机会才会多。我心想就你今晚让我看见了你倒贴不成的样，我以后也没法给你们杂志拍了。”

林墨一面听段子，一面不禁幻想：要是她或李艺也咧成这个样儿，《风尚 Composure》该发展成什么样儿呵！

2004 年 10 月的最后一个周五，《霓裳 Flora》主办的“原创中国”时尚晚宴在嘉里中心举行。城中叫得出名儿的名媛、名流、大佬、艺术家、掮客悉数到场，齐齐为这场被冠以“为中国设计喝彩”之名的大型商品交易博览会助威。周诗雪作为当晚压轴明星最受关注，张涛把她安排在第一主桌，同桌全是数一数二的房产商、煤老板及制片人，再无其他女明星。

席间张涛过来给林墨敬酒，林墨笑着对他耳语：张总，你之前撺掇周诗雪说上我们杂志跟她的清纯形象不符，你看你今晚给她安排的座位，不是更拿她当鸡用吗？

张涛把酒干了，放肆大笑一阵，亦低声说：拿她当鸡用又怎么了？你看她坐在那堆凯子中间多如鱼得水。我给她拉皮条，你还不是给她拉皮条，用代言换了封面？一样的抓耗子，有什么好攀比自个儿毛色黑白的？

张涛的话让林墨打了个冷战，她忽然意识到：张涛比她看得明白，更无耻得坦荡。自己尚有几分自圆其说的清高，在和张涛的对抗中总有几分自我感觉良好的正义感。其实她和他根本殊途同归，没有人会对她的百折不挠肃然起敬，上个月周诗雪拍了她的封面，这个月周诗雪来了他的晚宴，当事人尚且不觉得这两者有道德高下之分，更不用说在旁观者眼里，这一切都是生意罢了。

张涛走后，林墨看见主桌上的周诗雪半拉身子已经躺进旁边地产商的怀里了。地产商太太在另一桌与其他太太攀比着纸醉金迷的同时不忘趁人不注意朝自己老公打量几眼，然后脸上闪过几丝不屑与愤恨；掮客对大佬们滔滔不绝地吹捧着各个艺术家，而艺术家就跟在掮客身后，见机行事地请大佬举杯，然后一口干掉杯中售价不菲的红酒；姚丽娜如穿花蝴蝶翻飞全场，一会儿跑到明星身边姐姐妹妹地亲热叫着并合影，一会儿坐到大佬身旁拿出习惯性的祈祷式托乳坐姿专心听大佬侃侃讨论宏观调控金融房市；就连姜海也乐在其中，不停地和风投机构及商业银行负责人交换名片。

林墨干了好几杯酒，觉得有些呼吸困难，她径直穿过大堂，推开酒店的门，就这样穿着真丝长裙光着肩膀站在北京深秋凛冽的寒风里。夜并未深，嘉里中心周围却漆黑而寂静，附近全是一片片待建的工地，由于道路施工，连路灯也没全亮。唯独嘉里中心灯火通明，觥筹之声不绝于耳，像一艘航行在大海中的豪华游轮，由于不知道何时靠岸，船上的人全流露出一种“豁出去了”的末世狂欢表情。

她突然一阵恶心，蹲在路边吐了出来。

时尚大地震动了

VOGUE 来了。

看着矗立在上海最贵商业地段的一幅幅巨型立体杂志广告，路人倒不觉得有什么，出入于附近写字楼里形形色色的广告销售却会不寒而栗，感觉到时尚大地恐怕真的要震动了。

对此感受最强烈的是刘长波，前两年他拿着自己的《优姿Grace》去谈广告，虽然客户也不怎么待见，可国内时尚杂志统共就没几本，《优姿 Grace》好赖还能在报刊亭里见着，只要手头还有预算的品牌，也愿意零零散散地投给刘长波一些。但 2005 年 3 月新一轮广告开季后，刘长波从客户那里得到的回答全是：今年甚至明年都没预算了，总部要求预留给 *VOGUE*。

刘长波沮丧得无以复加，他想安慰自己或许所有杂志全遭到了 *VOGUE* 的冲击，于是打电话问林墨：“你们杂志被客户削减投放了吗？”

林墨一时不知道刘长波是什么意思，直接回他：“没有啊。怎么了？”

刘长波面子上挂不住，又已然这样了，只好说：“*VOGUE* 中国版要创刊了，好多客户把预算的大头留着投它。我们被挤出了名单。”

林墨叹了口气，说：“确实是这样，我听客户说，*VOGUE* 还在筹备期就同时在谈广告，对很多客户要求投放重点位置不是投一年，而是三年甚至更多，其他杂志肯定要受影响。”

“《风尚 Composure》不是没受影响吗？”

“刘总，你还是抓紧去谈个版权合作吧。”林墨掏心掏肺地对刘长波说。

这是可以预见的事：没有版权合作的本土杂志，注定会被一本本来势汹涌的国际大刊无情挤对。来中国淘金的国际品牌越多，它们越需要一个来自同一世界的媒体为它们开路。国际大刊就好像装饰着善意与慈悲漂洋过海的传教士，在未开化的土地上建起教堂，用先进而强势的教化本领，让四方山野里的土著先接受，再相信，最后虔诚地用当地语言赞美异国的主、歌颂异国的神。本土杂志做得再令本地读者喜闻乐见，甚至暗暗模仿了国际大刊的一切传教手法，亦不过是太平天国农民运动，无论闹得多么轰轰烈烈，洋人始终会担心自己的教义被土生土长的乡党传得走了样。

林墨完全不焦虑，即使 *VOGUE* 进场后以唯我独尊的架势分走了半壁江山，《风尚 Composure》也将是切走另一半蛋糕的霸主，绝不会坐以待毙被清洗出局。杂志本身各项指标好看是一方面，出版人是否游刃有余更为关键。在这点上，林墨达到了所有广告销售梦寐以求的状态——和每一家广告公司及每一个品牌总部里每一位负责广告投放的关键人物都建立了带有私交的合作关系。在这可丁可卯的广告圈，让客户下一张单，有的人需要长达五十页的幻灯片介绍以及半年不间断地追问说服，有的人只需要一顿饭的工夫或者几句玩笑话就能搞定。林墨是后者，尤其作为一个女性销售，有几分姿色，性格直爽不矫情，又能一直保持在成功的状态，那她一定会有极好的人缘。所以，绝大部分4A公司的男性总监，很认林墨这个妹妹，关系铁到林墨说怎么投他们就怎么投。

“咱们今年的9月刊可能会厚达六百页，”在《风尚Composure》的中层会上，林墨骄傲地宣布，“目前确定的广告已经将近三百页了。”

林墨的话立即引发一片掌声，六百页，不但是别的杂志暂时无法企及的厚度，更是《风尚Composure》当下所处的高度。这厚度加到销售手上，会让他们手里的砝码更重，不必自轻自贱，还可大胆掂掂一些客户的分量；这高度垫到编辑脚下，则令她们把头抬得更高，在面对公关、同行以及被采访对象时，可以自豪地说：我是《风尚Composure》的；这厚度加到发行手上，意味着不费毫毛的胜利，在书摊上既然同样卖二十元，读者当然会选看起来更厚的那本；这高度垫到林墨脚下，仿佛她又登上了一座更高的山，往回望，有人正从低矮的山头气喘吁吁地往她的方向攀爬，向前看，大好的良辰美景为我独享，因为此刻已经站到了相对最高。

开完会，行政于小娟对林墨说，Meade总部派了一个管理实习生来《风尚Composure》和你一起工作半年，姜海让我给你带话，对人家好点儿。林墨大笑，说：看样子美国人尝到了版权输出的甜头，这次派了自己人过来搞市场调研，说不定以后Meade把我们踹了，中美合资改美国独资，你说我能对那人好吗？

于小娟一阵笑，刚要走，又被林墨叫住，问：“中国人还是外国人？”

“看样子是个ABC，也就三十岁出头，中文说得不错。挺帅呢！你赶紧去见见吧。”

林墨走回自己的办公室，那男子已经坐在里面了。她没有立即进去，在门外观察了一下：他留着利落的短发，用发胶抹得一丝不苟，侧面轮廓显得深邃挺拔，穿一身深灰色三粒纽扣剪裁合体的西装，不是Giorgio Armani就是Armani Collezioni。人却大大咧咧地坐在会客椅里翻看最新一期《风尚Composure》，丝毫没察觉隔着一道玻璃门有人在打量他——这是年轻男子特有的自负。

林墨重重地推开门，男子放下杂志，并没有立即起身，抬眼向她望来，他星一样明亮的眼睛里没有被突然惊扰产生的慌乱，那目光炽热如炬，带着几丝挑衅般的放肆，就这么注视着林墨，仿佛一切尽在掌握。然后，他露出了一个微笑。

“砰”一下，林墨意识到自己被什么击中了，一瞬间她就确认了那感觉：是喜欢，是迷乱，是戏剧式的一见钟情，是冥冥中的朝思暮想，是身体僵滞、思绪飞快地奔到了未来，是笃定荒唐、心花又一树一树地怒放。书本里、银幕上的爱，总是有因有果有场景，剧情千回百转、惊心动魄是为了对观众解释：人为什么会爱上；现实世界里，爱是电光石火的瞬间情绪，是突如其来的身体本能，因为对方的一个眼神、一个动作，自己心里的盒子像被输入了正确密码般打开了，释放出无穷无尽的欢愉。爱上，其实从来不需要理由，它是欲望替理智做的一个决定。决定本身不难，难的是，如何让对方同样爱上。

林墨忘了当时和他说了什么话，被他问了什么问题。在毫无准备地被击中后，她眼睛一直在他身上游移，试图找到一些论据来解释，怎么就对他有那么强烈的好感？是因为他长得像她喜欢的男明星或是他讲中文时有些生硬又沙哑低沉的腔调？还是他身上盲目又坦荡的自信激发了她的征服欲？她只记得当她告诉他随时可以开始工作时，男子说，不行，他需要休息一周再来上班。她愠怒，问为什么。他答，要倒时差，还要去买几身像样的衣服，既然要一起工作半年，至少要努力不让林小姐每天看他看得心烦。他的打趣不仅让林墨笑了，亦让她的心软了——这男子很骄傲，可他也想被她认可。

男子走后，林墨拿起桌上的名片，轻轻读出他的名字：Darren Ko，孔铭。孔孟的孔，铭记的铭，一笔一画，再不会忘。

孔铭开始在《风尚Composure》办公，林墨让他坐在靠近她办公室的工位，有不懂的可以问她。孔铭也真不客气，随时就推开林墨办公室的门走进来说：这个我不太明白，你给我讲讲——林墨当然有无穷的温柔和耐心给他，从如何填一张报销单到怎么催促客户回款，她一字一句细细解释给孔铭听。有时候讲完一遍，她看孔铭没什么反应，又想再讲一遍，结果孔铭转身要推门出去，林墨会连忙追问他：你听懂了吗？！孔铭始终是那副懒洋洋的表情，回她：懂了啊——多一个字儿也不肯说的。

“臭小子！”林墨每每在心里对孔铭爆出这三个字时，她没有意识到自己也成了某一个女孩。

这天，张涛突然来找林墨，对她说：“小林，有一件事我们俩必须团结一下。”

林墨满脸不耐烦，回他：“张总，又跟我来这套？我忙着呢，要扎针直接去找姜社。”

张涛尴尬笑道：“是正经事，和你商量商量，我听说雅诗兰黛

投 *VOGUE*，是按八十万一个跨页签的。雅诗兰黛跟咱们两刊签，还是按四年前姜社和她们谈的十万一跨页的基数在走，就说咱每年对她们涨 20%吧，现在一个跨页也才二十万不到，我们得一起施施压，现在印刷成本那么高，二十万接单，杂志稍微多印一万本就没的挣了。”

“给 *VOGUE* 八十万一跨页？你听谁说的？”林墨问。

“广告公司一朋友给我看了雅诗兰黛的媒体计划表，绝对靠谱！”

林墨根本不信任张涛，追问他：“不会我前脚去对雅诗兰黛提价，转身你就给他们打折吧？”

“嘿！瞧你说的，一会儿我把和雅诗兰黛 Maggie 的邮件往来抄送给你，*VOGUE* 现在要来，肯定得先对外。”

“行吧，我下周去上海出差，探探虚实也好。”

林墨坐在办公室里，内心掠过一阵阵冲动，最终她没按捺住，走到孔铭的工位前，敲了敲桌子对他说：“下周你和我一起去趟上海，让你见习一下我们如何拜访客户。”

没想到雅诗兰黛的 Maggie 毫不避讳地向林墨承认了对 *VOGUE* 的倾斜——“那是 *VOGUE*，我能有什么办法？”

“你总说我强势，你是没有见过 *VOGUE* 的销售，比我强势多了。她们基本上是直截了当地通知我，*VOGUE* 中国版美容第一跨页的位置就是给雅诗兰黛留的，掏钱吧。”Maggie 和林墨合作了四年，彼此当作朋友，她才敢把实话告诉林墨，“贵集团两刊的版权 title 也很有背景，可说白了是版权合作，各做各的。*VOGUE* 中国版是 *VOGUE* 的嫡系，是 *VOGUE* 所在集团的海外分公司，总部直接管理 *VOGUE* 中国版的运营。你要知道，在美国，*VOGUE* 的老板和我的老板天天一起打高尔夫的，我要是拒绝按她们开出的条件投放，马上我会收到美国大老板发的邮件：*VOGUE* 已到中国了，为什么不投放？”

林墨安排孔铭坐在门外旁听，自己坐在 Maggie 身旁，一言不发，等她讲完了，才叹口气，说：“领导，你说的我懂，但我们两家价格这么悬殊，心里真的很委屈。”

“林墨，你别说了。单价我无论如何也不可能给你涨上去，看在朋友的分上，我可以适当增加对《风尚 Composure》的投放总量。”Maggie 恢复了平常的强势，在商场就是这样，办不到的事，不如硬心硬面，彻底断了对方的念想，免得反复搪塞拖成了人情债。“我们今年主推一款香水，想在 9 月刊上做附带试香条的异型硬广，这个费用会比一般跨页广告高，我给你做吧。”

“谢谢领导。”

“但是，9 月刊我们必须是美容第一跨页，我不管你之前和什么品牌签好了，想拿这单异型香水硬广，你就把位置留出来。”

走出雅诗兰黛办公楼，林墨对孔铭说：“刚才你都听见了，知道一线大刊和顶级品牌在中国有多强势了吧？拿北京话说，牛掰！”

孔铭笑笑，说：“你也没白来，你也牛掰。”

林墨乐了，心里喜滋滋的，继续斗嘴：“小伙子，还不学着点儿？”

第二天在兰蔻，李安东竟提了一个同样的需求：“林小姐，9 月开季兰蔻会主推一款香水，这是我们全年计划的重点，我考虑在你们 9 月刊上做试香条异型硬广，所以第一跨页留给我们没问题吧？”

听到这里，林墨回头看了一眼坐在墙角的孔铭，他果如她预料一般神情茫然，她笑了笑，转过身来，镇定自若地回答李安东：“当然没有问题，李总。”

从兰蔻出来，孔铭跟在林墨后面，一直无话。林墨说：“真忍得住啊？什么也不问。”

孔铭憨憨一笑，说：“这不等您指教吗？”

“会斗嘴了？我累了，晚上吃饭时再教你吧。”

晚上和孔铭这顿饭，是林墨一早策划好的。她一年往返京沪无数次，从没有认认真真在上海吃过一顿饭。陪客户时，一切听客户安排；独自一人时，住的酒店附近有什么小馆子她就吃什么，她能准确说出每个品牌在上海的详细办公地点，却连南翔馒头店在哪里都不知道。为着今晚这顿饭，她来上海前特意打电话问了雅泉的Grace，让她推荐氛围对的餐厅。

“跟什么人吃？”为了推荐得更准确，Grace问得十分详细。

林墨下意识撒了个谎：“一个重要的男性客户，特别讲究。”

“那就新开的外滩三号Jean Georges吧，法国餐厅，绝对有面子！”

走进外滩三号Jean Georges富丽堂皇、奢华浪漫的大厅，林墨肠子都悔青了：这餐厅隆重得根本不可能是吃便饭的地方，她谨慎掩藏着的一点居心被明晃晃的水晶杯映衬得昭然若揭，若隐若现的小提琴声仿佛在对孔铭吹奏：瞧，这女人喜欢你！这一切令她害羞得不敢同孔铭多说一句话。

还好孔铭对所谓情调之类像是视而不见，四百元一盘的鹅肝端上来，他一口吃了，两千元一瓶的红酒倒进杯中，他自己先喝了，饭吃到一半，他问林墨：“好了，您说说打算如何协调两家香水广告撞车的事？”

见他把话题扯到工作上，林墨松了一口气，反问他：“你喜欢你的工作吗？”

“我？其实算误打误撞，我商学院毕业时有两个offer，要么Meade传媒，要么投资银行，我感觉传媒公司相对轻松些。”孔铭连稍微包装一下理想与追求的客套亦懒得做，“刚进Meade做市场研究时，我很不习惯，天天数不清的表格图表从全球各地传来，眼睛都快瞎了。不过这次来中国，跟着您出差，我又发现做广告销售可能更有趣。”

“你是一个很容易就放弃的人吗？”林墨皱了皱眉。

“我这个人没什么野心，只求自在。”

“那我给你说说我为什么喜欢做广告吧，”林墨喝了一口酒，缓缓说，“我喜欢签单的过程，结果倒在其次。做销售让我的思维一直保持活跃，能把对手研究透，知道他一抬手要走哪步棋，非常有成就感。我也追求自在，最开始我决定来《风尚》，就是想换个自在些的工作，我以为在这种杂志上班能经常出国。后来成了销售，一做做到现在，我最大的感受是：遇到任何问题都能解决，才是真正的自在。就像这次两个大客户抢广告位，本来特别棘手，但我竟然想到了办法，不光可以安抚两方，还会带来更多的收益，所以此刻我内心特别自在，舒舒服服喝点小酒，没有一点压力。”

孔铭听完林墨这一番话，似有感悟，他举起酒杯敬她，说：“You are right！”

吃完饭，两人沿着外滩散步，林墨惊觉：上海竟是一个如此适合相恋的城市。梅雨季节的闷热，被黄浦江上徐徐吹来的夜风消解。可即使是透着雨气的湿热，也并不令人烦躁，恰似暧昧中的情绪，黏黏的挥之不去，不知道什么时候才能憋出一场好雨下个透亮。对岸的陆家嘴流光溢彩，像那首歌里唱的：告别白昼的灰，夜色轻轻包围，这城市隐约有种堕落的美。

如果他能牵我的手就好了——林墨心想，或许可以慢慢走到外白渡桥，站在桥头看看月亮，像张爱玲小说写的那样；如果他能牵我的手就好了——他的手看起来很厚实，可能经常打篮球，掌心磨出了茧，牵在一起，一定有一些微微刺痒；如果他能牵我的手就好了——林墨忆起上一次牵手，还是在大学里，她和一个男生上完自习，沿着校园林荫道往宿舍走，男生的手几次不经意地碰到她的手，她没有躲开，最后让他牵到；如果他能牵我的手就好了——林墨一面走路，一面埋着头极力克制住笑意：我怎么会有这么幼稚的想法？

孔铭走着走着，突然问："林小姐，你结婚了吗？"

仿佛躲在夜色里的人，毫无准备地被雪亮的手电筒照穿，林墨刹那间觉得自己无地自容，她反问："你怎么想起问这个？"

"看你工作起来非常专注，于是很好奇，你是不是还能同时照顾好家庭？"

"我早结婚了。"林墨停下脚步，收拾起情绪，说，"你这一问倒提醒我得赶紧回酒店给我儿子打电话。"说完她拦下一辆车，头也不回地先走了。坐在出租车后座，林墨暗骂自己：哪来的自信跟人谈自在？眼下这自找的尴尬，既不可能逃避，更绝不可动念头找办法解决。哪怕只是想一想"两全"这个字眼，也应该扇自己一耳光：你对得起谁啊！从这一刻起，林墨清楚，她将有一段时间完全不能自在。

林墨改签了机票，错开与孔铭的班机。到了机场，她才发短信告诉他：有急事先走，各回各的。一到北京，也不等孔铭，林墨立即召开了全体销售大会，按新思路再次部署了 9 月刊销售计划。之后她和一众骨干销售如飞鸟投林，在 9 月刊关书之前，做最后一搏。

2005年秋季，媒体圈有两个最津津乐道的话题：一个是*VOGUE*中国版终于揭开神秘面纱，于9月正式创刊发行，它的上市派对也成为城中佳话，财大气粗，让人目眩神迷，令国内其余时尚杂志不得不气短；另一个是《风尚Composure》2005年的9月刊开创性地拆分成了两本，不分主次，每本四百页，其中广告合计超过四百五十页，一本翻开是雅诗兰黛香水的味道，另一本翻开是兰蔻香水的味道，其余时常抢夺同一广告位置有你没我的直接竞争品牌第一次各得其所地同时出现在两本刊同样的位置。有专业机构统计，《风尚Composure》9月双刊的广告收入逾三千五百万元，已然超过许多杂志一整年的广告收入。

9月双刊上市后，林墨和孔铭的关系离奇地颠倒换位了。林墨在自己办公室里，会感应到孔铭在他的工位上怔怔往她这里望，如果不小心对视上，她选择面无表情；林墨中午时常忙得错过食堂的饭点儿，孔铭发现后，从此午餐他吃什么便打包一盒同样的带给林墨。孔铭不说话，每次敲了门放下盒饭又默默出去。林墨不拒绝、不享用，太决绝和太客气都带着放不下的情绪，划清界限，唯有冷漠无视。

就当他对我是钦佩或崇拜吧，真的别多想——林墨坚持这般提醒自己。

转眼到了年底，《风尚Composure》编辑部一派喜气洋洋，2005年是大丰收的一年，而年底总算可以瓜分这胜利的果实了。

李艺在电梯里碰见张涛，冷冷点了个头。张涛好几次搅黄了《风尚Composure》的明星封面拍摄，李艺次次都记着呢。

张涛倒格外热情，笑呵呵地问："小艺，最近忙着到处看房呢吧？"

“你什么意思？”

“今年你们刊不是广告特好吗？听说过两亿了，这年底一提成，还不够你全款买套房？”

李艺彻底没了好气，说：“广告好跟我有什么关系？又没有一单是我签的！”

张涛故作惊讶，问：“不会吧？林墨还不肯让你碰广告？那当我什么都没说，不过还是恭喜你的刊了。”张涛这次没有说“你们刊”，他清清楚楚对李艺说的是“你的刊”。

坐在办公室里，李艺甚是恼怒，自己至今仍租房住的事实居然连张涛也知道！她并不少挣，每月两万的工资，加上年底十五万左右的奖金，一年小四十万。稍微攒几年，买个房不算难事。之前连沈玫都攒够钱买房了，问她怎么还不买，李艺随手指了指桌上的皮包、腕上的手镯、身上的衣裳：喏，我的钱全在这儿。沈玫替她着急，说：你买这些东西有什么用？少买几个包，首付全有了。李艺讽刺地苦笑了几声，说：你成天躲着不见人，自然是用不上这些没用的。《风尚Composure》现在说起来也是一线大刊，给咱们投广告的奢侈品牌又热衷三天两头办派对搞晚宴，请了我，我难道跟十年前一样，穿着红英阿尤声雨竹代表《风尚Composure》出席？我身上要没一两件客户卖的东西，别人怎么想？最会吆喝猪肉好吃的人根本没吃过猪肉！稍微说句大点儿的话，我虽然从《风尚Composure》领工资，最后这些钱还不是又倒贴给《风尚Composure》长脸？当主编，跟白干似的。

这理由搪塞旁人还凑合，搪塞不了自己。李艺心里明白，有一个最不能说的秘密才是真正的痛脚——她挣的钱，只有一小部分买了奢侈品，最大的开销，是养了一个不成器的男人。全风尚集团大概只有林墨知道李艺有男友，但也仅限于知道。几年前她和林墨有过一次掏心掏肺，酒喝到位她主动抖搂出来，她交往了一个有家庭的男人，再没多说。李艺要面子，她愿意让人看见的，全是她拥有的最漂亮的东西，不漂亮的那些，她藏得很深，绝不让人白白看去做笑话。所以，关于这个男人，她心里再苦，也不敢对人抱怨：他除了长一副英俊迷人的面孔，根本是一个窝囊废！她和他是大学同学，学生时代有过暧昧，毕业时，李艺凭自己的本事分到纺织工会成了姜海的下属。那男人为了留京，匆匆娶了同校一个稍有背景的北京女孩，混进了岳父领导的某国企。九年前的一次同学会，李艺和他重逢，在一票已然脑满肠肥的男同学中间，他难得依然英俊青涩不减，怯怯地对李艺说：知道你来，我才来的。李艺开始同他偷情，并与他达成一种微妙的默契：李艺的心思大部分在《风尚》杂志，她想做主编，没事儿也愿意在办公室待着，正需要一个不用天天见面，更不用筹谋与他何时结婚何时生孩子，只是用来解决生理问题打发偶尔的无聊，看着又还赏心悦目的兼职男友。两人一勾搭上就再没断过，反正相安无事。可天底下没有一个女人真傻，除非她愿意装。2003 年，在李艺与这个男人偷情七年后，男人的妻子再也忍受不了他种种莫须有的出差，不但跟他离了婚，还让父亲把他做进了下岗分流的名单。这个被净身出户的男人无处可去，只好敲开李艺的门说：我跟她离了，当然工作也只能辞了，我爱的是你，我想跟你好好过。李艺一度信以为真，直到这男人在她家住了一年也没有振作起来重新找工作的迹象，她才反省：原来她也要为这段关系付出代价。在外人眼里，现年三十七岁仍不结婚的李艺一定自视甚高、风流成性，借着《风尚 Composure》的广阔平台在成功男士圈儿里玩得乐不思蜀，实际上，家里的男人现在亦催着李艺跟他结婚。她心如死灰又没有勇气在三十七岁时止损，于是回答他：你不用怕，我跑不了。

李艺越想越气，把张涛刚才说的话反复咀嚼，突然就嚼出了新味道——是林墨把一切好处全占了！她以前羡慕林墨住大房子，开小轿车，但也知道没辙，人家老公有本事有钱。现在听张涛话里那意思，《风尚Composure》一年卖出两个亿的广告，林墨拿的不是奖金，是按比例提成！那会是多少？一百万、两百万、五百万甚至一千万？况且，连马建红那样的跟班最近也在办公室嚷着要在凤凰城买房子，那可是八千一平方米的小区！她年终提成肯定也比十五万年终奖金多得多吧？可凭什么？！林墨再会卖广告，有本事她做一本只有广告的杂志！《风尚Composure》受认可，还不是因为内容做得好？自己吭哧吭哧把杂志做好看了，被她拿去卖了大价钱，回头只拔根汗毛儿打发我，她倒闷声发大财，我李艺这些年真是蠢得可以！

还在想着，广告流程编辑正好来编辑部找她，说："墨姐让我给您打声招呼，年底各家客户新品及活动资讯特多，1月刊需要您额外给广告部留出四页来。"

李艺马上气儿不打一处来，说："1月刊内容做满了！没空白页，你们自己想办法！"

流程编辑傻了眼，李艺不配合广告部的需求，这是第一次。她呆呆站在原地，不敢问李艺为什么，也不知道怎么回林墨的话。

"有问题，让林墨来找我。"

不一会儿，林墨远远儿地就赔着笑走过来，问："艺姐，怎么了？"

"林墨，你以后少找我要内容版面登广告，你这么弄，这杂志还有法儿看吗！”

“这不是年底需要回馈咱们的广告客户嘛，不会期期如此。”

“什么咱们的，是你的广告客户。”

“您这话忒逗，我的广告客户就是咱们《风尚 Composure》的广告客户，是杂志回馈他们，不是我回馈他们。”

“我不懂广告，你别跟我掰扯这个。”

林墨总算听出点儿端倪，说：“艺姐，您想要什么不妨直接说，要觉得跟我说没用，您还可以去找姜社说。”

“说就说！你等着。”

两天后，姜海、林墨、李艺三人的协调会议定在了晚上九点开，恐怕姜海也担心场面失控，互相拍起桌子来，被其他员工听见不好。

“姜社，我没别的要求，就是希望亲自参与《风尚 Composure》的经营。”李艺上来就开门见山，毫不掩饰。

“你是在和我共同经营啊，我负责广告，你负责内容，这不很明确吗？”林墨不急于表明立场，先表明和平共处的态度。

“林墨，我跟姜社说话呢，你少插嘴！再说你有意思吗？还想糊弄我！我只埋头做内容那是经营吗？我就是一车间女工，做好产品让你去卖！”

“小艺，你是什么意思？”姜海也装傻，明知故问。

“姜社，人家《霓裳》那边，张涛是出版人，姚丽娜是执行主编，明确的上下级关系，张涛还放权让姚丽娜去接触客户经营广告。我们这边，林墨是广告总经理，我是主编，级别上我们俩是完全平级的吧？为什么《风尚》的广告和市场全让林墨一人儿把着？”

“李艺，是因为钱吗？”林墨打开天窗，把话说亮。

“是又怎样？《风尚》能做到今天，我可以毫不客气地说，是因为内容好！我完全有权利参与管理杂志的经济大权，并从中获得恰当的回报。”

“小艺，我承认《风尚 Composure》的内容做得很好，但广告不是你想的那么简单，林墨的销售技巧是连张涛也甘拜下风的，正是因为你擅长内容，林墨擅长广告，配合在一起，才有今天的成绩。”

“姜社，销售技巧什么的我也可以学，我今天只是希望被承认我有这个权利。”

“小艺，现在正是《风尚 Composure》的飞速成长期，市场竞争越来越激烈，我们好不容易脱颖而出了，你现在如果放一大半精力做广告，内容谁管？”

“内容这块儿我已经很熟了，做广告也不耽误我继续做内容。”

“哈，你别逗了！你看我一个月有几天能在北京？”林墨忍不住打断李艺，“到时候编辑部没人管选题审稿子，你跑去客户面前跟我抢单子，《风尚 Composure》里里外外乱成一团，你觉得谁会从中受益？”

这话立竿见影地让李艺闭上了嘴，她是得想想确实有皮之不存毛将焉附的可能。

“小艺，你的心情我理解。这样吧，《风尚 Composure》的市场活动这一块以后划到编辑部，这也是能直接接触客户实现创收的版块。你先练练手，做得好，我们再来谈广告经营权的问题。”

“姜社，我没意见。”林墨立即表态，希望赶紧结束会议。

“那我也没意见。”李艺总算肯消停了。

开完会，已是晚上十一点多，李艺从姜海办公室出来直接回家了，林墨去广告部收拾东西，发现孔铭还在办公室坐着。

林墨很意外，问：“你怎么还没走？”

“我看你办公室的灯亮着，包也还在桌上，就等等你。”

“等我干什么？”

“不干什么。”孔铭被问得脸都红了。

林墨刹那间知道自己必须做一个决定，要么是贪心，要么是良心。她短短一个停顿之后，对孔铭说：“你知道我结婚了吧？”

“知道。”

“那你为什么还要这么做？”

“我也不知道。”

“请你以后停止做无意义的事，把精力放在工作上，如果你想赢得我的尊重，成长是唯一的途径。”

林墨说完，拎着包飞奔了出去，走楼梯一口气下到地库，坐进车里，伏在方向盘上开始大口喘气，用了二十分钟才平静下来。开车回到家里，偌大的房子照样空无一人，高国强不知去了哪里，儿子还在父母家没接回来。林墨很饿，打开冰箱，发现所有食物饮料瓜果蔬菜被保洁阿姨清扫一空——又一次全都过期了。她翻箱倒柜，想找出一袋儿方便面，或者哪怕一包榨菜也行，橱柜也是空的。家里只有矿泉水，林墨拿出一只大号玻璃杯，开始一杯接一杯地喝白水，喝到第五杯时，她再也忍不住，就地坐在厨房冰冷的大理石地板上，抱住膝盖号啕大哭。

那一刻，她觉得自己其实一无所有。

最好的时代，最难的战役

林墨突然不知自己身在何处。

四下里灯火辉煌、人声鼎沸，却像一帧被按了快进的画面，饶是流光飞舞、莺莺燕燕，看在眼里，听在耳畔，不过是几丛无迹可循的光斑，一片模糊难辨的杂言。

在这失焦的世界里，只有一张面孔清晰生动，似一轮悬在云雾中的皓月，皎洁而清冷，明朗而凛冽。照在山林，便是松涛阵阵隐泉潺潺；照在大海，便是波光粼粼白浪滔滔；照在城市，便是夜色融融心念幽幽。可林墨不敢看，一个长久埋头赶路的人，猛一仰望，看见如此美好又真实的存在，必定会呆呆的失了魂，然后再不知去向。

但那面孔主动向林墨望来，带着盈盈笑意、谦谦风度，说：我敬你一杯。

林墨这才回过神，意识到自己是在《风尚Composure》的年终庆功宴上，人人热情高涨异常投入，恰好忽略了她的若有所失。端着酒杯走过来的，是孔铭，他自己先一饮而尽，对林墨说：“祝贺《风尚 Composure》2005 年度广告额突破两亿元，您让 Meade 总部都震惊了。”

林墨起身，礼貌地笑了笑，说：“还有进步空间。”

孔铭见林墨喝掉了杯中酒，微微贴近一些，轻声耳语：“我累了，先走了。您继续庆祝。”说罢，他放下酒杯，大步流星地走出宴会厅。

林墨很想追出去，从后面叫住他，说“我和你一起走”，哪怕陪他走出饭店后各自打车离去，他亦会了解她一直想做的选择。只是她办不到，孔铭的出现，让她体察到生命里潜伏着一种难以忽视的需要，找到时机便丧心病狂地发作，这同时又让她幡然顿悟：有能力，也未必当占有。贪婪，比孤独更可耻。在斩钉截铁拒绝了孔铭的示好后，林墨甚至不敢唤他的英文名字——Darren，一个包含着微笑音节的美妙单词，很容易就把她的心事从不自觉上扬的嘴角里泄露出去，令他发现：她的云淡风轻乃至不屑一顾，都是装的。如同这一刻，她必须转过头来，假装立即投入身边的七嘴八舌中——

李艺说：“山水文园又有新盘要开了，过完年倒是可以去看一看，获过国际大奖的小区，贵得有道理。”

马建红斜睨了一眼，说：“果然不是北京人，有那钱，我宁愿去棕榈泉买套二手房，谁会住南城去？”

“倒不必只盯着棕榈泉，红领巾公园那边新开了一处楼盘，叫观湖国际，环境没的说，上风上水。”另一个女编辑把话接了过去。

“开盘价都一万多的房子谁敢买？一点涨头都没有了。”沈玫吃惊于这些人的口气。

李艺嗤之以鼻，说：“十年前，八千块一个的包你摸都不敢摸，现在你不也有三五个了？何况是房子，早买早享受，不贬值的。”

众人聊一阵，又吃一阵，各自沉浸在“我会更好”或“我比你好”的欣喜中。

“太没劲了。”林墨心想，她忘了自己也曾靠着这两种欣喜披荆斩棘、继往开来，到最后仿佛修成正果长生不老弃世登仙，才发现寂寞如此深重。

2006年春节长假之后，整个风尚集团最快进入工作状态的是姜海。他拿着最新一期《VOGUE服饰与美容》走进林墨办公室，说：“*VOGUE*又随刊送东西了！”

林墨接过杂志，拆开包装袋，拿出附赠的小礼盒。这是一方极其精致的首饰盒，磨砂面的外壳铺满了淡雅的嫩粉色，只有简单一个“VOGUE”字样。打开盒子，里面垫了一层同色绒面里衬，在那布垫之上，是一条蕾丝系带的串珠项链。虽然只是几粒塑料珍珠、一枚镀铬吊坠，按经验，即便在义乌批发，这项链也不会低于三十元一条。再一看杂志主刊，将近五百页，全采用九十克以上的铜版纸，印一本成本直接超过二十元。一本杂志加一条项链，售价二十元，杂志社批发给发行渠道，最多卖十二元。就是说，每卖出一本《VOGUE服饰与美容》，杂志至少净赔四十元，若保守估计一期发行五万册，*VOGUE*所在集团须拿出两百万元倒贴——还仅仅是印刷费用一项。这手笔，令《风尚Composure》这种单期广告收入轻松破千万级别的杂志，照样倒吸一口凉气。

“咱们有什么办法吗？”姜海问。

“能有什么办法？”林墨苦笑一声，“您没听说？*VOGUE*第一年的市场推广费用是九千九百万元！期期杂志随刊送礼算什么，人家用 *VOGUE* 的大海报把咱们办公楼的外墙整个儿包起来，咱也只能一点脾气没有！”

“要这么弄，他们的发行量得冲得多快啊！”

“我觉得这个您倒不必担心，满大街坐车打卡上下班的寻常女人，个个儿谈恋爱，未必个个儿穿名牌。咱杂志这么多年也没随刊送过什么东西，现在依然卖得最好。”林墨随手翻了翻杂志，又说，“*VOGUE* 是刚进中国，想迅速打开知名度，追求大发行量，绝不是它的长期目标。我们跟 *VOGUE* 的竞争，始终在广告客户那里。”

“那今年你有什么想法，毕竟去年两个亿，让你再增长 20% 都不太现实。”

林墨从抽屉里拿出几本外刊，递给姜海：“这是小孔从美国带来的女性杂志，您看看。”

姜海没反应过来，问：“小孔是谁？”

“就是 Meade 派到我这里来的管理实习生……”

“咳！你之前不一直叫他 Darren 吗？”

林墨跟没听见一样，低头速速翻看杂志。姜海愣了一愣，似乎明白了什么：几年前他对林墨有过几丝同甘共苦的情愫，之后转念、默忍、保持距离，一阵尴尬期后，从此相安无事。如今她既已对那男子主动拾出了客气，自是不必劝慰她了。

姜海看了看几本外刊，全是知名畅销的国际女性杂志，但开本比正常尺寸杂志小一半，像一本口袋书：“所以你今年打算出小开本的《风尚 Composure》？”

林墨点点头，答：“没错，国内现在没有一本时尚杂志出这种小尺寸便携本，大家都是同样大小卖二十元一本。我打算每个月在部分渠道，比如大学校园，发一批小开本杂志，只卖十元，内容一样，价钱便宜了，好带易读，比送赠品更能争取随机读者。更重要的是，小开本售价能冲抵自身的印制成本。”

“对客户呢？”

“买一赠一，买主刊广告，免费赠送小开本相同位置广告。”

“那干吗不干脆把杂志全改成十元小开本？”

“不成，”林墨一面说一面想，姜海真是许久不接触客户，说这话太外行，“所有客户全希望自己的广告页和产品信息放得越大越好，平日里给他们发四分之一页的内容都嫌版面小，那四分之一的东西再往这小开本上一放，更没了广告价值。发行小开本只能作为广告增值回报，直接办小开本杂志，咱们和《希望》《花溪》还有区别吗？”

“《风尚Composure》幸亏有你。”姜海由衷地感叹。

和姜海谈完，林墨去了趟卫生间，没想到听到李艺手下的两个女编辑私下里埋怨。

一个说：“刚主编把我叫去她的办公室，我以为她要给我发上半年的绩效奖金，结果她从桌子底下拿出一个玖熙的包给我，说我上半年有几期稿子做得不错，那包算她私下奖励我的，还让我千万别给同事说，我当时真想当着她的面儿给她翻一个大白眼——帮帮忙好吗？她就算看不出我身上穿的是CELINE、MIU MIU，我每天进进出出背的那么多个CHANEL包她总能认出来吧？把玖熙公关送给她的媒体礼物再转送给我，真不知道她是不懂行情地夸我呢，还是婉转地骂我做出那样稿子的编辑就配拎玖熙呀？”

另一个嘻嘻笑了一阵，接着话茬说：“你这算什么，所有旅游局的活动请到我们杂志，全是主编先挑自己想去的去，什么托斯卡纳、巴拿马、大溪地、斐济，别家都是旅游编辑去，咱家净是主编自己去。去了还不算完，回来总要给人做报道出专题吧？主编把旅游局给的新闻稿往我这儿一丢，撒手不管了。妈呀！那些地方又不是我去的，一出就是八页十页的大稿子，我愣得给她生编啊！真是吃不着猪肉的天天还要和猪打交道。前不久她可能过意不去，也是叫我去她办公室，神神秘秘地说安排我出一趟美差，放松一下，我还激动了一阵，结果你知道她安排我去哪儿吗？泰国！谁这年头还没去过泰国啊！携程上‘2588双飞五天四晚’刷信用卡还能打折，连我们老家的七大姑八大姨都‘新马泰’好几趟了！肯定又是泰国旅游局年度媒体答谢行，她不想去安排我去呗，还顺水推舟做了人情给我，我真是不想说什么了！”

林墨在隔间里听得又想气又想笑，她等到两个心怀不满的女编辑走了才出来，回去时她路过李艺的办公室，想了想，还是进去了。

李艺见是她，问：“什么事？”

林墨笑着说：“倒没什么事，就是最近不是客户拜访挺频繁的吗？她们送你的东西，你要不喜欢，就拿回去再送人，别在办公室送给编辑什么的了，回头被品牌知道了不好。”

李艺不解，问：“你什么意思？”

“我就是说，你虽然是好心好意，有些人未必领情，回头乱说乱传的，品牌还以为是你嫌弃不好呢。”

李艺有些愠怒，道：“怎么可能？从我办公室送出去的东西能有不好的！随便挑一样也值这些编辑半个月的工资，谁会说不好？”

林墨也不跟她客气了，说：“你以为这还是十年前，高级白领凑半年工资才买得起一个包？现在满大街挤公交车的、逛超市的、吃快餐的，谁手里没拎着一两件牌子货？这也是咱们杂志的功劳，既然不干这行的都有这消费意识了，咱们招进来的编辑你说哪个眼界不高？有些小孩本身家庭就富裕，好东西用惯了，你给的不对，还不如不给。现在是80后的一代，小孩都挺自我的，不像我们原来，领导给根钢笔就能感恩戴德，管理方法也需要更新嘛。”

李艺想了想，从桌子底下翻出一个路易·威登的礼品袋，说：“这我也不想要了，但你是说我就算把这包拿去送给下面的人，还是会得罪她们？”

林墨没说话，她一瞬间想到了正是十年前，李艺在办公室里得意扬扬地炫耀她用年终奖又贴了两个月的工资买的第一只路易·威登手袋的场面。那只手袋远不如品牌现在送她的这只，但十年前她爱不释手的东西如今已被她弃如敝屣。成功给了她无数的选择，却并没有改变她的某些本性，因为无论是十年前的公然炫耀，抑或现在的随手打发，本质是一样的——以前是我有；现在是我有，而且比你多。

李艺又挑衅似的拎着手袋在林墨前面晃了晃，等她回答。

“别送给年轻姑娘了，路易·威登的这种招牌款，她们谁会没有？你要实在不喜欢，就送给行政部的于姐。不是说这包儿不好，它从来就很好，但应该被更懂得珍惜的人拥有。”林墨说完，转身走出李艺办公室，有些懊恼——我这又是何苦呢？

过了一周，林墨带着小开本计划先去广州拜访宝洁，市场总监陈丽君在听完《风尚Composure》今年“买一赠一”的政策后，当场拍板：“我们今年会保持和去年相当的投放水平，你把一大一小的位置都给我们留好。”

“陈总，是这样，您在主刊上投放了异型或者特殊印刷广告，我们只能在小开本上赠送您普通形式广告，所以如果您想在小开本上也做特殊形式的话，需要额外付制作费。”

“没问题，我们做。”

在上海，包括兰蔻、雅泉在内的各大品牌，没有一家迟疑，全部承诺对《风尚Composure》主刊继续投放，并纷纷在小开本上追加预算做特殊形式广告。恰如林墨预料：小开本将来肯定好卖，品牌不花钱或少花钱就可获得更高的广告到达率，这对双方来讲，都比杂志绑着睫毛膏、润唇蜜、帆布包硬卖讨巧省事，所以，客户怎会犹豫？

林墨大获全胜回到北京，尚未缓解劳顿，没想到，孔铭竟来对她道别：“我马上要回美国了，走之前一起吃个饭？”

她表面不动声色，心狠狠抽搐了几下，说：“好的。”

“本来上周就该走了，看你在出差，心想还是等你回来吧，郑重一些。”

或许你应该不告而别，因为我无法平静目送。

站在阔敞的衣帽间里，林墨想起，自己已经很久没有刻意为谁打扮了。十多年前刚做销售，她会为每一个客户盛装，那时没几个人知道《风尚》，她就是《风尚》的形象。渐渐地，专业的广告公司、严谨的国际品牌越来越多，版面和数据不漂亮，自己穿得再漂亮也签不来一单广告，于是她穿得越来越简洁，一切让杂志说话。此时，她纠结该为孔铭作何打扮，赴最后的晚餐。他于她心中，永远是初见时一抬眼一微笑的倜傥模样，而她在他眼里，是身穿衬衫长裤，应对客户的干练狡黠？是一袭绯红长裙，穿梭派对的得体优雅？还是他从未见过，她身着T恤衫仔裤，依偎爱人的轻松自在？思忖再三，林墨最后选了一字领黑色上衣，象牙白的真丝褶裙，露出整片光洁的脖颈，像一个凝神静气的芭蕾舞演员，去做告别演出。

“什么时候走？”在餐厅坐定，她立即问他。

“明晚的飞机。”

林墨不再说话，也不看他，她拨弄着盘里的食物，不想吃一口。还能说什么？“一路平安”“前程远大”……吉利话儿言之尚早，等真说出口时，咫尺转眼天涯；“习惯吗？”“开心吗？”“有收获吗？”……根本不必问，她在暗中与他保持着感同身受；“会回来吗？”“会想我吗？”……她想问，却不可以问。

“感谢您这大半年对我的帮助，让我在中国发现了最宝贵的东西。”孔铭主动致谢，试着打破僵局。

“是什么？”

“机会。”孔铭笑道，“在《风尚 Composure》与你一起工作半年，我发现奢侈品和出版业在中国有巨大的机会，相信我的发现会令 Meade 集团满意。”

“恭喜你。”

林墨懒得收敛自己的力不从心，任由晚餐在有一搭无一搭的闲聊中仓皇结束。离开餐厅后，她自顾自朝前走，想尽快逃开这山雨欲来的情绪。突然，她的手被孔铭一把拉住，她惊讶地转身，看见孔铭目光闪烁，仿佛刚挣脱某种束缚，决定放手一搏。他说：“知道吗？和你在一起，我发现了机会，也发现了遗憾。”

那一刻，林墨清楚地知道，如果站在原地闭上眼睛，一秒钟后，那对她期待已久的唇定会重重吻下来，揭晓梦寐以求的感觉是何种滋味。但一念之间，她用力把自己的手从孔铭发烫的手心中抽出，决绝地说：“我也觉得有遗憾，不过就这样吧。”

只要活着，就会有遗憾。可有时候，人需要靠遗憾的隐隐作痛，去提醒自己清醒地活着。

回到家中，林墨瘫坐在沙发里，茫然不知所措。她的手机响了一声，拿起来一看，是孔铭发的一条短信，只有两个字：保重。

林墨的心被重重捶了一拳，眼泪无声无息地开始往下淌。有一扇门是彻底关上了，她亲眼见过那门内的美景，到底没敢进去。甚至于结束时，她连一个拥抱都不敢要，怕一旦触碰了那具肉身，从此所有不可名状的思念便有了具体的形状、气息与温度，成为心中几可乱真的海市蜃楼，把自己心甘情愿困在里面再不肯出来。

林墨也不知道眼泪在哪一刻流干了，她呆坐在沙发里，一动不动，心里空了，脑袋空了，眼睛也空了。也不知道是深夜几点，高国强从外面回来，把灯打开，被石化在沙发里的林墨吓了一大跳，气得问她："你又怎么了！"

林墨怔怔地望着高国强，说："国强，我难受，我想儿子了。我明天去妈那里把孩子接回来，咱一家三口好好过吧。"

高国强心软了，问："怎么？想通了？"

"想通了。"

第二天，林墨真去父母家把儿子接了回来。小家伙快三岁了，马上要上幼儿园，林墨在自己家附近考察了一圈，一家幼儿园也看不上。又开始张罗卖房子买房子，高国强有儿万事足，见林墨铆足心思为儿子筹谋，十分配合，两口子同心协力，紧锣密鼓把国贸这套房子卖了，在北京上东高档涉外小区丽都水岸买了一套四百平方米的顶层复式公寓，里里外外多添了近三百万进去。林墨执意出了一大半，让高国强着实刮目相看。

等林墨新买的房子过完户，2006年过去了一半，《VOGUE服饰与美容》的随刊赠礼竟持续了九期还未见消停，终于令业界一片哗然。各家刊社没有不急的，包括风尚集团在内的三十多家出版集团、杂志社联名上书到新闻出版总署，要求肃清 *VOGUE* 的恶性竞争行为，联合部队还指出了《服饰与美容》刊号在北京、编辑部在上海的异地办刊方式属于明令禁止的违规操作。一时间群情激昂，摆出不停 *VOGUE* 不足以平民愤的架势。最后新闻出版总署不得不出面下发文件禁止杂志夹带礼品，以及勒令《VOGUE 服饰与美容》编辑部整顿迁回刊号所在地。

林墨压根不关心联合围剿 *VOGUE* 的行动，一方面她忙着看房；另一方面，小开本《风尚 Composure》自 5 月上市后，叫好又叫座，印多少卖多少，广告客户不断追加投放。尚在年中，几乎已可确定《风尚 Composure》2006 全年广告必可维持去年峰值水准，甚至或有小幅增长。这业绩，让代表风尚集团出面讨伐 *VOGUE* 的姜海，硬要小心掩饰，才不会露出隔岸观火借刀杀人的马脚。

可确实有不少杂志被 *VOGUE* 挤对死了。

当 7 月将尽，林墨接到刘长波电话，说想约她喝杯咖啡时，林墨已然料到那将又是一场告别。

“小林，《优姿》可能要停了。”刘长波果然开门见山。

“情况这么不好？”林墨明知故问，又不知道在这种情况下，还能讲出什么更像样的话。

“从去年到今年，广告整整掉了 80%，还剩几个关系好的客户，估计过了今年 9 月，明年的单子恐怕也不会再给我了。”刘长波猛吸了一口烟，把剩下的半截狠狠掐灭在烟灰缸里，说，“不如停了算了。”

“刘总，我去年就建议您去谈个版权合作啊……”

“我知道你说得对，但现在谈什么都晚了，要是六年前我刚筹备《优姿》时，去谈个版权，如今也许还能撑一阵，现在谈？你没看

VOGUE 都是美国总部在华注册公司直接经营吗？背景硬一点的国际大刊，争先恐后地自己进中国市场挣广告费，稍微懒一些，还愿意对国内杂志输出版权的，开出的版税也不是当年你们谈 *Composure* 的那个起步价了。”

听刘长波说到这里，林墨想起了孔铭，在他走后，她用繁忙琐碎的生活填平了他在她心上留下的轨迹。此刻想起，只是想起他在《风尚 Composure》工作半年多的真实目的是为 Meade 集团自行进入中国办刊打前哨，印证了刘长波所说的而已。至于那些泛着泪光的部分，在心底又要作势翻涌时，被林墨用冰冷如手术刀的理智，一丝不留地切除掉了。

刘长波见林墨突然神情落寞，以为她在替自己难过，连忙宽慰说：“没事儿，你刘哥我不干杂志还能干别的，横竖《优姿》不是唯一停掉的，《摩登》《视觉 21》比我倒得快，总得有杂志成为大刊的垫脚石，我想得明白。”

此刻林墨是真难过了，她和刘长波根本算不上朋友，只是共事过的熟人。这些坦率承认失败的掏心窝子话，他本应该说给姜海和张涛这两个一起创业的老哥们儿听的——但他没有，想来他死也不愿承认离开风尚集团是错误的决定，对姜海和张涛如今的成功亦有介怀，而他目前或许有求于风尚集团，不得已，才找了她出来。

“刘总，有什么我能为您做的，您只管说。”

“咳，《优姿》停了吧，我正好歇一阵儿，可怜我那儿编辑部和广告部还有几个非常不错的孩子没去处，你那儿要缺人，看在我的面儿上，先考虑这几个小孩吧。”

“这点小事儿您快别客气了！只要是您推荐的，把简历发给我，我让人事直接安排入职！”

“小林，哥感谢你！真不枉当年咱一人一摞《风尚》上国贸写字楼卖杂志的革命友谊！”刘长波大笑过后，鼻头突然一酸，对林墨说，“代我问姜社、张总好，风尚集团做到今天不容易，你们都辛苦了。”

林墨眼圈一红，把脸别了过去。

他和她都想起了曾经有过的好时候，在北京站北面那片儿早已没了胡同，没了菜场，没了京宝饭店的土地上方，至今仍有他们的青春在游荡。他和她同时回到了那间腌臜的小饭馆，也是面对面坐着，畅想起十年后将会是怎样的一片天地——但此刻已是十三年后。

“刘总，别太难为自己。”分别时，林墨又不知道该说什么。

“最难的时候已经过去了。”刘长波笑笑。

是的，最难的时候他自己咽了。从他离开风尚决定创刊《优姿》开始，难，就无时不在。招人难，但凡有工作经验有资源有能力的应聘者，一听《优姿》是一本没有版权的本土杂志，心立马凉了。刘长波又拿不出让人无视版权不版权的骇人高薪，最后东拼西凑招来一批应届大学生、保险销售、小报记者，勉强组成了《优姿》团队。他对他们时有不满，他们在获知他是从风尚集团出走的以后，也对他窃窃议论：肯定是因为什么事儿被扫地出门的呗，不然谁肯从那儿走啊？留人难，刘长波不止一次听到《优姿》的编辑和销售私下讨论起《风尚Composure》《霓裳Flora》《ELLE世界时装之苑》《嘉人Marie Claire》时，满口艳羡的言辞，他们无不以认识这几本刊物的编辑为荣。若这几本刊物放出招聘消息，哪怕是一个助理职位，也会让《优姿》的资深编辑，二话不说去投简历。销售难，《优姿》创刊四年，从未获得一张整额年单，刘长波和广告团队每天都在四处给4A及直客打电话，像等待候补一张春运火车票一样，期待今天被通知：临时有一笔预算空出来了，投给你们吧。《VOGUE服饰与美容》在2005年以摧枯拉朽之势创刊，对二线刊物的打击是覆灭性的，一夕之间，《优姿》赖以糊口的临时性广告预算分文不剩，不在品牌投放名单上，就拿不到一个子儿。到最后，《优姿》只能通过公关公司承接品牌软文挣些零打碎敲的品牌公关费用运营，媒体颜面全无。发行难，这本是刘长波的强项，但《优姿》还是被《VOGUE服饰与美容》发起的随刊赠礼大战打傻了，又薄又没赠品的杂志不好发，发出去不好卖，被渠道退书以后，再发更难。之前他求爷爷告奶奶弄来一批名牌化妆品小样，终于在《优姿》搞了一次随刊赠礼，等那期杂志上市后，他兴冲冲地跑去每个报刊亭查摊儿，发现没有一家把附赠了化妆品小样的《优姿》摆在摊位上，除非有人问，摊主才从纸箱里翻出一本来卖。刘长波气急，质问摊主：为什么总把《服饰与美容》摆在最显眼的位置，这期《优姿》送的东西明明比它们好，你们干吗不摆出来？摊主白他一眼，说：《服饰与美容》是花钱摆在第一排的，一个月四百元。摆在第二排一个月三百元，你摆吗？刘长波醒悟过来：曾经给地勤人员塞包烟就能把杂志摆进候机楼贵宾休息室的日子一去不复返了，如今一切可以用钱来衡量，你的钱有多少，决定你能把杂志发得多远——总之，没钱最难。此前，刘长波代表《优姿》也参与了杂志联合部队围剿《VOGUE服饰与美容》，当新闻出版总署勒令*VOGUE*编辑部必须从上海迁回北京办刊时，他心里真雀跃了一下：搅乱了强大对手攻城略地的节奏，让他们不得不在北京重新招聘一个团队，就算于己无实惠至少能解气。结果，《VOGUE服饰与美容》跟没事儿一样，接到新闻出版总署的通知后，所有上海编辑一周内全部飞来北京继续做杂志。他侧面一打听，才知道*VOGUE*给所有上海编辑开出的北京每月租房补助从一万到五万不等！光补助就五万！他给《优姿》的主编一个月工资才一万二，胜负已定，挣扎无益。

告别林墨时，已是华灯初上，刘长波开车走在璀璨的长安街，沿途公交车站的广告牌里，从*VOGUE*到*ELLE*到*Composure*的封面女郎，各自摆尽了赢的姿态。

去你妈的！

刘长波在心里一声怒骂，然后头也不回地消失在茫茫夜色中。

迈入10月，躁动了一年的各家时尚杂志总算消停了。年单已下，秋收冬藏。业绩不错的那些，已经开始计划去哪里过圣诞。这时候，还在折腾的是张涛，《霓裳Flora》主办的年度“原创中国”时尚晚宴已进入第四年。这给时尚客户颁颁奖、为企业家拉拉皮条的大饭局，竟渐渐做出了名气，成为《霓裳Flora》的一面招牌。归根结底，是张涛与各大影视公司的老总混得烂熟，每年各家媒体的活动就属他这儿来的明星多，拉拉杂杂，叫得出名字的总不少于四五十个。明星一多，凑热闹的便跟着多了起来，坚持年年做，自然成了城中热事。

今年加入年末折腾的，多了李艺。《风尚Composure》的市场部划归她管理后，她迫不及待干的第一件事便是筹备《风尚Composure》的年度庆典。《风尚Composure》创刊十多年，之前没有做过任何大型活动，是林墨的决定。她清楚《风尚Composure》是本都市大众女性读物，提供的内容广而杂，读者跨越度也大，就像一个综合类电视台，除非办一台春晚，否则办什么活动都有些“四不像”。

但林墨理解，李艺那急于在领导和客户面前长脸的心。一直以来，在《风尚Composure》，众人的确只尊林墨为大，李艺现在能给自己搭方舞台抛头露面，林墨也愿意由她折腾，不然她会来折腾自己。

尽管如此，当李艺在《风尚 Composure》盛典筹备委员会上提出一百万预算时，林墨还是忍不住打断了她：“姐姐，咱第一年能悠着点儿吗？先办个小规模的，试试水，要是效果不好，明年换主题换方向，才不会被太多人质疑。”

“我已经没多要了，咱客户那么多，从全国各地飞北京住酒店，差不多就得这个数。”李艺反驳回去，继续说，“还好活动不请明星，不然预算得再多加一百万也不止。”

“不请明星？不请明星你办什么年度盛典？”林墨大惑不解，“没有明星出席，就没有曝光率；没有曝光率，就没有影响力；没有影响力，就没有赞助商，甚至就没人愿意来。”

“你急什么？没有明星，我们有名人。这是风尚榜样女性大典，多的是成功女性、女艺术家、女作家，甚至女科学家。”李艺明目张胆地翻了个白眼，说，“不是所有人都庸俗得只想看明星。”

“你这是办时尚媒体年度盛典呢，还是全国妇联表彰大会呢？”林墨真急了，“你觉得千里迢迢赶来的客户愿意坐三小时看女企业家相互颁奖感恩人生吗？有些获奖人甚至是竞争对手的老板！”

“我不是征求你的意见，宗旨主题全定好了，就这么办！”李艺丝毫不客气。

“我也想告诉你，办活动的最终目的是取悦客户，与客户的需求结合，实现广告增值，你别本末倒置了。”

“到时候看谁说得对！”李艺自信爆棚。

转眼已是 10 月底，首届风尚榜样女性大典在金宝街丽晶酒店如期举行的那晚，林墨进入会场，见到那场面，即使知道这同时是给自己抹黑，但她就是忍不住想哈哈哈哈大笑：大典死气沉沉，奖项多而流程冗长，没有一个明星，坐在席间的许多客户连菜都不等上完，纷纷尿遁了。由于没有经验，李艺事先没有和获奖人签订保证出席协议，某几个重要获奖人竟临时爽约，只派来愣头助理代替领奖，李艺整晚铁青着脸地坐在台下，被不断发生的尴尬状况左右开弓扇着耳光。

盛典结束后，林墨走到李艺跟前，只说了一句话：“你信不信，今晚所有没来的女嘉宾，过两天全会准时出现在张涛的晚宴上？”

果不其然，在第四届原创中国霓裳晚宴上，李艺见到那几个对出席风尚榜样女性大典一开始就拒绝，或者最后一分钟变卦的女名人，全部打扮得花枝招展，神采飞扬地穿梭在霓裳晚宴星光熠熠的现场。

“知道为什么吗？即使她们的老公在被女明星勾搭，即使她们根本坐不上主桌，即使这一晚她们只是最不起眼的配角，但她们还是得屁颠颠儿地出席，因为，这场子里有她们在意的人，有她们想巴结的人，有比她们更美的人，所以她们必须坐在这里，才能捍卫自身的存在感。她们才不在乎你送给她们另一座玻璃做的奖杯。”

“我知道了，”李艺彻底垂头丧气，对林墨说，“就当今年是个教训吧。”

“一百万让你买个教训？你太看得起自己了。”林墨轻巧一笑，说，“既是你开了头，大典只能继续办下去，但我和姜社商量过了，明年办大典的每一分钱，你自己去拉赞助。”

被震慑了的李艺活像一只被拔了毛儿的鸡，目瞪口呆，无地自容。

现在开始，我们这么玩儿

风尚集团又要搬家了。

2006年年中，行政部的于小娟拿着合同请示姜海：和光华长安大厦签的十年租约即将到期，物业提前发来备忘告知再续租肯定会大幅度涨价，毕竟不是十年前了。姜海扫了一眼备忘录，突如其来的血气令他把合同一丢，对于小娟说：他们以为这还是十年前的新楼吗？我没嫌这楼老旧，他们倒给我涨起价来了。告诉他们，不租了，我们搬！

姜海想起1997年，为了讨好齐一鸣和他背后的英杰资本，他不惜和刘长波翻了脸，执意把杂志社从主管单位划拨的京宝饭店搬到了最上档次的光华长安大厦。站在寸土寸金的写字楼内，装修公司问他想怎么装修，他琢磨了片刻，说：外资银行办公室什么样，你就给我装成什么样。1997年搬进新址的风尚杂志社，有长弧形的胡桃木前台，有整齐划一的工位隔间，有落地玻璃围挡的主管办公室，有意大利进口的真皮沙发——所有外资银行有的，风尚杂志社也有。接待齐一鸣及贝西文视察那天，姜海要求员工统一穿着深色西装及白衬衫，接电话要适时夹几个英文单词，个个儿像证券公司操盘手。那时候，姜海对高端、大气、国际化的想象，的确是来源于他在那一年应邀参观金融街新落成的金阳大厦时的所见所闻。

确实不是十年前了。

十年间，杂志社的广告收入后面多了八个零，姜海的住房面积扩大了五倍，开的汽车变出了四个排气管，个人护照用完了三本。如今，他想象中的风尚集团，有鸟瞰城市的高度，有高挑十米的气派大堂，有变换着*Composure*和*Flora*全球封面的全息装饰墙，有风格对比强烈的多楼层办公区，有私人电梯直通总裁会客室，有艺术家签名作品点缀公共区域，有金钱的味道又有时尚的芬芳。

姜海很快相中了长安街沿线国贸桥西南侧在建的银泰中心。几乎不费力气，他拿到了银泰中心西侧写字楼整整三层的租约。银泰投资公司董事会像欢迎那些即将入驻银泰主楼柏悦府的巨贾显贵天王影后一样，给了姜海最大便利——风尚集团再不仅仅是一家出版社，它是一束华丽而强劲的光，谁不渴望被其聚焦，映出一身璀璨？

一年后，银泰写字楼竣工验收，位于三十七到三十九层的风尚集团办公区亦同期完成装修。姜海审视着每处细节，并没有梦想照进现实的喜不自禁，更不复当年预备接驾时的诚惶诚恐，十年过去，他成为自己的主人。

可旁人是有感慨的：十年如梭，蓦然换了人间；一番回溯，方知来路辛苦。

当李艺推开《风尚Composure》专属样衣间，看到分门别类挂得满满当当的下一季时装，按颜色码得整整齐齐的各款式高跟鞋，陈列在射灯下如专卖店般的大批名牌包，她想起十年前采访某个女明星时，才第一次亲眼见到五万元一条的裙子长什么样，那还是女明星私人穿来的。1997 年的《风尚》，哪敢想倨傲的国际品牌会把高高在上的奢侈品借给编辑们试用拍照；而今，国际品牌们争先恐后地把最新最贵的衣衫鞋帽往《风尚 Composure》的样衣间里送，即便是最一线的女明星也只在为《风尚 Composure》拍照时才有机会穿那些仅此一件的天价华服；当马建红坐在风尚集团的大堂沙龙，啜饮着现磨的蓝山咖啡，她想起八年前星巴克在北京国贸商城刚开了第一家连锁店，顿时成为城中高级白领圣地，客户特别喜欢约去星巴克谈事儿。她为了不出丑，曾经趁店里人少时多次向星巴克店员请教摩卡、拿铁、卡布奇诺等咖啡的区别，因为在星巴克之前，她去过的咖啡厅，大多数只提供雀巢速溶咖啡和两粒方糖。而今，风尚集团一层的挑高大堂左侧，是精致远胜星巴克的风尚沙龙，不但有现磨咖啡，还有全球甄选红酒，往这里一坐，立即会有英俊的酒保上前微笑问候“欢迎光临风尚”，无论约见的客户是什么来头，自己胸中底气先能高出对方一截；当张涛走进《霓裳 Flora》的贵宾雪茄室，倒了一杯陈年威士忌，对着窗外 CBD 的无敌夜景暗自得意，他想起十多年前骑着自行车奔走在东西城区各处写字楼拜会客户的不易。北京夏天来得早，赶上到处施工，穿着白衬衣冒着日头骑车到客户办公室，脖颈早被汗粘上了一层灰。后来，他骑车出门前，会在衬衫领子上垫两层卫生纸，骑到目的地，把一头一脸的汗一揩，再假装神清气爽地去敲客户的门。而今，他和最成功的商人称兄道弟，和有权势的名流惺惺相惜，这间设在风尚集团三层的雪茄室，就是为主动前来拜访的大客户们准备的。从雪茄室有楼梯通往风尚摄影棚，明星们在棚里为《霓裳 Flora》风光拍照，她们背后的老板则在楼上和张涛把酒言欢。

是的，风尚集团的全新办公地总有一处令受用者百感交集，置身其中的自豪、感动与憧憬，让那人景交织的画面看起来如同一幅美好的高端商业地产广告。

林墨感到变化最大的，不是环境，而是人。某日她在前台等着取快递时，无意间瞥见前台小姑娘用的居然是一只售价数十万元的爱马仕鳄鱼皮铂金包！极度震惊之下，她仔细打量起这个美得如妖精般的女孩：肤白貌端、气质娴静，一对光滑细嫩的小手最能说明出身，肯定生在大户人家。林墨对她说，包儿不错。那女孩恬淡一笑，说，从妈妈衣柜里随便拣了一只用，觉得还是老气了些。林墨瞬间想起十年前风尚杂志社招聘前台，实在没有样貌周正又知礼数的女孩愿意干这份月薪八百元的工作。最后是马建红觅了一个从前跟她一起在隆福寺卖化妆品的只有中专文化的姑娘，还好说歹说，人家才接了这活儿。如今，风尚集团对前台岗位的工资没涨多少，应聘的却趋之若鹜。听人事说，不少是开着跑车来的，摆明了不缺钱，就图在风尚集团工作说出去体面。

一切全变了。哪怕是一路过来的人，对这仿佛旦夕之间的沧海桑田，有时也困惑不知是如何走到这一步的。

“林小姐，你现在在北京吗？”

接起电话，林墨听出来是克劳馥的老板李杰辉，言语间顿时雀跃不少。

“我在北京出差，见面喝喝东西吧。”李杰辉说。

在王府饭店的大堂吧，林墨发现李杰辉几乎没怎么变。从 1998 年李杰辉和《风尚》签了第一单百万级广告后，这十年间，林墨和他拢共只见了两三次面，但克劳馥的广告订单年年都在按时下，着实令她感激。李杰辉依然帅气挺拔，一个中年男人，能控制好体形坚持穿小一号T恤衫，加上始终没有遭遇事业危机人生挫败，便越活越年轻。

“李总这次来北京做什么呀？”

“关店。”

林墨错愕了一下，都不知道该怎么接话了，她直愣愣地看着李杰辉，等他解释。

“我不打算做克劳馥这个品牌了，所以最近在全国陆续撤店。现在成本一直在涨，利润越摊越薄，就拿王府这个店说吧，一个月的店面租金得用全国其他城市四五家店的利润来抵。”

“怎么会？”

李杰辉哈哈大笑，说：“还不是你们这些时尚杂志越办越好，把消费者都教聪明了！你看看现在来王府饭店消费的，不是直接进CHANEL就是进LV，谁还认克劳馥这种牌子？”

林墨一时语塞，竟道起歉来：“李总，对不起。”

“玩笑话你也当真，”李杰辉又是笑，“我转做地产了，刚在浙江那边建了一个高尔夫度假村，有空来玩儿。”

李杰辉始终是经验老到的商人，不会等到老本尽蚀。他已知晓：现在不是这么玩儿的了。十几年前，多的是有钱不知道怎么花的新富人，他们兜里揣着从股市、从海南岛、从国际贸易中挣到的大量现金，却有一种不知所措的茫然，在换了郊区别墅、买了奔驰宝马、吃了燕鲍参翅后，他们还需要更多方式去证明自己的富裕及与众不同。于是，海外进口的奢侈品悄然出现了，当富人们在高档商场、国际饭店中发现原来有上万元一套的西服、数十万一枚的手表时，根本不需要教育和说服，他们中的许多人，会本能地用编织袋装满成捆的百元大钞走进精品店里对店员说“把这些全给我包起来”。而十几年前的中国，还只是刚刚打开大门。国内的人出趟国不容易，国际的品牌商又不敢贸然进来，敢吃螃蟹的寥寥无几，多半也是选择开放代理。仅仅有杰尼亚、范思哲、登喜路，远远不够。因此，李杰辉发现了机会。他不愿意加盟品牌代理让洋老板不劳而获坐享其成，干脆自己创造或者捏造一个奢侈品牌出来供盲目的富人们膜拜——这就有了克劳馥，一个百分之百中国设计中国生产，却在销售前先过海关发往英国，再从英国走海关发回国内，变成名正言顺的英国进口时装的中国品牌。在互联网尚不发达的时代，中国的奢侈品消费者们简单并坚定地相信在王府、国贸、希尔顿开店，在二十元一本的杂志上做广告的品牌，就是卖得上价的。所以，当克劳馥把专卖店开在了登喜路、范思哲、爱马仕之间，在《风尚》《世界时装之苑》上长期刊登跨页形象广告之后，李杰辉做到了——他让克劳馥成了口口相传的奢侈品、火力全开的印钞机。不过再没那日子了。十年过去，电脑普及了，连手机都能上网了；香港亦开放自由行了，而今任何人去那花花世界，便利得像去趟东莞；去欧洲、去美国办签证更容易了，洋人不再担心黄皮肤入境后会立即把护照一撕从此黑在本国。相反，许多国家甚至依赖中国旅行团如蝗虫过境般的消费能力，拉动本国经济实现持续繁荣。谁还会买克劳馥？打开网络搜索不出任何一张证明它是英国品牌的史实图片，走遍巴黎、米兰、纽约发现除了中国，全球再无此店。时尚杂志更把读者教育成熟：举凡奢侈品，皆有历史、有沿革、有百年老店、有明星设计师、有四大时装周秀场、有王公贵族国际影星亲自捧场……这些，克劳馥有吗？李杰辉想过会有今天，他为此预备的对策是，等克劳馥的把戏被消费者看穿，再利用克劳馥为自己累积的强大资金后盾及完善零售渠道，去谈一个真正顶级品牌的中国独家代理，转型可持续经营。多年商海遨游，唯独这一步，李杰辉失算了。国际品牌在短短两三年间便探到了中国市场的强大消费能力，宁肯兴师动众设立中国分公司，亦绝不肯再让一丁点油水旁落不相干的外来人。李杰辉花了一年时间在欧洲询遍所有知名品牌，没有一家有出让代理权的打算，暂时还没进入中国的，是在摩拳擦掌，绝非视而不见。李杰辉知道，一切都迟了，是时候放弃了。

告别时，林墨郑重地对李杰辉道谢："感谢您 1998 年给了我那张百万年单，才有我的今天。"

李杰辉笑道："天时地利人和，该你的总是你的。以后大山大水，我们还会相逢在路上。"

目送李杰辉离开后，林墨特意折回王府饭店地下一层，她看见原本金碧辉煌的克劳馥专卖店已经被施工幕布围挡起来，里面乒乒乓乓正在装修的，不知又将是哪个踌躇满志的下家。林墨站在门前，叹了一口气，轻轻转身离去，心头有无法抹去的伤感。

好在任何人总可以选择继续营营役役，让每日俗事喧嚣盖住内心深处断断续续的呻吟，无视时间如何流逝，管它又是几度秋凉。

风尚集团那几天却像过年似的，两刊编辑部上自出版人下至编辑全收到了思奇集团旗下高端品牌蔻琳的内购邀请函，可以以三至六折购买蔻琳的货品。这意味着陈列在北京国贸、上海恒隆最金碧辉煌橱窗里那些号称永不打折永不过时的手袋、大衣、皮草、高跟鞋，你以很小的代价便能拥有，且它们身上的魔力并未跟着打折，在普通人眼里，它们依然遥不可及。

林墨看着桌上的邀请函，正犹豫着去不去，思奇中国的市场总监 Sarah Feng 倒先打电话来了，说：“你就别来了，我们集团内部已经先内购了一圈儿，都是按资排辈的，总经理先挑，然后总监挑，然后经理挑，最后助理挑，我把几样最好的都替咱们留起来了，回头你来我这儿拿就行。不怕跟你说，对媒体开放的内购场，都是我们挑剩下的，倒是折扣确实比我们自己内购还要低。”

挂了 Sarah Feng 的电话，林墨又听见自己广告部的人在外面议论：

“蔻琳真够可以的，只给编辑部的人递邀请函，咱们天天和他们打交道，愣是一张不给！”

“想什么呢！你是天天去管人家要钱的，编辑是一高兴就帮人家免费敲锣打鼓宣传的，能一样吗！”

“算了，倒也没什么可羡慕的，虽然是三折起，也是分了场次的，第一天主编，第二天总监，第三天编辑，就算找编辑要了邀请函，去了估计也剩不了什么东西，包啊、衣服啊，肯定第一天就被买空了，最后只能买点针头线脑的小首饰和零钱包什么的。”

听完议论，林墨想了想，把自己的助理叫了进来，私下吩咐她说：“你拿着我的蔻琳内购邀请函第一天去，用咱部门内部的预留奖金去给大家买点儿东西，尽量买包、皮夹、领带之类谁都可以用的东西，价格也别太悬殊，按人头买，回来悄悄分发给大家。”说完，又特意对助理说，“你喜欢什么，也给自己挑一件吧！”

助理千恩万谢地走了，林墨又回味了一下刚才种种，觉得挺有意思的：她们这样的第一拨人，包括李艺，最开始谁都不是因为奢侈品崇拜才加入时尚行业的，杂志越做越大，奢侈品顺理成章地来了，她们才渐渐培养出品牌观。她自己也买奢侈品，但很多时候是为了照顾客户面子才买的，爱马仕几万块的顶级手袋她有好几只，不过是见爱马仕的客户时才拎一下，平时她反而不好意思拎出来，太引人侧目，像不劳而获似的；而这一代的时尚行业从业者，几乎人人都是因为被奢侈品的闪闪金光吸引，才摸着门道入行。这也不是能让人暴富的行业，哪怕他们天天见着、摸着、拍着、谈着奢侈品，如果不能亲身用着，真是意难平。所以遇到顶级品牌的媒体内购会，人人脸上流露出的那种情不自禁、跃跃欲试的喜悦，既真诚得可爱，又是给时尚媒体的从业者们信心——只要有欲望，我们就能活下去！

9月的一天，林墨接到她的EMBA班同学、华夏影业国际部负责人冯自力的电话，问她有没有投放电影贴片广告的兴趣。

“什么电影？”林墨问。

“《云裳风暴》。国庆后全国公映，讲时尚行业的，我第一时间想到了你，《风尚Composure》跟着这部电影做一个贴片广告特合适，”冯自力说，“现在去电影院看电影的人越来越多，我们找第三方调查公司做过统计，映前贴片广告投放精准，效果极佳。关键我们刚开始做，心里还没什么谱，所以价格也便宜。”

“行啊！”林墨其实有些喜出望外。

“那我把我们市场部同事的电话给你，你直接和他谈，我会先打好招呼的。”

林墨当然知道《云裳风暴》，这部在海内外时尚圈炒得火热的好莱坞大片，说的是一本非常成功的时尚杂志如何彻底改变普通人物命运的故事。据几个早已在美国提前观看了影片的客户说：电影拍得极尽华丽，光看里面应接不暇的名牌时装就值回票价。其中又揭露了不少时尚行业里的潜规则和背后秘密，外行看热闹，内行看八卦，总之特别好看，在美国上映时经常爆满。

林墨没想到《云裳风暴》会在国内上映，更没想到冯自力给了她一个特别实在的价格——她和华夏影业市场部最后谈定以两万美元买下《云裳风暴》全国五千场次倒数第一位置的贴片广告。这意味着什么？意味着《云裳风暴》上映后，届时北京、上海、广州的所有广告客户慕名去电影院，会首先看到《风尚 Composure》独一无二的形象广告，然后带着下意识的联想观赏这部讲述顶级时尚杂志的电影；意味着中国所有一二线城市里向往时尚的普通观众在看完《云裳风暴》走出电影院后，从此会对《风尚 Composure》产生出更多莫名的崇敬；意味着天上真的无端掉了个馅儿饼，结结实实砸在林墨头上。

签完合同，付了定金后，林墨浑身轻飘飘的，她不由自主往姜海办公室走去，想赶紧对他汇报这心中喜悦。就连在那里碰到张涛，也没令她败了兴致，没露出如往常一般的不耐烦神色。

“姜社、张总，过完国庆我请你俩看电影啊！”

“什么电影？”

“到时候您就知道了。”林墨一时间像个得意的小姑娘，满脸傲娇。

张涛顿时起了疑，不知道林墨又得了什么大便宜。他是吃过她的亏的，去年风尚集团长期合作的上海户外路牌广告公司销售找到他俩，说在黄陂南路和南北高架桥的交界绿地处，架了三面立柱大路牌，问《风尚 Composure》和《霓裳 Flora》有没有兴趣按年投放。张涛没说话，他想先看林墨走什么棋。结果林墨当场给回绝了，她说那位置她知道，是一块荒秃秃的三角地，全是车来车往，没有行人，这路牌架得又高，开车经过根本看不见上面的内容，买这块路牌广告没有意义。张涛听她噼里啪啦说完，琢磨了一下，也把销售回绝了。过了两三个月，张涛去上海的中环广场写字楼拜访客户，坐在对方的办公室里，他透过落地窗清楚看见不远处的巨大路牌上，正是《风尚Composure》的当期封面海报！那一刻他才恍然大悟，那三面立柱路牌矗的位置确实不好，但它的高度足以让黄陂南路从中环广场到新天地所有写字楼里朝西办公的人抬眼可见。而做时尚杂志销售的都知道：重要的化妆品、奢侈品客户，几乎全在这一带的楼里办公。之后张涛又打听了一下，由于林墨和他当时的一口回绝，让林墨私底下再回头去找销售时，轻而易举地以极低价格拿下了这块路牌的全年投放——知道真相的张涛气得在心里连骂了林墨二十几个“婊子”！

林墨一反常态的热情，让张涛回到自己办公室就给盛世影业的总裁黄仲钧去了电话。从黄仲钧那里，张涛很快知道了林墨葫芦里卖的什么药，他又听从黄仲钧支的招，派了姚丽娜去公关《云裳风暴》制片方美国派蒙影业的中国区总经理。姚丽娜是个妙人儿，她听话、机灵、善于揣着明白装糊涂，最重要的是，她娇俏、风骚、放得开，懂得男人永远拒绝不了女人的柔情似水妩媚妖娆。对白种男人而言，华裔女子更是一剂古老的春药，稍微飞两丝媚眼做几分可怜，就会勾起他们心中殖民者般的快感，认为自己雄风万丈无坚不摧。于是乎，碰到老外当家做主的驻华公司，张涛一概支使姚丽娜去“施以长技以制夷”。

姚丽娜记住了黄仲钧教给张涛、再由张涛一字一句教给她的话，然后，她带着最有诚意的礼物——乳沟，往派蒙影业驻华总经理办公室一坐，风含情水含笑地说：亲爱的，我要《云裳风暴》倒数第一的贴片广告位置，你必须得帮帮我。

对方说：倒一位置没了，倒二倒三如何？姚丽娜就回：不行，

《霓裳 Flora》的广告必须放在倒一，只有它的时尚地位才配得上您这部顶级的时尚电影。

对方说：倒一广告已被中国发行商卖了。姚丽娜就回：那有什么关系？您是制片方，保有终审权，发行商卖了广告，您说不作数，也不能作数。

对方说：发行商已经和买家签合同了，备忘也给到我了。姚丽娜就回：您假装没看见，反正电影拷贝在您手里，您把我们的广告加进去冲印好了再送到发行商手上，他们没办法改的。

对方说：这么做很没商业道德。姚丽娜就回：但会很有商业价值。

对方说：你能给我什么，让我为你这么做？姚丽娜就回：倒一买家给您多少钱，我们直接翻五倍，并且我们只要那买家要求放映的一半场次。说完，姚丽娜熟练地把胸部往桌上一搁，千娇百媚地问：您一定会帮我的，对吗？

国庆放假前最后一天，姚丽娜打电话给张涛说此刻正陪着派蒙的总经理打台球喝啤酒，那事儿基本搞定了。张涛挂了电话，忍不住嘿嘿笑出了声，心想：林墨，这回该轮到你傻 × 了。

林墨自然还被蒙在鼓里，做梦都想不到的事只好待它晴天霹雳。

国庆期间，林墨带着老公儿子回父母家吃饭，林墨母亲一面择菜，一面和她闲聊："你做那本杂志是叫《风尚》吧？"

"怎么了？"林墨很意外，父母向来不问她工作的。

"前阵子教师节，学校搞教工联谊，我和你爸去了。好几个年轻的女老师过来跟我打听你，问你是不是在《风尚》上班，都说可爱看你们杂志了。"

“那你怎么说？”

“我能说什么？你又从来不和我们聊这些，”林墨母亲理了理菜，继续说，“不过你爸挺高兴的，一个劲儿地跟人说谢谢。”

林墨心里被揪了一下，眼睛湿了。她抬头看去，父亲坐在客厅沙发上看报纸，依然是一张没有表情的脸。但她知道，十几年过去，父亲与她终于达成了谅解：他承认了她的选择，肯定了她的成功，并让她了解，他会一直陪伴着她。

“妈，国庆节后，我带你和爸去看场电影吧，你就知道时尚杂志是什么样了。”

吃完饭回到家，林墨问高国强：“你今天怎么心事重重的？爸让你喝酒你也不喝。”

高国强也不回避，答她：“过完节我得去趟上海，登喜路要把代理权收回去，我还不知道怎么跟他们谈呢。”

林墨大惊，怨他：“这么大的事儿，你怎么不跟我说？！”

“登喜路那边嚷嚷过好多次要收走代理了，谁知道这次是真是假，一切等从上海回来才有定论。”

林墨知道高国强心里难受，劝他又还不是时候，只好说：“没事，好好谈，没什么大不了的！”

长假一结束，高国强立即动身去了上海，《云裳风暴》亦在全国电影院如期上映了。林墨开车接上父母，挑了下午人少的时候，三个人一起去看电影。映前广告开始了，林墨一阵紧张，屏住呼吸等待着最后一支广告的播映——那是她的杂志、她的事业。

一张张杂志封面开始在银幕上出现，响起的旁白却是“《霓裳Flora》，国际大刊，时尚殿堂”，再定睛一看，那些封面，全是《霓裳Flora》的！仿佛一枚子弹射入颅脑，林墨感觉自己死过去了几分钟，等电影的片头曲响起，林墨才缓过劲儿，她“哗”一下站起身，往门外走去，母亲问她：开始了，你不看啊？林墨说，我之前看过了，你们看，我出去打个电话。

林墨的手在抖、脸在烧，她拨通冯自力的电话，第一句话就是：“老冯，你不跟我解释下吗？”

冯自力答：“解释什么？”

林墨再也遏制不了恼怒，破口大骂：“你他妈别跟我装孙子！”

冯自力连忙喊冤：“到底怎么了？我真不知道呀，我在瑞士休假呢！”

“《云裳风暴》上映前，你检查过贴片广告吗？我现在就在电影院，别说倒一不是《风尚Composure》的广告，现在居然变成我对头杂志的广告，你是在玩我吗？！”

“啊？不可能吧？！”冯自力也吓呆了，“我走之前百般确认过，是没问题的，肯定有人捣乱！”

林墨冷哼一声，等着冯自力拿出态度。

“妹妹，你别急，我明天立即飞回去，这事儿我一定给你一个满意的交代！”

挂了电话，林墨在影院门口坐到电影散场。她一眼都不想看那电影，似被打了耻辱的烙印，那恶心感着实强烈。送父母回家的路上，林墨母亲在车里问个没停：你们杂志跟电影演的一样！你穿的衣服用的包儿统统不要钱？你天天都能见着电影明星？你们那儿的小孩儿真跟大丫头似的被随便使唤？

林墨勉强挤出个笑，说：哪儿能作威作福？每天防不胜防的，全是衣冠禽兽，心黑着呢。

冯自力果然不含糊，回北京三下五除二弄清楚了来龙去脉，然后，他给了林墨一个最中国特色的交代——冯自力先带着一帮弟兄拿着撬棍和榔头冲去派蒙驻华办公室一通乱砸，吓得老外总经理躲在桌子底下瑟瑟发抖。冯自力揪住总经理的衣领，目露凶光地说：别想在中国的地盘上跟我玩花样，你玩不起。总经理一边屁滚尿流地道歉，一边交出了和姚丽娜的所有往来邮件、与《霓裳Flora》签订的广告合同，甚至还有请姚丽娜吃饭的发票。冯自力拿着这些证据，以及一张四万美元的支票，放到林墨桌子上，说："妹妹，这次哥哥真对不住了。"林墨看了一眼合同：十万美元，全国两千场次。然后她对冯自力说："行，我知道了。这事儿跟你没关系，我自己处理吧。"

林墨不想找姜海言说此事，她能想象出姜海左右为难的表情以及老生常谈的那句话：要让着《霓裳Flora》这个小妹妹。他是不在乎张涛骑到她头上拉屎，反正《云裳风暴》的映前广告播了《风尚Composure》或是《霓裳Flora》，都是他的杂志。再说也没什么公道可言，商场互搏，分胜负看的是谁的刀子扎得更深一些。

林墨把冯自力给的证据一份份扫描了，连同事件经过做了一份图文并茂的PPT。起了一个标题叫"内斗使人成长，团结就是狗屁"，群发邮件给了风尚集团乃至英杰资本中国基金的所有中高层。唯独抄送给张涛的那份，她在信尾加了三个字：你等着。

林墨的复仇很直接：她在几天内迅速约见了北上广三地的渠道商、户外广告公司，以基准价格的三倍买断了接下来一年在《霓裳Flora》每月出刊时段所有重点地段路牌、报刊亭海报张贴位、机场书店海报等各种广告位置，张涛从她手里无耻抢去的一时风头，她要让《霓裳Flora》用消失一年来偿还。

这厢林墨和张涛斗得如火如荼，在上海，高国强也想掀了登喜路董事总经理乔纳森的办公桌。

他到了上海，先是被晾了两天，无人过问。之后，才有登喜路的人通知他：明天和市场副总监开会。高国强明白这是登喜路给他的下马威，先派无关紧要的人打发他，之后一轮一轮地开会，实施疲劳战术，挥霍他的耐性，瓦解他的信心，直到最后他迫不及待地在任何合同上签字以求赶紧结束。高国强毫不示弱，回复说：除非董事总经理直接出来跟我谈，不然我马上坐下一班飞机回北京，之后也别想再找到我。仅仅五分钟后，登喜路接受了高国强的要求。

而此刻，登喜路董事总经理乔纳森开门见山地对高国强说："我们绝无可能再把北京、青岛、沈阳三地的代理权发放给任何人了，这是今天谈判的基础，在这前提之上，才有谈判的余地。"

高国强闷哼一声，说："那别废话了，直接谈赔偿吧。"

乔纳森立即拉出一张早已准备好的清单，说："你在北京、青岛、沈阳这三家专卖店我们会按折旧率补偿你装修款，也会结清你已经提前预付了的店面租金，我们还会回收你的所有库存货品，最后，按每个店五十万元给你赔偿。"

高国强一拍桌子，说："这就是你们的赔偿条件？那不如这样，我给你五十亿元，你把登喜路品牌卖给我，如何？"

乔纳森仔细观察高国强，发现他竟不像在开玩笑，突然间有些没辙，只好说："今天先到这里吧，我和总部商讨一下，再给你回复。"

"我也觉得这个会没必要开下去了。"高国强说完，转身拂袖离去。

高国强当然拿不出五十亿，登喜路更不可能同意收购，但他的口气，还是唬住了乔纳森，令登喜路相信：这个对手耗得起。高国强也知道，代理权肯定会被收回，可他心里有太多不甘：十几年的辛勤经营，到底是为人作嫁。

旁人一定不懂做代理的艰辛，只见一套西服卖两万，还不愁客源，却不知如果代理商只有一家店，那无论如何，他是挣不到钱的。品牌总部要求代理商每年至少四次买货，现金交易且不能退换。也就是说，代理商买下的货，卖不出去只能砸在自己手里，且下一季新款上市时，还要按合同继续进货。在这样的经营模式下，代理商必须多开店，将此处卖不出去的尺码和款式调到另一处销售，让存货尽可能大范围地流动起来，才能减少库存压力，增加现金流入。而开店也越来越难。十几年前，高国强在王府饭店开专卖店，支付给品牌总部的设计费装修款将近两百万元，2005 年，他在青岛开第三家专卖店时，装修费用已经超过千万元。再加上店面租金和人员工资，如今代理商开一家品牌专卖店投入的成本，几乎需要三到五年才能收回。

两日后，乔纳森把高国强叫去，给了他最后通牒：除了折算成本回收库存，高国强在华北地区的三家专卖店，登喜路最终总共补偿人民币五百万元。如果高国强不接受，就诉诸法律并且停止供货。

高国强无心恋战，很快签了合同。坐在回北京的飞机上，他安慰自己：没有办法，品牌再不带别人一起玩儿了。

林墨下班回到家里，发现高国强已经在家了，他叫了外卖，开了一瓶二锅头，一个人就着花生米正喝着。林墨二话不说，拿了个杯子坐到高国强身边，倒了一杯跟着喝起来。

“谈崩了？”

“崩了。”

林墨转头看见高国强眼角噙着泪，自己的泪也上来了，她强笑，说：“哭什么啊，没出息，换个品牌咱接着做。”

“不想做了，没劲。”

“也行。家里还有我。”

高国强终于笑了，伸手轻抚过林墨的脸，说：“丫头，以前都是我这么安慰你，没想到今天你也能照顾我了。”

林墨的泪滑了下来，问：“你怨我吗？”

“你给了我一个家，对我来说就够了。我也替你高兴，我给不了你的，你自己给了自己。”

林墨斟满了酒，仰头一饮而尽。她倒在高国强怀中，突然就明白了婚姻的意义。

时尚这个圈

林墨近些日子最常被人问：你能帮我搞一张请柬吗？

问这话的多半是品牌公关或者二三流杂志同行，她们想要一纸4月底在太庙举行的山本耀司秋冬时装秀邀请函。而林墨对此只能两手一摊，回一句：真没辙。

大抵是2007年年底FENDI在长城的一场奢华大秀给中国的时尚媒体和名流开了眼，圈内人士纷纷意识到，时尚的主场不在巴黎、不在米兰、不在纽约，竟真的设到家门口来了。对于国外一场接一场服装订货会式的连轴转时装周，最早走出国门观秀的中国时尚人士在勘破最初的自豪及好奇后，个个儿犹如哑巴吃黄连：搭着地铁满城乱绕，位置全往后几排靠，来头再大无人知道，看秀只是看个热闹，最后聊以自慰逛免税店买名牌包怏怏回国，再故作恬淡地对满脸艳羡的后生晚辈说：时装周嘛，就那么回事儿。但渐渐在国内兴起的品牌大秀不一样，品牌在中国秀的不是时装，而是规模、场面、气势，包括来看秀的人，动辄上千万元的成本可不是为了让场内区区两三百观众了解下一季的流行元素，通过到场人士口口相传、本地媒体竞相曝光在大众心中树立尊贵奢侈的品牌形象，才是个中真意。自然而然，秀场成了名利场，来的都是相互知根知底的客，你今天坐的位置就是你今天处的地位，一观立知谁的鼻孔可比别人的多出两股气。如果挤不进第一排也没关系，存在即是荣誉。手持一张带座儿请柬，好比被安排在春节联欢晚会和其他歌手拼盘搭伴唱同一首歌，尽管比不得压轴独唱的，好歹算是有名有姓有鼻子有脸。最怕是邀请名单进不了，事后还要被现实的活动公关把大秀新闻稿发进邮箱让你刊登，等于宣判你已社交死亡，趁早改行。

林墨当然理解这世态炎凉，碰到求她找请柬的，能帮就帮了。她问李艺有没有多余的“山本耀司太庙大秀”邀请函，李艺难以置信地望着她，回：哪来多的？公关看面子才把《风尚Composure》整个时装组连同头头脑脑全邀请了，《霓裳Flora》那边愣少给他们三个名额，编辑部已经内讧了。

林墨回办公室看了看自己那份请柬，赫然是第一排最居中的位置，她无可奈何地叹了口气，明白即便自己不去，这位置也让不了别人坐——怨不得人情凉薄，真真儿是一分耕耘一分收获。

2008年4月24日，山本耀司以一场声势浩大的时装秀为中国时尚圈拉开了这一年的序幕。坐着品牌方专程安排的豪华房车到达太庙，林墨四下环顾，来宾果然没有红庙档次的。无一不是城中名媛、政府要员、大小媒体总监主编，哪怕坐在边边角角的小厮碎催，亦穿得有模有样，同时装扮出一脸“你谁啊”的高级不耐烦。品牌方把风尚集团两刊的位置安排在了一起，林墨旁边一字排开是李艺、姚丽娜和张涛，从他们四人身后第二排起，按级别往后全是两刊编辑。自从去年闹出《云裳风暴》贴片广告事件后，林墨再没和姚、张二人说过一句话，李艺不知其中内情，和姚丽娜倒聊得热络。

“快看对面那傻缺穿的！”顺着姚丽娜的惊呼，林墨也忍不住朝对面望去，第一排坐着某女名嘴，穿了一件粉红色串珠薄纱长裙。是Dior三年前的春夏招牌款式。4月底的京城尚未回暖，加上又是山本耀司的秀，不言自明，观秀之人皆穿整身黑色。女名嘴于万黑从中一点红，格外刺眼。且她强装镇定，裸露在外的肩膀与小腿早已不自觉地哆嗦，冻得通体惨白。

林墨心想：她应该是第一次来看秀吧。她又转脸看了一眼幸灾乐祸的姚丽娜，暗骂一句：女名嘴年年不收分文地给《霓裳Flora》主持年度盛典，瞧你丫那德行！

正愤然着，对面的女名嘴发现了这边盯着她的三人，不明究竟，于是笑着走过来打招呼。姚丽娜见女名嘴过来，赶紧起身，一个箭步迎上去，抱着女名嘴开始行贴面礼，百般亲昵，还一阵小惊呼：“宝贝，天哪，你今天实在太美了！我们全看呆了！”种种人前肉麻，令李艺都听不下去，悄声对林墨说：至于吗？

大秀开始前的最后一刻，林墨看见了坐在对面第三排的《时尚殿堂》电视节目制片人金姗姗，愕然不已。八九年前，虽没什么国际大秀，中国时装周的每一场秀以及别的品牌活动，金姗姗没到场，主办方是断不敢开始的，仿佛办一场活动的意义就是为了能被《时尚殿堂》节目报道个三五分钟。那时候金姗姗是骄傲的，身后永远跟着两个助理两个编导，浩浩荡荡一群人，永远最晚到，被点头哈腰的公关迎进场，呼啦啦坐下，衣袂能扇死人。《风尚Composure》办了十年，林墨才有资格坐到金姗姗边上，此时此番座次安排，要搁从前，金姗姗敢把公关高层当场骂哭骂跪下。世道是变了：电视时尚节目成为鸡肋，它精美不及时尚杂志、快速不及网络媒体，收视率更远不如婆媳电视剧、相亲真人秀、生活小窍门、梦想大舞台，《时尚殿堂》从卫视节目降级到本地有线，从黄金时段调整到收视空档，金姗姗如今为了节目重要素材，倒要放低身段去求公关邀请，特殊待遇什么的，再无资格提。山本耀司大秀开场前明晃晃一排灯光射下，让金姗姗也看到了林墨，林墨试着对她点头示好，金姗姗却把脸别了过去，装作没看见。

散场后，一溜房车早候在太庙出口，接驾几本大刊的女主编、出版人。林墨钻进其中一辆，迅速离开。车子开出南池子朝金宝街驶去，沿途越过无数同场看秀人士，他们三三两两站在街边等着出租车，还有一些站到了候车亭等待公交，一身奇装异服与周围百姓格格不入。但他们无一不是神情镇定、面露骄傲，如同盛装出街的国王。

2008 年的北京气候特别反常，4 月底在户外看大秀穿一件厚风衣还嫌冷，翻篇进入 5 月，气温一夜之间提到三十摄氏度，跟翻脸似的，热得没遮没拦。大楼中央空调还没送冷气，林墨在办公室里开着风扇写邮件，好像回到了 1994 年的京宝饭店。

突然上下一阵晃动，一本书从架子上掉了下来，林墨愣了愣，有点茫然。又是一阵晃动，比之前更激烈，这时终于听到外面一阵骚乱，有人大喊：快跑！地震了！霎时，办公室里尖叫声四起，所有人全朝电梯拥去，林墨吓呆了，没往外面跑，赶紧钻到了办公桌底下。再一轮剧烈晃动漾来，持续了十多秒，林墨在桌子下看见白墙被生生扯出了一道裂纹，她牢牢护住头，止不住地想：这回死了。

没想到这阵摇晃过后，周遭立即恢复了平静，再无响动。林墨在桌子下等了五分钟，爬出来一看，办公室里空无一人，再往窗外一瞧，附近办公楼里的人全部跑到了大街上，黑压压一片人头，焦躁不安、议论纷纷。林墨掏出手机拨家里电话，没有网络，再拨，还是没有。又等了十来分钟，信号恢复了，高国强接的电话，问："怎么了？"

林墨急得，忙问："你在家呢？感觉到地震了吗！"

"我在家睡午觉，没什么动静啊。"

"你快去把儿子从幼儿园接回来，我害怕！"

挂了高国强电话，林墨又打电话给父母，确认没事后，她舒了一口气，重重坐在椅子上，盯着墙上那条裂缝，仍觉不可思议。可另一个人的轮廓在此时浮了出来，镜花水月般，却清晰可辨。他远远站着，只是笑，穿的还是他告别时的那身衣服，算一算时间，已两年了。Darren，如果刚才我真的就这么死了，你会记得我吗？想到这里，林墨静静闭上了眼睛。

一小时后，各大网站挂出了新闻：2008年5月12日14时28分，四川汶川、北川发生里氏8.0级大地震，全国多省市震感明显。

高国强从幼儿园接了儿子，顺道来公司接林墨。谁也无心工作，干脆各自回家。林墨看到儿子，抱过来就开始哭，一路哭一路亲，到了父母家，林墨眼睛肿得像桃儿。一家人从来没有如此安静却又如此贴近地坐在一起吃饭，电视里滚动放着地震新闻，四个大人眼圈都红红的。

过了几天，林墨打开邮箱，发现自己收到了孔铭从纽约发来的邮件，她屏住呼吸，点开来看，只有寥寥十来个字：听闻国内发生大地震，望报平安。他并没有提及任何想念与不舍，强烈的、被压制的情感却从电脑屏幕上、从林墨心底挣扎出来，将林墨撩倒。他要是一直消失了多好，渐渐模糊了去，想亦无从想；他要是在信件里承认汹涌的爱恋从未退潮多好，经历了地动天摇人之将死的考验，说不定自己便有勇气追了过去，把握住未知长短的人生下一半。可他未多说一字，似友谊、似客气、似关心、似礼貌，悬而不决，只提醒林墨他是一直存在着。眼泪在眼角藏了一刻，鬼鬼祟祟的，最终落了下来，滑过林墨的嘴角，令她尝到滋味。她突然觉得，有些人走进另一个人的生活只是为了完成他的使命：予之痛苦是使之获得启发，予之快乐是使之有所信仰。他只是命运安排的一个转折、一个契机、一个诱因，当他在另一个人的生命中完成使命后便会离开，并不是想象的那样，应当执着地去生生世世。

姜海走进林墨办公室，见她正对着电脑落泪，问："这两天看新闻是不是特难受？"

林墨赶紧关了邮件，抽了张面巾纸拭去泪痕，心慌意乱地答："是呀，我们应该做点什么才对。"

姜海说："就是来叫你开会一起商量，我们作为主流媒体，必须拿出行动。"

去到会议室，李艺、张涛、姚丽娜全在，姜海说："大家拿个方案出来吧。"

"捐款是一定的，"张涛首先表态，"只是如何报道需要慎重。"

"这还不容易？"姚丽娜立即把话接了过来，"找两三个公益形象好的女明星，带着摄影师去一趟汶川，和当地灾民一起拍一组专题大片，叫《生命恒美》。又好看又好卖！"

姚丽娜的点子把所有人惊呆了，连林墨都忍不住制止她，说："要平日里你想出这种馊主意，我也就不拦着你了。但今时今日不一样，你要带着女明星去汶川拿着灾民当背景把这组片子拍了，回头倒大霉的，绝不只是你们《霓裳Flora》，说不定整个风尚集团都要跟着关张！"

"我看你脑子就是被门夹了！"姜海也生气，指着姚丽娜的鼻子骂，“你不看新闻吗？你知道死了多少人吗？你知道最近一周电视不准播娱乐节目、所有娱乐场所必须关门停业吗？这是国难！你找那些不着四六的女明星假模假样地谈谈环保也就算了，你敢拿国难作秀？不如现在就滚蛋！”

姚丽娜吓抽了，啜泣着说：“领导，我不是那个意思。”又要解释，张涛怕她画蛇添足，立即喝住了她，不许她再多说。

“小林，你说应该怎么办？”姜海转头问林墨。

“我们两刊先联合捐五百万吧，咱这两年的业绩圈儿里都知道，捐少了不像话，五百万差不多了。”林墨在大事上从不含糊，“报道先按住，我们不是新闻媒体，报道不到位、不准确、不公正，都会被清算。最近敏感时期，少说少错。声援的话，我建议两刊在北上广的所有户外广告位置，全部换成集团公益广告，就一句话：我们与汶川同在！连登三个月。”

“我同意。”张涛说。

“我也同意。”李艺接过话，说，“我会在接下来三期《风尚Composure》卷首语栏目发表相应文章，号召各界心系灾区，做出奉献。”

姚丽娜想搭茬，被姜海直接忽视了。

再回到办公室，林墨打开孔铭的邮件，给他回信。她不知该说什么好，一别两年，除了偶尔几丝情绪的勾连，她的工作、她的家庭、她的生活，早已与他无关。林墨想了想，只敲出来几个字：我很好，你也保重。正要发送，她又觉得不妥，把“很”字删了，那显得太负气，换作一个“都”字，算把所有全概括了。是的，我都好，一切照旧，无可抱怨。愿你了解我的平静。

没料到之后两天，果真有一本杂志被停刊摘牌。重庆的《旅游新报》让女模特身着泳装站在废墟里戏仿地震拍摄汶川抗震特刊，一出刊即引发国内上下强烈指责。仅仅一天之内，该杂志就被重庆新闻出版局勒令停刊，从社长到总编到责任编辑，一律撤职。新闻出版总署就此事对全国媒体下发通告，姜海接到通报文件，又马上组织一干人等开会，他把通告摔到姚丽娜面前，当着众人的面把她劈头盖脸一顿臭骂。姚丽娜哪敢还嘴，可怜巴巴地应承着，确知问题严重。

有此前车之鉴，风尚集团两刊编辑部无不小心翼翼报选题，一字一句审文章。这仔细劲儿甚至持续到8月北京奥运会开幕了还没过去。别家时尚杂志全在浓墨重彩地大书奥运，带着明星、名模，去希腊、去英国，最不济也是去遍全国各地大好河山拍摄封面演绎大片，人物专题寻来当红的、退役的、传奇的、新锐的、复出的、受伤的各种运动员变换排列组合轮番采访。相比之下，《风尚Composure》和《霓裳Flora》在整个8月对奥运的轻描淡写实在显得有些曲高和寡。

但姜海心里自有打算，他叫来林墨和张涛，说："今年赶上了抗震和奥运两件大事，又逢风尚集团成立十五周年，你们各自的风尚榜样女性大典和原创中国霓裳晚宴今年干脆合并在一起，以集团名义办一场风尚中国慈善晚宴，声势和规模都做大，这既是善举又是对集团行业领袖地位的塑造。"

林墨问："具体怎么个形式？"

姜海说："除了嘉宾，其余受邀客户自己掏钱买桌入场，二十万一桌。然后我们再分头向合作品牌及艺术家征集一些物品来捐赠，在晚宴上拍卖，晚宴所得款项全部以相应客户及竞拍人的名义捐给灾区。"

张涛心里有些不踏实，问："让客户掏钱来参加活动，他们能乐意吗？"

姜海非常自信，说："这钱要是进了我们的口袋，他们自然不乐意。但以他们的名义高风亮节地捐给灾区，稍有社会责任感的客户肯定会来。"

林墨对姜海的决定非常拥护，尤其是她已经暗自决定今年无论如何也不能让李艺再把风尚榜样女性大典办下去了。这活动第一年就显现出致命的硬伤：女性杂志的客户多半同是女性，做到大品牌中高层的女人，谁没有几分自命不凡？凭什么大老远地专程赶来看一些女人给另一些女人颁奖？哪怕这奖项再没分量，可女人的心中天然有输赢，你公然宣布了这个她比那个她更成功、更幸福、更有爱心、更敢追梦，那庆功宴谁还吃得下去？所以，当风尚榜样女性大典准备第二次举行时，其惨淡完全可想而知：找不到冠名赞助，有钱的汽车、酒水客户只投以男性为主的活动；客户不愿意来，提前一个月发邀请函，临到一周前也收不到几份确认信，即使出席，亦只是高层派来手下的丫头婆子过来充数点卯；最可气是李艺，第一年活动结束后林墨激她来年活动自己筹备预算，想着李艺最后还得服软过来求她，交出市场权，哪知李艺死鸭子嘴硬，竟敢拿着杂志内容页私下变卖软文给客户，差点坏了杂志的广告环境，逼得林墨倒得主动从广告部拨钱支援她。今年姜海提出合办活动，她并非想沾《霓裳Flora》的光或者图省事，自己也确实需要一场像样的活动从客户那里挽回颓势。

9月的一天，林墨接到思奇中国市场总监Sarah Feng的电话，她显然气急了，张口便骂："你们那儿的姚丽娜他妈的以为自己是谁啊？"

"哟，领导，干吗着这么大急啊？"林墨偷乐了一下：又有好戏看了。

"那傻帽儿之前来找我们品牌要慈善晚宴的拍品，我好声好气地提醒她，这事儿直接和我沟通就行。可她偏不！她非要去找我的老板直接谈。”

林墨想起开会时，她和张涛协商各自负责的客户及嘉宾名单，她提议思奇由自己去谈，Sarah 和她是穿一条裤子的交情，姚丽娜非跳出来，说 Sarah 管不了捐赠拍品的事，她和思奇中国总经理熟，找他办事儿更直截了当。林墨心想，你和人家有什么熟的？不过是曾经觍着脸跑去总经理家里帮人做过饭带过孩子，搞得人不胜其烦，根本拎不清。但你愿意逞这个能也随你去，闹出事来账反正记《霓裳 Flora》头上。

“她找我老板随便，老外拎不清中国媒体的利害关系，之后他还不是要来问我捐赠能不能给。我当然说不给啊！”说到这里，Sarah 赶紧补充一句，“墨儿，这可不是针对你啊！”

“我知道，你接着说。”

“这货看我们这边迟迟没有答复，又几次三番找来。我有天看她等在办公室，随口问她一句我的请柬怎么还没收到，你知道伊给我说什么？”Sarah 情绪到达顶点，恨得牙痒，“她说，不好意思，亲爱的，今年晚宴特别紧俏，除了受邀嘉宾，其他位置都是要花钱买的，一个座位二十万。”

林墨几乎笑抽过去，问：“她真这么给你说的？”

“她真是这么说的。我跟你说，以后除非是你自己的事，任何和《霓裳 Flora》沾边的活动，我绝对不支持！”

林墨觉得张涛真是活该，放权给姚丽娜迟早会给他捅出一堆娄子。她一直不肯放广告权给李艺，除了忌惮李艺的野心，更是为杂志本身考虑。一个没有数十年奔波在广告第一线的人，必然理不清大集团内部错综复杂的关系。姚丽娜只知擒贼先擒王，哪知真正的决策人并不一定是将军而是军师。姚丽娜只盯着办公室最大的人扑过去，不把把门的人放在眼里，注定空卖一身骚，反落一头臊。

林墨抚慰好 Sarah，挂了电话，心想姚丽娜只有一件事情说对了：今年风尚中国慈善晚宴的邀请函的确紧俏。品牌纷纷下单买了桌子，既可行善，又能带大客户见证自家的高风亮节。拍品七七八八募集得差不多了，寻常人觉得一辈子都够不着的奢侈品，源源不断入风尚集团的仓库，好似一个小型的顶级奢侈品展。

2008 年 10 月 17 日，在北京柏悦酒店开业后的第一个周五，巨大的宴会厅迎来了第一场盛宴——风尚集团年度慈善晚宴。一切是新的：场地是新的、主题是新的、形式是新的，连大亨们带的女伴都是新的。

姜海坐在主桌，林墨、张涛坐左右侧次主桌，各自陪着最有能力一掷千金的霸主们。李艺和姚丽娜身穿一黑一红，全场交叠翻飞，不让对方专美于前。林墨旁边坐着女明星周诗雪，她年年给《风尚 Composure》拍封面，又年年参加《霓裳 Flora》的原创中国晚宴，和林墨及姚丽娜都有私交。显然姚丽娜认为周诗雪私交跟她更深，当她看到正和林墨窃窃私语的周诗雪后，隔着三四桌就边走边嚷：妹妹，原来你坐在这儿啊！

周诗雪了解姚丽娜的路数，站起来一口一个“姐姐，你好美”，又亲又抱，好不情深。打完招呼，周诗雪刚要坐下，姚丽娜突然说：“妹妹，待会儿有一块钻表要拍卖，我当时找品牌募捐，第一眼看到这块表就觉得是你的，别人根本驾驭不了，我已经跟拍卖师打好招呼了，一会儿你要拍下来呀，没人跟你抢的。”

“啊？”容不得周诗雪疑惑，姚丽娜已经飘然飞走，给另一个哥哥打招呼去了。

果然，晚宴进行到拍卖环节，拍卖师亮出那枚全钻手表，说的话定是姚丽娜事先嘱咐好的：接下来这件拍品，我个人觉得上面写了诗雪的名字，大家是不是跟我想的一样？好，现在开始拍卖，起拍价八十万元。周小姐？

周诗雪尴尬地笑了笑，想别过脸去却看见姚丽娜死死盯着她，示意她举牌，无奈之下，周诗雪举起拍卖牌，再无旁人与她竞价，三下五除二，这块钻表就拍给了她。拍卖师一敲锤，姚丽娜立即带头站起来鼓掌，并把周诗雪拥到台上，让她立即戴上钻表展示。周诗雪站在台上，难言之隐只有林墨知晓。

坐回位子，周诗雪黑着脸，一句话不说。林墨过意不去，试探着问她："怎么了？是不是不喜欢这块表？"

"也不是……"周诗雪叹了叹气，说，"只是来之前没有准备花这么一大笔钱。5月国家刚号召抗震救援，我就捐了一百万。"

"我知道，这块表确实是限量款，挺保值的。换一个角度想，你就当投资了吧。"

"林墨姐，不是这样的。"周诗雪心里的话再憋不住，一股脑倒给了林墨，"大家都觉得我现在红，拍电影多，来钱快。但我并不是花钱如流水的主儿。拍戏是挣钱，不怕您笑话，那真是血汗钱。拍上一部武侠剧时，大冬天我在结了冰的湖里泡了足足三小时，捞起来我肚子就痛得死去活来，现在还在吃中药调理，膝关节和腰大椎也磨损得厉害，我才三十岁不到，各种老年病全沾上了。挣的钱我舍不得花，我经纪人都说我抠，我是知道，干这行就是吃青春饭，鬼知道我还能演多久。"

周诗雪指了指桌子上镶了珠宝的鳄鱼皮小坤包，继续说："这包儿是我之前出席品牌的开店剪彩，公关送了我十万元代金券，我才买的。要平时让我自己掏十万买个包，或者买件衣服，我真得好好想想值不值。”

林墨第一次听到一个女明星如此掏心掏肺，简直心疼起她来。

“算了，拍都拍了，”周诗雪努力笑笑，说，“林墨姐，下个月我的新电影首映，记得来捧场。”

林墨点点头，自己却顺着周诗雪抛出的话，陷入了沉思。抬眼望去，这风流繁华地、温柔富贵乡依然耀眼夺目，只是跻身其中觥筹交错的人，休说生分，连冷漠亦算客气。你享受了他人的捧场、亲昵与赞美，就要有被其所用的准备。在这等价交换的小圈子里，如果谁对谁还能交付一二分真心，足可以涕泗交流了。

林墨并不觉得自己是敏感多思的人，她觉得自己和姚丽娜的区别，也许是：她们追求同一种东西，只是姚丽娜比她更想要而已。

晚宴结束后，姜海迫不及待地召集管理层开会，说晚宴效果异常好，不如以后每年固定搞一场，成为风尚的招牌活动。林墨第一个站出来反对，她说客户虽然是两刊共享，但毕竟分了各自侧重，如果一方没照顾好某家，相当于两本刊都把别人得罪了。还是分开办的好，责任全是自己的，方能尽心尽力。张涛也赞同，不过他的想法是，这晚宴来的明星几乎全是自己请的，埋单的凯子大部分也是自己找的，凭什么白白让林墨把这些关系混了去？

姜海不悦，亦觉得不无道理，只好作罢。他怎能想到：这一晚上沉浮其中的穷形尽相，会让好一些人对风尚、对圈子、对游戏规则，十足寒了心。

11 月初冬，在周诗雪的电影首映礼上，林墨见到的周诗雪，恢复了她在公众面前一贯高傲飞扬的模样。这段时间为了配合电影宣传，网上净是周诗雪天价代言三十分钟挣千万、周诗雪深夜与同剧组男星街头激吻、周诗雪与同剧女演员幕后不和、周诗雪大方收情人百万珠宝等新闻，林墨一直对周诗雪的种种传闻将信将疑，不过现在，她觉得周诗雪有十万个理由可以这么做。

首映礼开始前，林墨去后台探望周诗雪，两人正聊着来年的封面拍摄计划，周诗雪的电话响了。刚接起来，姚丽娜高八度的声音不用免提也穿透了整个休息室：“妹妹！我在剧院外面！保安说我没带请柬不让我进来，你快找人出来接我！”

周诗雪把手机拿得离耳朵一手远，皱了皱眉，对助理说：你出去接她进来吧。然后也不回姚丽娜话，直接把电话挂了。

周诗雪放下电话对林墨笑了笑，没有出声，做了个明白无误的口型：傻×。

姚丽娜风风火火进了屋，裹着貂皮大衣，光腿穿一双八厘米高跟鞋，妆也化得精致，竟比周诗雪还隆重。她招呼也不打，兀自抱怨：“气死我了！气死我了！那他妈的保安居然不认识我！真拦住我不让我进！我一会儿就去找影院负责人去，把丫马上给开了！”

撒完了气，姚丽娜才发现林墨也坐在屋子里，莫名其妙地问：“墨姐也在呢？你是怎么进来的？”

林墨忍住笑，答：“拿邀请函进来的呀，保安肯定不认识我！”

姚丽娜还没意识到自己贻笑大方，接着来劲：“这些保安就是一点眼力见儿没有，太蠢了！”

林墨和周诗雪交换了眼神，又对姚丽娜说：“你刚来，和诗雪多聊聊吧。我出去找位子坐下，电影也快开始了。”

坐在观众席中，林墨回想刚才后台发生的那一幕，捂住嘴巴哧哧笑了起来。

她想，这绝对比电影精彩多了。

大洗牌

《追寻》杂志倒闭了——在创刊十三年后，不是“轰然”一下，而是静默地、悄然地遣散了编辑，关停了杂志，几乎无人注意。比起1996年轰轰烈烈地创刊上市，2009年于2月号宣布此后无期限停刊的《追寻》，像一只扑腾了许久的寒鸦，在最冷的冬天，力竭得连哀号一声亦没有，闷沉沉地跌落僵死在荒原上。

《追寻》本是有机会成为大刊的，只是这十几年间，它的经营者在中国时尚杂志每一个生与死的重要拐点全拐错了方向，把原本根红苗正、长势喜人的《追寻》最终一步步带进了沟里。1997年，被《追寻》追击得快无力招架的《风尚》上下齐心为自己寻来了国际大刊版权，《追寻》编辑部在拿到合作后的第一期时，人人会心一笑：就不信谁也不认识的外国洋妞封面卖得过巩俐封面。2000年前后，逐渐发现中国这片蓝海的诸多国际刊物，纷纷主动接洽中国时尚杂志抛出版权合作的绣球，打算多少挣一笔旱涝保收的不菲年费，作为时年市场占有稳居全国前五的《追寻》，几乎接到了所有顶级大刊的邀约，各路说客的苦口婆心和循循善诱皆被《追寻》出版人的一番豪言壮语堵死："我们要做中国最成功的原创时尚杂志，然后让老外花钱买我们的内容。"2004年，中国时尚杂志一派歌舞升平，竞争媒体的创办速度远远落后于国际大牌开店的速度，只要是时尚杂志，家家有饭吃，人人有单签。就在那一年，《追寻》杂志的刊号所有方突然意识到这是一本年收入逾三四千万的杂志，于是打起了收回经营权的主意，实际运营《追寻》的大型轻工集团当年是为了多拿出口配额才同意帮国家接手这本亏损刊物，如今主管出版社既有心夺回，便顺水推舟还了回去。《追寻》从一本资金雄厚运作良好的民营承办杂志回归百分之百国家级出版社直接领导管理的下属事业单位，之后，《追寻》的状况只可用"飞流直下"一言以蔽之。2006年，在《VOGUE服饰与美容》的强势发行重压下，休提《风尚Composure》《ELLE世界时装之苑》这类强刊，连诸如刘长波麾下《优姿》之类苟延残喘的作坊式小杂志，稍微还有生存欲望的，也不得不铆足劲讨些赠品随刊附赠来抵挡既加厚又送礼的大刊铁骑般的冲击。唯独《追寻》的上级领导不这么想：白花花的广告银子进了账，少花一分出去年终自己的政绩考核就多了一分，砸钱加页码买推广做促销？真为杂志挣了钱也落不进自己口袋，打了水漂责任却全是自己的。稳妥起见，《追寻》应该减页码减内容，若能压缩制作成本又可保证每卖一本《追寻》出版社还能挣个一元两元，岂非方方面面稳赚不赔？没多久，《追寻》果然以两百页厚度的单薄身骨出现在报刊亭上，比邻皆是动辄六百页且有好礼相赠的重磅大刊，同样售价二十元，谁路过瞅见都想问一句：凭什么要买这本？2007年，《追寻》广告投放直线下滑，杂志没了广告，页码减得只剩一百四十来页，按平了和《女友》没什么区别，每期都被零售商大量退货，积压在编辑部，摞满了一个又一个先知先觉离职编辑的工位。2008年，杂志发行各渠道群起坐地涨价，入场费、出位费、海报张贴费、终端促销费……无不翻番，最挣钱的杂志尚得咬牙切出20%的利润来填补发行费用，而这些年将死未死的一众弱势刊，比如《追寻》，霎时被压垮，几乎没有一期有回旋的余地。2009年，《追寻》正式停了刊，主管出版社保留着刊号，苦苦等待任何财大气粗的出版集团找上门来，租用刊号借尸还魂，坐享租金。至于《追寻》过去如何辉煌，将来变成怎样，没人在意。它就像一段被刻意隐去的历史，在中国时尚杂志的鏖战中，不闻其声，不见其烁，若非偶有元老编辑在个人博客中感慨，2009年伊始，中国时尚圈无人为《追寻》悼念。

林墨得知《追寻》停刊一事，还是在《风尚Composure》编辑部见到了一张熟脸，她问李艺，那不是《追寻》的编辑总监吗，怎么来了这儿？李艺一阵笑，说她那儿停刊了，来我们杂志做专题总监。林墨愕然，又问，她也愿意？李艺说，有什么不愿意？本土刊无论谁跳槽来国际大刊，惯例都是自降三级，没让她做资深编辑就不错了，落了草的凤凰本就不如鸡，何况没停刊以前《追寻》也不是什么了不得的杂志。林墨听得一愣一愣，心想李艺的威风是耍得越发熟练了。

当然，林墨没有闲心为《追寻》伤感，尽管她一下子想起这杂志自1996年创刊后，至少有五年风头处处盖过《风尚》：它能先人一步采访到当红明星，封面和标题个个抢眼，期期发行量可圈可点。那段时间里，无论林墨在广告客户面前如何强调《风尚Composure》是国际合作大刊、全球有几十个版本内容与世界同步云云，总架不住客户张嘴一句“可《追寻》就是好看呀”。如今，客户只看数据：发行量多少、市场推广多强、制作成本多高、折扣力度多大……没人会为“好看”掏钱了。衣食父母的一碗粥不再是只有三五本杂志分，而是三五十本，甚至三五百家各类媒体分，垮了一本，谁也多分不了，为同行停刊额手相庆或扼腕叹息，都有些闲极无聊，始终重要的是：赢在当下。

比如此刻，林墨的一门心思全在与宝洁新任策略总监的会晤上。她只知道他叫何一凡，2009 年元旦过了才刚上任，开门见山找她约谈新的合作框架，林墨知道他是来将自己军的，便一直琢磨着自己该走哪步棋。

事实上，何一凡和她想象中的差不多：喝洋墨水，一直在世界五百强企业做事，精神干练，对自己有要求，不是那种你巧笑倩兮他就跟你眉来眼去的男人，衣冠楚楚，一本正经，倒容易教三心二意的女人自动缴械投降。

何一凡孤身一人，坐在林墨对面，说：“是时候讨论新的广告折扣了。”

林墨猜到了他要说这个，从 20 世纪 90 年代中期宝洁开始投放时尚杂志起，无论对大刊小刊、投多投少，一律按各刊报出来的刊例价八五折购买广告，十五年来未曾变过。圈中人人皆言宝洁钱多好谈，不搞价格歧视，不讨价还价。现在宝洁意识到有钱也不能随便花，当然是情理之中，对此林墨的心理底价是给何一凡一个八折，息事宁人。

没想到不等林墨开口，何一凡便说：“我知道您在猜我会要几个点，然后您再一点一点地磨上去，攀点交情、说说笑笑，最后您让我两个点，我交差，您遂愿。不过对不起，现在我们不这么谈，您必须说服我，《风尚 Composure》到底能提供给宝洁多少价值，不然，我们只出刊例价的一折。”

林墨强笑，说：“何总真逗。”

何一凡正色道：“我没有开玩笑，这次我来北京的行程很满，今天还有五家媒体要见，我没有留吃饭的时间陪您喝酒谈心再交底，您现在不谈，上半年的投放就很难说。”

林墨瞠目结舌地看着何一凡，盘算好的呈情说辞被打乱，一时无法应对。

何一凡笑了笑，说：“您别盯着我看，我对所有媒体全是从一折开始往上谈，您谈不谈？”

林墨觉得自己有些被冒犯，说：“谈！不过你让我先出去打个电话。”

何一凡似早已料到，把双手一抱，说：“请便，电话您随便打，不过真的再没那日子了。”

再被对方料中，林墨脸都涨红了，她进了女厕所，马上拨通宝洁市场总监陈丽君的电话，问：“陈总，你们新来的策略总监算怎么回事？不是您一直管投放吗？”

陈丽君说：“这是我们集团今年的新策略，我只负责拉投放名单，所有议价全是一凡管，我也没办法。”

“我和一凡之前没打过交道，要他不顾我们此前的合作基础，坚持把折扣压到一折甚至更低，我们和宝洁这么多年的关系您说怎么办？”

“不会的，你好好和他谈，我也会帮你敲敲边鼓。一凡来宝洁之前一直在新媒体领域，对传统媒体是有些偏见，但不至于胡来。”

挂了电话，林墨终于确定何一凡不是闹着玩儿的，她回到办公室，何一凡头也不回地笑问："找到不跟我谈的办法了吗？"

林墨坐定，说："当然要跟你谈，可想来何总一定更喜欢跟数据谈，我最晚明天会整理一份报告给你，确实比我跟你好说歹说强多了。"

何一凡起身，和林墨重重握手道别："我相信《风尚Composure》一定物有所值。"

林墨憋着气，在办公室加班到深夜一点，做了一份报告，没有散文般的杂志介绍、幻灯片式的封面展示，通篇下来，只有《风尚Composure》实打实的各项调查数据：各省市发行量、传阅率、覆盖率、读者群形态分析，重点户外广告……一项一项，用的论据全来自有据可查的第三方调查公司。她把这份报告发到何一凡的邮箱，才关了电脑下班。走出大堂，街道早已清冷，一阵隆冬的北风拂过，让林墨打了个寒战，她裹紧大衣，快步跳上出租车，嘱咐司机把暖气开大，的哥跟着感慨了一下：这个冬天看来不好过呵。

林墨心想，何止冬天，这一年也不会好过了。

何一凡再回信，已是元宵节以后，林墨看见信里最重要的一句"……以刊例价七五折执行为宜"，她舒了口气：既明知拿不了满分，能得九十，也算尽力。她最受不了被人挑衅，哪怕使蛮力或者钻空子，总好过投怀送抱假装无助。很多女人不知道，尊严其实是一种气质，不必辩解、不必自证、不必表现，举手投足自有潇洒，比起眼角眉梢的风含情水含笑，男人一看便分辨得出，有尊严的女人不一定能讨男人欢心，却一定会让男人上心。很多女人不知道，但林墨知道。

收到宝洁的回复没几天，资生堂的人突然打电话来，告诉林墨资生堂今年想要更低的折扣。林墨问：低多少？对方回复至少再低

10%，林墨又问，如果折扣给到了，资生堂能签多大额的投放保证书？哪料从来在林墨面前没有过硬话的资生堂，这次突然毫不犹豫把话顶了回去：想什么呢？今年我们对谁家杂志也不再签投放保证了，我们总预算不会再增，能拿多少全看你们具体配合——幸好只是通电话，不然林墨瞠目结舌的样子又被人看了去。

资生堂这茬儿还如鲠在喉，一周后，雅诗兰黛的Maggie约林墨去上海见面，也是谈新的合作框架。林墨觉得，几大化妆品集团今年一定是串通好了要联合施压。

到了上海，Maggie把一纸报告放到林墨面前，令林墨在短短两个月内第三次瞠目结舌——那已经不是《风尚Composure》刊例了，是雅诗兰黛通过第三方市场调研综合评定后重新为《风尚Composure》每一页定的价。简而言之，就是雅诗兰黛觉得《风尚Composure》每一页该值多少钱。

“今年我们准备按这个价格投放。”Maggie说。

“不如您干脆把《风尚Composure》收购了吧？到时候您说多少就多少。”林墨苦笑。

“这不是和你开玩笑，我们今年对所有投放杂志都做了评估。”

“我也没跟您开玩笑啊。您都帮我定价了，我还做什么？”

Maggie知道林墨气结，口气软下来劝她：“集团总部要求全球同步加大对新媒体的投放，现在大家谈论的全是垂直网站、论坛社区、口碑营销，有人甚至提出对新媒体的投放比例要超过对传统媒体的投放，总预算不追加，我们今年的平面投放名单全缩减了，包括你们在内的几大刊，免不了受影响，但还在我们必投范围内。”

林墨注视着Maggie，缓缓地问：“您是说，时尚杂志对品牌不再重要了？”

“怎么会？”Maggie忙解释，“你是最清楚的，时尚杂志和品牌最是相辅相成的。但现在小姑娘在论坛网站上你推荐我买瓶面霜、我建议你换支唇膏，却实实在在地能帮忙出货呀。我这么说，你应该懂得社交网络对化妆品营销的重要性了吧？”

“我懂，我理解，”林墨起身，幽幽地说，“我会认真参考你们给的报价的，大势变了，行情是要跟着变的。”

林墨花了两周时间，重新拟好了和宝洁、资生堂及雅诗兰黛的新版投放合同，基本满足了三家各自的要求。像让了一步巨大的棋，为了全局，再心疼亦只能作罢。林墨是极有时代意识的，只是这时代变迁的节奏越发急促，过去十年的变化此刻只需一朝一夕，活在其中，又明白又唏嘘。比如手机，用了十多年普及，然后只用了一年，手机便可以拍照；再过半年，手机得以上网；三个月后的新款手机，能看电视能玩网游；现在手里拿的手机，俨然是强大的个人媒体平台、社交中心、娱乐系统。又比如时尚杂志，用了十多年打败了电视和报纸，却在两三年内接连遭遇了个人博客、视频网站、电子商务，甚至手机终端的威胁，仿佛漫长的追逐后刚进入蜜月期，却马上要学会知足妥协。

林墨拿着三份合同去找姜海签字，看见他正在签《霓裳Flora》送来的，忍不住问：“张涛那边这次给宝洁的折扣是多少？”

“七折。”姜海抬头看了一眼林墨，反问，“你们呢？”

“七五。”林墨并不得意，继续说，“看样子两刊今年都要负增长了。”

“是啊。”姜海叹气，说，“其实我想到还有一个新的增长点。”

“是什么？”

“再起一两本新刊。”

林墨立即明白了姜海的意思，对风尚集团而言，实现持续增长，代价又相对最小的方式，便是起新刊。杂志的最大成本是渠道费，作为一线刊物，每年的发行及推广费用高达三四千万之巨。但这块费用又是比较固定的。买了渠道，发一本杂志也行，发十本杂志也行，集团经营的杂志越多，渠道费用就摊得越薄，同时又多了新的广告载体，从而逆转集团总体趋势的负增长。

但另一个问题随之而来：集团是否烧得起新刊的推广费用。林墨第一时间想到的，是五千万。据传这是2007年4月《悦己SELF》上市时花掉的营销费用。不包括制作成本、人员工资、运营年费，仅仅是为了让杂志一炮而红烧掉的广告创意、渠道购买及市场活动开支。但那效果是震撼的：出入北京、上海、广州的任何一处地铁站，在那深邃的甬道内、漫长的扶梯侧，全是一幅接一幅《悦己SELF》的形象广告，它说“我没有背景，我就是我自己最好的背景”，结结实实抚慰了摩肩接踵、来来往往、赶早班或下晚班的年轻女性，她们睡眼惺忪或困顿深重的双眼，只看得进去这样的信息，跟着广告反复默读二三十遍，于是对人生又充满了希望，于是记住了悦己；随便站在全国各大城市的公交车站，身后肯定有一张《悦己SELF》的灯箱海报，上面是一个欢快吃着冰激凌的略胖女子，如同正等着公交车的每一位，那海报上写着“一点点赘肉别紧张，杨贵妃照样迷死唐明皇”，不禁让站在海报跟前的等车女子莞尔一笑，然后裹紧羽绒服，斗志昂扬地挤上公交车，带着悦己的喜悦，去向未来；抬头张望城市中心的林立高楼，某处必然悬挂着《悦己SELF》的巨型户外招贴，骄傲地书写着“不要怕大龄晚婚，很多人婚后照样装单身”，招贴下方城市中行走着的形形色色的单身女子，突然就开了窍，不再暗中羡慕那些身旁跟着埋单拎包男友的女孩，头发甩甩，大步走进商场，为自己买下一份悦己的心情；报刊亭、便利店、大卖场，全码放着一整排一整排的《悦己SELF》杂志，眼睛怎么也躲不掉，况且还有促销员殷勤地对你介绍：来一本《悦己》吧，只要十五元，还送兰芝美白五件套。五千万，让《悦己SELF》上市半年之后迅速位列全国最畅销杂志前五，让一众曾经坚称“不投新刊”的国际品牌在《悦己SELF》一年未满便下了年单。相比之下，2008年6月创刊的某女刊，则逊色得不值一提。它也是烧了钱的，上市时据说也花了近两千万元推广，但这两千万表现在市面上，不过是重点路段报刊亭的海报张贴、屈指可数的公交车身喷绘广告、随刊赠送的定制遮阳伞，人们图一时新鲜买了创刊号，却记不住这杂志有什么响亮的口号，或者两千万在2008年，花出去只能换回来这些。想要重塑《悦己SELF》的创刊辉煌，也许要六千万甚至更多。结果，到现在这才半年，某女刊几乎已经就要黯然地淡出读者视线，而《悦己SELF》已经坚挺地打入全国女刊销量前三。时尚杂志的残酷竞争顿时显现了出来：少烧一分钱，都不如不烧。今年，听说康泰纳仕集团为即将在中国创刊的*GQ*预备的推广费用是七千七百万，这不禁令林墨疑虑：姜海说做新刊，起码先得备好六千万的现金，他有吗？

“钱呢？”林墨忍不住直接问了。

姜海说：“钱你别操心，会有投资进来。你6月去趟纽约吧，上Meade总部谈谈，把他们旗下那本高端男刊*Male*引进来，放在你这边做。”

林墨心弦被撩动了一下，纽约，在她耳里，等同于某个人的名字，她避着、躲着，却又将会见着，某些以为转过了身就会忘却的事，一直如芒在心，只是不能碰，其实牢牢扎着，始终没得到过，于是可以永远如梦如幻，若即若离。

“还是您亲自去更合适。”林墨想假装没事。

“我得盯投资，你去吧，轻车熟路的，没什么好忸怩。再说 Meade 那边负责对接的是 Darren，更是自己人。”话一说完，姜海突然也明白了林墨的踌躇，又补了一句，“你和他都很专业，没事。”

林墨“嗯”了一声，明白自己是不可以再推托了。

6 月之前的两个多月过得特别快，广告客户，尤其是化妆品客户此起彼伏地要求更低折扣更多回馈，林墨带着广告团队四面扑火，处处割让，弄得心力交瘁。与 Meade 集团的先期版权交涉她全权交给了法务，等到尘埃落定，法务通知她可以飞去纽约落实具体细节时，她才拟好了行程，发给 Meade。第二天，她收到了回信，是孔铭写的：不如提前一天周六抵达，我们先见面叙旧。林墨哼唧一下，关了邮件不回，忙了一阵，她又鬼使神差地通知助理帮她把飞纽约的机票改到提前一天，然后她给孔铭去了信：周六到，住在中央公园 Ritz-Carlton。十分钟后，孔铭的回信到了：周日下午一点我在酒店大堂等你，一起午餐。

林墨去过纽约太多次，全是为公务。帝国大厦她没去过，自由女神她没去过，大都会博物馆她没去过。纽约，对她而言，就是一个更远一些的上海，只意味着机场和写字楼。但这一次，也许因为和孔铭的一顿午餐，或许还有之后几天的会面以及晚餐，纽约有了风骨，有了景致，有了回忆，她想，自己甚至想去百老汇看一场歌舞剧，去 SOHO 区逛逛街什么的。

周六到了纽约，入住酒店，林墨打开行李箱，意识到自己带的全是非灰即黑的商务套装和基本款鸡尾酒裙，无端觉得像奔丧来了。她匆匆走去第五大道上的 Barneys 百货，千挑万选买了一件 Lanvin 春夏新款的米藕色双宫绸无袖连衣裙，方觉得衬得起纽约 6 月里的艳阳天。

周日中午临近一点，算着孔铭快到大堂了，林墨才换上新买的裙子，穿早了怕压出褶。在电梯里，林墨拨了拨头发，自生产后她一直蓄着，又是飞瀑般的长发披肩。最后她深吸一口气，出了电梯，款款朝大堂走去。孔铭已经在那儿了，三年未见，他清减了一些，结实精干。盛夏里照样是一丝不苟的衬衫西服，风度翩翩。粲然一笑，亦狂亦狷——三年后，他依然击得中她的心。林墨朝他走着，感觉泫然而动的泪意此刻正在眼中打转，她心想这太夸张了些，但她觉得这感受又是可以被理解的，所谓朝思暮想，并不是朝朝暮暮地想，而是心里始终有一个长明灯似的火种，细小幽微，却日夜不灭，待到他的气息再次拂过，火苗立即炸开燃成熊熊大火，烧得浑身滚烫，热泪沸腾。她走到他跟前，明明是想说“好久不见”，张口却成了“怎么瘦了”，一语道破了三年未曾褪色的记忆与想念。

孔铭带她去中央公园的船坞餐厅，一坐下来，林墨的眼睛被刺了一下：孔铭左手的无名指上赫然是一枚婚戒。

“你结婚了？”她淡然地问。

孔铭笑笑，说：“去年结的。”

“怎么不把她带来？”

“她怀孕了，在家休息。”

问这些话时，林墨一直笑着，她只能笑，不然怎么办？活生生将这一幕演成催泪的韩剧吗？可她是分明想哭的，她甚至觉得孔铭让她提前一天到，先单独出来吃饭叙旧是出于善意，否则直接在谈判桌上察觉他的婚事，她或许真会失仪于人。此时，她同样不知道还能说什么，又不能硬聊起工作，她一杯接一杯地喝水，大口吃菜，间或抬头对孔铭笑笑，像是饿极了。

吃完饭，孔铭提议在中央公园散散步，林墨没有拒绝，她觉得也应该主动找些话题，不能让气氛尴尬，不能显露出心中的一败涂地。

“她是个怎么样的人呢？”

“跟我一样，上一辈从上海移民过来的华裔，学金融的。之前在证券公司做事，是我大学同学的同事，然后我们就认识了。”孔铭转头看了看林墨，没有察觉她有不安，便继续说，“纽约华人圈很小的，亲戚朋友知道我们约会以后，各种煽风点火，催促我们结婚。我想了想，也没什么不结的理由，去年就结了。”

“真好。”

“她跟你挺像的，风风火火，对自己要求很高。以前无论加班到多晚，她第二天总是六点准时起床，出门跑一小时步，再回家吃完早餐去上班，风雨无阻。不过今年她怀孕后，就把工作辞了，安心在家养胎，中国人嘛，对这件事始终比较小心。我也支持她，以后有了第二个、第三个孩子，总要有一个人在家照顾。”

听到这里，林墨停下脚步，笑笑说：“你看，她怎么会和我一样？法定九十天的产假，我只休了十天，公司里至今还有人因为这件事说我是毒女人。你的太太，她的目标其实一直是做妻子，她有了你，有了家，顿时可以舍弃之前未达成目标时用以解慰的一切，比如工作、社交什么的，我不行。我的婚姻更像是一种合作，我的先生需要稳定与子嗣，我需要家庭更需要自我，我是他的妻子，但从未成为他的太太，否则，今天在纽约与你见面的人不会是我。”

孔铭看着她，眼睛里又闪出了三年前他们告别那一晚的神色，林墨把脸别过去，并不看他，说：“我时差上来了，特别困，我回酒店了，你也快回去陪她吧，不要错过女人最美的这段时光。”

接下来的几天，林墨觉得轻松极了，她不必再对一切提心吊胆：不用费心搭配每一天的衣服，不用担心今天口红的颜色正不正，不用害怕谈判时飙出一句脏话，不再因为害羞而拒绝孔铭关于咖啡、晚饭、小酌的邀约。她像对待一个私交颇深的客户那样对待他：谈天说地，嘻嘻哈哈，告别时可以一拍肩膀对彼此说“明儿见”。

Male 的版权顺利谈了下来，林墨一刻不耽误地立马收拾行李飞回北京，孔铭送她出了关，又是一条短信发来：保重，我有预感我们很快会再见。林墨没有回这条短信，也没有哭，她把手机关上，坐在机舱里，静静闭上眼睛。她想，心里那团火恐怕是真的灭了。

林墨带回 *Male* 版权的那天，姜海也从深圳带回了五千万元投资，轻松得像白捡的。投资人叫朱学志，是深市上市公司汇图创业的大股东，也是去年张涛为风尚中国慈善晚宴找来埋单的凯子之一。张涛特意把朱学志安排坐在姜海身边，又郑重其事地相互做了介绍。到了善品拍卖环节，朱学志果然没叫姜海失望，他一扬手，眼睛不眨地以一千万元拍下了某艺术家捐赠的画作，成为当晚的拍王。余兴派对上，姜海把朱学志请进贵宾雪茄室，连连对他道谢，朱学志爽朗大笑，说不必客气，赈灾行善人人有责，量力而行能帮多少是多少。姜海赞他豪情，没想到朱学志又说，自己不但对慈善有热情，对文化事业也有相当热情，如果有机会，是否可让他参与杂志投资。姜海一面答谢一面说，朱总这样挥斥方遒日进斗金的股王，怎么看得上时尚杂志这种小生意，一年挣的钱抵不上朱总的股票一天上涨五个点。朱学志笑了笑，从纯金名片夹里掏出私人名片塞到姜海手里，说：岂能是为了钱？不然全中国那么多慈善晚宴，我何必单单只出席你们家？总之，若有机会，一定想着我。之后，姜海起意创办新刊时，他第一个想到可以投资的人，自然是朱学志。带着忐忑的心和可行性报告，他去深圳和朱学志见了面，尽管姜海反复申明：投资只是针对即将创刊的*Male*一刊，不作为对风尚集团整体的参与控股，且朱学志不得干预*Male*的管理运营。但朱学志依然二话不说签了支票给姜海，按朱的话说：我就想让自己的资产更多元化，同时给我的子女留下一些除了钱以外的财富。

最后，朱学志以个人名下全资公司深圳文渊投资咨询公司的名义与风尚集团达成对*Male*一刊进行五千万沉默投资的正式合作，朱学志成为*Male*的沉默投资人。

有了版权，有了钱，《魅士 Male》一刊从 2009 年 8 月开始正式进入创刊期，执行出版人是林墨，主编是从东方报业集团高薪挖来的文化主笔，计划在 2010 年 4 月正式上市。

2009 年 11 月，又有一本女刊倒下了，是桦榭集团旗下的年轻态女性杂志《安 25ans》。这终于让林墨心惊了一阵：不只是本土小刊，连国际大集团旗下的国际版权大刊也有做不下去的时候。《安 25ans》这几年的市场投入从未停止，在户外、地铁、分众等渠道的推广力度完全不亚于《悦己 SELF》，据说杂志制作也相当不计成本，一组片子主编不满意，推翻了再花钱重拍，如今黯然收场，无论是水土不服或者世道艰难，都对还在酝酿阶段的《魅士 Male》有敲山震虎的威慑。

当然，这担心很快便过去了，尤其当某个原《安 25ans》的销售中层来面试《魅士 Male》高级广告经理时，他是这样解释为何渴望加入风尚集团的：原来的公司非常专业、严谨、实力雄厚，但它欠缺了一样，才导致了最后的失败，那就是野心，或者说，雄心。这一点，你们风尚集团上上下下每一个人都有，所以，我看好《魅士 Male》。

听到这里，林墨笑了。

他的时代，他不在

姜海觉得，即使最后落得同样下场，他还是愿意把在风尚集团的这十几年再重来一遍。

这是他最后一次环顾自己的办公室：三十万元一条的羊毛手织地毯、八十万一组的设计师限量沙发、作价数百万的艺术家签名画作，他不想带走；装饰书墙上从创刊到现在每一期的《风尚Composure》及《霓裳Flora》，他不想带走；展示柜里各种机构、协会颁发给风尚集团的奖杯、奖状，他不想带走；裱在框里挂在墙上，摄于1994年风尚杂志社成立一周年时的团队合影，他想带走，但仔细看了看，觉得有些人实在不值得被怀念，于是作罢。最终，姜海从风尚集团带走的，是旗下两本刊这么多年来为他挣下的近亿个人资产。

这倒令他忆起1994年春节，在年夜里他窘困地给妻子画饼充饥。年前他把家里所有存款和国库券统统变现投进了风尚杂志社，大过年的身上只有三百元，跟着妻子回丈母娘家过年，舅子姨子家的小孩儿们缠着他要压岁钱，他一脸尴尬，真真儿是咬牙才给侄儿侄女们一人打发了十元，其中一个不懂事的拿到钱后撇了撇嘴，还说，姨夫真抠门儿。这一幕被妻子看在了眼里，她躲进父母的卧室，背过身抹眼泪。姜海跟了进来，劝她别哭，妻子怄气，说：干吗不哭？大人是不说，连小孩都明白，怎么就我们家的日子越过越不好了？前两年你在单位干得好好的，每年春节我回娘家腰板也硬，孝敬父母的，打发孩子的，招待亲戚的，样样不含糊，今年倒好，你那十块钱打发出去，知道的只当你刚下海创业不容易，不知道的还以为你这是打脸呢！姜海赔着笑，说：迟早会过去的，好日子都在后头。妻子反问，有多好？就是那时，姜海给妻子绘了一张栩栩如生的蓝图——以后，我们肯定是两边家里最有钱的主儿，到时候亲戚们会把十元压岁钱的事儿当成活榜样到处讲，说：你看人家，以前过年只打发孩子十块钱，现在再瞧人家那日子，咱怎么就奔不来！以后，我肯定加倍孝敬你爸你妈，有钱了先给你爸妈买套大房子，再给我爸妈买，最后咱都是大别墅住着，进口车开着；以后，想去哪儿玩咱说走就走，杭州三亚算什么，欧洲美国想去就去，玩儿高兴了，买个房子住下也没问题；以后，有钱是其次，关键是，我们会成为老人孩子、街坊四邻、同学同事之中的骄傲，只要被人提起，认识的保准一拍胸脯骄傲地说：那是我谁谁谁！听完姜海绘声绘色地打包票，妻子终于破涕而笑，说：行，那我等着瞧好儿。

十年之后，姜海把所有许诺实现了。他是所有亲戚里最早住进别墅、开上好车的，同样住进了别墅、使唤上了保姆、有事没事就欧洲七国游海岛过暖冬的岳父岳母逢人便夸：我姑爷太能耐了！女儿初中毕业那年，他给妻女办了投资移民，定居在旧金山，女儿上私立高中，妻子跟着陪读，只他留守北京，得闲飞去美国相聚。曾经嫌他抠门的侄女，如今用着姜海转送的名牌包、化妆品，见了那些捧着《风尚Composure》或《霓裳Flora》阅读的小姐妹，次次不忘标榜一句：这是我姨夫的杂志。

有趣的是，财富总是一个一旦被实现了就不被认为是目标的目标。姜海当年许给妻子的好日子，几乎全是钱的事儿，姜海早可以开始坐享其成，圈守着《风尚Composure》和《霓裳Flora》两头会自己找草吃然后产奶给他喝的现金牛，细水长流养尊处优地过日子。但也许就在姜海意识到钱不再是问题的时刻，他同时意识到，若有机会做开疆辟土的霸王，何必做自给自足的乡绅？日子过得再好，只是一阕田园牧歌；成就一个时代，才是一首英雄史诗。之前曲曲折折把一家杂志社发展成了集团，近几年姜海越来越清晰地意识到，他的目标是把集团打造成一个王国。

逆势而上，创刊《魅士Male》是第一步，三年内再创两本新刊，网站、电子商务同时一起跟上；三年后，成立节目制作公司、活动策划公司，全方位平台覆盖，上下游资源整合，接着，上市。

一步一步，姜海想得很具体，并且甚有信心——十几年前有一个主动带着钱找上门来的齐一鸣，助他的事业发生质的飞跃，如今又有一个主动带着钱找上门来的朱学志，这难道不是天意吗？

可天意未必尽如人意。

姜海第一次嗅到覆顶之灾的气息，是在今年4月，他邀请朱学志和一干客户高层借着《魅士Male》上市答谢会的名义去俄罗斯旅游。他们包了一条游艇徜徉在涅瓦河上，饮酒作乐，意气风发，圣彼得堡两岸的恢宏景象令姜海心生无限雄心壮志。他说，《魅士Male》创刊即盈利，是意料之中，自己这么多年来只做好了一件事，就是做杂志。从前憧憬着六十岁能悠然见南山，如今行将半百，却越发有了老夫聊发少年狂的干劲，愿与列席各位共创一番百年大业。众人连连恭贺，唯独不见朱学志。姜海端起两杯伏特加，在船尾的甲板上找到了他。朱学志一动不动，盯着水面，似入了定，姜海拍了拍他的肩膀，问：朱总怎么不在状态？朱学志接过姜海手中的酒，一饮而尽，调侃说：热闹都是别人的。姜海说：怎么会？《魅士Male》的成功，完全归功于你，这么宝贵的时刻，不要众人皆醉你独醒。朱学志静默片刻，说：你知道什么是最宝贵的吗？自由。财富和权力，就像这岸边凭借强大野心和意志修建起来的城堡、教堂、宫殿，饶是金碧辉煌，多看两眼，便觉得阴森无趣。姜海接不下去这话，正局促着，低头瞅见朱学志脚边上放了一个行李包，里面赫然是售价几十万元的顶级摄影器材，他赶紧把话题岔开，说：看来朱总的兴致全在摄影上。朱学志顺着他的话，看了看那包相机镜头，突然一把抓起来，掂了掂，连包带设备全扔进了河里，说：又重又没用，带也带不走。姜海看傻眼，又惊又怕，强笑说：朱总喝多了。朱学志不理他，复又盯着河水发呆，姜海只得讪讪地回去船舱，在那暮色沉沉中，朱学志凄冷的背影如一堵山墙哗啦啦地压了下来，令他再无法欢快。

5月，朱学志被捕了。电视播了新闻、报纸刊登头条，网络爆出内幕，铺天盖地。姜海这才大呼一声：果然出事了。他看新闻，说是朱学志涉嫌操纵股价进行内幕交易，涉案金额高达数十亿，轰动全国。找人一打听，方知来龙去脉：朱学志入主的上市公司汇图创业，原本是一个面临摘牌的空壳公司，朱学志趁低价吸入大量股票建仓，然后通过不断发布资产重组的利好消息，大规模地推高股价，使汇图创业在股市上从垃圾股摇身一变成为超级明星股。至于与风尚集团达成投资合作的深圳文渊投资咨询公司，根本只是汇图创业体系下的一家影子公司，实际作用是与朱学志控制的其他影子公司不断以并购重组的形式排列组合，制造大量迷惑股市的虚假利好信息。在朱学志所有的影子公司里，只有投给《魅士Male》的五千万是真金白银。不过这笔钱为汇图创业买来了价值数十个涨停板的公关宣传——“汇图创业完成重大重组，继涉足优质农业、网络信息设备、网络电信服务、高技术产业投资等多个产业领域后，又高调亮相新兴文化产业，汇图创业日前宣布，与风尚传媒集团达成独占性投资合作，携手打造囊括期刊、图书、影视、电子商务在内的全媒体产业平台……”简而言之，朱学志花了五千万，刷光了姜海兢兢业业积攒了近二十年的商业信誉。如果不是东窗事发，于姜海而言倒不至于上当，顶多吃了点亏。他是记者出身，生意越做越大，毕竟还是文化人。他哪懂什么“坐庄”“锁仓”“老鼠仓”，不过是拿了朱学志的钱，继续本分地做杂志，朱学志的其他生意，在他想来大概就是炒股，至于怎么炒，他不懂。朱学志的金融帝国崩塌于手下心腹们的巨额老鼠仓。朱学志本想做长线，把股价抬上去，募来更多的资金打造一家具有产业基础的大型投资控股公司，可是为他哄抬股价的操盘手及中间商没那耐性，他们一边替汇图创业操控股市，一边趁低偷偷私建股仓，等汇图创业的股价攀升到神话般的高度后，这批人马上迫不及待地平仓出货，大肆套现，然后潜逃去国外。普通股民本来就对高位的股价颇为敏感，一有风吹草动立即诱发大规模的集体出逃，于是，建立在一片谎言上的汇图创业一夕之间崩塌，市值在半个月内瞬间蒸发掉几十亿，举世震惊。高层盛怒，责令有关部门彻底严查汇图创业，相关人等一概清算。朱学志根本没想躲，他就在家等着刑警上门。一个月前他就知道会有今天，那时候为了保全股价稳住局面，他不得不自掏腰包源源不断接下被心腹们大量抛出的股票，亿万家产被鲸吞蚕食。朱学志最后觉得，只有去监狱服刑才最安全，否则分分钟有血本无归的赌徒或信徒取他性命。而姜海仍不知道事态的严重性，看到朱学志被捕，他最担心的竟然是，那五千万投资不会被要求立即归还吧？

结果是，朱学志被捕一个月不到，证监会、检察院、审计署不断有办案人员找上门来，要么查《魅士 Male》乃至整个风尚集团的账，要么约谈姜海，让他主动交代，是否参与了汇图创业操控股价、是否以合作名义帮朱学志洗钱。姜海想起各种古装戏里喊冤的场景：青天大老爷！天地良心！小的连什么叫洗钱、什么叫操盘都不知道，何谈参与！

姜海被查，风尚集团里人心惶惶、人人自危，时常有传言集团将被勒令整顿、全线停刊。镇定如林墨，也焦虑得几次想去找姜海求证，但每每看见姜海一脸丧气，背后又跟着两三个办案人员，只得远远躲开，她顿感无助得想跪下来祈祷。

办案人员在风尚查了一阵，确实没发现任何违法操作，渐渐消停下来。姜海以为总算熬到风平浪静，没想到，英杰资本的齐一鸣带着 Meade 集团的法务，又来给他当头一棒。

“姜海，集团被牵涉进汇图创业一案，你难辞其咎。”齐一鸣直接是逼宫的态度。

“什么意思？”姜海不解，“该来查的都查了，我是清白的。”

“现在已经不是清不清白的问题了，”齐一鸣说，“汇图创业的案子是世纪丑闻，全世界媒体都在关注这件事。而与风尚集团的合作曾经被汇图创业拿出来大肆炒作哄抬股价，所有媒体在报道时无不将注资风尚集团作为汇图创业操控股价的典型手段反复提及，这不仅对风尚集团，对所有站在风尚集团背后的投资者已经造成了实质性的名誉伤害。”

“尤其是我们，”Meade 集团的法务把话接了过来，“Meade 集团在美国本身就是上市公司，风尚集团的每一本刊又都挂着 Meade 的名字。现在已经有美国媒体拿着汇图创业的新闻趁机来挖 Meade 集团的料，我们是绝对不会容忍合作伙伴有商业欺诈行为的！”

姜海问：“那你们是什么意思？”

齐一鸣答：“总要有一个人来承担这件事的后果，而不是让整个集团来背这口黑锅。”

姜海简直不敢相信自己的耳朵，他听出了齐一鸣话里的话，然后感到诧异、屈辱、无语。齐一鸣见状，支走了法务，才略有愧疚地对姜海说：“我知道你很难接受，但这是董事会的决定，我真的无能为力……”

“这、是、我、的、杂、志。”姜海瞪着齐一鸣，铿锵有力地说出每一个字。

“你有充分的时间想清楚。”齐一鸣完全不把姜海的愤怒当回事，丢了这句话便转身离去。

姜海瘫坐在座椅里，身体麻痹，思绪万千。这是他的杂志，是 1993 年他毅然放弃了提干分房，办了停薪留职，在同事的奚落、家人的不解中，向主管单位申请承包了谁也看不上的烂摊子，搭上了自己全部未来创办的杂志；是 1994 年他想着如果没了房子，父母可以去姐姐家住，自己和老婆孩子可以去丈母娘家住，于是偷偷拿出自己和父母的房产证做抵押借出来八十万，也决心要办下去的杂志；是 1996 年，法国大刊 *MODE* 的版权代表在考察后因为看不上杂志社的规模、效益甚至办公环境而拒绝与风尚版权合作，他把自己关在办公室抽了一宿烟，颓了一晚又斗志昂扬地找别家国际版权合作的杂志；是1997年，他不惜割舍与刘长波的十年兄弟情谊，一意孤行换办公室、接受外人入资控股，令其站稳脚跟走向国际化的杂志；是1999年，他读完郭晓月寄给他的遗书，泪流满面，痛苦不已，却又觉得是郭晓月不够强大无福消受才以极端方式告别的杂志；是2001年，他像孙子一样坐在办公室里听国际品牌的高管横挑鼻子竖挑眼，最后又忍痛接受了对方开出低至两折的广告费，只为让其焕发出大刊面貌的杂志；是2004年，他明知林墨和张涛矛盾重重，为了给二人制造正向的紧迫感和危机感而故意不闻不问，确保两人较着劲上着心拉着其飞速发展的杂志；是2006年，他面对《VOGUE服饰与美容》的冲击，不惜四处游说各刊联合整个行业去新闻出版署抗议抵制，被竞刊出版人怒骂“卑鄙无耻”他也甘心觍着老脸去保护的杂志；是2009年，他放弃了一贯的小心与谨慎，听信了朱学志的谦卑与恭维，接受了他的投资，梦想着将其打造成百年品牌的杂志……想到这里，姜海想不下去了，1998年刘长波诀别时，说的一番话此刻萦绕在他耳边：“我原本以为我们目标一致，追求自由、财富和成就，没想到这三样东西在我们各自心中的排序不同也不能支撑我们共同走到最后啊，我此刻走，是我自己的选择，我走得从容。姜海，我希望你未来的每一步也走得从容。”姜海起身，走到落地窗前，望着灯火辉煌的国贸夜色却心烦意乱，那是他和刘长波一起挨家挨户卖过杂志的地方。此时此刻，姜海凄凄然笑了一声，自言自语道：“长波啊长波，若你知道了我今天的处境，不知道会躲在哪扇窗户背后使劲笑话我呢！”

齐一鸣下了通牒后，姜海缩起头来不闻不问，每天正常上班，跟没事人一样。杂志是他的，坚信这一点姜海就确定谁也动不了他。

挨到6月，风尚杂志社的主管单位，原纺织工业局，现纺织工业协会的会长打来电话要约谈他，姜海猜想估计又是因为汇图创业的案子要寻他晦气，即使清白无辜，免不了再多装一次认错检讨写报告。

虽然换了个名字，纺织工业协会的办公大楼仍是几十年前的那幢。坐落在东长安街南侧的五层苏联式红砖小楼，门口挂了七八块白底黑字的牌匾，皆是许久没听说过的老式机关。几十年前，进出这里的人，个个儿招人羡慕，一等一的金饭碗，实打实的大单位。姜海大学毕业后被分配到了这里，来报到的第一天，还特意央人给他在大门口照了张相，那照片现在他还留着。顶着6月里的烈日走进纺织工业协会并不高大的正门，姜海才发觉：自己有十多年没有在这个时候来过这里了，离开单位办了杂志，他每年顶多在春节前的协会离退休干部团拜时回来一次，或者作为先进个人在行业年终总结大会上做做汇报。曾经同一办公室的同事哪怕熬成了领导，看到他还是羡慕：怎么你小子当年就有那魄力！

会长的办公室也没怎么变，桌上永远是一份《参考消息》，红木玻璃门书柜里的《中国大百科全书》仿佛是书柜本身不可分割的一部分，会长喝茶用的保温杯烫印着的“纺织工业局1998年北戴河会议”字样有些磨花了，会长喝一口茶，随口吐出几片泡得发白的茶叶，这让姜海下意识地想为他沏一杯新的。

“小姜，你这次的问题很严重呀。”会长把茶喝舒服了，不急不慢又不容置疑地开了口。

“会长，我知道，但查也查过了，问也问过了，我确实不知道汇图创业的内幕。今后我会吸取教训，不会再有这种事了。”姜海看似态度诚恳，其实早疲了，就跟“文革”时期被揪出来批斗的人，每天到点儿自觉自愿地戴上胸牌，从牛棚里走到广场上去，把罪名过错再报一遍，然后埋着头，进入麻木的状态。

“我说的不光是这个事。”会长起身，从抽屉里拿出一本杂志，扔在姜海面前，说，“你自己看看这是什么？”

姜海定睛一看，是三个月前出版的美国《财富》杂志，里面有对姜海的专访，他不解，问：“怎么了？这也有问题？我不能接受境外媒体的采访？当时是为了宣传风尚集团新出版的刊物《魅士Male》，我才答应的。”

会长继续慢悠悠地说：“接受采访没问题，但内容有问题。”

姜海急急翻开杂志，又从头到尾看了一遍，标题叫《中国时尚期刊奠基人》，内容无非是通过回顾姜海的创业史观瞻中国时尚产业的变迁与发展，全是老生常谈的东西，通篇下来，姜海除了感慨一路艰难，就是感谢时代、感谢命运，言论非常得体，并无不妥。

“内容怎么了？我不懂。”

会长放下茶杯，用手指了指配在专访里的姜海个人肖像，那是美国摄影师在姜海家的起居室里为他拍摄的，姜海跷着二郎腿坐在手扶单人沙发上，背后悬挂着国内某知名激进艺术家创作的巨大争议油画。姜海就坐在这样一幅油画下，一脸自信，仿若笑看风云。“有人写匿名信揭发你公然以不良形象出现在境外主流媒体上。”会长脸色阴沉下来，说，“这没冤枉你吧？”

姜海后脊背马上凉了，他太懂这个问题的严重性了，比搅和进汇图创业股票案严重数百倍！那幅油画是戏谑之作，寓意相当明显，稍有政治觉悟的人一眼就看得出来。“这只是一个艺术作品。”姜海虚弱地解释。

会长有点痛心：“姜海，你毕竟也算国家干部，经营举足轻重的媒体事业，影响力还做得那么大，怎么一点儿都不自重？你现在和这幅画同时出现在境外主流杂志上，你让国内外舆论怎么看？这是非常严重的错误！”

姜海怕极了，一个劲儿道歉：“领导我错了，我真的错了！我一定深刻检讨！向全社会道歉！”

会长苦笑，说：“这事儿早已不是我这个层面能兜得住的，上级单位有关领导高度重视，下发内参到我这里，责令协会必须从严处理。”

姜海几近崩溃，问：“你们准备怎么办我？”

会长叹了口气，说：“开除公职，党内除名。也就是说，你这个社长做不成了。”

“可这是我的杂志！”

“问题就在于，这并不是你的杂志，这是协会的杂志，刊号是协会的，风尚杂志社当年也是协会出资牵头成立的，你只能算作承包，所有权是协会的。”

姜海的天塌了，他把脸深深埋在手掌中，说不出话。会长试图说些话宽慰他：“小姜，你应该庆幸上头没有追究更多，这些年你办杂志赚也赚够了，虽然走得不好看，不甘心，好歹你能全身而退，就当提前退休撤了吧，别再多想了。”

姜海抬起头，冷冷地问：“是谁写信揭发的我？”

会长愕然，说：“这我哪儿知道！你现在在风口浪尖上，少不了有人落井下石。你要没落下把柄，谁揭发得了你？”

姜海哼了一声，说：“我知道！”

也就刚才十来分钟，姜海想出了是谁搞的鬼——如果介绍朱学志给他认识尚算无心嫁祸，把这本《财富》杂志揭发到有关部门，绝对是他有心插刀。是的，是张涛，一定是他。在美国出版的杂志几乎不在国内流通，能看到的人不多。他在自己的专访出刊后收到了对方寄来的两本样刊，随手一掷摆在了自己办公室的茶几上。之前张涛来向他汇报工作，瞥见这期杂志，翻到了专访，还特意对他说："您家里这幅画可真牛！"随后张涛借走了杂志，说要仔细看看，再没还回来——恐怕张涛当时就想到了这本杂志的用处。

姜海从协会一路飙车回办公室，他已是怒不可遏，沿途闯了两次红灯也浑然不知。进了张涛办公室，他把门锁上，什么话也不说，就直勾勾地盯着张涛看，看得张涛心里发毛，一个劲儿问他怎么了。

"你为什么要这么做？"姜海问。

张涛皮笑肉不笑，答："做什么？姜社，你在说什么啊？"

姜海又不说话了，开始在张涛办公室里乱翻，他拉开张涛的抽屉，扒乱张涛的书柜，掀翻张涛的书桌，边找边说："果然是你。"

张涛抱着手在一旁看了半晌，才问："姜社，你在找什么？"

姜海停了下来，说："你之前从我那里借走的那本美版《财富》杂志，在哪里？你给我拿出来。"

张涛见他切中了要害，赶紧打哈哈："我拿回家了，回头给您送回来。"

姜海冲上去，一把拽住张涛的衣领说："走！我现在就跟你回你家去取！我倒要看你怎么变出来！"

姜海拽住张涛往门外走，这时张涛狠狠打开了姜海的手，收起了脸上装模作样的笑，冷冷地说："你反正都要走，何必斤斤计较？"

姜海问："所以真是你干的？"

张涛一边收拾被姜海翻乱的文件，一边说："是又怎么样？没我去揭发你，你照样会被集团董事会投票除名。齐一鸣通知你后，就来对我说，做好准备接你的位置。机会来了，我能不抓住吗？”

听到这里，姜海咆哮一声：“我 × 你大爷！”冲上去照着张涛的脸给了他一拳，打得张涛摇摇欲倒，“你为什么要这么做！我他妈哪里对不起你！”

张涛擦了擦鼻血，点了根烟，满脸嘲弄地答：“对得起。否则我刚才就还手了。这么多年你对我也没什么不好，但也别弄得好像你是我的救命恩人似的，风尚集团发展到今天，说实话，基本是靠我和你的小姨子林墨努力出来的。你搭了个台子，我们唱戏你收钱，各取所需，谁也不欠谁。要说交情，当年刘长波气冲冲从这里走后你立即把林墨提了上来，我就明白没有谁是不可替代的。你和刘长波交情可比我跟你深多了，你做得出来，我更做得出！”

“我现在就开了你！”

张涛狂笑，说：“你开得了吗？我手上已经有了集团股份，开我需要董事会批准。再说，以你今日的处境，你开我一百次，齐一鸣会再聘我一百次，做什么无用功！”

姜海像被扎破的气球，颓然坐进沙发，不知如何是好。一路走来，他是走得太顺，除去创业期的危机，他从来没有在别的事上操过心。手下的人各个儿争强好胜，各自为了杂志发展长久以来同舟共济。只是现在事业做大了，再没有什么可共苦的，有些人就不再愿意同甘了。他觉得自己是一个失败的经营者：学会了做事，却不会管人。从不修剪由着疯长的结果，是为自己惹来野火燎原。

张涛拍了拍姜海的肩，说：“你走吗？你不走我走。你愿意在这办公室待着就待着，我去你的办公室。”

远远地躲开了姜海，张涛发现自己手脚都抖得厉害：刚才抖，他是害怕，从没见过不说一句硬话的姜海发了疯一般扑过来揍他，真有些同归于尽的架势；现在抖，除了害怕，他是兴奋——没想到这事儿真成了！他真的即将取代姜海，不费吹灰之力拿下他一手创建并为之打拼了近二十年的江山。是的，他知道自己好斗、会算计、没有什么大情怀、遇事从私利出发，但他也没什么狼子野心，他看得上姜海，知道他有远见、有能力，关键时候还有决断，这对于他来说就够了，跟在姜海麾下老老实实地做事发财，也算图个现世安稳。即使招架不住林墨的崛起，那亦只是公司里的内部矛盾，就像他设想的：如果《风尚Composure》一开始归了他做，而后来的林墨去做《霓裳Flora》，今日三人之间说不定是欢乐一家亲的画面。他对林墨有心结，后期又觉得姜海和她之间因为有不清不楚的关系而对姜海也产生了龃龉，可他从未想过夺姜海的宝座。若不是前不久齐一鸣来对他提点或者说怂恿，面对最近卷入了朱学志操纵股价案的姜海，他甚至很是自责——毕竟朱学志是他介绍的！

而就在齐一鸣登门对姜海逼宫后，那天稍晚的时候，张涛也见到了齐一鸣，对方并不拐弯抹角，对他说："最近集团正在经历一些风风雨雨，稍微处理不好就是风雨飘摇。张总，董事会的希望全在你身上了。"

张涛一开始没听出来齐一鸣的意思，还当着他的面对姜海表忠心，说："齐总，你放心，越是这种时候，我们越会团结在姜社周围。"

齐一鸣摇摇头，叹气道："自作孽，不可活。总之，张总，从现在起，你要尽快全面熟悉集团所有的业务往来，不能让集团因为个别人的事就停摆。"

话到这里，张涛听出了其中真意。齐一鸣走后，张涛有些激动，甚至坐立不安，他问自己：真的可以吗？接管集团，从此称王？可转念一想，齐一鸣已经决定放弃姜海了，又不是自己叛变夺权，人生能有几次登上顶峰的机会？姜海抓住过，现在他的机会来了。虽然那意味着要将姜海推下山，可确实，姜海要怪只能怪自己。

张涛越想越激动，确信这是不可错过的机会。他又想起姜海涉案这事儿还没有定论，说不定最后什么也不追究，他倒落得竹篮打水一场空，竟不自觉地思量起落井下石的办法。这时，他想到了刊有姜海专访的《财富》杂志，他当时在姜海办公室翻阅时一眼便瞅出了有问题，于是下意识地借了回来想再仔细看看，谁知道，是注定也好、巧合也好、天助也好，总之，那本杂志，现在他正好可以用上了。

张涛把杂志与检举信一并寄出后，他就开始等，不动声色地、朝思暮想地、百爪挠心地、幸灾乐祸地等，一直等到刚才，等到姜海重重地在他脸上打出一拳，他舒坦了、高兴了、如释重负了，因为他知道，自己终于等到了——

从此再无姜海，再无林墨，大好江山，唯他所握！

纺织工业协会关于免除姜海风尚杂志社社长一职的公告和英杰风尚广告有限公司董事会关于罢免姜海总裁一职的投票决议前后脚送达给了姜海，那时已经是7月底了。张涛虽然没有直接继任，俨然已作为最高领导人在张罗风尚集团下半年的市场活动。这期间，姜海去给林墨告过一次别，他在林墨面前哭了，哭得很难看，以至于哭过之后，他再没来过办公室，后来所有的文件交接和手续办理全是于小娟上他家办理的。

姜海闲在家里，偶尔会想想这十几年到底值不值。告别时，林墨对他说：你堂堂风尚集团的总裁，名气、地位、财富、美女应有尽有，分明该是枭雄，玩得狠赢得准，你却始终像个文人。想想也对，他没有社交，直到现在他还有几分记者的警醒和知识分子的矜持，混在名利场中，大亨政要显贵明星因着风尚集团的影响力来与他应酬，他客气过后并不当真，别人评价他是友善却不讨喜；他没有女人，圈子里有的是小明星女模特女公关对他眉来眼去，并且心态摆得极正：我就想做你的情妇，不会影响你的家庭。他不是没有动心的，但一想起这些女人根本就是冲着他的名利来的就不舒服。有成功人士开导他：爱你的钱、图你的名怎么了？那也是你整个人的一部分！很多男人压根没有。他辩解说，我就是舍不得钱，当年我什么也不是的时候，我老婆是把每个月的肉票全倒贴给我吃，感动了我最后娶了她，花钱睡一觉容易，供养一份假的感情又何苦？他没有享受，挣的钱是改变了他和家人的生活，但集团里出风头的事总是张涛在做。李艺一有机会就环球旅游，连林墨都有一两个暧昧对象，他总是躲在背后。风尚集团是他亲手制作的一块精美蛋糕，他太舍不得吃，于是干脆天天看着。

不过这些值或不值的思考，在风尚集团按比例回购了他手中5%的股权、现金入账后，他再不想了。看着银行户头那串可观的数字，他打电话给妻子说：我从风尚撤了，等我这两个月收拾收拾，就去美国陪你们。

10月底的一天，姜海出发去旧金山。登机前他闲极无聊打开新浪微博看新闻，发现今天正好有风尚集团的年度晚宴。由于年初牵扯进汇图创业的丑闻以及年中他的出局，加上已经是张涛全权掌控集团，今年《风尚Composure》《霓裳Flora》，包括新创刊的《魅士Male》，三刊又合在一起以集团名义联合做了风尚中国之夜。从新闻照片看，规模之大、人数之多、现场之奢华，是历年未有，想必英杰资本和Meade集团亦鼎力支持，算作给张涛的登基大礼以及重振客户对风尚的信心。张涛穿着华丽的丝绸西装，梳着油光锃亮的背头，像旧时上海滩的大亨，站在台上，享受时代的瞩目。

姜海厌恶地把微博关掉，手机短信突然接二连三响个不停，全是打过交道又不明真相的客户发来的：

“听说您功成身退去美国养老了？恭喜！”

“您离职怎么也不说一声，太低调了！应该给您开一个欢送宴！”

“今天参加贵集团的活动才听张总说您因为个人原因离职了，太突然了！”

“刚才张涛讲话时站在台上哭了，说特别想念你，没有你没有风尚，真挺感动的！”

“您什么时候回国？还会出山吗？”

…………

这时机场广播里传来登机的邀请：由北京前往旧金山的航班现在开始登机。姜海想起朱学志把名贵相机扔进涅瓦河的那一幕，然后他毫不犹豫地关了手机顺手丢进身旁的垃圾桶，拎着行李从贵宾通道第一个登了机。

他不会再回来。

这已不是他的土地。

赢的吃相与输的姿态

林墨知道自己肯定得走。

从去年 7 月她就知道了。那时姜海气急败坏地走进她的办公室，把门一锁，坐在沙发上唉声叹气，对她说：怎么办，他们要赶我走！

当时林墨真是慌了一下，又不能立即与姜海抱头痛哭、两相崩溃，她合上电脑，用轻且发颤的声音问：怎么了？姜海一面骂，一面原原本本说了朱学志投钱办《魅士 Male》的真实意图，齐一鸣逼他引咎辞职，乃至张涛落井下石揪住把柄举报了他，导致上级主管单位要把他双开的一系列变故。他每说一桩，林墨心里便多凉一截，待他提及自己按捺不住在办公室把张涛一通乱揍后，林墨感到了绝望，她无力地对姜海说：我也不知道该怎么办。

两人各自沉默，姜海抽完了半包烟，又恨恨地说：“我实在不甘心集团落到张涛手里，我向董事会推荐了你，但说实话，希望不大。”

林墨淡淡回应：“肯定是没希望的。在协会那里，我没有正式编制；在集团那里，我没有股权。这两样张涛都有，怎么可能轮到我？”

姜海面露尴尬，继续说：“而且到处有传言说你是我的情妇，说我支走了老婆孩子是为了方便跟你在一起，以及我把集团的经济大权给了你，我俩里应外合从公司账上偷钱。”

林墨哼了一声，说：“还不都是从张涛嘴里传出去的？他这次真是志在必得！”

哪料这话一出口，姜海竟呜呜地哭了起来，他满腔的愤怒发泄完之后，只剩下委屈与痛苦，面对即将来临的惨败命运，除了哭，他已没了选择。姜海蜷在沙发一角，用身上数万元的定制西服衣袖胡乱揩脸，嘴里还反复嘟囔着“这他妈是我的杂志”，活像一个讨薪的农民工。

林墨愣愣地站在办公室另一头，完全手足无措。一开始她替他恨、替他愤、替他难过，可看他情绪突然崩溃，她心里有些什么一刹那也跟着崩溃了。她从未崇拜过这个男人，她喜欢男人身上带着亦正亦邪的匪气，杀伐决断、纵横四海，绝不追求事事周全。姜海不是这样的男人，他的成功基于他的按部就班、兢兢业业，用最体面的词总结，一定是天道酬勤。他太守规矩、克己复礼，偶有玩奸耍滑，亦带着啼笑皆非。她对他只有欣赏，她欣赏他在 1993 年时高瞻远瞩的眼光和破釜沉舟的决心；她欣赏他在 1998 年坚持正见不惜与刘长波决裂的果断以及之后分道扬镳时的风度——只有那时候，她对他有过短暂的崇拜，认定他必成大事；她欣赏他直到现在依然恪守郭晓月的遗愿在集团里护着沈玫的情义；她欣赏他，因为他一直懂得如何欣赏她。然而这些欣赏，此时被姜海一声接一声的恸哭碾成了齑粉。林墨理解，他是出于信任才在她面前大肆放悲，但她实在看不得男人输尽一切包括颜面，做人这么努力，不就是为了活得骄傲吗？

姜海哭了一阵，渐渐停下来，凄凄然问她："那你打算怎么办？"

林墨说："就是一份工作，实在干不了，就不干了，饿不死的。"

自那时起，林墨便做起了离职的准备，她把放在办公桌上的全家福照片收走了，挂在墙上的个人获奖证书撤下了，摆在书柜里常看的书打包了，办公室里所有私人物品被她一天一点地清空，最后只剩下办公用品，清爽得随时按下电脑里"格式化硬盘"的按钮，转身就能走。

等姜海被撤职的公告正式发了出来，李艺第一个坐不住了。她火急火燎来找林墨，问："老姜被撤了，你有机会上吗？"

林墨白了她一眼，说："没戏。"

李艺一下子失了魂，站也不是坐也不是，她在林墨办公室里来回踱步，细细碎碎地念："这回完了，这回完了……"

林墨不理她，自顾自回邮件，李艺蓦地一拍桌子，问："你怎么还跟个没事儿人一样？你倒是想想怎么办啊！不然我俩都得跟着老姜陪葬！"

林墨没好气，说："这话我对姜海说过，再对你说一遍，就是一份工作，不干也饿不死。况且我们本就是跟着姜海来风尚的，跟他一起走又怎么了？你不是一直特有骨气特清高吗？别这时候让我看不起你！"

李艺被打了脸，愤愤骂道："我要是跟你一样，回家有老公养着，我也可以三贞九烈！我老公没用，我们家就指望我，我捏着鼻子也得挣这份工资，你懂吗！”

林墨见李艺不惜抖出了家丑，觉得自己话说重了，于是道歉，说：“一份工作，不干不会死，但非得干，总有干下去的办法。全在个人选择，你别往心里去。”

李艺闷哼了一声：“走一步算一步吧。”遂摔门而去。

钱只是一回事，李艺对这份工作放不下的着实太多。她满足于自己在编辑部的绝对权威，比如肆无忌惮地把不满意的稿件当着负责编辑的面撕得粉碎然后扔她一头一脸；又比如开评刊会时每个编辑都能像煞有介事地说出自家杂志本期如何有亮点，而其他竞刊如何选题无趣文字低劣图片粗鄙，最后一致得出结论：主编不是一个水平。这种智力歧视或者智力崇拜永远令她乐此不疲，使她坚信战战兢兢才是最好的服从；她喜欢自己被品牌公关前呼后拥，《风尚Composure》达到的业界高度为她加冕了一圈不亚于明星的光环，始终头等舱、始终第一排、始终坐主桌、始终被一对一服务。每每登机或者进入宴会厅时，她必会扫视一圈，对那些坐在廉价舱位或者犄角旮旯里的同行睥睨一番，无声提醒他们，谁对于品牌才是更重要的客人。她欣然享用来自四面八方的馈赠，想令女明星登上《风尚Composure》封面的经纪人为她送上当季新款名牌包，动辄数千元一瓶的顶级护肤品公关为她送上一整套礼盒，高端星级酒店知名航空公司、各国旅游局为她打造富豪级别的环球旅行，正在蹿红的独立设计师为她私人量身定做时装……她如稳居庙堂之上的女帝，常年接受着脚下臣子的朝拜。她享受作为名女人的社交曝光，时不常在电视节目里高谈阔论中国时尚与阶层，与别的名女人微博互动相约饭局，游走在各所大学举办诸如“你的梦想价值百万”之类的成功学讲座，漫不经心抛出“那是我朋友”获得周遭众人的艳羡，她甚至乐于被陌生人谬误百出地背后议论。这是名女人痛并快乐着的特权。但难得的是，在所有这些仿佛取之不尽用之不竭的风光背后，李艺竟留有一份清醒：她明白只有当自己的名字牢牢与《风尚Composure》相连时，才能胜却人间无数；若把自己名字从《风尚Composure》版权页上的领衔位置摘去，随便换成阿猫阿狗，怕是瞬间南柯梦醒，人走茶凉。

正是如此，回到自己办公室里，李艺想起这些年与林墨联手对付张涛的种种，涨潮似的心虚。她比林墨还不留情面，对张涛至少有四年私下见面时没主动打过招呼，在客户面前经常半开玩笑半诋毁地调侃《霓裳Flora》是“骚货办给骚货看的杂志”。她参加宴会时坚决不跟姚丽娜坐一桌，最绝的是，她发明了一份排他性协议，凡封面明星或个人专栏，只要刊登在了《风尚Composure》上，六个月内不准再接受《霓裳Flora》的拍摄或约稿。李艺立场之鲜明、态度之骁勇，以至于她每每和林墨讨论张涛的话题时，一概用“那傻×”来指代。

而当下的现实是，“那傻×”马上要翻身做主人了，她倒成了傻×。

李艺前思后想，决定不能坐以待毙，她跟做贼一样，趁下午办公室里人不多，林墨又出门去见客户时，摸进了张涛的办公室——也就是原来姜海的办公室。

张涛眼皮都不抬，算准了似的，说：“你终于来了？”

李艺长吸一口气，说：“张总，我是想跟您说，无论以前我们有多大的分歧，全是出于我对《风尚Composure》的热爱，现在您做了集团大家长，希望您能做到对事不对人。我可以保证，无论是姜海还是您来领导，我对《风尚Composure》永远是一心一意、甘洒热血！”说完，李艺心里得意了一下，自觉这番说辞既发自肺腑又保全了颜面。

张涛玩味地笑了笑，说：“小艺，你话又说严重了，咱们都是从纺织工业局一起出来的，创刊时都在，你的编制跟我的一样，还正儿八经地挂在局里，这么多年我从来没把你当外人看。你从前和我过不去，是受人挑拨，我不怪你。”

李艺连声附和，说：“是的，是的，我没脑子，经常别人给根棒槌我就当了针。”

张涛起身，示意李艺在沙发上坐下，他亲自给李艺沏了杯新茶，递到她手里，语重心长地说：“你对《风尚 Composure》的贡献，有目共睹，这杂志没了谁都不能没了你，这点自信你应该有。唯独是你太单纯，一直没看清局面，白白被人当枪使。你在林墨手下干了这么多年，得到她的好处了吗？你把杂志办得那么好，吸引了那么多广告，林墨分过你提成吗？你到现在是不是还在拿死工资和固定奖金？小艺啊，我几年前就提醒过你，你这是为人作嫁你知道吗？以你的能力，早该一手管内容一手抓广告，你看姚丽娜跟着我做《霓裳 Flora》，我始终鼓励她见客户签单子，今年人家刚换了一辆宝马 7 系，你呢？替林墨挣了多少套房子多少辆车了？你傻不傻？你要是早向着我，咱把那外人赶了出去，《风尚 Composure》就是你全权做主了。”

李艺说：“我不是没想过，是不敢想。我之前给姜海提过想试试广告，被他呵斥了，说我得陇望蜀。”

张涛坏笑，说：“你给姜海提有用吗？他和林墨什么关系？一个被窝里的！你还敢往枪口上撞。”

李艺满脸难以置信，呆呆地说：“我是真不知道这些乱七八糟的，怪叫人恶心。”

张涛说：“你就是太正直了，容易一根筋。但你今天能来找我，我非常欣慰，说明你想通了、想到了，我还真担心你就拧着不肯来，到时候我整顿集团上下时，恐怕要留遗憾了。”

李艺彻底被震慑住了，把茶杯一放，站起来表态：“张总，从今往后请您信任我，我会向丽娜学习，为您尽心尽力办好集团的杂志！”

张涛对李艺的回答很满意，说：“我知道了，你现在回去帮我摸摸《风尚Composure》的底，看看哪些人是还可留用的，以前被林墨弄得乌烟瘴气，还泼不进水、插不进针，现在必须从上到下梳理一遍！”

走出张涛的办公室，李艺长长舒了一口气，她转眼又想到一个问题：如果林墨真走了，得有个人帮自己先稳住广告这块儿，毕竟她此前没碰过，一点头绪没有。很自然，她想到了马建红，这个长期以来被她鄙视为“有奶便是娘”的女人。

想不到的是，马建红比她还惶惶不可终日，见李艺突然约自己吃午饭，刚坐下来，她立即问：“是张总让你来和我谈话吗？”

李艺以为她在质问，顿时没了好声气，说：“是又怎样？你有意见？”

马建红大惊失色，解释道：“不是，不是！如果你是代表张总来找我谈话，我希望你帮我转达一下，我并不是像大家想的那样，是林墨的人。我心里从来没有站过队，就是老老实实卖广告，谁当领导我都给卖，本本分分的，一点儿没有花花肠子。可千万别被张总错怪了！”

李艺嗤了一声，说：“算你是个明白人儿！”

马建红像受了不白之冤，眼泪说出来就出来了，她一面抹，一面念：“我怎么能不明白呢？集团这么好的地儿，我比谁都珍惜。我知道我水平不高，更是尽心尽力，领导安排什么我就做什么，谁给的气我都兜着，一点儿脾气没有，就图个安稳太平，这么多年我容易吗？现在集团发生重大变化，在我看来，那全是大领导的事，跟我这种下面的人有何干系？就是有些人居心叵测，趁火打击报复，非把我说成是林墨的贴身大丫头，天地良心！你也跟了林墨这么多年，难道还不知道，她是除了自己谁都不信的。”

李艺心想，这话倒是不假，直到现在，马建红还要请助理帮她翻译英文邮件，离了风尚，她还能去哪里？国际大刊的外国老板们可不欣赏她那套“吃了吗您哪”的黏糊劲儿。再往深了想，马建红包括自己这一代时尚媒体从业者，既幸运又悲哀。幸运的是，入行早，赶上了中国时尚杂志第一批，没有成见、没有规则、百无禁忌。十五年前，干专题编辑的全是文学青年，干时装编辑的全是服装学院学裁缝的或者美院学画画的，干美容编辑的全是美容学校学化妆的，干时尚摄影的全是影楼出身，干广告的更是什么都有，大家一起摸着石头过河，靠猜、靠学、靠模仿、靠创造，愣是做出了有模有样的时尚杂志。然后，他们赶上了好时候，短短十几年，中国时尚媒体站到了与国外百年媒体同样的高度，时尚编辑俨然成了最光鲜的职业，人人趋之若鹜。于是，现在哪怕在时尚杂志里干编辑助理的都得是伦敦、纽约、安特卫普顶尖大学科班毕业，想做杂志销售最起码也得会一门流利外语。老一代的从业者仗着年头在各家杂志把持着中高层岗位，稍有时运不佳或自身不严，落下马来便再回不去了。每家成功杂志门口永远有无数含着金汤匙、喝过洋墨水的全新一代等待填空，更别提还有从由盛及衰的香港、台湾转战过来的成熟杂志人对这个新兴暴富市场垂涎欲滴。每当听闻又有什么杂志倒闭，主编找不到工作，只好转行或者干脆消失，马建红也好，她也好，心里总会掠过一丝兔死狐悲的悲凉。

想到这一层，李艺觉得马建红的确可用，说："你别哭了，张总对你、对我都没意见，他就想拿林墨开刀，我今天把话说到这份儿上，你自己长个心眼儿。想留下来，从现在起，你就要实实在在拿出态度，划清界限，让张总看到你的诚意。"

马建红小鸡啄米似的点头，应允道："放心吧，我从此有事只对你和张总汇报！"

张涛的清算是从 2011 年元旦后开始的，他在 2010 年 12 月被风尚集团董事会正式任命为总裁。林墨本打算在他上任后立即提出辞职，但转念一想，姜海才走，自己马上跟着走，反而坐实了之前的一系列谣言。再说，既然打定了主意要走，自己心里再无负担，多待一天，是张涛心里硌硬，倒要难为他想出各种损招来合情合理地除掉一个劳苦功高的元老级员工。

张涛花了三百万元请来一家管理咨询公司，对风尚集团中高层进行一对一调研，据说是为了"优化层级，疏通系统，建立更适应新媒体时代的竞争格局"。咨询公司的调查员在风尚集团包了间会议室，每天传唤部门经理以上的员工，轮流进行访谈，事无巨细，政审一般，其中最关键的问题是：你对集团目前状况是否满意，有何改善意见？

姚丽娜答：集团内部存在一些不合理现象，出版业务绝不该出现内容与广告分离的分权管理模式，每本杂志应该只有一个最高负责人，既懂内容又懂广告。这样才能准确把握杂志的出版节奏、视觉呈现、内容诉求。

李艺答：集团原先存在偏信、集权等问题，应该给员工均等的机会，让员工去接触、去学习更多业务，全方面提高个人水平，从而整体提升集团的竞争实力。信任式的管理早已不适应瞬息万变的新媒体时代，没有人能永远保持先进，建立学习型的团队，首先要从打破原有格局开始。

马建红答：有些集团领导身上压的担子太重了，要管不止一本刊，这必然会造成刊与刊之间团队的利益冲突。当妈的自己看不出问题，觉得手心手背都是肉，一碗水端得平。但会哭的孩子才有奶吃，领导有时为了搞平衡，会建议客户把预算从业绩较好的一本里拨出来放到业绩较差的一本，整体收入没有减少，但这对于强刊的销售团队来说是不公平的。每本刊应该只对应一个出版人。

《魅士 Male》的主编答：作为集团的一本新刊，我们需要来自集团领导更多的帮助。

…………

调研进行了半个月，所有中高层全接受了访谈，最后调查员传唤林墨，林墨根本视而不见，拖了一个星期。调查员向行政总监于小娟投诉，于小娟亲自找到林墨，问：“林墨，你怎么回事？别不配合工作！”

林墨冷笑几声，说：“有什么好配合的？我的意见有什么好听的？与其拖着时间一直走过场，不如干脆点，直接对我宣判结果，大家都痛快点！”

于小娟听她说得这么直白，只得央求她：“你就好歹去去吧，别难为老姐姐我。你是舍得一身剐，回头张总斥责我办事不力，我担待不起啊！”

林墨也不好再拒绝，她往调查员面前一坐，说：赶紧问吧。

对公司有建议吗？没有。觉得哪里需要改进？没有。对公司有不满吗？没有。在接受管理方面有困难吗？没有。在实施与管理方面有困难吗？没有。在公司中有特别交好的人吗？没有。在公司人际中有明显感到过恶意吗？没有。

调查员问："你是故意不配合吗？"

"没有，我觉得都挺好。"林墨反问，"你觉得你们的调查有意义吗？"

"有。"

"对你们有意义就行。"说完，林墨起身，丢下一句，"你们可以出报告了。"径直离开。

张涛公布调研结果，是2011年3月。他单独把林墨叫来办公室，说："此前的调研报告出来了，我对你说明一下。"

"怎么？合计这调研是冲着我一个人来的？单单对我宣布？"

"主要和你有关，调研结果显示，集团最主要的问题你管理的部门太多了，导致部门之间相互冲突，影响集团效益。咨询公司建议一本杂志对应一个出版人，不宜一人多管。"

"咳！就这结果你真不需要花三百万找人替你说，你自己亲口对我说了我一样认，怕什么师出无名！"林墨心中不屑，于是毫不顾忌地拆他的台。

张涛脸上红一阵白一阵，怒吼："你不相信我可以，但你要相信管理科学！"

"哈哈哈哈哈！"林墨觉得张涛恼羞成怒的模样滑稽透了，说，"行，我信，我认！怎么着都行！那咨询公司给的解决方案是什么？"

"你以后就不要再担任运营总经理一职了，由李艺担任《风尚 Composure》执行出版人，马建红担任广告总经理。《风尚

Composure》的业务由李艺全权负责。李艺是创刊元老，对《风尚Composure》各个环节都很熟悉，再有马建红帮她执行广告销售，一定没问题。你就专心担任《魅士 Male》的执行出版人吧，这本杂志是你和姜海创办的，我们这些没参与创刊的人谁都不了解情况，所以只能你亲自去抓。这样丽娜、李艺和你，一人负责一本刊，权责明晰，利于形成良性竞争。”说到这里，张涛看了林墨一眼，有些不自信地问，“这么安排你有意见吗？这不是我个人的决策，是咨询公司综合所有因素给出的最佳解决方案。”

林墨直视张涛，并不说话，她的眼里没有任何愤怒，却有不容置疑的威严。她盯得张涛一动不敢动，头也不敢抬，把脸埋下去假装看手里的报告。过了几分钟，林墨莞尔一笑，说：“我没意见，我只要还在风尚工作一天，我就是您的员工，您让我打扫厕所我都没意见，只要是集团需要。”

“那就最好了，你一向体面，这是我最欣赏的。”张涛讪讪地说。

林墨慢慢往自己办公室走，她脸上有些灼烧，双手握得极紧，已经攥出了汗。她担心眼泪会不由自主涌上来，又拐进厕所里用冷水洗了把脸。等再出来，她已经没了情绪，路过前台，她特意在那一整排《风尚 Composure》封面展示墙前停了一会儿，她心里有数：这是雅诗兰黛开始投放的第一期、这是第一次本土团队拍摄的封面、这是去年卖得最好的一期、这是十周年纪念刊……看完封面，她一鼓作气走回办公室，打开邮件，写道——

各位《风尚 Composure》同仁，我要对你们说再见了。之后我将担任《魅士 Male》执行出版人一职，不再参与《风尚 Composure》任何业务。《风尚 Composure》与我相伴十九年，最是感激一路上有你。万望各自珍重，共同进步，永创佳绩！

另：万勿回复此封邮件，心中若有情谊，不必言语说明。

林墨 敬别

她将邮件群发给了《风尚Composure》所有员工，两小时后，她在办公室里听见马建红给客户打电话——林墨不在我们这儿上班了，以后广告上的事请直接和我沟通。

这就结束了。

接下来的日子，林墨过得极轻松，她不怎么见客户，大部分时间用来默默地为《魅士Male》觅一个合适的出版人。有些《风尚Composure》的旧部申请跟着她一起换到《魅士Male》去，被林墨拒绝了。她依然在位于《风尚Composure》编辑部内部的独立办公室里办公，只是没有人敢跟她公然搭话，偶尔她出来去公共饮水机接水碰见马建红，好心问一句“最近忙不忙”，马建红倒像见了鬼似的，支吾几声缩着脖子一溜烟跑开。至于李艺，更是故意躲着她，若在电梯里碰见，李艺会立即退出电梯等下一趟，她扭过脸不说话不打招呼，林墨并不为难她。

结果，到了6月，行政总监于小娟鬼鬼祟祟地找来，对林墨说：“墨啊，集团在《魅士》编辑部里给你找了一块办公区，你看你最近就搬过去吧。你现在又不在这边上班了，来回折腾不方便。”

林墨立即把她回绝了，说：“别的什么事都好说，唯独这件我不答应。这办公室是当年我自己挑的，先有了我的办公室，姜海才给《风尚Composure》划出了办公区。我就是喜欢这块地儿，我不嫌折腾，不换！”

于小娟面露难色，说："不是，关键吧，这边总有同事反映说你作为前领导，每天进进出出的，给人心理压力特大。"

林墨笑了，说："就算我是鬼，没做亏心事，有什么好怕的！"

于小娟又央求她："你这不是又为难我嘛！"

林墨再不想理她，说："就说是我说的，谁命令你来让我搬，你让他自己来跟我说，只要他肯亲自来，我二话不说马上搬！不然下面的人，谁来说都没用！"

于小娟领了话，怏怏走了，之后也再没人来让林墨搬走。林墨筹谋带着《魅士 Male》的广告总监做完 9 月刊就辞职，私下也给魅士团队里信得过的人说了。7 月截完稿，《魅士 Male》的主编连同广告总监、市场总监又恳求林墨指导他们做完第一届中国魅士年度大典再走。一晃活动做完，也 10 月底了，张涛通知 11 月初所有中层以上干部集体去郊区度假村开集团整改后的第一次年度总结大会，各刊出版人必须做出报告。考虑到会上要申报杂志来年的预算，林墨还是去了。

大会上，李艺和姚丽娜肩并肩坐在第一排，有说有笑，姐妹情谊被所有人看在眼里。林墨独自坐在最后一排，不想被人发现。

姚丽娜先喜气洋洋地发言："2011 年集团经过全面调整，焕发出更有活力的面貌。在张总的直接领导下，《霓裳 Flora》逆势而上，销售额提升了 20%！"

李艺像一个刚被解放出来的苦大仇深劳动妇女，眼含热泪，饱含深情地发表演讲："当我今年临危受命，在动荡中接下《风尚 Composure》时，我根本没有信心，过去十几年我只专注于埋头做内容，完全触及不到杂志运营的其他方面。是张总一再给予我帮助，才让《风尚 Composure》在今年市场全面萎缩的恶劣环境中，继续实现了10%的销售增长！《风尚Composure》必须感谢张总，因为他近二十年如一日的坚持和大刀阔斧的改革者气魄，风尚集团不但有辉煌的过去，更将有灿烂的明天！”

李艺的发言将林墨推到了忍耐的极限，她走上台去，平静地说：“《魅士Male》今年实现了一个亿的销售业绩，在全国所有同类刊中位居第一。这是《魅士Male》团队的集体荣誉，更归功于一个人。是那个人当年对市场的准确判断，才有了《魅士Male》这本杂志，有了轻松破亿的广告收入。《魅士Male》在风雨飘摇中创刊，最后付出代价的是那个人，如今的收获却属于整个集团。刚才我在下面，听见姚总、李总发言，二位老总领导下的刊物都实现了持续增长，值得恭喜。李总还提到了二十年，提到了过去，提到了明天，我想说的是，无论是《风尚Composure》《霓裳Flora》，抑或风尚集团的过去、明天，这些统统得感谢那个人。不能因为今天他不坐在这里了，大家就当他不存在，抹杀他的一切……对不起，这个总结会我开不下去了，我身体很不舒服，抱歉我先走一步。”

林墨忍住哽咽，头也不回地冲出会议室，不顾后面有人叫她，愤然开车离去。她没有回家，而是去了办公室。她整理出自己手头里的所有文件，分门别类标注上“给广告部”“给编辑部”“给人事部”“给行政部”“给法务部”……然后她格式化了电脑硬盘，抹掉了所有个人数据，留下了办公室、文件柜钥匙，一针一线，一目了然。

最后，她在文件柜里翻出了一份演讲稿，那是2008年风尚集团十五周年客户答谢晚宴上，她作为员工代表对姜海的致辞。是这么写的——

今天上台之前，我和我们杂志的李艺主编聊了会儿天，她感叹说：我来风尚都十五年了。我说，你这么说不对，应该说：我来风尚才十五年！是的，十五年对于许多人来说，已经是相当长的职业生涯，但对我们每一个风尚人来说，不过是人生的六分之一。我们人生的前两个六分之一各自成长、接受教育、走入社会，最终通过命运安排和个人努力走到了一起，成为风尚大家庭一分子。从那以后，风尚集团在座的许多人和我一样，早已暗自决定不止把这个六分之一献给风尚，下一个六分之一、再下一个六分之一，甚至最后一个六分之一，我们都愿意留在这里。我想，这全是因为风尚集团创始人、掌门人姜海先生的人格魅力。此刻，我虽然笼统地代表所有风尚集团员工感谢他，但我确实知道每一个人都分别感谢他什么。比如《霓裳 Flora》的出版人张涛先生，他说他想感谢姜海当初选择了他一起创业，更感谢他作为兄弟二十多年来对他不离不弃；又比如《风尚 Composure》的李艺主编，她想感谢姜海作为前辈对她的栽培以及倾尽心血缔造了《风尚 Composure》这本超级大刊让她有机会站在上面看世界；还比如我，这个十五年前和他不打不相识的酒店公关，最终折服于他的宽厚与卓见，选择了义无反顾追随他办杂志。现在，我深深感谢他，作为领路人、作为恩师、作为兄长、作为知己。

林墨看得泪流满面，她擦干泪水，把这份致辞复印了若干份，分发在风尚集团每一个人的办公桌上。做完这一切，她拿出手机发了条短信："张涛，我不愿做你的鸡肋了。容我正式对你提出辞职，所有交接请尽快安排。"

1993 年 5 月，姜海创办《风尚》杂志。10 月，林墨正式被招聘入职。时年，他三十一岁，她二十三岁；1997 年，姜海为《风尚》引入国际版权；1998 年，林墨单人为《风尚 Composure》签订首张单笔百万级广告；2001 年，姜海牵头指导张涛创办了《霓裳 Flora》杂志；2005 年，林墨创造了单期杂志广告收入三千五百万的行业奇迹，同年《风尚 Composure》全年销售额突破两亿；2009 年，姜海为风尚集团引入《魅士 Male》杂志；2010 年，姜海被迫从风尚集团离职；2011 年 11 月，林墨同样从风尚集团离职。

这一年，他四十九岁，她四十一岁。他们谁也不曾想到，终究把他乡认成了故乡。

并非结束

除了记忆，一切过去其实无迹可循。

尤其在北京这种地方，无论发生了什么，转眼就湮没在越来越繁华的城市和越来越冷漠的人群里，哪里用得上“岁月”二字，沧海桑田，全是肉眼可见。新盖的楼三年便旧了，楼底下的铺子也一样，换了私房菜、换了美甲店、换了咖啡馆、换了房产中介……走马灯似的，再过几年，这楼说不定也拆了——并非不好，只是这城里的人们更喜欢新的；公路、高架桥肆意生发、蔓延、铺展，地底被挖得四通八达，一年前住在四环边上尚嫌交通不便，一年后能在亦庄、八角、西三旗买房，亦可算作人生赢家。与快时代大格局伴生的城市交通越发不堪重负，导致这城中的一切人际关系又多了一分变数，连爱情也变得斤斤计较。住在海淀的男人，对住在通州的女人说：“什么也阻止不了我爱你。”在那短暂的彼此感动后，接下来的一句，他会说，“如果明天三环不太堵，我再去看你。”老北京还有，可那壳儿是老的，里子全是新的。四合院是新砌的，里面或卖着西餐或住着新贵；胡同是重整的，先前的住户一律被动迁到了五环外的城郊新区，留了宅子给一拨又一拨的旅游文化商贩做旅游生意；驰名老饭馆俱在，卖着烤鸭炸酱面同时也卖四川水煮鱼，跑堂的伙计无一不是外省口音；曾经普通人不敢抬脚进的涉外商场高档酒家五星饭店有的还在。但二十年过去，无论怎么翻新，亦挽不回日复一日的颓势，于是纷纷放弃了原先豪门的身段做起了平价海鲜自助或购物满100返50，沾尽招牌上的最后一点金光以期招揽当年那些耿耿于怀的普通人。所以，你看，在北京，除了依靠回忆，你是断然找不回过去的。别说二十年前的，五年前的，也未必。

当然有例外，譬如八宝山。在这里躺下的便永远躺下了，留下一方墓碑牢牢钉住一段过去，供活着的人缅怀。每年清明时节，整个墓园回荡着此起彼伏凄凄切切的啜泣声，那是一些寻到了过去的人，依然踌躇着不肯再被时间拖着往前走。

林墨是在清明节过了两天才来的，郭晓月的祭台上放着还未打蔫儿的鲜花和果品，定是有亲人按时来拜祭过。林墨用手轻轻拂过嵌在墓碑上郭晓月的照片，浅浅一笑，自言自语道：你看，我是老了。

她去年年底提出从风尚集团离职，使一些人心里悬着的石头终于落下，另外一些局外人似早已勘破了她的宿命，除了叹息并未讶异。林墨离开得异常快且静，张涛在接到她的请辞短信后，第二天就安排了人事同她交接，他本人再未与林墨见面。前后不过一周，她的公司邮箱被注销、个人档案被转走、办公室被清空、客户资源被瓜分，整个集团顿时找不出一丁点林墨曾在此工作了二十年的痕迹。

但林墨离职在风尚集团引起的轩然大波，在她正式群发邮件告别后的一小时内，便接连引爆了。先是《风尚 Composure》被她一手带出来的三个高级广告总监一起来对她说：“我们也提出辞职了。”

林墨震惊，呵斥说：“别闹！”

其中一个说：“我们没有闹，去年您被调离《风尚 Composure》去了《魅士 Male》的时候，我们仨就商量过，要不要申请跟着您调离，但后来我们觉得，那也许是暂时的，只要您还在风尚，一切皆有可能。所以我们说先等等看。但现在您辞职了，我们也不想在这儿待了。”

林墨劝阻，说：“你们别这样孩子气，我还没有想好接下来做什么，所以你们要因为我辞职了，我没有办法安置你们！”

“墨姐，我们没这个意思。但就像您之前说的，做任何事不能全是为了钱，总得交付点儿真心，才能把事儿干得圆满，赢得漂亮，输也输得光彩。我们跟您一起为《风尚 Composure》创造过那么多辉煌的时刻，也经历过许多困难的低谷，现在您走了，我们留在这儿就只剩钱的事儿了，这工作再好也没法干了。”

“没错没错，”另一个把话接过来，“您不用担心我们，我们去哪儿都能卖广告。但我们就是要让张涛知道，这公司里不全都是他那样无情无义的人！”

林墨被感动了，但嘴上还是说：“这不是意气用事的时候。”

“再说了，马建红几斤几两我们谁不清楚，现在她来管销售，您说我们谁会服气？做同事这么多年，要服气早服气了，一个为了抢提成可以拆同事台的人，根本没那么大的格局做领导！”

“我还是希望你们想清楚，不要让情绪、恩怨影响自己。”

“别担心了，墨姐。我们知道您离开这儿以后只会更好，无论您做什么都会好。我们各自也会好好照顾自己，但最重要的是……”其中一个总监说着说着突然哭了，“如果以后您还有用得上我们的地方，请一定给我们这个机会，无论我们在哪儿，都会立即追随您。”

她一哭，林墨也受不了，一眨眼两行滚烫的泪就滑了下来，林墨紧紧拥抱着这三个人，呜咽着说：“各自保重！后会有期！”

三人走后，风尚集团所有和林墨共事过、被林墨提拔过、得过林墨帮助的人，纷纷公然来林墨办公室和她告别，她的手机也响个不停，全是第一时间知道她离职的客户发来信息声援及慰问。本来林墨觉得离开是很轻松的，但每一个拥抱、每一滴眼泪，都让她觉得“风尚”这两个字，依然是那么沉甸甸的。

该来的全来过以后，没想到，最后马建红走了进来，说：“我能跟您聊会儿吗？”

林墨一见是她，继续一面收拾东西，一面调侃她：“别告诉我你也打算跟着我辞职了吧？”

马建红唰的一下子臊了，喃喃说：“姐，我知道我对不起您，但现在广告部因为您炸了锅，您能帮我去劝劝吗？一下子走四五个人，全乱套了。”

林墨一听，真是没什么好气儿，说：“你没什么对不起我的，我走跟你没关系，该劝的我刚才都劝了，这时候无论我说什么都是火上浇油，你现在是领导，正是考验你能不能服众的时候了。”

马建红要急哭了，大丫头的招式又使将出来，哀求道：“姐，别呀！人走人留的还是小事儿，就您从《风尚Composure》调走这小一年，无论我怎么努力，客户就是不停地撤单，才六个月广告就下滑了40%，李艺快要把我生吞活剥咯！怎么说《风尚Composure》

也是您一手带大的亲生闺女，您不管我死活，怎么也要扶您闺女一把啊！”

林墨真是有些无语，但看马建红哭丧个脸，只得说：“你真觉得客户撤单也是因我而起？我林墨算什么东西，有那么大的面子！难道我不在《风尚Composure》做，资生堂、欧莱雅就不卖化妆品了？LV、CHANEL就不开店了？别那么幼稚好吗！找找原因，现在报零的渠道费用一下翻了四倍，微博、微信、淘宝、自媒体又追得那么紧，况且一会儿闹金融危机、一会儿搞廉政风暴的，奢侈品生意不好做，钱自然花得精打细算，传统杂志成本节节攀高，社交网络营销又便宜又好用，你说品牌怎么选？这是大势所趋，你我谁也拦不住！”

马建红听不明白，继续哭：“撤单的几乎都是您关系特好的客户，您就好歹帮我垫句话呗！别因为您跟张总闹得不愉快，把好好的杂志也毁了。”

“Nina，你坐下，我好好跟你说。”林墨觉得有必要再最后给马建红说一次，“你说的这些跟我关系特好的客户，哪一个我没有带你见过？没有把关键人物引荐给你？你觉得我垫句话就有用，你跟了我这么多年，怎么就一直做不到？是，你是努力了，哥啊姐的叫着，礼物送着、大餐请着，但我难道没有告诉你，与人打交道时，千万要把脸上的欲望收一收，你追客户追得那么紧，肉麻的话说得一点不脸红，你让客户从你脸上看到了什么？他们只会看到：Nina签了我这一单，立马就能用抽成换个大房子买辆好车吧？我做杂志前，是做酒店的，那可是要跪着给客户擦地板笑着让他们抽耳光的工作，你以前在赛特卖高级香水，说起来比我体面多了，可我还是从我那份伺候人的工作中学到了东西：这是一个不体面的世界，你要想在这个不体面的世界长长久久地立足下去，唯一的办法，就是尽量让自己体面地活！尤其在咱们这个行业，不体面能活吗？能！这圈子里翻脸快、脱裤子比翻脸还快的女主编、女总监多了去了，可那只是挣钱，不是成功。钱能为你买到大房子、大车子、大皮草，让你往哪儿一站都是金光闪闪的；但如果不能成功，钱挣得越多你就陷得越深，因为你知道哪哪儿都是背地里咒骂你、等着看你笑话的人。如果有一天你挣不到钱失去了作用，出了这个门这行业也就把你关在外面了。你根本不自由，除了紧紧抓住眼前的一切，死不放手，别无他法。我本来也很害怕，觉得自己只是挣到了钱，而直到今天，这集团上上下下除了某些人全都顶着张涛的压力来送我，所有我认识的客户全部打电话发短信来祝福我，离开了这儿我能干什么、想去哪里、有哪些人会帮我统统心中有数，我才释然：体体面面奋斗了二十年，我总算是成功了。”

这番话说完，马建红终于不再纠缠了，她擦了擦眼泪，也不知道是明白了还是放弃了，淡淡地说了一句：“谢谢墨姐，那我不打扰您了。”

就随她去吧！

自那以后，到今年 4 月这半年时间，只有络绎不绝的猎头和同行来电，还在提醒林墨曾与风尚集团有所关联，被问及离职的原因及下一步的打算，她一概回复：想歇歇。

林墨是真的心平气和歇了下来，不是带着怨气般地成天睡懒觉，不是洗心革面式地相夫教子操持家务。她依然是早上七点半起床，吃过早饭送完孩子，然后去听各式讲座、参加研讨会、见企业家朋友。高国强调侃她：还想着上班呢？林墨说：班是可以不上了，但事儿却不能不做。

清明节前，刘长波后知后觉地打来电话问：听说你也走了？林墨说：走一阵了。刘长波在电话里一阵唏嘘，说：彼此又好几年没见，哪料出了这么多变故？原先我们这拨人，也就是你，还能坐下来聊聊。最近是该抽空见个面，会会老朋友了。

挂了电话，林墨在心中过了一遍刘长波说的“原先这拨人”，瞬间起了意，要去为郭晓月扫扫墓。

坐在墓前，林墨仿佛看见，郭晓月迎着晨光、从蔼蔼松柏中走了过来。她在对面坐下，伸出手，带着一股朝露的凉意，握住了林墨的手。然后，她问林墨：你恨吗？

林墨摇摇头，说：这二十年，你、我、姜海、李艺、沈玫、长波甚至包括张涛，无论谁和谁之间，都有过好的时候。原本也不是因为友谊走到一起，风尚做到现在的规模，大家终归是合了力的。只是能同患难却不能共富贵的事太过寻常，今日报应在我身上的纷纷扰扰，实在算不得意外。所幸在我离开以前，已亲手将《风尚Composure》做成了一本真正意义上的大刊，也算了了初心。且在这过程中，我亦收获了名和利，集团之于我，早已不辜负。早走晚走，但凭缘分。

郭晓月笑了，说：我也没恨过。

不知过了多久，清晨的薄雾已然散去，扫墓的人渐渐多了，林墨看见郭晓月的身形在逆光中慢慢模糊，分别之际，她似听见郭晓月问她：接下来有何打算？

我想再用二十年，试着自己来一遍。

和刘长波见面，是在国贸大饭店八十楼的云酷酒廊。他指着窗外与国贸三期遥遥相对的银泰写字楼——风尚集团如今的办公地，对林墨说：“还记得吗？二十年前我们来国贸一期卖杂志时，对面那片儿全是破厂房，时间过得可真快！”

林墨喝了一口茶，附了一句：“是啊，都还像是昨天的事，好在这些年不算白过。”

刘长波突然愤恨，骂骂咧咧：“张涛忒孙子了！丫有必要做绝吗！”

林墨没有接这话，她捧着茶杯看向窗外，曾经从她的办公室恰好能看到这里，此时此刻，她根本不再关心那扇窗户后面的是是非非。

刘长波见林墨没有说话，赶紧把话岔开：“那你找到下家了吗？”不等林墨回话，他自顾自接着说，“不如你来帮我，来我们网站做销售副总裁吧！”

林墨一时怔住，更找不到话来接。

刘长波说：“小林，这是我第二次邀请你，2001年你没来《优姿》，是我的庆幸，不然连累了你。但今时不同往日，我们丽人时尚网目前是中国最具影响力的时尚垂直网站，马上还要开展电商业务，顺利的话，两年之内，我们一定启动IPO。你若愿意加入，两年后，整个风尚集团或许抵不上你一个人的身家！”

林墨扑哧一笑，不是轻视，是发觉豪情万丈的刘长波颇有几分可爱。刘长波自己也觉得，起起伏伏二十年，现在总算能自信起来。2006年他一手创办的《优姿Grace》狼狈停刊后，有很长一段时间，刘长波躲在家里不愿出门。路过车站或报亭，一张张应接不暇的大刊海报像在活灵活现地耻笑他——不是封面女郎，而是这些成功杂志背后的出版人、他熟知的同行，耀武扬威地四处张贴炫耀：看，我就是比你行！比起羞耻，他更困惑，不知自己还有什么可以做，尤其背负着不善经营出版人的头衔，整个行业再无他的容身之所。几年蹉跎，也没什么资产可以支撑他以“四十五岁提前退休享受人生”的借口体面退出，真真儿是走投无路、一败涂地。刘长波闲了半年，绝望得几乎要上招聘网站发简历，一个在他当时看来并不靠谱的工作机会成了他的救命稻草：有投资机构看准中国方兴未艾的奢侈品市场，斥资创办时尚门户网站丽人时尚网，聘的总裁是标准做互联网出身的，技术管理流量排名样样精通，唯独不了解时尚。网站开通近一年，内容净是性感美女高清写真，弄得似一个色情网站。董事会对此大为光火，决定无论如何要招一个正规时尚媒体出身的高管来做CEO。2007年，正是中国时尚杂志最蓬勃的时候，经过第一轮洗牌，活下来的全成了大刊，好不风光。人人抢着应聘，哪见杂志里的人肯自己跳出来，何况还是去网站？那年月，时尚杂志编辑个个傲娇得如同大观园里的姑娘，成天风花雪月饮酒作乐，即使是被撵出去的使唤丫头，也觉得自己比对着电脑复制粘贴、一件好东西没用过的网站时尚编辑高贵许多。丽人时尚网的总裁捧着高薪在时尚杂志询了一圈，竟没有一个接茬。只好退而求其次，找猎头帮忙寻着，哪怕是曾经在时尚杂志干过的呢！猎头为总裁献上了刘长波，在他经过指点美化的履历表上，有一条最是打动总裁及董事会：风尚集团创始人之一。双方一拍即合，刘长波一点儿扭捏没有，表示可以立即上班，差点让总裁窥出他的山穷水尽。刘长波入职后，给丽人时尚网做的第一个贡献，是招回了一大批残兵旧部和别家倒闭刊物的待业人员，组建了一支理论上全由正统时尚杂志编辑、销售构成的网站团队，董事会顺势以此为卖点，马上进行了第二轮融资。刘长波布置手下编辑把原先在杂志做的话题、拍的图片稍加改编后发到自家网站上，又让他们各自动员熟识的时尚红人、美容妖孽在丽人时尚网开博客。花了一点儿小心思，顿时把丽人时尚网包装成了有原创、有达人、有互动的专业时尚网站，上上下下对他交口称赞。高枕无忧工作了一年多，刘长波对互联网产业却依然有些将信将疑，他不懂技术，更没接触过资本时代的玩儿法，网站广告长期入不敷出时常令他担忧：靠投资弄来的钱还能烧多久？他是倒下过的，断定承受不住再倒下一次。没想到刚进入2009年，突然井喷的广告订单使刘长波觉得自己终于十年磨一剑苦寒梅香来——其实跟他没什么太大关系，皆是因为全球的广告主尤其是化妆品客户在那一年一致认定：新媒体是未来的主宰。实际上，2009年中国的平面媒体并未显现要被互联网和手机客户端迅速取代的趋势，奈何海外品牌的大老板决定了，国内办事处必须亦步亦趋，每家每户当即便从全年广告预算里劈出了至少三分之一，硬生生地投给了包括丽人时尚网在内仅有的几家象征新媒体的时尚网站。刘长波拿着花钱从网站联盟买来的推广流量，以及找来一些难辨真假的网络“红人”做的产品测评，轻轻松松就让各种客户埋了单。到了2009年年底，丽人时尚网的广告收入骤然剧增至六千万，翻了三番，董事会欣喜之余，赶忙就着广告业绩开展第三轮融资。刘长波好奇，私下问总裁：拉来这么多广告还不够维持网站运营吗？总裁戏谑一笑，说：你还不懂？做概念，钱滚钱，直至上市，到时候你花的不是客户手里的钱而是全球股民手里的钱。刘长波恍然大悟，总算参破了互联网的天机妙处，自那时起，他对这充满奇迹的新生行业产生了信仰，人生亦找到了坚定的方向——将丽人时尚网做上市。之后，刘长波无论在官方或私下场合被人问及“为什么从杂志转到互联网”时，他总是不加掩饰、嗤之以鼻：杂志？那是夕阳产业！

林墨对刘长波眼下的邀约感激却不感兴趣。尽管做了二十年杂志，可为了研究客户的投放偏好，林墨对媒体领域的方方面面一直保持着警觉与观察。她看好新媒体，但不看好丽人时尚网，都2012

年了，大家谈的是微博微信自媒体，还拿着垂直门户和B2C电商的概念炒作上市实在难于登天。她不想扫刘长波的兴，婉转地说："刘总，您太慷慨了，但我上了二十年班，现在能停下来，我想借此去学习一些新鲜事物，不想着急上班。"

刘长波有些意外，说："你可要想好，现在是最好的时机，准备工作我们做得七七八八了，你来了再努把力，一上市大家都圆满了。来晚了，期权配股肯定要受影响，过了这个村难有这个店啊。"

林墨喝完最后一口茶，说："您就让我自己走些弯路吧。"

刘长波无奈笑笑，不再劝说，他知她心中自有主意，既然前路不同，趁早各生欢喜。

一个转身，2012年夏天火急火燎地到了，烈日炎炎也刺不穿终日笼罩在这城市上空的霾，教人心里堵着，汗也发不出。某一日，有一阵子没联系的思奇中国市场总监Sarah Feng打电话给林墨，说："下周五思奇在上海做今年的全球年度盛典，邀请你来参加。"

林墨说："你又不是不知道，我早不在风尚了，怎好再去参加你们品牌的活动？"

"我知道，"Sarah说完，嘘出一口气，继续说，"只是你必须来，做完这场活动，我会正式从思奇离职，所以想借盛典这个由头，和你们这些老朋友告个别。"

"怎么了？！"林墨十分惊诧，不知道发生了什么。

"没什么，就是伺候烦了，想出来做点自己的事。具体见面聊。"

"好，我一定去。"

思奇每年在全球某地举办的年度盛典，向来令全世界的时尚从业者心向往之。获得一张包含开幕私人晚宴、盛典座次、庆功派对等所有活动的至尊邀请函，方可证明已然混到了时尚食物链的顶端。

作为此财大气粗品牌的中国掌权者，Sarah Feng 可谓人人艳羡，她在 1997 年从思奇中国的兼职撰稿人做起，早期还得给到访中国的思奇海外高层干类似于私人保姆的杂活，经过十多年卧薪尝胆般的奋斗，她坐上了思奇中国的第二把交椅。搞定了她，等于替杂志搞定了全年千万级的广告订单，饶是多强势的时尚杂志高管，Sarah Feng 一个电话，照样得乖乖从各地飞到她上海的办公室，受她耳提面命。换一个人接替 Sarah Feng 的位置，任谁也会奔着做到退休去，毕竟离了思奇，真是很难再找到与之比拟的高薪高职高地位。所以，林墨十分好奇 Sarah Feng 离职的原因，她想知道，到底还有什么能比这份工作更好。出发去上海那天，在机场，林墨看见了京城各家大刊的主编，包括李艺和姚丽娜，她给自己换了最角落的座位，远远躲开这群人，免得彼此不自在。

林墨没有出席思奇官方的庆典，Sarah 告诉她，所有活动结束后的第二天晚上，她会以私人名义举办一场小型晚宴作为告别。庆典期间，林墨间或坐在酒店的咖啡厅，看见时不时有穿戴得拼尽全力的同行骄傲地进进出出，彼此做戏般地小欢呼小尖叫，她不由生出几分恍若隔世的疏离。

Sarah 的告别晚宴请了二十来个人，都是圈子里最有头有脸的人物，她安排林墨坐在自己旁边，李艺则坐在长形宴会桌的最远端，远近亲疏，一目了然。

“说吧，怎么回事？”饭吃到一半，林墨在 Sarah 耳畔悄声问她。

Sarah Feng 一面应酬，一面回她：“并没什么特别的原因，真是烦了。做了十五年奢侈品，担着虚名，受用的一切人情却是最廉价的，有时候觉得自己天天熬到夜里三点和欧洲人开电话会议，第二天上午九点又来准时上班，竟不是为了钱，而是怕一不卖命从这个位置掉了下去，不知要看尽多少眼色？这种紧张和不安还搞得我习惯性失眠，真怕哪天死在健身房或者会议室里，不值得！”

林墨说：“圈子里的人情世故你又不是今天才知道，何以此刻才成为压倒你的最后一根稻草？怕是另有隐情吧？”

Sarah Feng 笑了笑，说：“就知道瞒不过你。今年年初我们中国区总经理卸任回国的事你知道吧？他走之前，总部曾许诺过我，要从本地团队里提拔继任者，我是第一候选人，所以我才累死累活做得跟狗一样。每年拨到我手里的预算越来越少，我交上去的数据照样好看。今年好不容易熬到老爷子退休，心心念念地等着总部任命的通知，结果，你看，又给我派了个老外骑到头上，还是花了大价钱现从外面挖来的。我是看明白了，思奇高层根本不会信任女人或者华人，我做得再好，也到头了。永远就是掌房大丫头的角色，在集团里就是低人一等，不得翻身。”

林墨默默叹气，说：“我懂了。那你之后准备做什么？”

Sarah Feng 指了指林墨放在桌上的手机，说：“我想做一个 o2o 的个性化服饰定制服务 APP，用户只要下载这个运用，回答一些简单的预设问题，我们会派出专业的造型顾问和她取得联系，进行一对一沟通，之后由时尚顾问为她搜罗适合她的单品，并把详细的图文列表推送到她的个人手机，之后她通过我们的 APP 付费购买她喜欢的就行。我们甚至可以做到先把所有实物快递给用户，她留下喜欢的，退回不需要的。这种模式现在已有非常成功的案例，我也找到了投资，很快就会启动。”

林墨听完，忍不住赞叹：“这真比给思奇打工有前景多了！”

Sarah Feng 暗爽过后，不忘关切地问林墨：“那你呢？计划做什么？”

林墨也指了指桌上的手机，答：“我和你想的一样。”

两人正聊得投机，同桌突然有另外一家大刊的女主编打趣问：“Sarah，全中国的时尚媒体主编全到齐了，怎么独独没看到《霓裳Flora》的丽娜？”

听人这么一问，Sarah Feng一下来了劲，她怨恨地说：“我请她了呀，但事情诡异得很，前天她刚到上海参加我们的盛典时，我就亲自给她打电话，但是却是她助理接的，我让助理转告她，活动结束后多留一天，我请大家为我送行。她助理转达以后，下午给我回了电话，你们猜助理说了什么？”Sarah Feng讲到这里，转而阴阳怪气地学助理说话，“Sarah姐，对不起，主编去不了您的晚宴，她说她那天可能会生病！”

全场顿时哄堂大笑，笑得与姚丽娜同一集团的李艺都害臊得想找个地缝钻进去，但各人笑过之后再一回味，又悟出些血淋淋的现实，便赶紧转开话题继续你侬我侬，怕生生戳破了这亲如一家的气氛。说白了，今晚过后，列席众人又有几个还会来讨好Sarah Feng？姚丽娜不过是过于露骨了些，与他们未必有品格高低之分。那一刻，Sarah Feng转过头来，看了看林墨，两人发出会心的一笑，是共同感叹，亦是相互祝福。

回北京的飞机上，林墨座位碰巧换到了李艺旁边，她并不介意，只对李艺笑了笑，然后把脸别向另一侧闭目养神。

飞了一半，李艺突然问：“昨晚上看你一直在和Sarah聊天，她告诉你她的下家了吗？”

林墨含糊答她：“只是泛泛聊了聊，没有具体说什么。”

李艺冷哼一声，说：“你何必这么防着我？我知道我对不起你，可我现在的日子也没好过到哪里去。”

林墨看着李艺，严肃地说：“你没有什么对不起我的。”

李艺也不管林墨说什么，自己接着说：“根本是整体大环境不好，所有杂志的发行和广告都下滑得厉害，又不单是《风尚Composure》。张涛逮着机会就劈头盖脸地骂我不懂经营，真有些受不了了。”

林墨想点醒她：“你如今是《风尚Composure》的出版人，这些责任必须由你来担。”

李艺依然沉浸在自己的情绪里，说：“Sarah离职对我触动挺大的，有些原本以为根本没有理由舍弃的东西，真要放下，也没什么难的。说不定还会更好，你说是不是？”

林墨说：“这既是你要的，要来了，便别埋怨。”

李艺听不进去，幽幽地说：“你心里还是怪我。”

“真没有。”林墨说罢，李艺亦不再接话，她始终心虚，林墨说什么，在她听来都是说风凉话。林墨也不愿意拣她爱听的说，都到这份上了，她居然还妄想林墨哄着她、让着她、再与她同仇敌忾，一点不觉得自己未免太想吃干抹净。

飞机抵达北京，林墨取完行李，看见李艺双手抱胸，紧抿双唇，知道她心里较着劲，浑身不自在，对她又有些同情。林墨走过去，拍了拍李艺的肩，说：“小艺，你千万保重。”

一丝微光从李艺眼里一闪而过，她嘴唇挣扎着动了几下，终究什么也没说。

北京的9月一定会有一个夜晚，当你一如既往地坐在沙发上看电视刷手机，突然从窗外吹进一缕凉风让你不由自主蜷了蜷身子，然后你起身，走向壁柜，翻出了厚实的羊毛毯，又走到窗前，听见树叶被风摩挲得沙沙作响，你关上窗户，决定是时候放下心中的暴戾与不安——也该换季了。

林墨筹备着国庆后，拿着商业计划去对投资机构提案。这将是她新的开始，所以任何一个细节都必须做到尽善尽美。也就是在那样一个凉风入夜、悄然换季的晚上，她接到了一个电话，电话那头是沙哑却熟悉的男声，对她说："是我。"

是的，是他。只能是他。那声音遥远得仿佛来自海岸、来自山峰、来自不可触及的宇宙尽头，又如此真切、如此准确，传达了一个包含着广袤深义的信息——是他。他是不可言说的秘密、心头不忍卒视的遗憾、野火烧不尽一岁一枯荣的想念。他是某种明媚的忧伤、无妄的劫数、甜美的孤独、落荒而逃又狭路相逢的命运。他是她不安分的过去、不淡定的现在、不敢想的未来。

"好久不见，Darren。"林墨极力控制话语中的情绪起伏。

"好久不见，"孔铭在电话里笑了，"我被派遣到北京成立Meade传媒中国分公司，刚弄妥一切，需要见你。"

"可你知道吗？我从风尚集团离职已经快一年了。"林墨说着，心中已想象出电话那头他的形象：也许比三年前在美国见时更清瘦了，同时也更成熟了，所以他的话语里带着不容拒绝的说服力。

"我知道，非常生气，他们这么做简直是胡闹！"孔铭顿了顿，语气和缓了一些，"不过正是你已从风尚离职，我才可以光明正大地见你。我要与你谈的事，跟风尚集团有利益冲突。"

"那明天吧？好吗？"林墨甚至不想过问任何细节，她还是害怕见他，又无法控制地想快些见到，对他这份近情情更怯的矛盾情感，是她人生尚无法驾驭的领域。

他们约在颐和园旁边的安缦酒店，很北京的感觉，红墙琉璃瓦，天凉好个秋。即使不抱希望、没有期许，她还是希望和他的共处能特别一些。以后突然想起来，尽是美好的画面。孔铭站在庭院中等她，她来时，他一笑，一切迷人的更迷人。徐风吹皱院中的一塘秋水，亦吹得她的心跟着荡漾起来。

“你的事我都听说了，当时很想为你做点什么，最终也是无能为力。”刚坐下来，孔铭便略带愧疚地说。

“真是不必，我一切都还好，没有关系的。”林墨笑，孔铭跟着笑。

“我要常驻北京了，短则两年，长则五年。”说完这话，孔铭盯着林墨看，想从她脸上找出一丝雀跃的神情。

林墨却依然平静，看着孔铭左手无名指上那枚熟悉的戒指，问：“那你的太太和孩子怎么办？”

孔铭有些失落，答：“两地分居，谁有假期谁便过来，公司承担一切费用。”

“他们都还好吗？”

“都很好，女儿两岁多了，去年又添了一个儿子，总算儿女双全。”

“恭喜你。”

话说到这里，有些进行不下去。她犹豫再三，还是做不到若无其事地讨要他手机里的儿女照片来欣赏。他的孩儿天真无邪的笑脸会提醒她：这幸福你要不起。

“被派来北京，除了设立Meade中国分公司，还有很重要的事情，”孔铭自觉地开始聊起工作，“总部很看好中国市场，而与风尚集团达成的各项版权合作，将在两三年内陆续到期，总部决定收回版权，由自己的团队在中国亲自经营。”

林墨知道这一天迟早会来，说：“意料中的事。”

“但风尚集团肯定不会轻易放手的，总部委托我聘请一个最了解风尚的人，也就是你，来做我们中国区的运营总监，由你亲自来打这场仗，收回版权后，再重建出版风尚旗下各刊。”

“不了。”林墨想也没想，直接拒绝了。

孔铭大失所望，难以理解，这对林墨来说，明可重振自己威风、私可报仇的大好机会，她轻巧地就说了不！他思忖再三，有些愠怒地问：“为什么？！你拒绝这个机会，是不是因为我？！”

林墨听他点破了窗户纸，又羞又恼地埋下头，不再说话，几乎要落下泪来。

两人相对沉默半晌，孔铭先开口道了歉：“我不是那个意思，我是说，你是最合适的人选，这工作也很适合你。”他挤出个笑，继续说，“来吧，我还想跟着你再学几手。”

林墨抬起头来，坚决地说：“Darren，谢谢你的好意。只是我兴趣真不在杂志上了。做了二十年，一套一套的东西，我学会了，也用够了。现在我想做些自己的东西。关于你们中国区运营总监的人选，如果你需要，我可以帮你推荐。”

孔铭牵强笑了笑，说：“我尊重你。”

从安缦出来，已是夕阳西下，余晖中，他和她各自心中都有些涌动，林墨转身想对他告别，突然被他一把抱住，他抱得那样紧，像要搓开她、揉碎她，看看她那副心肠，到底有多顽强。他在她耳边，用情人般的口吻呢喃：留下来，和我一起，好吗？林墨的眼泪缓缓流了下来，她想仔细看看孔铭的脸，却只看见一个勾着光影的轮廓，她觉得他应该还是在笑，终究无法体会她心中的沉重。在泪光里凝视了半分钟，林墨闭上眼睛，错开他迎上来的唇，轻轻吻在了孔铭的脸颊，对他说：原谅我。

林墨没有立即回家，她在车里拨通了张涛的电话，说务必要与他见个面，张涛应允了。于是，林墨又来到了风尚集团办公楼——她本以为此生再不会踏足一步的地方。

张涛坐在办公桌后，并不起身迎接她，他双手抱胸，身体僵直地防备着这个不速之客。林墨亦不见怪，站在他的办公室门边，说："我今天来只是想跟你带一句话，Meade 集团已确定要逐步对你旗下各刊过河拆桥，你抓紧做好应对吧。"

张涛没料到她竟是来给自己通气，有些反应不过来，照例是冷嘲热讽："那你岂不是高兴坏了？还非得上门亲眼看看我是怎么垂头丧气的？"

林墨看着他，眼里像有一种向死而生的悲悯，说："张涛，不管你信不信，我把自己太多挺美好的东西全留在这儿了，带也带不走。但风尚在，它们便在。所以，你要是守住了风尚，不只是我，原先这拨人，心里都会感激你的。"

这话说完，令张涛沉默了好一阵。他脸上并无表情，但从他紧阖的牙关里却传出一丝丝细小的吞咽声——他正努力咀嚼着自己的情绪。最后，他干脆背过身子，沙哑地说："其实我早知道了。今年 Meade 集团的法务部就没完没了地来骚扰，当他们提出要增持对风尚集团的控股比例时，我就察觉有问题了。"

"那你准备怎么办？"

"鱼死网破也不能让外国贼孙遂了意！这是我们辛辛苦苦二十年打下来的江山！"

见到张涛如此愤慨，林墨心里竟然莫名有些欣慰——总算还能从他身上找到一丝认同。

"只是挺难的，"张涛颓然地坐在沙发上，"你以为我真的得意了？今年新媒体咋咋呼呼的同时一哄而上，前三季度的报表别提多难看了。渠道商还在加渠道费，真是把所有传统媒体都往死路上逼，我也想跟着转型，找了个互联网出身的来做副总帮风尚搭建新媒体平台，妈的，钱到现在给我烧了一个多亿，一个子儿也没给我挣回来！你说怎么就奇了怪了？前二十年风尚都顺风顺水的，怎么今年我一上来，就找来这么多麻烦？”

林墨闷哼了一下，说：“也许是时代不对了，或者人也不对了。”

张涛听她这么说，恢复了冷漠，说：“是不该说给你听，反正风尚跟你没关系了。”

林墨转身准备走，张涛突然又叫住她，问：“你该不会要去Meade集团吧？”

林墨答：“你自己都说了风尚跟我没关系了，我还去蹚你们的浑水干什么？多没劲！”

“那你准备干什么？”

林墨晃了晃手里的手机，说：“这里面有媒体的未来，也一定有属于我自己的未来。”

一切是结束了，不是与他，而是与风尚，与过往这二十年。爱恨情仇，像盘旋在天空中的群鸟，呼嚎着一簇簇地掠过心头，然后四散而去。那太阳是落下了，明天升起的，是另一种朝霞，落下时，又是另一种夕阳。

走出银泰写字楼，转角报刊亭的摊主正在码放刚送到的各类报刊，林墨一时来了兴致，便问他：“最近什么杂志卖得好？”

摊主想了会儿说：“什么杂志都卖得不好，我这报刊亭都开不了多久了。”

林墨掏出二十元，对摊主说：“给我来本最新的《风尚Composure》。”

这时，几个刚下班的年轻姑娘叽叽喳喳地路过报刊亭，其中一个停下来说：“你们等等，我去买本杂志。”

另一个笑她，说：“买什么杂志？也不嫌沉。”

“那不行，每个月手边总得有一两本可翻的东西。”

女孩走到摊主跟前，也掏出二十元，说：“给我来本最新的《风尚Composure》。”

林墨循声朝那女孩看去：二十五六的年纪，打扮得清清爽爽的，颜色也搭配得好，身上的衣服叫不出品牌，手里一只名牌包却是本季广告中的主打款式。杂志里教的那些穿搭法则被她学得有模有样。

林墨再一看自己手里的《风尚Composure》，2012年12月刊，突然意识到：这竟然是她二十年来第一次自己掏钱买这本杂志。

图书在版编目（CIP）数据

在不安的世界安静地活 / 王欣著 . —北京：北京联合出版公司，2018.3（2018.6 重印）
ISBN 978-7-5596-1276-2

Ⅰ . ①在… Ⅱ . ①王… Ⅲ . ①长篇小说－中国－当代 Ⅳ . ① I247.5

中国版本图书馆 CIP 数据核字（2017）第 285088 号

在不安的世界安静地活

作　　者：王　欣
策划出品：青橙文化
监　　制：王二若雅
责任编辑：杨　青　高霁月
特约编辑：王利飒
封面设计：A BOOK STUDIO 萝卜 Design 891380906

北京联合出版公司出版
（北京市西城区德外大街83号楼9层　100088）
北京嘉业印刷厂印刷　新华书店经销
字数255千字　880毫米 × 1230毫米　1/32　11印张
2018年4月第1版　2018年6月第2次印刷
ISBN 978-7-5596-1276-2
定价：42.00元

未经许可，不得以任何方式复制或抄袭本书部分或全部内容
版权所有，侵权必究
本书若有质量问题，请与本公司图书销售中心联系调换。电话：（010）82069336